Copyright © 2024 par I. A. Dice

Tous droits réservés.
Aucune partie de cette publication ne peut être reproduite, distribuée ou transmise sous quelque forme ou par quelque moyen que ce soit, y compris par photocopie, enregistrement ou autres méthodes électroniques ou mécaniques, sans l'autorisation écrite préalable de l'éditeur, sauf dans le cas de courtes citations incorporées dans des critiques et de certaines autres utilisations non commerciales autorisées par la loi sur les droits d'auteur.

Il s'agit d'une œuvre de fiction. Les noms, les personnages, les entreprises, les lieux, les événements, les localités et les incidents sont soit le produit de l'imagination de l'auteure, soit utilisés de manière fictive. Toute ressemblance avec des personnes réelles, vivantes ou décédées, ou avec des événements passés est purement fortuite.

UN ROMAN D'AMOUR

TROP INACCEPTABLE

Les Frères Hayes - Livre 2
I. A. DICE

Playlist

"Hopeless" by Always Never
"All In" by Chri$tian Gate$
"Clandestine" by FILV & Edmofo
"Temptation" by WYR GEMI
"Gold" by Kiiara
"Balenciaga" by FILV
"Talking Body" by Tove Lo
"Mercy" by Shwan Mendes
"Attention" by Charlie Puth
"Hrs and Hrs" by Muni Long
"Think about it" by Dennis Lloyd
"Sweater Weather" by The Neighbourhood
"Afternoon" by TENDER
"Friends" by Chase Atlantic
"I Can't Go on Without You" by KALEO
"Find Me" by Kings of Leon
"Lay My Body Down" by MaRina
"Rose" by Allan Rayman

TROP
INACCEPTABLE

UN

Logan

— Pourquoi t'en fais toute une histoire ? demandé-je en aidant mon jeune frère à réorganiser son salon pour accueillir la cinquantaine de personnes qu'il a invitées pour l'anniversaire de sa femme.

Il est marié depuis deux ans, mais ça me fait toujours bizarre de penser à mon petit frère comme à un *mari*.

— Ce n'est pas comme si t'avais organisé une fête l'année dernière pour son vingt-cinquième anniversaire, et que c'était plus significatif que ses vingt-six ans.

Theo attrape une extrémité du canapé et m'incite à faire de même avec l'autre. Honnêtement, je ne suis pas le bon gars pour ce putain de boulot. D'accord, j'ai des muscles. Je m'entraîne dans ma salle de sport chez moi quatre fois par semaine pour rester en relativement bonne forme. Je nage cinquante longueurs de piscine dans mon jardin quand le temps le permet.

TROP
INACCEPTABLE

C'est pour ça que j'ai un corps de nageur et une force de nageur. Soulever des canapés n'est pas mon point fort.

En plus, je suis un vrai fainéant.

La seule raison pour laquelle je suis ici, à souffrir des joies d'aider Theo, c'est parce que c'est mon frère. Il y a longtemps, je me suis fixé comme règle de ne pas dire *non* à l'un ou l'autre des six connards avec lesquels je suis apparenté s'ils ont besoin d'aide. Ça ne veut pas dire que je ne le traînerai pas en justice si je me blesse le dos en galérant avec ce monstrueux canapé.

Theo a merdé en m'appelant à l'aide pour soulever des trucs lourds au lieu de demander à notre petit frère, Nico. Ce cinglé jetterait le canapé par-dessus son épaule et partirait courir.

Sans problème.

— On était en vacances pour l'anniversaire de Thalia l'année dernière, me rappelle Theo en marchant à reculons dans le couloir pour planquer le canapé orange vif à trois places lourd comme une vache dans l'une des chambres d'amis le temps de la fête.

Je suppose que je vais devoir rester debout toute la soirée. Cette fête s'annonce de mieux en mieux, non ?

— Cette année, je veux que tout le monde soit là. Thalia et maman ne s'entendent toujours pas, et on n'a pas beaucoup d'occasions d'arranger ça.

Inviter cinquante personnes ne leur donnera pas la meilleure occasion de se rapprocher, mais je ne gaspille pas ma salive à le faire remarquer. Je ne lui rappelle pas non plus la dernière occasion ratée d'établir des liens entre notre mère et Thalia. Le mois dernier, un dîner chez nos parents ne s'est pas très bien passé. La pauvre Thalia est partie en claquant la porte au milieu du dessert après que notre mère a insulté un cheese-cake aux fraises que, selon Theo, Thalia avait mis six heures et quatre tentatives à préparer.

I. A. DICE

Intérieurement, je me suis rangé du côté de notre mère lorsqu'elle a déclaré d'un ton artificiellement enjoué que le gâteau ressemblait à ce qu'un nourrisson aurait vomi, mais je n'ai pas dit un mot à Thalia.

Pour être tout à fait honnête, elle me fait un peu peur. Elle est belle, attentionnée et tout à fait extraordinaire, mais il y a un côté d'elle que je n'apprécie pas tellement : une attitude grecque enflammée, un volcan actif. Son fort accent coloré se manifeste chaque fois qu'elle est en colère, ce qui rend les mots anglais impossibles à comprendre.

La réticence de notre mère à accepter qu'elle fasse partie du clan Hayes a surpris tous ses membres actuels. Y compris notre père. D'autant plus que lorsque Theo et Thalia ont commencé à sortir ensemble, elles étaient en bonne voie pour remporter le prix de la meilleure relation belle-mère/belle-fille... jusqu'à ce que Theo décide de l'épouser à Las Vegas.

Dès que notre mère a compris qu'il n'y aurait pas de grand mariage à l'église, elle a changé son fusil d'épaule.

Theo et Thalia sont sortis ensemble pendant quelques mois avant que le nom de famille de Thalia ne passe de Dimopopololu ou Dimopopus ou Dimo quelque chose à Hayes, ce qui n'a probablement pas joué en leur faveur non plus, mais ça fait presque deux ans que T&T vivent un bonheur débordant et écœurant qui me donne envie de me plier en deux pour vomir un arc-en-ciel la moitié du temps.

Je pensais que notre mère s'en serait remise depuis le temps.

Elle a toujours voulu une fille (ce qui explique les *sept* fils), mais maintenant qu'elle en a techniquement une, elle s'est transformée en stéréotype de belle-mère monstrueuse. Jalouse, mesquine et hautaine.

Theo a beaucoup plus de patience que moi. J'arracherais la

tête de notre mère si elle traitait ma petite amie avec la même froideur et la même dureté sans raison apparente. Non pas que j'aie une petite amie, mais c'est un exemple.

Selon notre père, notre mère a réalisé que tous ses fils seraient enlevés l'un après l'autre par une femme et qu'elle se retrouverait seule et indésirable. C'est l'opération *« Faire en sorte que maman se sente utile »*.

Nous lui rendons tous les sept visite plus souvent et lui demandons de l'aide pour tout ce qui nous passe par la tête. C'est incroyable comme le fait de l'appeler à sept heures du matin pour lui demander une recette de crêpes la met de bonne humeur. Malheureusement, cette astuce n'aide guère à ce qu'elle se rapproche de Thalia. Elle est tout au plus civile avec elle.

— Je parie que ça ne ferait pas de mal si t'emmenais maman dîner et que tu lui parlais, dis-je en essayant de faire pivoter le canapé pour le faire passer par la porte, avec des images dans ma tête de Ross, dans *« Friends »*, quand il essaie de monter son nouveau canapé dans l'escalier de son immeuble. Écoute ce qu'elle a à dire. Juste vous deux. Sans Thalia.

— Ouais, grogne-t-il.

Il laisse tomber son côté et recule pour évaluer la situation. Cela ne devrait pas être aussi difficile, mais nous voilà face à un dilemme, comme deux gamins devant un cube de tri de formes en train d'essayer de faire rentrer un losange dans un trou en forme de cœur.

— Je vais y réfléchir.

— Pendant que t'y réfléchis, prends une seconde pour penser à mettre ta femme enceinte. Vous êtes ensemble depuis deux ans. Vous êtes mariés. Qu'est-ce que t'attends, bordel ? Une invitation ? Je peux en imprimer une si tu veux. Peut-être que maman serait plus sympa avec Thalia si vous aviez déjà

I. A. DICE

commencé à produire des petits-enfants. Theo lâche un rire en faisant un geste pour que je mette le canapé à la verticale. Merde... où est Nico quand on a besoin de lui ?

— Tu parles comme Shawn et Jack. Tu savais qu'ils nous demandent de garder Josh au moins deux fois par mois ? Ils pensent qu'en s'occupant du petit démon, l'instinct maternel de Thalia se mettra en marche.

Il stabilise le canapé lorsqu'il vacille, menaçant de lui tomber sur la tête. Je doute qu'il s'en sorte sans avoir au moins la colonne vertébrale brisée.

— Pour l'instant, tout ce que ça fait, c'est me donner envie de me faire faire une vasectomie.

Le lapin Duracell n'a rien à envier à Josh. Il détruit tout, même quand il n'est pas vraiment dans la pièce. Notre frère aîné, Shawn, a adopté le petit garçon avec son mari, Jack, peu de temps après la cérémonie de mariage précipitée de Theo et Thalia à la très réputée chapelle de mariage *Viva Las Vegas*.

Quelle putain de blague !

J'étais prêt à lui botter le cul quand il a envoyé sur la discussion de groupe des frères Hayes une photo de lui et de sa fiancée devant ledit établissement réputé.

Josh avait quinze mois à l'époque. La semaine dernière, il a fêté ses trois ans, et il a plus d'énergie dans son index qu'un seau de Red Bull.

C'est peut-être pour cette raison que je l'aime autant. Je suis l'oncle préféré, suivi de près par Cody, mon plus jeune frère et un des tiers de la Sainte Trinité, comme j'aime appeler les triplés. Cody, qui laisse Josh faire tout ce qu'il veut.

Les deux autres, Colt et Conor, se tiennent à l'écart, occupés à courir après les filles. Ils ont dix-neuf ans, sont en deuxième année à l'université et profitent de la vie au maximum.

— On aurait bien besoin d'un autre bébé dans la famille, dis-je en remettant le canapé à l'horizontale.

Il est trop grand pour passer la porte à la verticale.

— Tu ne rajeunis pas. Mets-toi au travail et vise une fille, d'accord ?

— C'est toi qui dis ça ? répond Theo en souriant. Tu es plus vieux que moi, Logan. T'as trente ans. Et je ne veux pas de fille. Putain, t'imagines élever une fille à notre époque ? Il faudrait que je creuse une cave et que je l'y enferme jusqu'à ce qu'elle ait dix-huit ans.

Un éclat de rire franchit mes lèvres.

— Tu délires. Elle a six oncles prêts à étriper n'importe quel connard qui ose lui manquer de respect. Ne t'inquiète pas, on s'occupe d'elle.

— Je délire ? Tu parles comme si elle était juste derrière le mur en train de dormir dans un berceau. Elle n'existe pas. C'est toi qui *délires* !

Il pousse un grognement et s'appuie contre le mur opposé pour faire entrer le canapé dans la chambre d'amis. Nous nous figeons tous les deux en entendant le tissu qui se déchire. Un bruit qui annonce des problèmes conjugaux. Pas de sexe pendant une semaine, si je dois deviner.

Je ne veux pas être là quand Thalia verra la déchirure. Et je ne veux pas être là quand il faudra ressortir le canapé, donc mon téléphone sera éteint demain.

Theo tourne sur ses talons et retourne vers le salon.

— Mon planning de reproduction ne te regarde pas, bordel. Si tu veux une fille dans la famille, va en faire une, putain.

— Avec ma main ? Ça ne risque pas d'arriver.

— Trop d'informations.

I. A. DICE

Il grimace, mais il y a une pointe d'amusement dans sa voix. Même s'il a mûri et qu'il s'est posé, il y a toujours un côté immature en lui qui aime se manifester de temps en temps.

— Il est temps de remplacer ta main par une fille, tu ne crois pas ? Tu veux que je t'arrange un coup ? Thalia a plein d'amies. T'aurais l'embarras du choix.

J'ai *déjà* l'embarras du choix.

Enfin, pas moi en tant que tel. Theo, Nico et nos deux potes, Toby et Adrian, choisissent pour moi. Ils débordent de créativité pour essayer de trouver une femme qui me dise *non*. Ça fait deux mois qu'ils s'y mettent tous les samedis, en choisissant des filles complètement différentes à chaque fois. Je les ai toutes séduites : des grandes, des petites, des rondes et des minces ; des plus âgées, des plus jeunes, des plus décontractées et des plus conservatrices. Malgré le fait qu'ils doivent m'acheter une montre de leur choix chaque fois qu'ils perdent le pari, ils n'abandonnent pas. Ce ne sont pas les types les plus intelligents qui soient.

Suffisamment de femmes ont gémi mon nom et suffisamment de femmes m'ont reluqué comme si j'étais du sexe sur un bâton pour que leurs déclarations sonnent juste : je suis, comme la plupart d'entre elles l'ont dit... *irrésistible*. Aussi stupide que cela puisse paraître. Peu importe à quel point une femme est coincée. Je peux inciter une nonne à coucher avec moi si j'y mets du mien.

Au début, les gars choisissaient entre de jolies adolescentes fougueuses et de jolies vingtenaires naïves. Les paris ont dérapé à partir de là, quand ils ont commencé à choisir les moins jolies.

Je devrais probablement arrêter ces bêtises.

J'ai *trente* ans depuis quelques mois, mais bon sang, je n'ai rien de mieux à faire de ma vie.

Est-ce ma faute si toutes les meilleures filles sont prises ?

J'aurais dû me poser il y a quelques années, quand les filles faciles à vivre, jolies et intelligentes étaient encore disponibles, mais à l'époque, je pensais avec ma bite, pas avec mon cerveau. Bien qu'au vu des paris, je suppose que je pense encore principalement avec ma bite.

— Ça arrivera quand ça arrivera, dis-je, n'ayant pas envie de discuter du sujet. Je suis bien comme ça pour l'instant.

Nous continuons à débarrasser le salon. Pour une raison ou une autre, il semble plus petit sans les meubles, ce qui n'est généralement pas le cas lorsque je supervise les constructions au travail. Peut-être parce que je n'ai pas vu la plupart de ces espaces meublés, donc je n'ai pas de point de comparaison.

L'année dernière, Theo a échangé son appartement douillet contre une maison de quatre chambres à coucher avec un grand jardin et une piscine. Il devrait vraiment mettre quelques enfants dans ces chambres inutilisées.

Le traiteur et son équipe arrivent une demi-heure plus tard, avec des chariots remplis de nourriture. Certains s'installent dans la cuisine tandis que d'autres sortent dehors, où le barbecue est prêt à l'emploi. Le logo sur leurs tabliers est celui du restaurant de Nico, *L'Olivier*, qu'il possède en partenariat avec Adrian. Avant, c'était le restaurant de Nico et Jared, mais depuis que les choses se sont gâtées il y a plus d'un an, Nico a racheté les parts de Jared et a fait d'Adrian son associé.

Il a ensuite nommé Thalia chef cuisinière. Et quel bon choix ! Le restaurant est rapidement devenu l'endroit incontournable de Newport Beach grâce aux spécialités grecques qu'elle a introduites. C'est une cuisinière fantastique. Par contre, elle n'est pas douée pour les gâteaux.

— Bon, j'ai besoin de ton avis parce que j'ai un peu perdu la bataille.

I. A. DICE

Theo me conduit à l'extérieur pour qu'il puisse aller fumer. Si quelqu'un lui demande, il ne fume pas. En tout cas, pas devant sa femme.

— Thalia a invité Cassidy. Tu penses que je devrais prévenir Nico ?

— Pourquoi ? Parce qu'elle est amie avec Kaya ?

Theo se crispe en entendant ce prénom innommable, et moi aussi je vois rouge quand je me remémore *cette* nuit-là.

Je me souviens encore de la rage meurtrière qui illuminait le visage de Nico quand il est sorti en trombe du vestiaire des employés du Country Club, où il avait surpris son meilleur ami, avec qui il était pote depuis vingt ans, en train de baiser sa *petite amie* de sept mois.

Au fond de lui, Nico savait que Jared lui avait rendu service en lui débarrassant de cette folle, mais c'était la première et, jusqu'à présent, la seule femme qu'il ait jamais fréquentée.

Tous mes frères pensent que c'est la trahison de Kaya qui a le plus affecté Nico, mais je sais que la perte de son meilleur ami lui a fait plus de mal. Cela ne veut pas dire qu'il a pris l'infidélité de Kaya à la légère. Il tenait à elle d'une certaine manière. Il le devait, sinon il n'aurait pas tenu sept mois.

Aucune personne saine d'esprit ne l'aurait pu.

Je n'ai jamais rencontré une femme aussi toxique. Aussi manipulatrice. Aussi convaincante, putain. Nico mangeait dans sa longue main manucurée et dansait sur tous les airs qu'elle lui jouait. Et elle jouait beaucoup d'airs pour alimenter et nourrir ses défauts, comme sa surprotection compulsive, sa jalousie et son tempérament bagarreur. Il a toujours démarré au quart de tour, mais Kaya le faisait monter d'un cran.

Même si cela fait plus d'un an qu'ils ont rompu, il n'est jamais redevenu le Nico d'avant Kaya. Heureusement, il n'est pas resté dans la phase de rage qu'il avait quand il était avec Kaya. Maintenant, il est juste... sur les nerfs. Méfiant. Prêt à se battre à tout moment. Il craque plus vite qu'on ne pourrait le penser.

— De toute évidence, soupire Theo. Thalia et Cassidy sont proches, et comme Cass est la meilleure amie de Kaya, je ne sais pas à quoi m'attendre de la part de Nico. Thalia ne passe pas de temps avec Kaya, je le jure, mais Nico pourrait en arriver à cette conclusion.

— Oui, le prévenir ne serait pas une mauvaise idée.

Theo serre les dents et sort son téléphone pour composer le numéro.

— Quand faut y aller...

Sa colonne vertébrale se redresse, soudain tendue comme une corde d'arc lorsque Nico répond. Il n'est même pas là, mais sa personnalité autoritaire fonctionne tout aussi bien à distance.

— Salut, frérot, écoute...

Je le laisse à sa conversation et entre dans la maison pour voler quelques amuse-gueules pendant que l'équipe du traiteur se prépare. Grâce aux excellentes compétences culinaires de Thalia, qu'elle a transmises aux autres cuisiniers du restaurant, la nourriture est tout aussi délicieuse que ce qu'elle nous sert quand elle nous invite à dîner de temps en temps.

Même les frères de la Sainte Trinité se joignent à nous plus souvent maintenant qu'ils ont enfin atteint l'âge où nous pouvons nous asseoir tous les sept dans la même pièce et parler d'égal à égal. Ils ont beaucoup mûri depuis qu'ils ont obtenu leur baccalauréat et qu'ils ont quitté la maison de nos parents pour vivre avec Nico.

— Quel est le verdict ? demandé-je quand Theo revient à l'intérieur, le visage renfrogné. Ne me dis pas qu'il ne vient pas.

— Oh, il vient. Il lui a fallu une minute pour y réfléchir,

I. A. DICE

s'emporte-t-il avant de soupirer. Je déteste devoir choisir entre l'un d'entre vous et Thalia.

— Tu ne choisis pas. Ce n'est pas comme si t'avais invité Kaya. Calme-toi. Il y aura cinquante personnes ici, mais si ça peut te rassurer, je m'assurerai que Cass et Nico ne se croisent pas, d'accord ?

— Ouais ? Tu es sûr ? Je sais que tu n'es pas non plus fan d'elle. Ce n'est pas tout à fait vrai...

Il y a trois ans, Cass et moi sommes sortis quelques fois pour boire un verre. Je l'ai même emmenée dîner avant de sceller l'accord au lit. Newport Beach est une petite ville. Mes frères ont découvert dès le lendemain que nous avions passé la soirée dans mon restaurant préféré.

Moins de douze heures après que j'ai revendiqué le beau corps tonique de Cassidy, Theo m'a informé qu'il l'avait eue en premier.

— Elle ne me dérange pas.

Je fouille dans le réfrigérateur à la recherche d'une bouteille de bière.

— Je ne lui ai pas parlé depuis...

Je m'interromps avant que la fin de la phrase ne s'échappe de mes lèvres.

Theo et moi savons tous les deux quand j'ai parlé à Cass pour la dernière fois, et le sujet est largement évité : la nuit où Nico a surpris Jared en train de se taper Kaya. C'est Cassidy qui m'a envoyé un message énigmatique ce jour-là, après un an et demi de silence relatif.

Cass : Nico devrait savoir quelque chose. Emmène-le au Country Club ce soir à dix heures. Vestiaires des employés. Efface ce message. Je ne t'ai rien dit.

TROP
INACCEPTABLE

J'ai mordu à l'hameçon. Cass ne m'a pas donné de détails ; elle n'a pas mentionné Kaya ou Jared, mais elle a parlé de Nico, et déchiffrer le message énigmatique s'est avéré très facile. Dès le départ, je n'étais pas très enthousiaste au sujet de Kaya. J'avais le sentiment qu'elle trompait mon frère bien avant que Cass n'envoie ce message.

Ce que je n'aurais jamais deviné, c'est que Cruella DeMon trompait Nico avec son meilleur ami. Mon Dieu, ça m'a fait du bien de frapper le visage stupide de Jared. Je n'avais jamais aimé ce connard. Nico a donné le premier coup de poing, mais j'ai cassé le nez de Jared et Theo lui a cassé la dent de devant. En tant que flic, Shawn est resté à l'écart tout en fermant les yeux sur la violation évidente de la loi.

— Merci. Je te revaudrai ça, dit Theo. Maintenant, aide-moi avec le fauteuil à oreilles.

Pourquoi diable ai-je répondu quand il a appelé ?

DEUX

Logan

La fête était censée commencer à vingt heures. Je devais être là à dix-neuf heures trente au cas où Nico ou Cassidy décideraient d'arriver plus tôt, mais le destin a voulu qu'il soit plus de vingt heures et que je sois toujours chez moi, même pas dans ma voiture. Je n'ai même pas mis ma veste et je ne me suis pas approché de la porte.

La raison ? Le putain de chien de Theo.

Il m'a demandé de garder Arès chez moi pendant la durée de la fête parce que le petit Josh veut le chevaucher à chaque fois qu'il voit le pauvre animal.

J'ai gentiment accepté. Arès est bien élevé, alors je n'ai pas à m'inquiéter de taches de pipi sur la moquette ou de dégâts sur les meubles. Il a mangé son lot de chaussures, de coussins et de ceintures lorsqu'il était chiot et il s'est débarrassé de cette mauvaise habitude.

Il y a juste un problème que j'ai négligé : *Fantôme*. C'est un python birman albinos que j'ai acheté il y a quelques semaines parce que j'en avais assez de rentrer chez moi après une longue journée de travail et de trouver une maison silencieuse et vide. Ce n'est pas comme si les serpents faisaient beaucoup de bruit ou nous accueillaient à la porte en sautant, en aboyant et en nous léchant le visage, mais le simple fait de savoir qu'il est là me remonte le moral.

J'aurais pu acheter un chien, mais je trouvais ça cruel de le laisser seul douze heures par jour, alors j'ai pris un serpent. Un enculé de trois mètres de long dont le vivarium occupe un tiers de mon salon. Un vivarium dans lequel il ne passe pratiquement pas de temps si je suis à la maison.

Il est libre de se promener dans la maison, ce qui n'est peut-être pas la meilleure idée maintenant que j'y pense. L'autre jour, il m'a fait une peur bleue quand je l'ai trouvé recroquevillé sous la couette dans mon lit. Je voulais de la compagnie, mais pas ce genre de compagnie.

Arès semble avoir des tendances suicidaires parce qu'il veut jouer avec le python qui pourrait, sans trop d'efforts, l'engloutir tout entier. Le supplier, crier et le menacer de le priver de jouets et de dîner ne sert à rien. Je n'ai d'autre choix que de l'enfermer dans la cuisine.

— Désolé, mon grand, mais je ne fais pas confiance à Fantôme pour ne pas te manger, dis-je en m'accroupissant dans l'embrasure de la porte pour lui tapoter la tête. Il y a peu de chances qu'il ouvre le vivarium, mais si tu l'énerves, il risque de briser la vitre, et ta maman me coupera les couilles s'il t'arrive quelque chose.

Il penche la tête et me regarde avec de grands yeux intelligents comme s'il comprenait chaque mot que je dis. J'aimerais bien. S'il était encore un chiot, je le porterais toute la soirée

I. A. DICE

pour le tenir éloigné de Josh, mais ce n'est pas un chiot. C'est un adulte de plus de vingt-cinq kilos et, comme je l'ai déjà dit, soulever des choses n'est pas mon point fort.

Je lui laisse quelques friandises pour compenser le fait que je l'enferme dans la cuisine avec un jouet à mâcher merdique parce que c'est tout ce que Thalia a apporté, et je retourne dans le salon pour vérifier quatre fois que Fantôme est bien enfermé en toute sécurité. Il est paresseusement enroulé autour d'une épaisse branche d'arbre, sans se soucier de quoi que ce soit.

Son ancien propriétaire m'a dit qu'il serait rassasié pendant deux semaines une fois nourri, donc il ne devrait pas avoir faim avant huit jours, mais je refuse de prendre le moindre risque. Pas quand j'ai le chien de *Thalia* sous ma douteuse responsabilité. Elle me réduira en miettes si un seul poil tombe de la tête de son bébé.

Putain, c'est stressant.

Et si Arès s'étouffe avec ce minuscule jouet à mâcher ? Et s'il ouvre le placard qui contient les produits de nettoyage qu'utilise ma femme de ménage, Mira, et qu'il mord dans une bouteille d'eau de Javel ? Et si...

Arrête d'être stupide, Logan.

Je ferme la porte du salon par précaution. Les serpents ne peuvent pas ouvrir les portes, n'est-ce pas ?

Putain ! Et les chiens ?

Je ferais peut-être mieux de rester à la maison. Je sors mon téléphone et envoie un message au groupe de discussion des frères Hayes.

Moi : Est-ce qu'Arès peut ouvrir les portes ?

Theo : Pas à ma connaissance. Pourquoi ?

Moi : Je voulais juste vérifier. Je suis en train de vivre un cauchemar logistique en essayant de trouver le moyen le plus sûr de ranger le chien à l'écart du serpent.

Nico : Ranger ? On ne range pas un chien, crétin. Tu vois ? C'est pour ça que t'aurais dû me laisser garder ce petit merdeux, Theo.

Moi : Va te faire foutre.

Nico : Non, merci.

Theo : Ramène tes fesses ici. T'es en retard.

— Ça n'aide pas, frérot, grogné-je en glissant le téléphone dans ma poche.

Peu importe. J'ai fait de mon mieux pour assurer la sécurité de la créature poilue à quatre pattes, alors j'ai la conscience tranquille. Theo pourra opérer mon serpent et l'ouvrir si cet enfoiré mange son chien. Et je déménagerai au Mozambique, loin de la portée de Thalia.

J'enfile ma veste letterman, saute au volant de ma Charger et sors de l'allée en marche arrière.

— Qu'est-ce qui t'a pris autant de temps ? se plaint Theo lorsqu'il me fait entrer vingt minutes plus tard. Enferme le chien, enferme le serpent.

Il fait des gestes à gauche et à droite.

— Et c'est réglé.

— Ne m'en veux pas si ça se termine dans un bain de sang. Arès est dans la cuisine. Fantôme est dans le salon. Deux portes les séparent. Ça devra faire l'affaire, soupiré-je en enlevant ma veste.

I. A. DICE

— Ne mentionne pas à Thalia le serpent mangeur de chiens.

La femme en question apparaît dans le couloir et m'accueille avec un sourire éblouissant et une inclinaison de tête impatiente : un ordre tacite de l'embrasser sur la joue. Que Dieu me vienne en aide si je n'obéis pas.

Encore une femme que mon frère cadet a eue en premier. Je me suis vite remis de mon coup de foudre initial pour Thalia, mais on ne peut pas nier qu'elle est belle. De longues jambes, un corps tout en courbes et un visage exotique. Elle est brune, donc ce n'est pas mon genre, mais elle fait partie de ces femmes devant lesquelles on ne peut pas passer sans lui jeter un deuxième coup d'œil. Et pour couronner le tout, elle est aussi belle à l'intérieur qu'à l'extérieur... quand elle n'est pas en colère, bien sûr.

Theo est un sacré veinard.

— Joyeux anniversaire, ma belle.

Je lui tends un paquet cadeau et dépose ce baiser de rigueur sur la joue, sous peine de subir un aperçu de sa désapprobation.

— T'es superbe.

— Merci.

Un sourire satisfait ourle ses lèvres rouges charnues.

— T'es pas mal non plus.

— Ouais, ouais, intervient Theo d'un ton cassant, mais avec des yeux enjoués. Ça suffit. Allons te chercher un verre.

Il m'attrape par les épaules et me conduit dans le salon, où les gens sont rassemblés en groupes plus ou moins importants, discutant et riant sur les tubes des années quatre-vingt diffusés par la chaîne hi-fi.

Ma mère se tient sur le côté avec une flûte de champagne à la main et balaie les invités d'un regard évaluateur. Sa nouvelle coiffure, une coupe à la garçonne, lui donne l'air d'avoir dix ans de moins que ses cinquante-sept ans. On ne devinerait jamais qu'elle a élevé sept garçons tant elle est fraîche, reposée et belle. Mon père a pris des rides à cause de sa carrière politique et de ses sourires incessants, mais il est toujours aussi élégant à soixante et un ans. Il a cet air d'homme modeste qui lui a valu d'être élu deux fois de suite.

Ils espéraient sans doute avoir assez de petits-enfants pour monter une équipe de football à l'heure qu'il est, mais c'est raté. Seul Shawn a su se montrer à la hauteur, et maintenant que Josh est plus facile à gérer, Jack et lui envisagent d'adopter un autre enfant.

Theo traîne sans raison apparente ; je n'ai pas de petite amie, encore moins de femme ; les triplés sont trop jeunes, et Nico... Je pense que ce type ne trouvera jamais une femme capable de supporter ce fou furieux. À moins qu'il n'y en ait une autre comme Kaya dans les parages. Une qui aura le cran de tenir bon et de dompter le tempérament et la personnalité autoritaire de Nico.

Une fille comme Kaya, sans le côté salope alcoolique, infidèle, fouteuse de merde, manipulatrice, folle et démoniaque, *évidemment.*

— Comment ça se passe ? demandé-je quand Theo attrape une bière dans le réfrigérateur. Tout le monde est détendu ?

— Étonnamment, oui.

Il s'approche en baissant la voix.

— Cass évite Nico comme la peste.

Une forte acclamation remplit l'air, et nous regardons tous les deux vers l'endroit où Shawn récupère Josh du sol et l'embrasse sur la tête.

— Tout va bien, roucoule-t-il en ébouriffant ses cheveux blond clair. Tu dois regarder où tu vas.

— Et *marcher*, pas courir, ajoute Jack avec un sourire en

coin avant que ses yeux croisent les miens et qu'un rictus diabolique vienne retrousser ses lèvres. Regarde, Josh, tonton Logan est là.

Les grands yeux de Josh suivent le doigt de Jack. Dès qu'il me voit, il se tortille dans les bras de Shawn, les mains tendues vers moi, alors que je suis à au moins dix mètres.

Qu'est-ce que je peux faire ?

Je traverse la pièce en saluant quelques personnes au passage. J'embrasse ma mère sur la joue et tapote le dos de Nico avant d'atteindre mon frère le plus âgé et de lui voler son gamin.

— Viens avec moi, mon pote, dis-je en récupérant une petite voiture sur le sol avant que quelqu'un ne marche dessus et ne se retrouve les fesses par terre. On doit garder un œil sur tout le monde pour qu'ils se tiennent bien. Tu vas m'aider, n'est-ce pas ?

Il secoue la tête en tirant sur ma casquette de baseball.

— Non.

C'est court, mignon, et direct. J'adore ce gamin.

Les triplés gloussent et font des high-five à Josh.

— Bien vu, mon grand, dit Cody en restant à distance.

Il a retenu la leçon de ne pas s'approcher à moins que Josh n'ait un jouet dans les mains. Sinon, il trouve le chignon de Cody fascinant et essaie de lui arracher les cheveux du crâne.

— N'écoute pas tonton Logan. Dis-lui de faire l'avion.

Josh sautille dans mes bras, excité par l'idée. Je tends ma bière à Cody, puis fais voler le gamin autour du périmètre de la pièce pendant quelques minutes. Mes bras sont en feu à force de supporter son poids sur mon avant-bras et d'agripper son t-shirt pour l'empêcher de vraiment s'envoler.

Ce serait un sacré spectacle.

Pas Josh qui s'envole.

Moi en train de *mourir* des mains de mon grand frère.

— OK, ça suffit.

Je le repose sur le sol.

C'est alors que mes yeux se posent sur Cassidy.

Cela faisait un moment que je ne l'avais pas vue. Nous nous sommes croisés il y a cinq ou six mois dans l'une des boîtes de nuit de la ville, mais j'étais assez éméché ce soir-là et je me souviens vaguement qu'une étudiante était accrochée à mon bras. J'ai dû changer mon numéro de téléphone par la suite parce qu'elle n'arrêtait pas de me bombarder de messages et de photos de ses seins. De jolis seins, certes, mais *rien de bien nouveau*.

Maintenant que je suis sobre… putain de merde.

Soit mon esprit me joue des tours, soit le temps a estompé les souvenirs parce qu'elle est là, envoûtante dans une robe rouge moulante dont le tissu ne dépasse pas d'un millimètre ses clavicules laiteuses. Je souris intérieurement en scrutant ses jambes parfaites. Elles étaient enroulées autour de ma taille un soir, il y a trois ans. Dommage qu'elle ne montre que ses jambes. Et qu'elle n'en dévoile qu'une infime partie.

Sa robe ne lui arrive pas plus haut qu'un centimètre du genou. Elle est évasée au niveau de la poitrine et un ruban de soie est noué autour de ses côtes. Le col rouge sang est la seule extravagance, mais un peu de dentelle ici et là prouve ce que je sais déjà à propos de Cassidy Annabelle Roberts. Elle essaie peut-être de s'intégrer à la classe supérieure, de passer pour une femme mûre et sophistiquée, mais elle n'est pas aussi bien élevée qu'elle le laisse paraître.

Non, non, *non*… Cass est une petite sauvageonne.

Ses cheveux blonds encadrent son visage délicat, et ses yeux bleu azur entourés d'épais cils fixent les miens. Ses lèvres, dont la couleur est assortie à sa robe, se recourbent en un sourire

I. A. DICE

incertain à peine esquissé.

Elle rabat une mèche de cheveux derrière son oreille et passe d'un pied à l'autre comme si elle n'était pas à l'aise dans une pièce remplie de Hayes.

Bien.

Elle ne devrait pas l'être.

Non seulement elle est la meilleure amie de Kaya, ce qui la rend d'emblée indésirable dans notre cercle, mais en plus elle a baisé Theo, et maintenant elle se tient dans son salon pour fêter l'anniversaire de sa femme comme si rien ne s'était passé.

Sans oublier qu'elle *m'a* aussi baisé.

Et quelle nuit ça a été...

— Encore ! s'exclame Josh en sautant autour de moi, les mains en l'air. Encore !

Je me racle la gorge en déplaçant mon regard de Cass vers le petit garçon.

— Va trouver tonton Cody. C'est son tour.

— Je vais prendre le relais.

Mon père vient s'arrêter à côté de moi, trop habillé pour les circonstances, dans un costume trois-pièces anthracite en mode maire, comme d'habitude. Il prend la main de Josh d'un air radieux.

— Viens. J'ai entendu dire que ton père t'avait acheté une nouvelle voiture. Je peux la voir ?

Involontairement et malgré moi, mes yeux se tournent vers Cassidy. Elle ne me regarde plus, absorbée par une conversation avec l'une des amies de travail de Thalia.

A-t-elle toujours été aussi jolie ?

Elle a coupé ses cheveux trop longs qui lui tombaient sur les fesses de sorte qu'ils lui arrivent maintenant aux épaules. Son style s'est aussi amélioré. Sa robe n'est pas aussi pudique

que je le pensais au départ, mais elle ne dévoile pas grand-chose. Avant, elle s'habillait comme si elle voulait imiter Kaya, en montrant plus de fesses et de seins que nécessaire.

Ce n'est plus le cas. Ce soir, elle est sexy mais classe. Pas de décolleté, mais tout son dos est exposé, révélant un teint hâlé.

Je me remémore la nuit que nous avons passée ensemble et revis ma fascination pour les fossettes de Vénus qui marquent le bas de son dos, la chose la plus sexy que j'aie jamais vue sur une femme.

Ma bite s'agite lorsque les images de son corps nu me chevauchant dans un rythme sensuel refont surface. La façon dont elle mordillait mes lèvres puis enfonçait ses ongles dans mon cuir chevelu lorsqu'elle jouissait sur ma langue, et son odeur si fraîche de citron et de gingembre.

Le clip porno dans ma tête s'arrête brusquement.

— Ça va ? me demande Nico.

Je tourne la tête vers lui si vite que j'entends un craquement dans ma nuque. Un sentiment de culpabilité germe au creux de mon estomac alors que deux plis verticaux jalonnent son front.

— Ça va, Logan ? répète-t-il. T'as l'air perdu.

Il me tend une bouteille de Bud Light qu'il a dû intercepter auprès de Cody, qui est en train de faire voler Josh autour de l'îlot de cuisine. Ce gamin sera un cauchemar quand il atteindra l'adolescence. Il est pourri gâté par ses six oncles.

Ce n'est peut-être pas la meilleure stratégie, mais tant pis. Shawn est le père. C'est son boulot d'élever le gamin ; le nôtre de nous assurer que Josh sait comment pousser ses pères à bout avec des farces stupides.

— Ça va.

Je fourre mes mains dans mes poches pour dissimuler le renflement apparent au niveau de la fermeture éclair de mon jean.

I. A. DICE

— J'avais oublié que Cass...

J'ai envie de dire « venait », mais c'est un jeu de mots dangereux dans mon état actuel.

— ... serait là.

Oh, le menteur !

La mâchoire de Nico se crispe tandis qu'il inspire profondément pour se calmer et, semblant reprendre le contrôle, il change de sujet.

— Je songe à rénover la maison. T'aurais le temps cette semaine de dessiner quelques plans pour moi ?

— Bien sûr. Quand tu veux.

Comme si je pouvais dire non à celui qui a fait de moi un millionnaire. C'est grâce à lui que j'ai pu m'offrir la maison de quatre chambres que mon entreprise, ou plutôt l'entreprise de mon *grand-père* pour laquelle je travaille, a construite l'année dernière.

Nous passons vingt minutes à discuter de son idée de réaménagement du rez-de-chaussée avant d'être interrompus par Theo et un gâteau d'anniversaire à trois étages.

Les conversations se calment et sont vite remplacées par un *Joyeux Anniversaire* désaccordé et désynchronisé. Profitant des quelques secondes d'inattention de tout le monde, je jette un nouveau coup d'œil à Cass et constate qu'elle me regarde.

TROIS

Cassidy

La fête passe très, *très* lentement. Les minutes s'étirent comme du chewing-gum jusqu'à ce que je sois sûre qu'il doit être temps de partir, mais un coup d'œil à ma montre me prouve que j'ai tort.

Trente-sept minutes.

Cela ne fait que *trente-sept* minutes que je suis arrivée.

Qu'est-ce que je fais là, de toute façon ?

Je préférerais de loin être chez moi à regarder Netflix et à me gaver de glace au lieu de faire attention à mes moindres faits et gestes dans une salle remplie de gens qui, pour dire les choses gentiment, ne sont pas mes plus grands fans.

Mais je suis là.

Je suis là parce que je suis une bonne amie. Voilà pourquoi.

Si Thalia n'était pas la seule Hayes à ne pas me traiter comme une maladie, j'aurais esquivé cette fête, mais nous sommes amies. De *très bonnes* amies. C'est peut-être la seule personne dans ma vie qui assure vraiment mes arrières, et nous sommes devenues plus proches depuis notre première rencontre il y a deux ans. Parfois, je me dis que ma meilleure amie n'est plus Kaya. C'est Thalia.

Elle essaie de me divertir alors que les sept frères Hayes agissent comme si je n'étais que de l'air. De l'air très vicié et malodorant en plus. Ils n'étaient pas emballés à mon sujet après la période foireuse où j'ai couché avec Theo et Logan, mais ils étaient courtois.

Ce n'est plus le cas aujourd'hui.

Maintenant, je suis une merde de pigeon sur leurs vêtements de marque. Un cordon d'écouteur emmêlé. Un orteil qui s'est heurté à un meuble. Ce client qui fait la queue pendant vingt minutes, mais qui ne sait pas quoi commander une fois qu'il a atteint la caisse. Un moustique qui bourdonne au-dessus de la tête à trois heures du matin.

Oui, c'est moi. La nuisance.

Fraterniser avec l'ennemie publique numéro un me met dans le même sac que la fille qui a planté un couteau dans le cœur de Nico.

Bien que ce soit peut-être exagéré.

J'ai été le témoin direct de la relation entre Nico et Kaya. À vrai dire, à part de la fascination et un semblant de but supérieur, il n'avait pas de sentiments pour elle. Pas de sentiments significatifs, en tout cas. Le plus souvent, il se forçait à passer du temps avec elle. Il se forçait à la toucher et à l'embrasser. Vu de l'extérieur, il avait l'air de quelqu'un qui essayait de se poser contre son gré.

Et c'est ce manque de jugement qui l'a mis dans ce pétrin.

Kaya est une bonne amie : attentionnée, serviable, et qui se montre généralement disponible quand j'ai besoin d'elle, mais elle n'a pas l'étoffe d'une petite amie ou d'une épouse. Elle aime

I. A. DICE

flirter et enchaîner les mecs. Je ne porte aucun jugement. Une fille a autant le droit qu'un homme de coucher à droite et à gauche, mais peut-être pas quand elle est mariée... Comment est-ce que le mari de Kaya peut être aussi aveugle ? La plupart des gens de Newport savent qu'elle trompe Jared presque tous les week-ends. Soit les rumeurs n'arrivent pas à ses oreilles, soit il choisit de les ignorer.

Je ne m'attendais pas à ce que Logan me remercie après que j'ai en quelque sorte sauvé son petit frère d'une relation toxique. Je ne m'attendais pas non plus au traitement silencieux qui a suivi ou aux regards haineux de ses frères chaque fois que nous nous croisons.

— C'est sympa, mais j'ai besoin de sortir en boîte, dit Thalia en s'arrêtant à côté de moi.

La courte robe noire qu'elle porte peine à contenir ses énormes seins.

— T'es dispo la semaine prochaine ? On pourrait inviter Mary-Jane et Amy et aller au *Q*.

J'ai l'impression d'être coincée entre un marteau et un clou en essayant de jongler entre mon amitié avec Thalia et celle avec Kaya. Elles se détestent par principe, ce qui signifie que planifier des soirées entre filles est pour le moins problématique.

Je choisis toujours entre l'une ou l'autre, mais je préférerais me couper en deux plutôt que de leur demander de se retrouver dans la même pièce. Je suis sûre que Kaya finirait aux urgences avec des marques de griffes sur son beau visage, gracieusement offertes par Thalia. Elle est féroce à souhait et protège sa famille comme une lionne. Personne ne peut dire un mot de travers sur les Hayes sans subir ses foudres.

— Je leur demanderai, mais cette idée me plaît bien, dis-je. Ça fait trop longtemps. T'es trop occupée par ton homme.

Elle sourit, puis rayonne de tous ses membres lorsque Theo s'approche avec un verre de vin. Il passe sa main libre autour de sa taille et presse ses lèvres contre sa tempe. Le baiser est léger, tendre et affectueux.

Ils sont adorables ensemble. Deux ans n'ont pas entamé la façon dont il la traite, comme si c'était la seule femme qu'il voyait. Je ne l'admettrais jamais à voix haute, mais la relation entre Theo et Thalia est celle que j'envie le plus. Elle est son rêve devenu réalité. Tout ce qu'il fait, il le fait en pensant à Thalia, et elle est pareille : amoureuse et aimée. Inconditionnellement.

Pourquoi ne puis-je pas trouver la même chose qu'eux ? J'ai vingt-cinq ans et je n'ai jamais eu de relation à long terme.

Qu'est-ce qui cloche chez moi ?

Pourquoi ne puis-je pas avoir un homme qui m'aime pour moi ? Un homme auprès duquel rentrer à la maison. Un homme avec qui regarder la télévision et à côté duquel m'endormir...

— C'est l'heure du gâteau, *omorfiá*[1], dit Theo avant de me regarder et de ne rien faire de plus qu'un hochement de menton poli pour signaler qu'il m'a vue.

C'est plus qu'aucun de ses frères n'a fait pour me saluer aujourd'hui, mais je sais qu'il ne tolère ma présence qu'à cause de Thalia.

— Je reviens tout de suite, me dit-elle avant de s'éloigner précipitamment en tenant la main de Theo.

Je jette un coup d'œil dans la pièce, à la recherche d'un visage familier à qui parler un moment avant de simuler un mal de tête, de m'excuser auprès de Thalia et de partir rapidement dans exactement quarante minutes. Une heure et demie parmi des gens qui me méprisent, c'est largement suffisant. Dans la foule de visages qui célèbrent le vingt-sixième anniversaire de

---

[1] *Beauté*

I. A. DICE

mon amie, je repère Logan Hayes. Mon corps s'embrase instantanément tandis que mon cœur s'accélère, passant d'un rythme régulier à un galop précipité. Combien de temps avant que ces sentiments insensés ne disparaissent ? Trois ans se sont écoulés, mais je n'arrive pas à me le sortir de la tête, même si j'essaie de toutes mes forces. Nous nous croisons rarement ces jours-ci, mais quand c'est le cas, c'est au moment le moins opportun. À la toute dernière seconde, juste au moment où je pense l'avoir oublié, il se matérialise devant moi comme pour me dire « Non, non, princesse, je ne te laisserai pas m'oublier aussi facilement ». Mes sentiments s'enflamment et me font basculer à la renverse.

Je me retrouve plongée dans un état d'esprit où je suis obsédée par mon erreur et où je voudrais trouver une lampe et invoquer un génie pour qu'il exauce mon vœu : remonter le temps et me permettre de recommencer à zéro.

J'inspire une grande bouffée d'air par le nez et la fais ressortir par ma bouche, forçant ainsi les muscles tendus de mes épaules et de mon cou à se détendre.

Il est là... plus près de moi qu'il ne l'a été depuis que Nico a pris Kaya en flagrant délit, il y a un an et demi.

Il est là, comme je savais qu'il le serait.

Au fond de moi, je suis assez honnête pour admettre qu'il est la principale raison pour laquelle je suis venue ici ce soir. Thalia aurait compris si je lui avais demandé de me retrouver au Tortugo pour un verre de célébration un soir au lieu de me joindre à la fête, mais je ne pouvais pas laisser passer la chance de voir Logan.

Il mesure un mètre quatre-vingt-cinq et est bâti comme le

nageur qu'il était à l'université. Il a un style inimitable, un beau visage de garçon malgré ses trente ans, et des yeux dans lesquels je pourrais me noyer.

Seigneur, il est parfait.

Le genre d'homme pour lequel on se pâme. Le genre qu'on contemple pendant des heures sans jamais se lasser d'admirer ses cheveux impeccables, ses pommettes hautes, ses yeux intelligents et ses lèvres pulpeuses.

Il fait le tour de la pièce en courant avec Josh posé sur son avant-bras. Le petit garçon rit à gorge déployée avec les mains tendues, et Logan sourit. Et ce sourire... la lueur dans ses yeux, la courbe de sa bouche... ça me fait de l'effet. Ça fait ressurgir une avalanche de sentiments indésirables, m'ensevelissant sous une épaisse couche d'émotions intenses.

Nous faisons tous des erreurs.

Nous nous saoulons à une fête et vomissons en manquant les toilettes de peu. Ou nous n'allons pas aux toilettes du tout et nous vomissons dans le salon. Nous sortons en boîte avec des amies et embrassons le garçon sur lequel notre meilleure amie a flashé, juste parce qu'elle a été une garce plus tôt et qu'elle méritait de recevoir une leçon. Ou pire, nous couchons avec le garçon en question et ruinons ainsi notre amitié. Nous dévoilons des secrets même si nous étions censés ne pas en souffler mot à âme qui vive.

Les erreurs. Qu'elles soient grandes ou petites, elles font partie de la vie, du fait de mûrir et d'apprendre à fonctionner dans le monde et à se frayer un chemin dans la jungle.

Nous oublions certaines d'entre elles avec le temps. D'autres vivent dans notre tête en toute impunité pendant plus longtemps... Pour *toujours*.

Certaines nous apprennent une leçon. D'autres deviennent

I. A. DICE

un souvenir doux-amer de notre jeunesse.

La plupart des gens font deux ou trois grosses erreurs. Celles qui nous obsèdent de temps à autre, quel que soit l'intervalle de temps écoulé. Celles qui nous empêchent de dormir la nuit.

Peu d'entre nous font des erreurs qui détruisent nos chances d'avoir une relation authentique et significative.

Je l'ai fait.

Une erreur qui n'aurait jamais dû arriver à quelqu'un comme moi : une étudiante exemplaire, une fille placée en famille d'accueil, bien élevée et obéissante, une bénévole pour des œuvres caritatives.

Cette erreur n'était autre que *Theo* Hayes.

C'était mon premier jour à Newport. J'avais emménagé avec mon ami, Luke, après avoir obtenu mon diplôme universitaire. Nous devions travailler au Country Club pendant tout l'été afin d'économiser suffisamment d'argent pour ouvrir un studio de photographie. Pour célébrer le début de notre nouvelle indépendance, nous sommes allés boire quelques verres en ville.

Theo était là. Beau, courtois, drôle. Une minute, je me tenais près du bar en train de rire d'une blague qu'il m'avait racontée, et la minute suivante, j'étais dans son appartement en train de jouir sur sa bite.

À part son prénom, je ne savais rien de lui. Je ne savais pas qu'il était le fils du maire ou qu'il avait six frères. Ni même qu'ils étaient considérés comme les briseurs de cœur de Newport. Ce dernier point aurait dû me traverser l'esprit lorsqu'une file de femmes m'ont regardé d'un air renfrogné pendant que Theo me divertissait au bar.

Ce que je savais, c'était qu'il ne voulait rien de plus que du sexe. Ça m'allait. Je ne voulais rien de plus non plus. Juste une nuit. Une sorte de coup de tête, mon tout premier coup d'un soir. C'était amusant et satisfaisant, et le boute-en-train insouciant que j'avais rencontré quelques heures plus tôt était toujours là une fois que nous avions terminé. J'étais persuadée que nous ne nous reverrions plus après qu'il m'a appelé un taxi.

J'aurais dû le savoir.

Quelques jours plus tard, je l'ai vu jouer au golf avec trois autres gars. C'est là que j'ai rencontré Logan, Nico et Shawn, mais je n'ai pas prêté attention aux deux derniers. Avec le recul, c'est peut-être pour cette raison que, malgré leur lien de parenté, je n'ai pas réalisé qu'ils étaient frères.

Un seul regard innocent sur Logan a suffi à envoyer des endorphines dans mon système sanguin. Mon attirance pour lui a augmenté tout au long de la journée, sans équivoque et plus puissante que ce que j'avais ressenti jusque-là. Il était poli, charmant et d'une beauté à tomber par terre. Lorsqu'ils ont fini de jouer au golf, il m'a demandé mon numéro et m'a appelée deux heures plus tard pour m'inviter à prendre un verre.

Je suis restée debout devant mon armoire pendant un long moment à essayer de décider quoi porter, étourdie comme une adolescente par le fait que ce beau garçon m'avait invitée à sortir. Après cela, nous nous sommes vus tous les soirs, et le week-end venu, nous avons fini par avoir un vrai rencard dans l'un des restaurants les plus populaires de la ville. Des étincelles volaient et la tension sexuelle était difficile à ignorer.

J'ai cédé.

Non, j'ai *amorcé* les choses en lui volant un baiser lorsque le chauffeur de taxi s'est arrêté devant mon studio.

Une semaine plus tôt, j'étais sûre qu'aucun homme ne pourrait égaler les performances de Theo au lit, mais je me suis ravisée dès que Logan est entré en scène. Je n'en avais jamais assez de lui et je ne pouvais pas être assez proche de lui. J'étais

I. A. DICE

à lui, possédée et vénérée à la fois.

Ses chuchotements à mon oreille, son toucher fort mais tendre, ses yeux affamés... un fantasme devenu réalité. Ses talents indéniables n'étaient que la cerise sur le gâteau. Je me suis réveillée le lendemain béatement éprise, empêtrée dans ses bras musclés, et convaincue que ce n'était que le début. Le début de bien *plus*.

Le charme s'est rompu quelques heures plus tard lorsqu'il m'a envoyé un texto.

Logan : Félicitations. Deux de faits, plus que cinq restants. Désolé de te décevoir, mais Shawn est gay, Nico ne te touchera pas avec une perche d'un mètre quatre-vingt, et les triplés sont mineurs. Ta collection de frères Hayes s'arrête ici.

Je ne me suis jamais sentie aussi humiliée ou rabaissée que ce matin-là, lorsque j'ai réalisé que j'avais couché avec deux frères à une semaine d'intervalle. Logan a ignoré mes appels et les messages que j'ai envoyés pour expliquer que je ne savais pas qu'ils étaient frères. Que je ne *le* connaissais pas lorsque Theo m'avait abordée au bar.

Il n'a jamais répondu.

À partir de là, il a ignoré mon existence tous les dimanches pendant qu'il jouait au golf avec ses frères.

J'aurais dû le forcer à m'écouter, mais j'étais honteuse et vexée. Je me suis recroquevillée sur moi-même et j'ai évité la confrontation. Avec le temps, Logan a arrêté de tourner la tête de façon théâtrale et de croiser les mains sur sa poitrine dès qu'il me voyait, mais à part « Salut » ou « Une Bud Light, s'il te plaît », nous ne nous adressions pas la parole. Jusqu'à ce que je décide d'arrêter de fermer les yeux sur le fait que ma meilleure amie trompait Nico.

À présent, nos regards se croisent à travers la pièce.

Mes paumes deviennent froides et moites, ma nervosité remonte à la surface et mon cœur bat comme une chaîne stéréo.

Je m'attends à ce qu'il me fasse un sourire suffisant, que sa mâchoire se crispe, qu'il tourne ostensiblement la tête ou qu'il lève les yeux au ciel, mais rien ne se produit. Il se contente de me regarder fixement et de parcourir mon corps d'un regard lent et enflammé.

Je me retrouve prisonnière de l'intensité de ses yeux brûlants pendant quelques longues secondes tendues. Il se détourne, visiblement déstabilisé par Nico, qui s'arrête à côté de lui dans toute sa gloire inapprochable.

Les frères Hayes sont grands, musclés et ont une peau mate avec des cheveux châtains ou bruns et des yeux bruns de différentes teintes. Leur aura troublante rend méfiant de loin, mais ils ne sont pas aussi intimidants qu'ils en ont l'air une fois qu'on s'approche d'eux.

Du moins, pas six d'entre eux.

Shawn est un gros nounours tout doux. Il a beau être flic et porter une arme, c'est le plus docile des Hayes. Theo est le blagueur, toujours joyeux, prêt à aider et à soulager la tension. Logan est colérique, nerveux et vicieux s'il le veut, mais il a un cœur en or et une attitude désinvolte face à la vie.

Je n'ai pas passé beaucoup de temps avec les triplés, mais Cody, Colt et Conor semblent être des versions améliorées de leurs aînés, juste plus téméraires. Je suppose qu'ils sont encore en train de s'épanouir en tant qu'hommes et en tant qu'êtres humains.

Et puis il y a Nico. D'une certaine façon, il est différent des six autres. Il a le même physique, mais il est plus grand, avec

I. A. DICE

une poitrine large et musclée et un entrelacs de tatouages sur les mains, les bras et le cou. Une mâchoire carrée, des cheveux noir de jais et des yeux noirs comme le charbon. C'est l'homme le plus effrayant que j'aie jamais rencontré, et cela ne change pas quand on s'approche de lui. Au contraire, le malaise grandit.

Je scrute à nouveau la pièce, à la recherche de quelqu'un à qui parler, mais Thalia et Mary-Jane sont occupées avec leurs autres moitiés. Au lieu de rester seule près du mur comme Annie l'orpheline, je sors prendre l'air pendant que tout le monde déguste le gâteau.

En temps normal, je ferais comme eux, mais vu qu'il contient des noisettes, j'aurais besoin d'une injection d'épinéphrine si je tentais d'en manger un morceau.

Il n'y a personne dans le jardin pour le moment, mais il est décoré avec des ballons, des guirlandes et une zone de prise de photos équipée d'une série d'accessoires et d'une toile de fond colorée. Ce n'est qu'une question de temps avant que les festivités ne se poursuivent à l'extérieur.

Je m'arrête près de la piscine, où un flamant rose gonflable oscille au gré du vent. Je suis reconnaissante pour ce moment de paix. Un moment pour me vider la tête qui se termine trop vite. Mary-Jane me rejoint avec Timothy, le type avec qui elle sort depuis deux semaines, et trois serveurs à temps partiel qui travaillent avec Thalia au restaurant de Nico, *L'Olivier*.

— Hé, qu'est-ce que tu fais ici toute seule ? me demande MJ pendant que les trois gars se déshabillent.

Trois « ploufs » me poussent à m'éloigner du bord.

— J'avais besoin de prendre l'air. Il fait trop chaud à l'intérieur.

— Allez, Mary-Jane ! crie l'un des gars. Viens. La température de l'eau est géniale.

Elle jette un coup d'œil à Timothy, comme pour vérifier ce qu'il pense, et ne voyant aucune désapprobation de sa part, elle me tourne le dos en rabattant ses cheveux devant elle.

— Détache ma fermeture éclair, s'il te plaît.

Sa robe vert bouteille glisse le long de ses jambes maigres et bronzées pour révéler une culotte noire et un soutien-gorge push-up. Ce n'est pas une fille timide, loin de là, mais étant donné que les invités à la fête sont âgés de dix-neuf ans pour les triplés à quatre-vingts ans pour les grands-parents, je suis surprise qu'elle aille se baigner.

Je veux dire, le putain de *maire* est dans la maison.

Les gars dans la piscine poussent des cris de loup tandis que Timothy glousse tout bas en regardant MJ rouler des fesses et lui envoyer un baiser avant de sauter la tête la première dans l'eau.

— Allez, Cass ! À ton tour !

Je recule maladroitement de deux pas supplémentaires.

— Non, ça va. Merci.

L'un d'eux, Jax, je crois, appuie ses mains sur les carreaux et se passe une main dans ses longs cheveux blonds. Les muscles de ses bras se gonflent alors qu'il se hisse hors de l'eau avec une lueur dans ses yeux bleus orageux.

— Lâche-toi, ma belle. Il n'y a rien sous cette robe qu'on n'ait pas déjà vu. Viens dans la piscine.

Je me demande si toutes les fêtes chez Theo et Thalia ressemblent à ça ou si les trois jeunes garçons dans la piscine ont pris cette soirée pour une fête de fraternité. Ils sont à l'université, après tout, et travaillent le soir au restaurant pour gagner de l'argent pour avoir de quoi acheter de l'alcool.

Chaque fois que Jax fait un pas en avant, je recule.

Je tends la main pour le maintenir à distance.

— J'ai dit *non*.

I. A. DICE

Mon dos heurte les meubles de la terrasse tandis que mon pouls s'emballe à mesure qu'il se rapproche.
— D'accord, d'accord. Détends-toi, ma belle, glousse-t-il en levant la main en signe de défaite. Comme tu veux.
Il se retourne et s'avance à petits pas vers ses amis. Je pousse un soupir de soulagement... bien trop tôt.
Jax se retourne à nouveau et s'élance vers moi pour me saisir le poignet. Timothy intervient pour aider. Dommage qu'il aide Jax et pas moi. Le groupe dans la piscine les encourage et rit alors qu'ils m'entraînent vers le bord, malgré mes efforts pour me libérer de leur emprise.
— Non ! crié-je, une peur panique s'emparant de ma tête et de ma voix.
Mon esprit s'emballe et je ne peux pas... Putain, ma tête... Je ne peux déjà plus respirer.
— Je ne plaisante pas ! Lâchez-moi ! Je ne sais pas nager ! S'il vous plaît, je...
La fin de ma phrase est coupée lorsqu'ils me jettent dans l'eau, tout habillée et tenant encore le verre de vin, dont le contenu s'est répandu sur les carreaux.
Je n'ai pas le temps de prendre une grande inspiration. L'air que j'avais en réserve dans mes poumons est éjecté lorsque ma poitrine entre en contact avec l'eau. Je suis prise de peur à la seconde même où je me retrouve sous la surface.
Ma robe mouillée m'entraîne vers le bas malgré mes tentatives frénétiques de remonter à la surface. Ou peut-être que le fait d'agiter les mains et de donner des coups de pied de façon désordonnée me fait couler plus vite.
Il n'y a aucun point d'appui. Il n'y a rien à quoi je peux accrocher mes jambes ou m'agripper. Je ne sais pas ; je ne *vois* pas où est le haut et où est le bas. Mes poumons brûlent, récla-

mant de l'air. Une douleur intense me traverse comme un éclair d'un blanc immaculé et j'ai l'impression que mes côtes sont écrasées par des chaînes de métal.

Chaque cellule de mon corps se vide de son oxygène dans une pure agonie. N'ayant plus les idées claires, à court d'air, submergée par le besoin primitif de respirer, je laisse mes lèvres s'entrouvrir. Je ne devrais pas. Je *sais* que je ne devrais pas, mais c'est un réflexe contre lequel je ne peux pas lutter.

Mes poumons se remplissent d'eau.

Une douleur aiguë et lancinante transperce mon système nerveux comme des milliers d'aiguilles, et la douleur se propage autour de mon cœur.

Dans un étourdissement de terreur, mes yeux s'ouvrent et je vois l'éclat de la lumière du soleil se refléter sur l'eau au-dessus comme pour se moquer de ma vulnérabilité... de mon *impuissance* alors que je me noie silencieusement.

QUATRE

Logan

— Allez, MJ ! crie quelqu'un dans le jardin.

Ma tête pivote involontairement dans cette direction et je scrute les trois gamins qui se trouvent dans la piscine.

— Viens. La température de l'eau est géniale, ajoute-t-il.

Theo hausse les épaules, me faisant signe de laisser tomber quand je lui lance un regard interrogateur.

— Je m'y attendais quand Thalia m'a dit d'inviter tous ses collègues de travail. Ils sont à la fac.

Cela explique leur culot de se baigner alors que la maison est pleine d'invités plus ou moins sophistiqués. Le maire est ici avec sa femme. Mes grands-parents sont là aussi.

Colt nous rejoint avec des bières, remplissant son rôle de barman pour la soirée.

— Ils sont corrects, dit-il en me tendant une bouteille de Bud Light. Celui qui est sur le flamant rose est un DJ. Il a joué à notre soirée de fin d'année.

— Tu veux dire la fête où Nico a failli vous envoyer à tous les trois un avis d'expulsion ? glousse Theo en jetant un coup d'œil en coin vers l'homme en question, qui rumine en silence, comme toujours.

— Il faut que vous appreniez à contrôler les invités, les gars, dis-je avant de descendre un tiers de ma bière. Et l'année prochaine, assurez-vous d'avoir quelques étudiants de première année pour faire le sale boulot.

— Comme nettoyer le vomi sur le trottoir ? demande Conor en soufflant sur ses cheveux longs pour les dégager de son visage. Ce n'est pas une mauvaise idée. Bien vu, frérot.

Il esquisse un sourire en coin en me tapotant le dos.

Quel petit con arrogant !

Les triplés ont encore dix-neuf ans, mais sont à quelques mois d'en avoir vingt et deviennent plus arrogants de semaine en semaine.

Un gros « plouf » parvient à mes oreilles lorsque quelqu'un, probablement Mary-Jane, saute dans l'eau. Nico coupe court à ses cris en fermant la porte-fenêtre et se masse les tempes comme si le bruit lui donnait la migraine.

Il est tout en finesse, celui-là. Il fait un mètre quatre-vingt-dix et peut soulever cent soixante kilos à la gym, mais en même temps, il est rarement sans des AirPod ou des écouteurs dans les oreilles en train d'écouter du rock indie alternatif, de la pop, ou je ne sais quelle merde de ce genre.

— Et un conseil, dis-je en balayant du regard les triplés. Louez quelques WC chimiques l'année prochaine et trouvez un moyen pour que Nico ne soit pas à la maison pour la nuit.

— T'es de quel côté ? lance Nico en s'appuyant contre le mur. T'as vu dans quel état était la maison après la fête, Logan. Pourquoi est-ce que tu crois que je veux refaire le rez-de-chaus-

I. A. DICE

sée ? Il y a une grosse tache sur le mur de la salle de bains des invités après qu'une nana a vomi du vin rouge par projectiles. J'éclate de rire en me rappelant les photos qu'il a envoyées sur la discussion de groupe le lendemain matin de la fête, il y a deux semaines. Dire que c'était le chaos est un euphémisme. Des meubles cassés, des gobelets rouges sur toutes les surfaces planes, et trois seaux de confettis et de serpentins multicolores.

Oh, et le piano...

J'étais persuadé que les triplés allaient se faire arracher la tête pour la bière renversée dessus et pour le connard qui faisait un somme avec sa tête sur les touches. Nico ne joue plus au piano, mais l'instrument dans son salon est sacré. Personne d'autre que notre mère n'a le droit de respirer dans sa direction.

Les triplés ont mis trois jours à tout nettoyer. Ils ont remplacé l'écran plat qui avait fini dans la piscine et repeint les toilettes du rez-de-chaussée, mais n'ont pas pu réparer quelques carreaux cassés et un trou qu'un idiot a percé dans le mur avec la tête d'un autre idiot. Ayant pitié de la Sainte Trinité, j'ai envoyé mon équipe d'entrepreneurs pour les aider. Maintenant, ils me sont redevables, et ça me sera utile un jour quand il sera temps pour eux de recouvrer leur dette.

Je tapote le dos de Nico.

— T'as oublié ce qu'on faisait quand on avait leur âge ? Lâche-leur un peu la grappe. Ils feront mieux l'année prochaine. Et si c'est pas le cas, tu pourras toujours encaisser leurs portefeuilles pour couvrir les réparations et une équipe de nettoyage professionnelle.

Les triplés secouent la tête de manière synchronisée, complètement mortifiés par l'idée. Dans deux ans, ils auront accès aux portefeuilles d'actions que Nico a mis en place pour eux il y a quelques années, et il se trouve que je sais que chacun d'entre eux se situe déjà dans la fourchette supérieure des six chiffres. Le mien est en passe d'atteindre à nouveau un million d'ici la fin de l'année. J'ai déjà encaissé un million l'année dernière pour acheter ma maison au prix promoteur. Ces baraques se vendent à plus de deux millions sur le marché, mais c'est moi qui en ai conçu les plans et qui les ai construites. Ce n'est que justice que j'en obtienne une à bas prix.

— Je ne sais pas nager !

Un couinement aigu parvient à mes oreilles malgré la porte-fenêtre fermée.

— S'il vous plaît, je...

Je me redresse, reconnaissant la voix angoissée de Cassidy.

Elle ne termine pas sa phrase, coupée par un fort « plouf ». Deux hommes se tiennent sur le bord de la piscine, deux autres sont dans l'eau avec Mary-Jane, mais Cassidy n'est pas là. La détresse dans son cri fait se dresser les poils fins de ma nuque. Un sentiment d'anxiété s'empare de mon esprit, faisant glisser des ongles froids le long de ma colonne vertébrale pendant que j'attends qu'elle refasse surface.

Les secondes passent, mais il n'y a aucun signe de sa tête blonde. Les gars regardent l'eau avec un sourire en coin, ce qui explique pourquoi je ne bouge pas. Ils ne resteraient pas plantés là avec autant de désinvolture si elle n'allait pas bien. Quinze secondes de plus s'écoulent avant que l'un d'eux ne donne un coup de coude à l'autre et pointe l'eau du doigt avec une expression de confusion contenue. Je n'attends pas plus longtemps.

Ils sont scotchés sur place, comme s'ils se demandaient quoi faire ensuite.

Sautez, putain !

La peur me transperce comme un éclat d'acier. Près d'une demi-minute s'est écoulée depuis que Cass a sombré. Elle aurait

I. A. DICE

déjà dû refaire surface. Je pousse ma bière contre la poitrine de Colt, me lève d'un bond et traverse la pièce, les yeux rivés sur les deux types qui se tiennent penchés au-dessus de la piscine. Leurs visages deviennent de plus en plus dubitatifs.

Le « Je ne sais pas nager ! » de Cassidy résonne dans ma tête comme un disque rayé, faisant taire tout autre son. J'ouvre la porte coulissante, me mets à sprinter, alerte et concentré, et écarte les deux abrutis qui sont toujours en train de regarder la piscine.

Sans prendre le temps d'évaluer la situation, je saute dans l'eau pour remonter la fille en robe rouge qui a coulé au fond comme une ancre.

Elle se débat comme si elle était violemment secouée par des mains invisibles.

Je me rapproche à la nage. Mes muscles sont plus durs que de la pierre. Je sais pourquoi elle se débat comme ça. J'ai déjà vu ça à l'université pendant un entraînement de natation. L'un des gars s'est évanoui d'épuisement et est tombé dans la piscine. Il n'avait pas beaucoup d'air dans les poumons quand il est entré dans l'eau, et il n'a pas fallu longtemps pour que l'oxygène s'épuise et qu'il commence à se débattre violemment, exactement comme le fait Cassidy en ce moment, qui est en train de se noyer dans la piscine de mon frère.

De l'effroi envahit mon esprit de la même façon que l'eau envahit ses poumons. La peur me prend à la gorge. Les souvenirs se mélangent à la réalité, mais l'adrénaline me pousse à aller plus profond et plus vite.

Trois secondes. C'est tout ce que cela me prend pour l'atteindre, mais j'ai l'impression de nager depuis une putain d'éternité.

Trois secondes qui suffisent pour qu'elle ne bouge plus. Elle est complètement immobile ; il n'y a plus une once d'oxygène dans son corps. Elle repose au fond de la piscine, les bras et les cheveux flottant autour de sa tête, la bouche ouverte, les yeux fermés. Je saisis sa taille, tire son corps mou contre moi, plante mes pieds sur les carreaux pour prendre de l'élan et rassemble toutes mes forces pour remonter. Ma vision est floue et mes yeux piquent à cause du chlore.

Lorsque nous atteignons la surface, j'aspire une grande bouffée d'air et fais entrer de l'oxygène dans mes poumons.

Mais je n'entends pas la même chose de la part de Cass.

Elle ne respire pas.

Le poids de l'inévitable m'écrase de l'intérieur.

Mes frères se tiennent près du bord, les yeux écarquillés et les sourcils levés. Le reste des invités de la fête est également à l'extérieur, regardant Colt et Conor saisir Cass sous les bras et la tirer hors de la piscine.

Une seconde plus tard, je rampe sur la pelouse artificielle jusqu'à l'endroit où elle gît, effroyablement pâle et immobile. De l'eau coule de mes cheveux, de mon nez et de mes vêtements. Mon cœur tambourine dans ma poitrine comme si elle était creuse.

Elle ne respire *pas*.

— Appelez une ambulance ! hurlé-je en faisant basculer Cassidy sur le dos avant de placer mon oreille juste au-dessus de ses lèvres.

Un sentiment de malheur imminent s'insinue au creux de mon estomac, s'emparant de mon esprit qui s'emballe. Je lui pince le nez, incline sa tête et ouvre sa bouche avec des mains tremblantes. Je recouvre ensuite ses lèvres avec les miennes et insuffle de l'air dans ses poumons.

Une fois.

Deux fois.

Et encore.

I. A. DICE

Et encore.
Et encore.
Rien.
Ça ne marche pas.
— Allez, Cass, murmuré-je en avalant quelque chose de chaud et d'amer coincé au fond de ma gorge.
Je trouve son sternum avec mes doigts et place ma paume au-dessus pour commencer à lui faire un massage cardiaque.
— Allez, respire. Respire, respire... scandé-je à voix basse, indifférent aux bruits qui nous entourent, concentré sur la fille sans vie aux lèvres bleu myrtille et aux joues aussi blanches que du lait caillé.
J'envoie cinq souffles supplémentaires dans ses poumons.
— Putain, *respire*, Cass.
Mes muscles brûlent à chaque fois que j'appuie sur sa poitrine.
— L'ambulance sera là dans deux minutes, dit Theo tout près derrière moi.
Son ton est empreint d'une infime partie de la terreur qui m'envahit et qui menace de se transformer en une panique paralysante.
Cela ne peut pas être en train de se produire.
Elle ne peut pas *mourir*.
— Ne t'arrête pas, conti...
Il s'interrompt lorsque Cassidy halète, luttant pour inspirer une simple bouffée d'air.
Ses yeux s'ouvrent, une panique animale aveugle gravée dans ses iris bleus. Un frisson de soulagement me parcourt comme une image qui redevient nette. Elle est prise d'une quinte de toux.
— C'est bon, c'est bon, dis-je en plaçant son corps affaibli

en position latérale de sécurité. Tu vas bien, Cass. Tu vas bien. Calme-toi, respire.

Elle tressaille sur les carreaux, haletant pour trouver de l'air entre deux crachements de la moitié de cette foutue piscine. Elle trouve ma main et s'y accroche fermement. Bon sang, qu'est-ce que... Putain ! Je n'arrive pas à me concentrer sur une seule pensée.

Je serre ses doigts et passe mon autre main sur sa colonne vertébrale jusqu'à ce qu'elle arrête de cracher de l'eau comme un tuyau d'arrosage mal raccordé. Je retrouve alors un semblant de lucidité lorsque je constate qu'elle *respire*.

Elle se redresse pour s'asseoir. Sa respiration est erratique et ses yeux écarquillés sont braqués sur les miens. De l'eau coule de ses cheveux et de son nez. Ses joues sont tachées de minuscules rivières de mascara.

— N'essaie pas de parler, dis-je.

Le chlore doit lui brûler la gorge, et parler n'arrangera rien.

— Respire juste, OK ?

Je saisis ses épaules et prends une profonde inspiration tremblante par la bouche pour l'inciter à faire de même.

— Bien, bien, scandé-je. Juste comme ça. Tout va bien. Ça va aller.

Elle enroule ses bras autour de sa frêle carcasse grelottante, ses dents claquant sous l'effet de la peur plus que du froid. Ses cheveux blonds se collent à son cou alors qu'elle se serre elle-même en silence, luttant pour contenir la panique.

Mon pouls bat toujours à un galop décousu, mais maintenant qu'elle respire, j'entends les voix étouffées autour de moi ; j'entends Theo toujours au téléphone avec l'opératrice des urgences.

— Mon Dieu, tu m'as fait une peur bleue.

Thalia se met à genoux à côté de nous, enveloppe Cass dans

I. A. DICE

une serviette et m'en tend une. Elle serre Cassidy contre elle, ce qui incite d'autres personnes à la rejoindre pour vérifier qu'elle va bien.

Elle a failli mourir. Elle ne va *pas* bien.

Les bavardages s'amplifient lorsque je m'éloigne en m'essuyant le visage et en passant la serviette dans mes cheveux. Mes os se sont presque évaporés et il ne reste plus que ma peau pour me tenir debout.

Je regarde fixement la piscine, à la recherche de ma casquette de baseball pour m'occuper l'esprit et mettre un frein à mes émotions frénétiques, mais mes yeux tombent sur l'enfoiré qui a failli noyer Cassidy avant que je ne la localise.

Je ne prends pas le temps de réfléchir. Je ne le fais jamais.

Je bondis en avant comme un ressort, le saisis à la gorge, balance ma main en arrière, puis l'abats à toute vitesse. Mon poing frappe sa mâchoire. Sa tête tourne sur le côté et du sang jaillit de sa bouche. Je le frappe à nouveau, aveuglé par la tornade d'émotions qui tourbillonne dans ma tête. Elle détruit le sang-froid qu'il me reste, comme une véritable tornade détruit des villes.

Je n'ai pas les idées claires. Mon cerveau n'arrive pas à former une seule pensée rationnelle alors que mon poing percute à nouveau le visage de cet enfoiré. Davantage de sang jaillit de son nez. À un moment donné, il se dégage de mon emprise et tombe à genoux, les mains plaquées sur son visage.

Quelques halètements mortifiés et le « Logan ! » outré et effrayé de ma mère parviennent à mes oreilles comme s'il s'agissait d'une bande sonore de la scène qui est en train de se dérouler, mais je n'y prête pas attention.

Et je ne m'arrête pas.

Je suis à peine capable de voir au-delà du nuage de folie rouge.

— À quoi tu pensais, putain ! explosé-je en le tirant par le col pour le relever. Je l'ai entendue crier qu'elle ne savait pas nager depuis ce putain de salon !

Il se pince l'arête du nez, la tête penchée en arrière pour augmenter la distance qui nous sépare ou arrêter le saignement. Ses yeux brillent de peur et ses épaules s'affaissent.

— J'ai cru qu'elle plaisantait ! Dé... Désolé, je n'ai pas...

— Tu n'as pas réfléchi ?!

Nico saisit mon épaule en enfonçant ses doigts dans ma chair suffisamment fort pour que cela me fasse des bleus, et il me fait reculer d'un pas.

— Calme-toi, Logan, me dit-il à voix basse, les dents serrées, pour que je sois le seul à l'entendre. Elle va bien. Elle va s'en sortir.

La sirène de l'ambulance déchire l'air de l'après-midi, me rappelant Cassidy. Je jette un coup d'œil par-dessus mon épaule vers l'endroit où elle est toujours assise sur le sol, fermement pressée contre le flanc de Thalia. Je serre les dents, reléguant la rage au second plan, mais pas avant d'avoir poussé de toutes mes forces l'enfoiré responsable.

Après une minute à respirer profondément, je suis apaisé lorsque les ambulanciers, menés par mon père, entrent dans le jardin. Ses yeux sont braqués sur moi, sans la moindre trace de réprobation sur son visage pour mon emportement.

En revanche, la pâleur du visage de ma mère pourrait rivaliser avec la blancheur des joues de Cassidy.

Je suis encore plus calme lorsque les ambulanciers mettent à Cass un masque à oxygène et la placent sur une civière pour l'emmener à l'hôpital afin qu'elle soit examinée.

— Combien de temps est-ce qu'elle est restée inconsciente ? me demande l'un d'entre eux tandis qu'un autre recouvre Cass d'une couverture.

I. A. DICE

Elle tremble encore, avec une expression épuisée et abattue sur son joli visage et des yeux remplis d'effroi.

— Environ deux minutes et demie, peut-être trois, dit Theo en s'approchant de l'ambulancier. Logan a commencé le massage cardiaque dès qu'il l'a sortie de l'eau.

Je ne suis que partiellement concentré sur le fait d'aider Theo à répondre aux questions. Premièrement, ma description des événements est faussée par le frisson de panique qui a parcouru mes veines avant que Cass ne recommence à respirer, et deuxièmement, je suis encore trop secoué pour me concentrer sur quoi que ce soit d'autre qu'elle. La plupart de mon attention se porte sur elle pendant qu'elle convainc Thalia de ne pas la suivre à l'hôpital.

Pourquoi pas, putain ?

Quelqu'un devrait l'accompagner. Quelqu'un devrait la distraire. Elle a failli se *noyer*. Elle ne devrait pas être seule.

— Pff, très bien ! soupire Thalia, dont l'accent ressort fortement, signe évident qu'elle n'est pas contente. Mais appelle-moi quand tu sortiras de l'hôpital. Et appelle-moi si t'as besoin de quoi que ce soit.

Elle court à l'intérieur de la maison pour aller chercher le sac de Cassidy.

Trois minutes plus tard, je regarde les ambulanciers la transporter hors du jardin par le portail latéral.

***

Plus tard cette nuit-là, ne parvenant pas à dormir, je suis allongé dans mon lit et fixe le plafond de ma chambre. Le clair de lune danse sur la toile blanche, projetant des ombres qui, d'une manière bizarre et tordue, me rappellent le corps sans vie de

Cass. Elle aurait pu mourir aujourd'hui.

Juste comme ça.

Quelques secondes de plus, et qui sait si je l'aurais ranimée. Et si j'avais été dans la salle de bains ? Ou à l'entrée de la maison, en train d'admirer la nouvelle voiture de Nico ? Ou chez moi, en train de m'assurer que Fantôme n'allait pas manger Arès ?

Et si je n'avais pas été là ?

Personne d'autre ne faisait attention à ce qui se passait dans le jardin. Combien de temps avant que quelqu'un réagisse et saute dans l'eau pour la sortir de la piscine ?

Les questions et les « Et si » se succèdent pendant des heures. L'horloge de ma table de nuit indique deux heures du matin lorsque mon téléphone émet un bip.

Cass : Ce ne sera jamais suffisant, mais c'est tout ce que j'ai... Merci.

Je relis le message dix fois, comme s'il était écrit en grec. Mes doigts planent au-dessus de l'écran pendant quelques minutes avant de taper une réponse humoristique pour tenter de briser la tension. J'ai l'impression d'avoir subi une trachéotomie, mais que quelqu'un a enfoncé la buse d'un compresseur d'air dans ma trachée à la place d'un tube, qu'il a appuyé sur le bouton et qu'il a gonflé mes poumons comme des ballons.

Moi : Je pense que ton ange gardien a un problème de drogue.

Cass : Je crois qu'il en a marre de moi. Ça fait un moment qu'il se la coule douce.

Moi : T'es toujours à l'hôpital ? Qu'est-ce que les médecins ont dit ?

I. A. DICE

Cass : Que je devrais prendre des cours de natation et que tout ira bien. Ils me laisseront sortir dans la matinée.

Moi : Dors un peu.

Cass : Bonne nuit.

Je tape une réponse, puis l'efface, tape à nouveau, puis efface encore. Après quelques essais de plus, je balance le téléphone sur la table de nuit en grognant, et me force à fermer les yeux.

CINQ

Logan

Ce n'est pas bien.

Si l'un de mes frères savait que je suis ici, il ne me parlerait plus jamais, mais je ne peux pas empêcher mes jambes d'avancer. J'ai passé la journée à me dissuader de venir ici, mais j'ai échoué, comme en témoigne ma Charger devant l'immeuble de Cassidy en cet agréable dimanche soir.

Les muscles de mes épaules, de mes bras et de ma poitrine sont tendus depuis que j'ai quitté précipitamment le salon de Theo hier. Un flot d'émotions atroces est encore fermement ancré dans ma tête, et je n'arrive pas à m'en débarrasser.

J'ai besoin de la voir de mes propres yeux pour être certain qu'elle va bien. Pour que l'image de son visage pâle et de ses lèvres bleues qui défile derrière mes paupières chaque fois que je cligne des yeux s'estompe.

Le texto qu'elle m'a envoyé plus tôt ce matin lorsque le médecin l'a libérée de l'hôpital n'a pas suffi à calmer mon anxiété.

TROP
INACCEPTABLE

L'angoisse est toujours là, comme une sensation d'oppression implacable dans ma poitrine.

Je ne devrais pas être ici.

Je ne devrais pas... mais je le suis.

En dépit de mon bon sens, je frappe trois fois à la porte. L'anticipation me picote le cou et le bout des doigts, puis ma peau fourmille de partout... et pas de manière agréable.

Merde. Est-ce qu'elle vit encore ici, au moins ?

Il aurait été plus judicieux que je me pose la question avant de frapper à la porte, n'est-ce pas ? Trois ans se sont écoulés depuis la dernière fois que je suis venu ici. Et si elle avait déménagé ?

La porte s'ouvre brusquement, ce qui me rassure pendant une brève seconde. C'est bien Cassidy. Elle vit toujours ici.

Et elle est nue, putain.

Enfin, pas tout à fait, mais la nuisette noire a de la dentelle au niveau du ventre et ne couvre que les endroits stratégiques. J'ai l'impression que mon propre sang risque de me brûler au deuxième degré. Mon pouls rugit à l'intérieur de ma tête alors que je contemple la courbe de sa hanche, le gonflement de ses seins... Seigneur, ayez pitié.

Ses yeux s'écarquillent et ses joues, qui ne sont plus aussi pâles, rosissent avant qu'elle ne me claque la porte au nez, envoyant une bouffée d'air chaud qui sent son parfum vers mon visage.

— Attends ! crie-t-elle alors que des pas feutrés se retirent à l'intérieur de l'appartement.

J'attends, les jambes clouées au sol. J'attends, même si ça me démange de défoncer la porte, de lui courir après et d'arracher la nuisette de ce corps incroyablement sexy. J'attends, même si j'ai envie de la pousser contre le mur, de plaquer ma main sur

I. A. DICE

sa bouche et de la faire jouir sur ma queue au point qu'elle morde ma chair.
Non.
Hors de question.
Ça n'arrivera pas. Ça ne peut pas arriver. Nico ou Theo me tueraient si jamais ils l'apprenaient.
La porte s'ouvre à nouveau, plus grand cette fois, et Cassidy fait un geste de la main pour m'inviter à entrer. Pendant les trente secondes où elle est partie, elle a troqué la nuisette noire contre un pantalon de survêtement gris et un t-shirt. Dommage qu'elle n'ait pas pris la peine de mettre un soutien-gorge.
Ses mamelons froncés se pressent contre le tissu blanc si fin que je peux distinguer la forme exacte de ses aréoles. Je devrais partir. J'ai l'impression d'être au bord d'une falaise et d'essayer de garder l'équilibre sans perdre pied. Une bouffée de chaleur intense embrase ma poitrine et se propage directement jusqu'à ma bite.

— T'es la dernière personne que je m'attendais à voir débarquer, admet-elle en appuyant son dos contre le plan de travail de la cuisine, les bras croisés sous ses seins, ce qui les fait ressortir encore plus.
Ses yeux sont plus hauts, enfoiré. Lève le regard.
Je le fais. Non sans mal. Ses yeux brillent d'incertitude aujourd'hui. C'est mieux que la panique que j'ai vue hier.
Hier...
Elle a failli se noyer, et me voilà en train de réfléchir à des moyens de l'empaler sur ma bite.

— Je voulais vérifier que t'allais bien.

Un petit sourire ourle ses lèvres roses. Les mêmes qui ont pris une vilaine teinte bleue hier.

— Je vais mieux. Tu veux boire quelque chose ?

Elle ouvre le réfrigérateur.

— J'ai du jus de fruits, de l'eau et de la bière. Pas de Bud Light, par contre. Corona.

— Une Corona, c'est très bien.

Non, ce n'est pas bien, putain. La bière contient de l'alcool ; l'alcool altère le jugement, et avoir un jugement altéré alors que je suis seul avec Cassidy est une très mauvaise idée, compte tenu de ma bite dure comme de la pierre. Heureusement que je porte un polo long qui me permet de dissimuler facilement le renflement.

Je ne change pas ma réponse et je la regarde décapsuler deux bouteilles avec une aisance indéniable. La serveuse ambulante qui est en elle est toujours bien vivante, même si elle a quitté son emploi au Country Club l'année dernière pour poursuivre son rêve. Elle est maintenant propriétaire d'un studio de photographie en ville.

Elle me tend la bière en gardant les yeux rivés sur le goulot de la bouteille plutôt que sur mon visage.

— Tu n'as pas beaucoup dormi, dis-je pour rompre le silence inconfortable qui bourdonne dans mes oreilles.

— Comment tu le sais ?

« Parce que t'as une sale tête » n'est peut-être pas la meilleure phrase à dire à une femme. Je me contente d'une option moins désagréable.

— Tu m'as envoyé un texto au milieu de la nuit et un autre tôt ce matin.

— Je n'ai pas dormi du tout. Les lits d'hôpitaux ne sont pas confortables, et les cauchemars n'ont rien arrangé.

Ses joues rougissent à nouveau, comme si elle en avait trop dit.

— Tu n'avais pas à venir jusqu'ici, mais merci.

I. A. DICE

— Arrête de me remercier.

Je bois une gorgée de ma bière et oriente la conversation vers un terrain plus sûr.

— Comment ça se fait que tu vives au bord de la plage dans une ville où presque toutes les maisons ont une piscine et que tu ne saches pas nager ?

Elle se dirige vers un canapé deux places de l'autre côté de la pièce en me faisant signe de la suivre. Il est hors de question que je m'asseye à côté d'elle sur ce canapé. Trop proche. Trop intime.

J'opte pour le fauteuil à oreilles niché dans le coin, sous une rangée d'étagères flottantes qui ploient sous le poids des romans à l'eau de rose. La dernière fois que je suis venu ici, il faisait nuit et j'étais trop occupé à déshabiller Cassidy pour prêter attention à ce qui m'entourait. L'appartement est minuscule mais fonctionnel. Le canapé est poussé contre le mur, quelques plantes sont posées sur le rebord de la fenêtre, et une grande lampe sur pied surplombe le fauteuil dans lequel je suis assis.

Cass ramène ses pieds sous ses fesses, plie une couverture moelleuse et réajuste quelques coussins comme si elle ne pouvait pas rester en place. Une fois à court de choses à faire, elle prend sa bière sur la table basse et me regarde.

— Aucune de mes familles n'a pensé à m'inscrire à des cours de natation, et aucune n'avait de piscine. Pas de plage non plus.

— Tes familles ? demandé-je en enlevant ma casquette de baseball. Au pluriel ?

— Quatorze en tout. J'ai été placé en famille d'accueil pendant six ans avant d'avoir dix-huit ans.

Pourquoi est-ce que je ne le savais pas ? Je sais qu'elle a obtenu un diplôme de photographie. J'adorais la passion dans sa voix lorsqu'elle parlait de son rêve d'ouvrir un studio. Sa couleur préférée est le bleu. Son anniversaire est en novembre. Elle ne supporte pas les fruits de mer et elle est allergique aux noisettes. Je connais les réponses à toutes les questions standard d'un premier rendez-vous, mais je ne sais rien des trucs qui comptent.

Qu'est-ce que ça peut te faire ?

— Six ans et quatorze familles ? Pourquoi est-ce que tu déménageais aussi souvent ? Et comment est-ce que t'as atterri en famille d'accueil ?

Je repose ma cheville sur mon genou et l'observe tandis qu'elle me regarde comme si elle se demandait si elle devait m'envoyer balader ou sauter dans l'inconnu et s'ouvrir sur son passé.

Elle n'aurait pas hésité il y a trois ans, mais les choses sont différentes aujourd'hui. La connexion que nous avions à l'époque a connu une mort triste immédiate lorsque j'ai appris qu'elle avait couché avec mon frère une semaine avant que nous passions ensemble la nuit la plus mémorable de ma vie.

Aujourd'hui encore, je me souviens de cette intense tension dans mes tripes, de ce besoin impérieux de l'avoir près de moi, de la toucher, de l'embrasser et de la tenir dans mes bras toute la nuit. C'était de loin le sentiment le plus bizarre et le plus fascinant que j'avais jamais éprouvé.

— Mon père a commencé à boire quand j'avais trois ans, me répond Cass en grattant le coin de l'étiquette de sa bière avec son long ongle beige. Deux ans plus tard, ma mère buvait aussi. J'étais principalement élevée par notre voisine, madame Jones. Elle me donnait à manger et sortait faire ses courses tous les matins pendant que j'allais à l'école à pied pour pouvoir garder un œil sur moi. Mes parents étaient ivres la plupart du temps, et quand j'ai eu dix ans, ils ont commencé à disparaître

I. A. DICE

et à me laisser seule pendant des jours.

Elle pousse un souffle triste et vaincu par le nez, puis lève ses yeux ternes et dépourvus d'éclat naturel pour rencontrer les miens.

— Je crois que madame Jones pensait bien faire en appelant les services sociaux.

Quel genre de parents abandonnent leur enfant pendant *des jours* ? J'essaie de ne pas imaginer la fillette blonde effrayée assise seule dans une maison froide et vide, affamée et inquiète, mais c'est justement ça... C'est quand on essaie de ne pas penser à quelque chose qu'on ne peut pas s'arrêter.

— Elle n'a pas bien fait ? Tes parents te négligeaient, Cass. Je dirais qu'elle aurait dû les appeler beaucoup plus tôt.

Savoir ça ne devrait pas m'affecter de cette façon. Cela ne devrait pas m'affecter du tout, mais je ne suis pas fait de pierre, et une boule de tristesse grossit derrière mes côtes. Cass n'est plus cette petite fille, mais alors qu'elle est assise sur le canapé, on dirait que ses yeux ne se souviennent plus comment sourire.

La vie est injuste. J'ai été choyé, aimé et couvert d'affection toute ma vie. J'ai vécu dans la maison de mes parents, entouré de mes frères. Cassidy a été livrée à elle-même. Je ne peux pas me débarrasser des images qui se bousculent dans ma tête. Aux bribes les plus bizarres qui s'ajoutent à la scène horrible. Je ne sais même pas si ces images sont proches de ce qu'elle a vécu, mais je les vois quand même : des yeux larmoyants, des vêtements sales, des genoux éraflés.

— Mes parents n'étaient pas les meilleurs, admet-elle avec un léger haussement d'épaules. Mais il y a des gens bien pires. Certaines des familles qui m'ont recueillie...

Elle secoue la tête pour chasser ces souvenirs.

— J'ai vite compris que la faim et la solitude ne sont pas

les pires sensations.

La question reste sur le bout de ma langue. Non posée. J'ai envie de savoir quelle était la pire sensation, mais en même temps, je n'ai pas envie de l'entendre. Les scénarios qui se multiplient dans ma tête deviennent plus sinistres de seconde en seconde. Le fait de savoir que personne ne s'est occupé d'elle me met déjà à cran. Je ne veux pas qu'elle revive la merde qu'elle a endurée, quelle qu'elle soit.

— T'as revu tes parents après avoir été placée en famille d'accueil ?

— Non. Je ne sais même pas s'ils sont encore vivants.

Elle se force à pousser un petit rire triste et se redresse soudain, les joues à nouveau plus roses.

— Désolée, je ne voulais pas que cette conversation prenne une tournure aussi sérieuse. C'est du passé. Je vais bien depuis des années.

Bon sang, qu'est-ce qu'elle me fait ? Un mot, et elle m'a presque brisé en deux. *Bien* au lieu d'*heureuse* ? Je ne peux pas m'empêcher de me demander si elle a déjà été vraiment heureuse. Elle n'a certainement pas l'air de l'avoir été un jour.

— Ça fait quelques années que t'es à Newport maintenant, dis-je en détournant à nouveau le fil de mes pensées. T'as eu tout le temps d'apprendre à nager.

Un léger coup frappé à la porte nous fait sursauter tous les deux.

— Désolée, c'est sûrement Kaya.

Toutes les émotions que je ressentais il y a une seconde se dissipent et sont instantanément remplacées par une pure colère qui brûle mes veines.

C'est bien ma veine.

Même si je suis légèrement reconnaissant pour l'intrusion

I. A. DICE

de Cruella. Tous ceux qui ont des liens avec cette salope sont automatiquement impliqués dans le malheur de Nico, ce qui veut dire que venir ici était une idée stupide. Malgré mes intentions nobles et innocentes...
Je. Ne. Devrais. Pas. Être. *Ici.*
Mais vu le temps que j'ai passé à reluquer les seins de Cass, mes intentions ne sont peut-être pas si pures que ça. Un coup de fil aurait suffi, mais Logan réfléchit *après* avoir agi.
Quel imbécile, ce type.
— Je vais y aller, dis-je en me levant.
Son joli visage tressaille de déception et je serre les dents, bien décidé à partir. Elle me fait un signe de tête crispé, consciente qu'il est hors de question que je passe une seconde avec Cruella. Nous traversons la pièce et Cassidy ouvre la porte pour révéler le diable en personne, une brune élancée dont l'extérieur d'une beauté saisissante ne reflète pas l'intérieur d'une abomination frappante.
Bon sang, elle est tellement belle qu'aucun homme sur terre ne pourrait résister à son charme.
Ma présence fait naître une grimace mêlée de surprise sur le visage parfait de Kaya, qui me regarde d'un air ahuri.
— Qu'est-ce que tu fous là ? lance-t-elle en mettant les poings sur les hanches.
Je passe à côté de la garce en lui donnant un coup d'épaule. Mes jambes sont en autopilote.
— Ne sois pas désagréable, gronde Cassidy. Rentre juste à l'intérieur, OK ? Je reviens tout de suite. Logan, attends. S'il te plaît.
La porte de son appartement se ferme plus fort qu'elle ne le devrait tandis que des pas feutrés se font entendre derrière moi. Une petite main chaude me serre le bras. Ou tente de le faire, du

moins. Les doigts de Cass ne font pas le tour de mon bras.

— Je suis désolée. Elle était censée arriver il y a des heures. Je ne pensais pas qu'elle se pointerait aussi tard.

Elle me contourne, faisant se balancer ses cheveux clairs, d'un blond presque platine, sur ses épaules.

— Merci d'être venu. Si jamais je peux faire quelque chose pour toi... Je veux juste dire que je te suis redevable.

— Arrête de me remercier, soufflé-je en tentant d'avoir l'air indifférent, pour qu'elle ne voie pas à quel point le contact de sa main autour de mon biceps m'émoustille. Tu ne me dois rien, mais si tu veux faire quelque chose, trouve-toi un nouvel ange gardien. Je ne serai pas là la prochaine fois que tu te baigneras, et quelqu'un devrait l'être.

Elle esquisse un sourire adorable qui, pour la première fois, atteint ses yeux bleu ciel entourés de longs cils noirs, et le compresseur d'air dans ma poitrine se remet en marche.

C'est quoi ce bordel ?

Quoi que ce soit, cela me pousse à faire un pas en avant. J'envahis son espace, surplombant son mètre soixante-cinq, et je *sens* la chaleur qui se dégage de son corps par vagues, l'odeur fraîche et acidulée du gingembre et du citron ; l'attirance magnétique. Elle lève la tête vers moi, immobile, avec des yeux plus sombres et des pupilles dilatées. L'air autour de nous devient trop épais pour être inhalé lorsqu'elle entrouvre les lèvres et laisse échapper un long souffle tremblant.

La porte sur ma gauche s'ouvre, et l'un des voisins de Cassidy s'arrête sur le seuil avec un sac poubelle noir à la main. J'en profite pour m'éloigner d'un pas de Cass et laisser passer le type. Maintenant que je suis privé de sa proximité, le brouillard de la luxure se dissipe dans ma tête et mes poings se serrent de frustration.

I. A. DICE

Je n'ai aucun contrôle en présence de cette fille.
— Bonne nuit, Cass.
Encore une grimace de déception.
— Bonne nuit, Logan.
Bouge... espèce de crétin. *Cours*, putain.
Et c'est ce que je fais.

Je sors de l'immeuble parce que ma détermination est en train de flancher, et que c'est soit augmenter la distance entre nous, soit la réduire jusqu'à ce que nos corps fusionnent dans son lit.

SIX

Cassidy

La clochette de la porte d'entrée retentit lorsque la dernière cliente de la semaine entre dans mon studio le samedi après-midi à dix-huit heures moins cinq. Ses cheveux blond vénitien voltigent autour de son magnifique visage tandis qu'elle observe l'endroit. Elle tourne son long cou mince de droite à gauche et scrute les nombreux portraits accrochés aux murs.

— Bonjour, je peux vous aider ? demandé-je en m'arrêtant dans la tâche fastidieuse de tout ranger avant que nous ne fermions.

Enfin, avant que *je* ne ferme. Mon associé, Luke, a pris son après-midi pour se préparer pour une fête et m'a laissé le soin de m'assurer que les accessoires sont bien rangés dans les placards et que le studio est prêt pour une séance photo commerciale qu'il doit faire pour le bijoutier local.

— Bonjour, oui. T'es Cassidy, non ? On m'a dit que t'étais la meilleure du coin pour les portraits.

Elle s'approche, les yeux toujours rivés sur les photos pendant un moment avant de tendre la main.

— Je m'appelle Aisha Harlow. Et tu peux me tutoyer.

— Harlow, répété-je en fronçant les sourcils. Aisha Harlow. Pourquoi est-ce que ça me dit quelque chose ?

Elle me fait un sourire rayonnant et mord sa lèvre enduite de gloss rose, visiblement ravie que je reconnaisse son nom de famille.

— T'as peut-être lu un de mes livres ?

— Oui ! m'exclamé-je lorsque le déclic se produit.

Aisha Harlow, la reine des romans d'amour cochons.

— Je les ai *tous* lus. Mon Dieu, j'*adore* ta plume.

Elle a un don pour la narration. Dès les premiers mots, on est happé et on ne peut plus poser le livre.

Juste un chapitre de plus... Ouais, c'est ça. Chaque fois que je mets la main sur son nouveau livre, je ne le commence pas avant d'avoir six à huit heures de libres pour le terminer d'une traite.

— Je ne savais pas que t'étais du coin.

— Peu de gens le savent, admet-elle en faisant à nouveau le tour de la pièce. J'ai tendance à dire que je viens du comté d'Orange, mais je ne précise pas Newport Beach.

Elle tourne sur ses talons aiguilles pour me faire face à nouveau.

— Quoi qu'il en soit, j'ai besoin d'un photographe fiable pour prendre des clichés pour les couvertures.

Je me remémore rapidement les couvertures des livres d'Aisha en me demandant quel type de photos elle a en tête.

— Donc des hommes séduisants à moitié nus dans des poses sexy et obsédantes ?

— Exactement. J'engagerai un modèle que j'aime bien et je te l'enverrai pour que tu puisses opérer ta magie.

I. A. DICE

Elle pointe du doigt la photo de Luke qui est affichée près de la porte principale. L'appareil photo l'adore. Il a les mains baladeuses, est un peu narcissique et adore l'attention que lui procure le fait de poser devant un appareil photo. Pendant son temps libre, il se porte volontiers volontaire pour poser pour moi chaque fois que je veux étoffer mon portfolio.

— Ce genre de choses. Je sais qu'il se fait tard et je n'ai pas le temps maintenant, alors tu pourrais peut-être me dire quand tu serais disponible pour en parler autour d'un café ?

Je sors mon carnet pour consulter mon agenda.

— Je suis libre mardi de midi à quinze heures. Ça te va ?

— Parfait. Retrouve-moi au café au coin de la rue.

Nous échangeons nos numéros de téléphone, et Aisha part d'un pas sautillant en balançant ses cheveux et ses hanches. Un homme grand chauve musclé attend à l'extérieur, appuyé contre une moto noire. C'est l'incarnation d'un des personnages masculins de ses livres, et je me demande si c'est son petit ami ou juste un sujet de recherche.

Je finis de nettoyer et de verrouiller le studio, puis j'envoie un texto à Luke. Mon excitation est palpable dans l'air.

Moi : Tu ne croiras jamais QUI vient de passer au studio !

Luke : Jésus.

Je glousse, ouvre la porte de ma voiture et pose mon sac sur le siège passager.

Moi : Presque. Aisha Harlow. Tu te souviens du livre que je t'ai donné le mois dernier ? C'est elle qui l'a écrit. Elle veut que je prenne des photos pour ses couvertures. On se voit la semaine prochaine pour parler des détails !

Luke : Putain ! T'as de la chance. T'as intérêt à me recommander pour être le modèle de l'une d'entre elles.

Moi : Elle a vu ta photo. Je pense que t'as toutes tes chances.

Nous échangeons des textos pendant un moment, et une fois de plus, il essaie de me convaincre de faire la fête avec lui ce soir. J'ai beau aimer Luke et son mec, je ne suis pas fan de leur groupe d'amis. Trop d'alcool et de cocaïne à mon goût.

Je jette le téléphone sur le siège passager, démarre ma Fiat jaune bien-aimée et sors en marche arrière de ma place de parking. « Mickey » de Toni Basil s'échappe des haut-parleurs, mais ce n'est pas la radio. C'est mon téléphone et la sonnerie que j'ai configurée pour MJ.

— Allô ?

— Salut, ma belle ! S'il te plaît, dis-moi que t'es libre ce soir ! s'écrie-t-elle. Amy m'a plantée et j'ai besoin d'une wingman !

— Une wingman ? On ne dit pas wingwoman ?

Non, ça sonne faux. Winglady ?

— Je n'ai rien de prévu, mais...

— Dieu merci ! Amy a une gastro et...

Elle halète de façon théâtrale.

— Merde ! Elle est peut-être enceinte ! Je veux dire, qui se met à vomir tout d'un coup ? En plus, elle est d'une humeur massacrante ces derniers temps.

— Tu t'éloignes du sujet, ma belle. Les gens tombent malades tout d'un coup, tu sais ?

Je regarde dans le rétroviseur quand quelqu'un klaxonne alors que j'attends que le feu rouge passe au vert. Merde. Il est déjà passé au vert.

I. A. DICE

— Ce n'est pas comme si on recevait une carte postale une semaine à l'avance pour être prévenu.
— Oui, oui, marmonne-t-elle.
— Je crois qu'elle est en train de manger. Connaissant MJ, c'est probablement un donut avec un glaçage. J'aimerais avoir son métabolisme. Elle peut manger tout ce qu'elle veut et ne jamais prendre de poids, alors que je me tue à la gym pour garder la ligne.
— Mais si elle *est* enceinte, souviens-toi que je l'ai deviné en premier.
— Je n'oublierai pas. Bon, viens-en au fait.
— Oh, c'est vrai, oui. Alors viens avec moi ce soir, s'il te plaît, s'il te plaît, *s'il te plaît* ! Tu t'éclateras, je te le promets !
— Tu veux que je vienne *où* avec toi ?
— À Rencards Express ! J'ai réservé deux places, mais comme Amy est peut-être ou peut-être pas enceinte, elle ne peut pas venir. *S'il te plaît, s'il te plaît...*
— D'accord !
Je coupe court à ses supplications. Elle répétera « S'il te plaît » en boucle jusqu'à ce que j'accepte. Je gémis pour qu'elle comprenne que l'idée ne m'emballe pas.
— Ça a l'air épouvantable. Pourquoi tu veux aller là-bas ?
— Pour rencontrer des mecs. Quelle question !
Elle pousse un soupir à l'autre bout du fil.
— Allez, un mec ne te ferait pas de mal non. C'est quand la dernière fois que t'as eu un rencard ?
Il y a trois mois. Je suis sortie avec un type que j'avais rencontré en ligne. Il s'appelait Mathew, et il a mis un point d'honneur à ce que je sache que son nom s'écrivait avec *un seul* t. C'est à cause de lui que je me suis désinscrite des applications de rencontres. Un jeune Dieu sur les photos s'est avéré être un

maigrichon débraillé avec un complexe de Napoléon. Le pire rendez-vous de ma vie. Au moins, à Rencards Express, je ne risquerai pas de croire à des conneries.

— D'accord. Où et à quelle heure ?

— *Eh bien...* c'est dans ce nouveau bar pas loin du *Q*. *Amaretto* ou *Argento*. On doit y être à dix-neuf heures. Je passerai te chercher à moins le quart.

— Dix-neuf heures ?! Il est dix-huit heures dix et je ne suis même pas encore chez moi.

— Je t'aime ! répond-elle en gloussant avant de raccrocher.

Génial. J'ai une demi-heure pour rentrer chez moi, prendre une douche, m'habiller et me maquiller. Pour qui elle me prend ? Sonic le Hérisson ?

SEPT

Logan

Trente personnes.

Quinze femmes, quinze hommes. Cinq minutes par rencontre.

Ce n'est pas comme ça que j'avais imaginé mon samedi soir, mais Nico, Adrian et Toby deviennent trop créatifs. Enfin, j'imagine que c'est le cerveau dérangé de Nico qui est à l'œuvre sur ce coup-là. C'est lui qui a eu cette idée stupide de participer à Rencards Express.

— Ce soir, c'est le grand soir ! s'exclame Toby en entrant dans le bar à cocktails moderne avec une démarche pleine d'entrain. Tu vas perdre, Logan. Perdre, p-p-perdre, *perdre* !

Il a de l'espoir !

Adrian saisit mes épaules et me balance de gauche à droite. Son excitation se traduit par un sourire jusqu'aux oreilles qui laisse entrevoir ses dents. Ils n'ont peut-être pas tort. Rencards Express est le cadre idéal pour trouver une fille qui m'enverra balader. Ce n'est pas un endroit pour ceux qui veulent juste s'amuser un peu. Non, Rencards Express est conçu pour ceux qui cherchent l'âme sœur et qui commencent à être désespérés. Je ne suis pas inquiet pour autant. En fait, je m'en fiche complètement.

Les paris étaient amusants au début, mais au bout de quelques week-ends, ils sont devenus tout aussi ennuyeux qu'autre chose. Dommage que ma fierté ne me laisse pas brandir le drapeau blanc. J'ai gagné huit montres grâce à ces paris, et je gagnerai la neuvième.

L'hôtesse à la porte écrit nos noms sur des étiquettes blanches et les colle sur nos poitrines. Elle est séduisante : blonde, avec une poitrine décente et de belles hanches, mais comme la plupart des femmes de Newport Beach et du comté d'Orange, elle n'est pas inoubliable.

— N'hésitez pas à prendre un verre, et ensuite installez-vous à la table de votre choix une fois que la première cloche aura retenti.

Elle fait un geste vers la double porte.

Adrian entre le premier et tourne la tête de gauche à droite. Il observe ouvertement les personnes présentes, à la recherche d'une femme dans laquelle il pourrait enfoncer sa bite ce soir. N'importe qui fera l'affaire. Adrian n'est pas difficile.

N'ayant que cinq minutes pour commander un verre avant que la torture ne commence, je pose mes coudes sur le comptoir et attends que le barman s'approche. Cet endroit est ouvert depuis six mois, mais c'est la première fois que j'y mets les pieds. Newport est la Mecque des gens pleins aux as. Beaucoup de jeunes entrepreneurs tentent de tirer profit des riches, ce qui fait que de nouveaux bars comme celui-là poussent comme des champignons.

I. A. DICE

La lumière de la salle est tamisée. Quinze petites tables sont disposées en demi-cercle, chacune dotée d'un petit bouquet de muguet. Leur arôme flotte dans l'air, écrasant quinze marques de parfum et quinze marques d'eau de Cologne. La plupart des tables sont déjà occupées par des femmes qui attendent que les rencontres commencent.

Heureusement, je ne reconnais aucune d'entre elles, et aucune ne retient mon attention plus longtemps qu'un rapide coup d'œil.

Toby fait signe au barman pendant que je balaie la salle du regard en me demandant quelle femme mes amis vont choisir comme cible pour moi ce soir. Aucune ne sort du lot, et aucune ne semble particulièrement encline à s'amuser.

Aucune n'a l'air particulièrement encline à me dire non non plus.

— J'ai trouvé ! s'exclame Adrian en tendant le cou pour voir par-dessus mon épaule.

Je tourne à cent quatre-vingts degrés juste au moment où deux hommes s'éloignent avec leurs boissons, révélant une femme mince, aux traits anguleux, vêtue d'un *tailleur* avec chemise blanche, blazer rouge et pantalon assorti. Elle a désespérément besoin d'une petite intervention que j'appelle une *balaictomie*. Définition : elle a un balai dans le cul et quelqu'un doit le lui enlever immédiatement.

Mais je doute que ce soit moi qui accomplisse cette tâche. Elle est plutôt le genre de Nico. Des cheveux raides foncés attachés en queue de cheval, des traits assez tranchants pour couper du verre, et un air de ne pas se laisser embobiner sur un visage époustouflant. Je me tourne vers mon frère, mais il ne s'intéresse pas à la brune et regarde quelque chose à l'autre bout de la pièce.

Je suis son regard et pousse un juron intérieur.

Mary-Jane traverse la pièce, suivie de près par nulle autre que *Cassidy*. Une robe marine à manches courtes épouse ses hanches et sa taille, mettant en valeur ses seins peu volumineux.

— Je me casse, dit Nico avant de vider le verre de whisky que le serveur du bar lui a tendu il y a moins de trente secondes. Appelez-moi quand vous aurez fini.

— Pas question.

Je saisis son avant-bras avant qu'il ne s'éloigne.

— Détends-toi. C'est juste Cassidy et Mary-Jane. Kaya n'est pas là.

— Oui, et tout ce qui se passera ce soir sera aussitôt rapporté à Kaya. Merci, mais non merci.

— Qu'est-ce que ça peut te faire qu'elle sache ce que tu fais ?

S'il vous plaît, mon Dieu, faites en sorte que mon frère n'ait plus de sentiments pour Cruella, ou je vais devoir lui remettre les idées en place à coups de batte de baseball dans le crâne.

— Cette salope peut aller se faire foutre, Nico. Et Jared aussi ! lui dis-je.

Il grince des dents en dévisageant Cassidy comme si c'était elle qui l'avait trompé. Une minute s'écoule pendant qu'il se décide à la Nico, à savoir en y réfléchissant et en analysant la situation à outrance.

— D'accord.

Il se retourne vers le bar pour commander un autre verre.

— Mais tu prends ma place quand je suis censé parler avec Cass. Je n'ai rien à lui dire.

C'est une mauvaise idée.

Une très mauvaise idée, putain. Cela fait deux semaines que mon esprit est obnubilé par Cassidy. Je ne devrais pas passer une minute de plus en sa présence, mais c'est soit ça, soit Nico

I. A. DICE

partira en trombe sans un regard en arrière.
— Ouais, peu importe. Elle ne mord pas, frérot. N'oublie pas que c'est grâce à elle que...
— Ferme-la, craque-t-il d'un ton qui laisse entendre qu'il va m'arracher la tête si je ne laisse pas tomber le sujet.

Il est interdit de lui parler de la nuit où il a vu Kaya avec Jared dans une position à la fois compromettante et créative.

La fille qu'Adrian a choisie pour moi ce soir traverse la pièce en talons aiguilles d'un pas léger mais assuré, les épaules en arrière et la tête haute. Sa longue queue de cheval se balance sur les côtés avant qu'elle ne s'asseye et croise les jambes. Elle est inaccessible de façon sexy. Chacun de ses mouvements est empreint d'une aura de supériorité, ce qui incite les hommes à la regarder à deux fois. J'entends presque les pensées qui se bousculent dans leur tête.

Elle referme ses lèvres rouge sang sur une paille et creuse volontairement ses joues lorsqu'elle aspire une gorgée d'un cocktail rose, comme pour révéler subtilement que c'est une cochonne au lit.

Ça marche. Elle va se faire draguer par tous les couillons d'ici. Moi y compris, apparemment.
— Ce n'est peut-être pas une très bonne idée.

Toby fait la moue en contemplant la bombe sexuelle avec une lueur d'admiration et de timidité dans ses yeux bleus.
— À mon avis, elle pourrait couper la queue de Logan s'il fait un pas de travers. Je n'ai pas envie d'avoir ça sur la conscience.
— Je suis d'accord, dis-je, sincèrement soulagé.

Je n'aime vraiment pas les femmes trop sûres d'elles et trop distantes.
— Je ne suis pas de taille. Laissez-la à Nico. Si quelqu'un

peut dompter la reine des abeilles, c'est bien toi.

Je lui donne un coup de coude dans les côtes pour le dérider un peu, mais le sourire que j'attendais en retour n'arrive pas.

Sans surprise. Le jour où cet enfoiré sourira vraiment, je serai probablement tellement décontenancé que je ferai un putain d'anévrisme.

Il jette un coup d'œil par-dessus son épaule pour la jauger, moyennement intéressé. Je pense qu'il n'y a pas une femme sur cette terre qui pourrait faire tomber Nico à la renverse.

— Ça marche, dit-il.

Adrian pousse un soupir, peu amusé.

— Très bien, tu peux l'avoir, Nico. Et toi, dit-il en me prenant l'épaule et en examinant à nouveau les femmes, tu prends celle de la table six.

La fille en question ne doit pas être plus âgée qu'une étudiante de dernière année et nous reluque depuis que nous avons franchi la porte.

— Essaie au moins de me donner un défi.

— Regarde-la ! s'écrie-t-il bruyamment, faisant se tourner quelques têtes dans notre direction. Je parie que c'est la fille d'un pasteur.

Une fille de pasteur qui a sérieusement besoin d'être baisée.

— Elle ne se laissera pas embobiner par ton baratin. Et si elle le fait...

Son regard passe de Nico à Toby.

— Je lui achèterai cette montre moi-même. Je me ferai même tatouer ton visage sur le cul si elle te donne son numéro, mec.

Je n'ai pas envie de frapper Adrian en permanence, juste la plupart du temps. C'est un véritable animal.

— Alors je ne suis pas obligé de l'embrasser cette fois ?

— Non, mais tu n'as que deux discussions avec elle pour

I. A. DICE

exercer ta magie.

— Je n'ai vraiment pas envie de tatouer le visage de Logan sur ton derrière, Adrian, dit Toby. Je ne veux pas toucher ton cul !

— Bonsoir, et bienvenue à Rencards Express, claironne un homme à l'avant de la salle dans un micro, interrompant notre conversation.

Quel *dommage* !

— Les règles sont simples. Collez l'étiquette avec votre nom sur votre poitrine et asseyez-vous à la table de votre choix. Dès que la cloche retentit, les hommes passent à la table suivante dans le sens des aiguilles d'une montre. Nous ferons une pause de quinze minutes après le premier round, et vous pouvez appeler une serveuse à tout moment si vous avez besoin d'un autre verre. Amusez-vous bien.

La plupart des hommes se dépêchent de prendre un siège, mais nous avons tous les quatre tout notre temps. Peut-être que si j'étais censé m'asseoir à la table six et commencer le spectacle, je me précipiterais, mais un connard s'y trouve déjà. Une fois que la plupart des hommes ont choisi une table, je prends place à la table douze, où une bimbo pourrie gâtée, dont le Botox suinte presque de ses pores, s'amuse avec une mèche de cheveux roses.

Cass se trouve à l'autre bout du demi-cercle, et j'ai une vue dégagée sur son joli visage. Je ne sais toujours pas ce qui a bien pu changer pour que sa beauté devienne fulgurante, mais elle attire les regards comme un coup de tonnerre dans une nuit silencieuse.

Je jette de temps en temps un coup d'œil vers la table de ma cible, dans l'espoir d'apprendre quelque chose sur elle avant notre rencontre. J'aime avoir un atout en main, mais elle ne me fournit rien de concret. Son langage corporel est réservé. Elle a les mains posées sur son verre et les épaules légèrement voûtées. Je me tourne plus souvent vers elle parce que c'est à peu près la seule chose qui m'empêche de regarder ostensiblement Cassidy lorsqu'elle rit avec différents hommes à sa table.

Ils ne sauraient pas par où commencer pour la faire crier.

L'étiquette de la fille de la table six indique *Sofie*. Son verre de vin est vide depuis au moins deux rencontres, mais aucun des crétins qui me précèdent ne l'a remarqué. J'appelle une serveuse et commande une autre bière pour moi et du vin pour elle. C'est ma stratégie habituelle : séduire la fille en lui offrant des verres.

— Je ne bois pas de vin, dit Carmen, la femme en face de moi, en montrant son grand verre de bière.

Si le fait qu'elle boive de la bière blonde comme un mec n'est pas assez repoussant, la grosse croûte noire de mascara dans le coin de son œil droit l'est certainement. Cela ne me dérange pas qu'une femme boive de la bière, mais Carmen ne boit pas. Elle verse le liquide doré dans sa gorge sans l'avaler, comme s'il s'agissait d'un talent censé m'impressionner.

— J'ai remarqué.

La cloche sonne à nouveau. C'est à mon tour de m'asseoir en face de Cassidy, mais je passe devant elle en levant l'index pour lui faire comprendre que je reviens tout de suite. Je m'arrête à la table six et pose le vin à côté du verre vide de Sofie. Elle parcourt mon corps du regard en se pinçant les lèvres, avec une lueur de satisfaction dans les yeux. Elle est jolie, et je me vois bien déposer une ligne de baisers le long de la colonne de sa gorge, mais elle ouvre la bouche, et c'est le désenchantement.

— Je suis censée baisser ma culotte maintenant ? demande-t-elle avec une pointe d'espièglerie dans la voix.

Cette réplique ne me fait pas l'effet escompté. Au lieu d'être excité par cette possibilité, j'ai envie de lever les yeux au ciel.

— T'es censée dire *merci*, ma belle.

I. A. DICE

Un léger rougissement apparaît sur ses joues, marquant son cou et son décolleté au passage.

— Merci...

Elle regarde ma poitrine.

— ... *Logan*. Je ne pense pas que ce soit déjà ton tour à ma table.

Non, ce ne l'est pas, et l'homme impatient à ma gauche, qui me dévisage avec insistance, les bras croisés sur sa poitrine, est du même avis.

— Je reviens dans cinq minutes, ajouté-je avant de faire demi-tour et de m'asseoir à la table de Cassidy.

Elle joue avec les glaçons dans son verre à moitié vide, semblant mal à l'aise, ne sachant pas trop à quoi s'attendre de notre discussion. Une aura de danger imminent s'installe autour de nous lorsque l'odeur de gingembre et de citron de sa lotion pour le corps ou de son shampoing parvient à mon nez, et que ma bite s'agite dans mon jean.

Couchée, ma grande.

— Tu t'es inscrite à des cours de natation ? demandé-je, faute de mieux.

Mon esprit se vide en sa présence.

Je vise à avoir une conversation légère et décontractée. Rien d'inapproprié. Rien qui puisse suggérer que j'ai envie d'écarter ses jambes sur la minuscule table entre nous, de lécher sa douce chatte jusqu'à ce qu'elle jouisse, puis d'enfoncer ma bite profondément en elle pour la sentir jouir autour de ma queue.

— Non, et je ne le ferai pas, admet-elle.

Le malaise s'estompe de son visage et un sourire prend sa place. C'est mieux.

— Peut-être que mon ange gardien va arrêter de se droguer.

— Ne compte pas sur ce type.

Eeeet... plus rien. Je ne sais pas du tout comment poursuivre. Je n'ai jamais été aussi empoté avec une femme. Cass et moi avons passé quelques soirées ensemble il y a trois ans, alors on a déjà abordé les sujets de merde dont on discute généralement aux premiers rendez-vous. Ce n'est pas comme si je pouvais à nouveau lui demander quelle est sa couleur préférée !

— Alors...

Des grillons. Des *grillons* dans tous les sens. Qu'est-ce que je vais bien pouvoir dire maintenant ? Mon pouls s'emballe avant qu'une idée peu lumineuse de dernier recours ne me vienne à l'esprit.

— Qu'est-ce qui t'amène ici ? Quel genre de gars est-ce que tu recherches ?

— Amy est malade et MJ avait besoin de quelqu'un pour l'accompagner.

— Tu n'as pas répondu à ma question.

Je prends une gorgée de Bud Light.

— Quel genre d'homme est-ce que tu recherches, Cass ?

— Et toi ?

Elle esquive à nouveau ma question en passant une main dans ses cheveux blonds, qui s'emmêlent dans les longues boucles d'oreilles qu'elle porte.

J'ai envie de tendre la main, de démêler ses cheveux, puis d'enfouir mon visage dans le creux de son cou et d'*inspirer*.

Pourquoi n'a-t-elle pas répondu ? Est-elle gênée ? Indécise ? Peut-être qu'elle est prise. Peut-être qu'il y a un petit ami dans son minuscule studio, qui attend patiemment qu'elle rentre à la maison.

C'est peu probable.

Aucun homme sain d'esprit ne laisserait sa petite amie se faire draguer par quinze hommes.

I. A. DICE

— Je vois que tu paries toujours avec les gars qu'ils ne trouveront pas de fille qui résistera à ton charme.

Elle jette un coup d'œil discret par-dessus son épaule pour examiner ma cible de ce soir.

— Elle est mignonne. Je ne pense pas que tu perdras ce soir.

J'ai déjà oublié la fille du pasteur, trop obnubilé par Cassidy. Ce n'est que lorsqu'elle pose ses coudes sur la table, reflétant ainsi ma position, que je me rends compte que je me suis de plus en plus penché vers elle au-dessus la table. L'odeur agréable de son corps s'intensifie, me rappelant à nouveau des souvenirs.

Les halètements doux et essoufflés dans mon oreille lorsque je me suis enfoncé en elle, ma tête en proie à la confusion la plus totale parce que cette nuit-là, nous ne baisions pas. Je ne peux pas dire que nous faisions l'amour, mais c'était plus que ce que j'avais connu jusque-là et ce que j'ai vécu depuis.

— Adrian pense que c'est une fille trop bien pour se faire avoir par mes conneries.

Cassidy jette un autre coup d'œil par-dessus son épaule. La peau délicate de son cou est parsemée de chair de poule, ce qui attire mon attention, et je dois lutter contre mes instincts pour ne pas me pencher au-dessus de la table et la faire disparaître en l'embrassant.

— Adrian n'est peut-être pas très doué pour cerner les gens. Tu n'auras pas à faire trop d'efforts.

Je sais. Sofie me mate deux fois par minute en se léchant les lèvres de façon séductrice. Elle me laisserait la baiser derrière ce bar sans avoir besoin d'y réfléchir.

La cloche sonne, mettant fin à cette discussion, et je regarde où se trouve Nico pour m'assurer que j'échangerai avec lui au bon moment. Il est trois tables plus loin, sur le point de s'asseoir en face de la reine des abeilles.

— Bonne chance, murmure Cass lorsque je me lève.
— Je n'ai pas besoin de chance, princesse.

Ses lèvres s'entrouvrent en un « Oh » inaudible face à ce petit nom affectueux. Ses yeux s'écarquillent et ses pupilles se dilatent. Elle se souvient probablement de la dernière fois que je l'ai appelée ainsi. Il y a trois ans... *Jouis pour moi, princesse.*

Sofie me gratifie d'un sourire rayonnant lorsque j'arrive à sa table. Je réajuste mon jean en m'asseyant. Je n'ai plus aucune envie de séduire cette fille, mais même sans la draguer ou engager la conversation, Sofie fait tourner ses cheveux autour de son doigt en battant des cils.

T'en fais trop, chérie.

Je suis toujours à portée de voix de la table de Cassidy, dos à elle, donc je ne peux pas voir, mais le ton de la voix de l'homme me donne une idée claire de ce à quoi Cass doit ressembler en ce moment : bras croisés sur sa poitrine, yeux plissés, lèvres pincées.

— T'es impossible, dit-il plus fort que nécessaire. Qu'est-ce qui clochait à notre rendez-vous ? On a bien mangé, t'as ri, on a parlé...

— Tu crois que tu peux me forcer à avoir un autre rendez-vous avec toi ? demande Cass. Aie un peu de dignité.

— Il faut que tu grandisses, et vite, ma belle. Tu crois que tu vas trouver ton prince charmant ici ?! Regarde autour de toi ! Je suis ce que tu peux espérer de mieux.

— Je ne veux pas un prince charmant, et je ne veux certainement pas un chiot qui se comporte mal.

Je me mords la langue pour m'empêcher de rire. La serveuse s'arrête à ma table pour voir si nous avons besoin d'un autre verre. Sur un coup de tête, je commande une bière pour moi et un daiquiri pour Cass, que je demande à la serveuse

I. A. DICE

d'apporter à sa table.

Sofie me rebat les oreilles pendant deux minutes supplémentaires avant que la cloche ne sonne. Si on me menaçait avec un pistolet et qu'on me demandait de citer une phrase qui est sortie de sa bouche pendant notre rendez-vous, je finirais avec une blessure par balle dans la tête de part en part.

Elle est tellement ennuyeuse qu'elle endormirait un insomniaque.

Une fois que je suis assis à la table suivante, je ne me donne même plus la peine de faire semblant de m'intéresser à la fille. Je ne fais que suivre le fil de mes pensées et d'essayer de donner un sens à mon obsession soudaine pour Cassidy.

Son corps sans vie défile devant mes yeux comme pour répondre aux questions incessantes. Est-ce pour cela que je n'arrête pas de penser à elle ? Parce que je lui ai sauvé la vie ?

C'est *exaspérant*.

Je ne peux pas la noyer pour régler le problème.

Et c'est un problème. Lui courir après reviendrait à me mettre à dos ma famille, et ça, ça ne peut pas arriver. Ils passent en premier.

Toujours. Quoi qu'il arrive.

La femme en face de moi semble légèrement agacée, et à juste titre. Je suis vague, désintéressé, et je regarde trop souvent par-dessus mon épaule pour vérifier ce que fait Cass au lieu de Sofie.

Un type en polo blanc est assis en face d'elle d'un air décontracté, voire négligent. Cass repousse quelques mèches de cheveux de son visage juste au moment où la cloche sonne, et c'est à nouveau à mon tour de la distraire pendant cinq minutes lorsque Nico échange avec moi et prend la table neuf.

Le gars au polo croise mon regard alors qu'il se lève avec un air agacé.

— Ne te fais pas chier avec celle-là. Tout ce que t'auras, ce sont des couilles bleues.

— Je parie que les tiennes le sont déjà. Dégage ou je te fais un œil au beurre noir pour aller avec.

Il ricane en secouant la tête comme s'il avait pitié de moi.

On apprend aux enfants l'algèbre, ce qu'est la mitose et où se trouve la Mongolie, mais personne ne leur apprend qu'énerver un type deux fois plus grand qu'eux est une mauvaise idée. Quelqu'un devrait vraiment inclure cela dans le programme scolaire. Peut-être que si le type au polo avait reçu le mémo, il y réfléchirait à deux fois avant de me mépriser. C'est son premier faux pas. Un de plus, et il va le regretter.

Il passe à la table suivante et adopte une attitude de gigolo lorsqu'il aperçoit Sofie, la fille qui est un régal pour les yeux.

Cass se racle la gorge, attirant mon attention.

— Quoi ? demandé-je en m'asseyant. Tu préférerais parler à Nico ?

— Non, dit-elle, alarmée par l'idée.

Mon frère a cet effet sur les femmes : il les effraie sans dire un seul mot.

— Merci d'avoir échangé avec lui.

— Il a menacé de partir quand il t'a vue, alors je n'avais pas vraiment le choix.

Son sourire s'efface aussitôt.

— Si tu préfères rester au bar pendant les cinq prochaines minutes, ça ne me dérange pas.

Mes yeux se posent sur ses lèvres pendant une brève seconde, avant que je ne relève la tête à temps pour voir ses joues rougir.

— Je vais rester.

HUIT

Cassidy

MJ referme sa main autour de mon bras et m'entraîne dans un couloir étroit. Elle ouvre la porte des toilettes. Elle a les yeux vitreux à cause du vin, de l'excitation ou parce qu'elle est en chaleur.

Je ne saurais pas dire.

— Je suis amoureuse ! couine-t-elle.

En chaleur. Définitivement en chaleur.

— Déjà ? Ça ne te prend pas longtemps, hein ?

Je me tourne vers le miroir pour vérifier l'état de mon maquillage et de mes cheveux.

— Qui est l'heureux élu ?

Elle serre mon avant-bras plus fort en passant d'un pied à l'autre comme une gamine impatiente et extatique.

— Adrian, le gars qui est toujours avec Nico et Toby. On s'envoyait des textos de temps en temps, mais il s'est désintéressé, et maintenant...

Elle couine à nouveau.

— Je crois qu'il est prêt à repartir à zéro ! Qu'est-ce que je suis censée faire ? J'ai envie de lui. J'ai vraiment, vraiment, vraiment envie de lui ! Je le veux pour plus longtemps. Peut-être pour toujours.

Ce n'est pas une première. MJ tombe amoureuse trois fois par mois en moyenne. Son affection disparaît aussi vite qu'elle est apparue, comme un feu d'artifice bon marché. Timothy en est un excellent exemple. *Je l'aime !* Deux semaines plus tard : *Je le déteste !* Elle est difficile à satisfaire.

Je me creuse la tête, je passe les rencontres que j'ai faites au peigne fin, j'essaie de me souvenir d'Adrian et de l'impression générale qu'il m'a donnée, mais depuis que Logan s'est assis à ma table, je le regarde à travers un objectif à focale fixe, et tous les autres hommes sont devenus flous.

MJ fait claquer ses doigts devant mon visage.

— La Terre à Cass. Qu'est-ce qu'il y a ? Qui te fait avoir ces yeux rêveurs ?

— Personne qui mérite mon temps, dis-je à voix haute pour me rappeler le fait redouté que je ne cesse d'éluder. Pour ce qui est d'Adrian... Je n'ai aucune idée de ce que t'es censée faire. Je ne suis pas la bonne personne à qui demander. Ça fait longtemps que je n'ai pas eu de rendez-vous décent.

— Mais les garçons reviennent quand même toujours vers toi ! Prends James. Il t'a matée toute la soirée ! Il veut de toi alors que tu l'as rembarré une heure après que votre rencard a commencé.

— James veut juste me mettre dans son lit. Je suppose qu'Adrian t'a déjà mise dans le sien. Tu devrais peut-être essayer de ne pas lui mâcher le travail cette fois !

Elle embrasse mes joues comme si j'avais dévoilé un secret

I. A. DICE

ancestral. Dès que nous sommes de retour dans la pièce tamisée, James me bloque le passage. MJ, dont le cœur et l'esprit sont déterminés à jouer les cupidons, s'enfuit en me faisant un clin d'œil discret.

— Salut, bébé, dit-il avec un sourire arrogant. Et si tu me donnais une autre chance ? On pourrait partir d'ici et aller dîner, hein ? Qu'est-ce que t'en dis, bébé ?

J'ai envie de lui dire « Ne m'appelle pas bébé, c'est ringard », mais j'ai le mauvais pressentiment que ça pourrait le stimuler. Il porte sa main à mon visage, caresse ma joue, et me fixe dans les yeux d'une manière qu'il juge séduisante, mais qui s'avère glauque.

— Tu n'es pas stupide, alors je ne sais pas quelle partie de « Je ne suis pas intéressée » tu ne comprends pas.

Je recule pour qu'il ne puisse pas me toucher.

— Il n'y aura pas d'autre rendez-vous.

Un muscle de sa mâchoire tressaute et il perd patience, comme lors de notre premier rendez-vous. Il saisit mon poignet et me force à le suivre dans un coin de la pièce. Il me pousse contre le mur et me domine en tenant toujours mon poignet. Mon cœur bat plus vite. Son souffle chaud évente mon visage, me donnant la chair de poule.

— C'est quoi ton problème, Cass ? Enlève le balai que t'as dans le cul et viens t'amuser avec moi. Tu vas adorer ce que je vais faire avec toi.

Un petit sourire fleurit sur mes lèvres lorsque Logan se matérialise derrière lui, saisit son épaule et serre si fort que ses jointures blanchissent. Il tire James en arrière en regardant l'arrière de son crâne d'un regard noir et hargneux.

— Je ne pense pas que t'aimeras ce que je ferai avec toi si tu ne la laisses pas tranquille. Je n'ai pas besoin de grand-chose pour craquer, alors je te suggère de dégager.

James lève les yeux au ciel, n'anticipant pas ce qu'il va trouver derrière lui.

— T'as un problème ?

Il se retourne et se ratatine sur lui-même lorsqu'il est obligé de pencher la tête en arrière pour croiser le regard de Logan.

— Ce ne sont pas tes affaires, mec. Cassidy est là avec moi. Quoi ? Pour qui il se prend ?

— Ce n'est pas vrai, lancé-je en m'écartant du mur.

Les yeux de Logan se posent sur moi et glissent brièvement le long de mon corps avant qu'il ne reporte son attention sur James.

— Comme je l'ai dit, je craque assez vite, mec. Je t'ai déjà accordé un sursis. Garde ça à l'esprit pendant que tu décides de ce que tu vas faire.

Les poings de James se serrent le long de son corps, et pendant un court instant, je crois qu'il va laisser tomber la prudence, croire en ses capacités contestables et frapper Logan, mais un battement de cœur plus tard, il se dégage de son emprise d'un coup d'épaule et part à toute vitesse.

— Merci. Il est très frustrant.

Je me rapproche, attirée par Logan, la sécurité qu'il offre et l'odeur enivrante de son corps musclé.

— Oui, je vois ça. Retourne à ta table. On va bientôt commencer le round suivant.

De la chaleur s'accumule dans mon estomac lorsque sa grosse main se pose dans le creux de mon dos et qu'il me pousse doucement dans la bonne direction.

— Je te verrai dans une demi-heure.

Une demi-heure qui n'aurait pas pu passer plus lentement. Je fais de mon mieux pour ne pas jeter un coup d'œil en direction de Logan, pour ne pas le regarder divertir les femmes qui

I. A. DICE

le fixent comme si elles pouvaient, par télépathie, le forcer à les baiser sur place. Les rares fois où je cède à la tentation, ses yeux sont braqués sur moi, et un frisson me parcourt l'échine tandis que mon pouls s'accélère.

Adrian prend place à ma table peu de temps après. Il parle surtout de MJ et me pose des questions sur elle, ce qui change agréablement des questions habituelles posées à un rendez-vous sur ce qu'on préfère. Je finis mon verre quand Logan revient avec un daiquiri à la main et un visage indéchiffrable.

Il fait glisser le verre à travers la table et observe mes lèvres pendant une fraction de seconde avant de détourner le regard.

— Tu restes pour l'after ?
— L'after ? demandé-je.
Personne n'a mentionné ça avant.
— Oui, Toby a dit qu'une fois que les rencards sont terminés, les gens restent pour apprendre à mieux se connaître.
— Je suis censée donner mon numéro de téléphone avant ou après ?
— Après. Combien de garçons vont l'avoir, Cass ?
Zéro.
— Je ne sais pas encore.
Ses yeux se plissent et il serre les dents. Je crois. Il se ressaisit si vite que je ne sais pas si j'ai vraiment vu une once d'agacement se dessiner sur son visage ou si je l'ai imaginé.
— Adrian, Nico et Toby n'auront pas ton numéro. Ni cet idiot... James, c'est ça ? Il t'en reste onze.
— L'homme en polo ne l'aura pas non plus. Dix.
Il se penche en arrière sur sa chaise.
— Le mec de la table sept se cure le nez. Neuf.
— Table treize ; il est gynécologue et m'a fait un cours sur les symptômes révélateurs du cancer des ovaires.

Nous réduisons la liste des candidats possibles à trois, et à chaque fois que nous les éliminons, les raisons deviennent plus idiotes.

— Table un, dit Logan à voix basse, les mains posées sur la table, nos visages à quelques centimètres l'un de l'autre tandis que nous chuchotons pour ne pas être entendus par les hommes que nous éliminons.

— Il a un truc coincé entre les dents. Deux.

Le soupçon d'un sourire se dessine sur ses lèvres charnues. Il est tellement beau. L'odeur de son eau de Cologne m'enveloppe, me plongeant dans un faux sentiment de sécurité. Tout ce que je veux, c'est me blottir contre son corps et m'endormir, le visage enfoui dans le creux de son cou. Je veux ses bras autour de moi. Je veux ses lèvres sur ma tempe. Je veux qu'il ait *envie* de moi.

Qu'il se soucie de *moi*.

— Cass ?

Il tapote ma main avec son doigt.

— À quoi tu penses ?

— Désolée.

Je jette rapidement un coup d'œil autour de moi.

— Je ne sais plus trop qui il reste, mais qui que soit l'avant-dernier gars, il est trop *quelque chose*, alors il n'en reste plus qu'un.

— Je crois que t'es coincée avec moi, princesse.

J'espère qu'il ne voit pas à quel point ce petit nom affectueux m'affecte. Les souvenirs me frappent de plein fouet alors que la nuit que nous avons passée ensemble se rejoue dans mon esprit.

— La jolie blonde de la table d'à côté ne te branche pas ? dis-je en forçant mes cordes vocales à fonctionner après avoir

I. A. DICE

pris une inspiration discrète et apaisante. En plus, t'as déjà mon numéro.

Son visage se décompose et un muscle de sa mâchoire tressaute. Il fronce les sourcils quand la cloche sonne, comme s'il avait oublié pendant les cinq dernières minutes que je suis une ennemie et la fille qui a couché avec son frère.

J'affiche un sourire crédible, même si je me sens comme un chiot malmené.

Une seule chance. C'est tout ce que je veux. Une chance de tout recommencer à zéro et de lui montrer à quel point je peux l'aimer. Je n'ai jamais eu quelqu'un dans ma vie que j'aimais vraiment. Les sentiments s'agitent en moi, attendant un exutoire. Logan serait heureux avec moi. Je m'en assurerais s'il me laissait entrer.

Il hoche la tête en signe d'accord, les lèvres scellées, et après un dernier regard vers moi, il s'éloigne pour s'occuper de la jolie petite blonde assise derrière moi.

Je jette un rapide coup d'œil pour voir l'homme que je n'arrive pas à chasser de ma tête flirter avec quelqu'un d'autre.

***

— Alors ? me demande MJ lorsque nous sortons du bar à cocktails après la fin de Rencards Express.

À ma grande surprise, elle n'a pas voulu rester pour l'after et se coller à Adrian. Elle a décidé que nous devrions aller en boîte, et que si Adrian veut la revoir, il a son numéro.

— T'as donné ton numéro à combien de mecs ?!
— Deux.

Je regarde à gauche et à droite avant de traverser la rue.

— Deux ?! C'est quoi ce bordel, Cassidy ? Pourquoi seulement deux ? Il y avait plein de beaux gosses ce soir ! Et je suis sûre qu'ils donneraient tous un bras et une jambe pour sortir avec toi. Enfin, à part Adrian, évidemment. Qui sont les deux chanceux ?

Je ne les considère pas comme chanceux. Je vais probablement ignorer leurs appels s'ils décident de me contacter. Ça ne sert à rien d'accepter une invitation à un rendez-vous alors que Logan est si profondément ancré dans mon esprit.

— Mathias et Wes. Combien ont eu ton numéro ?

— Six ! pouffe-t-elle en accrochant son coude au mien. Tu sais, au cas où Adrian n'appellerait pas. Mais s'il appelle... Mon Dieu, je suis tellement nerveuse ! Je crois que je suis amoureuse de lui !

Toujours aussi exubérante.

— Il appellera. Il serait bête de ne pas le faire. Viens, je t'offre un verre.

J'accroche mon coude au sien et nous commençons à descendre la rue principale.

Nous arrivons devant le *Q*, la boîte de nuit la plus branchée de Newport, mais nous n'avons pas franchi la porte que MJ se fige sur place et laisse tomber son sac sur le sol. Elle se met à genoux et cherche frénétiquement son téléphone. D'après ses mains qui tremblent et ses lèvres qui s'étirent en un large sourire, je sais qu'elle espère que c'est Adrian.

— Allô ?

S'ensuit un sourire encore plus grand.

— Oh, OK. Oui, bien sûr. On est sur le point d'entrer au *Q*.

Son visage perd un peu de son éclat.

— Oh... euh, je...

Elle me jette un coup d'œil avec un froncement de sourcils désolé.

I. A. DICE

Je n'ai pas besoin d'explication pour comprendre ce que son soudain bredouillement signifie. C'est Adrian et il veut la voir, mais il ne veut pas que *je* vienne avec elle. Même si c'est probablement Nico qui a menacé de partir si je me joignais à eux.

Il n'a aucune raison de m'éviter. Il doit penser que je raconterai à Kaya ses moindres faits et gestes, mais je ne passe plus autant de temps avec son ex qu'avant. Elle est en pleine déchéance. Elle refuse de lutter contre sa dépendance à l'alcool et elle est en train d'en développer une autre en consommant de la drogue.

Ou peut-être que c'est Logan qui ne veut pas que je vienne.

— C'est bon, dis-je. Vas-y.

Elle couvre le microphone avec sa main.

— T'es sûre ? Je ne veux pas te laisser en plan !

Si, elle en a envie, mais j'ai l'habitude depuis le temps. Au moins, elle a une raison que je peux comprendre. Beaucoup avant elle n'en avaient pas. J'ai été remplaçable pour la plupart des gens, et à un moment donné, j'ai pris l'habitude qu'on me mette à l'écart.

— Je n'en doute pas. Je rentrerai en taxi.

Elle m'embrasse sur la joue et replace le téléphone contre son oreille.

— J'arrive.

Pendant ce temps, je me demande si envoyer un texto à Thalia à vingt-deux heures pour lui demander de me retrouver en ville pour boire un verre ne risque pas de me mettre à dos Theo. Probablement.

— Je suis vraiment désolée, ma belle, soupire Mary-Jane avec un air de chien battu. Je sais que je t'ai demandé de venir, mais...

— Ne sois pas désolée, promets-moi juste que tu ne coucheras pas avec lui ce soir, OK ? Fais-le trimer.

TROP
INACCEPTABLE

Elle hoche vigoureusement la tête, me serre à nouveau dans ses bras et repart en direction du bar à cocktails, me laissant seule sur le trottoir. Au lieu de contrarier un autre frère Hayes en exigeant la présence de sa femme, je hèle un taxi et rentre chez moi.

Même si je comprends MJ, j'ai tout de même l'estomac noué et une boule de tristesse se forme derrière mes côtes.

Une fois de retour dans mon appartement, j'enlève mes chaussures à talons, ouvre une bouteille de Corona et m'installe devant la télévision, pelotonnée sous une couverture moelleuse. Un épisode et demi de *YOU* plus tard, mon téléphone émet un bip sur la table. Un SMS de la personne dont je ne m'attendais vraiment pas à avoir des nouvelles s'affiche à l'écran. Mon sang devient chaud et visqueux lorsque je vois son nom et les six mots.

Logan : Je pense qu'on devrait baiser.

Mon cœur accélère le rythme et se met à battre la chamade alors qu'un éventail d'images alléchantes et hautement érotiques défile derrière mes paupières. Ma peau se couvre de chair de poule et je sens les poils fins de ma nuque se dresser.

Il a envie de moi ?

Après tout ce qui s'est passé ?

Pourquoi ? Qu'est-ce qui m'échappe ? Qu'est-ce qui a changé ?

Je pousse un juron à mi-voix, furieuse contre lui de m'avoir envoyé un texto et contre moi-même d'envisager cette idée. Nous ne pouvons pas faire ça. Tout ce qu'il veut, c'est du sexe, et même si je sais que ce serait génial, je sais aussi que mes sentiments s'enflammeraient le matin venu et que l'oublier serait d'autant plus difficile.

I. A. DICE

Mes doigts planent au-dessus de l'écran. Des centaines de réponses à ce message se forment dans ma tête. Certaines sont acerbes, d'autres désobligeantes, d'autres encore très déplacées, mais comme il m'a sauvé la vie il n'y a pas longtemps, alors j'opte pour une réponse moins aggravante.

Moi : Si c'est une blague, elle n'est pas drôle.

Je peux faire semblant de ne pas être affectée par un texto, mais en réalité, ce que je garde secret, c'est que je n'arrête pas de penser à cette nuit d'il y a trois ans, où nous avons couché ensemble. À ses lèvres pulpeuses qui effleuraient ma peau, à ses dents qui mordillaient ma chair tendre. Au rythme effréné et exigeant de ses poussées. Ses doux murmures à mon oreille, ses mains puissantes sur mes hanches, la chaleur de sa peau...

Je me tortille sur le canapé et serre mes cuisses l'une contre l'autre, déjà excitée au plus haut point. Après une minute de silence de sa part, je jette le téléphone de côté et me dirige vers la salle de bains.

J'ai besoin d'une douche. Une douche froide pour me calmer parce qu'il est hors de question que je cède au désir et que je me fasse jouir en pensant à Logan. Pas à nouveau.

L'eau glacée ne refroidit pas le feu qui embrase ma tête et entre mes jambes. Au contraire, j'ai encore plus chaud quand je sors de la salle de bains, enveloppée dans une serviette blanche moelleuse.

Mon téléphone bipe une nouvelle fois.

Logan : Trois mots. Deux doigts. Une nuit.

Une vague de chaleur part de ma tête, descend le long de

mon abdomen et caresse l'arrière de mes cuisses. Je me souviens de ces trois mots. Je me souviens de Logan enfonçant deux doigts en moi et de ses lèvres chaudes sur mon cou alors qu'il murmurait « Jouis pour moi ».

Et c'est ce que j'ai fait. De nombreuses fois au cours de cette nuit. J'étais épuisée quand nous nous sommes effondrés l'un à côté de l'autre, haletants, essoufflés et en sueur. Logan est un homme qui aime donner du plaisir. Il prend son pied à voir une femme jouir grâce à lui. Non pas que cela lui demande beaucoup d'efforts pour déclencher un orgasme. Il n'est pas simplement doué avec ses lèvres, sa bite et ses doigts. Il sait aussi comment travailler l'esprit.

Je ne réponds pas au message. Je ne lui donnerai pas cette satisfaction. Il est avec Nico, et ce doit être l'idée qu'ils se font de l'amusement.

On verra bien si Cass a toujours autant envie de ta queue, mon pote.

Argh ! Au diable l'intégrité. J'ai besoin de jouir, et je le ferai en pensant à Logan. Je plonge la main dans le tiroir de la table de nuit pour en sortir mon fidèle ami en silicone. Il est long et épais, tout comme la bite de Logan, mais même s'il me fait du bien enfoui profondément en moi, il est loin d'égaler la vraie chose.

NEUF

Logan

Trois ans.

Trois. Putain. D'années.

Et pouf.

Je me suis remis à penser à Cassidy tous les jours et à imaginer ce que ça ferait de la coincer à nouveau sur le matelas après tout ce temps.

Penser ? Ha ! *Être obsédé* serait plus juste.

J'ai couché avec beaucoup de femmes depuis, mais aucune ne m'a fait ressentir la même chose que Cassidy cette nuit-là, comme si j'étais en train de flotter. Une expérience extracorporelle est loin d'être aussi intense qu'une nuit de sexe avec elle. Le monde aurait pu littéralement s'arrêter pendant que nous étions au lit que je ne l'aurais pas remarqué.

Je.

Ne.

Devrais.

Pas.

Être.

Ici.

Mais je ne réfléchis pas avec mon cerveau ce soir. Je réfléchis avec ma bite, et elle n'est pas très futée, alors une fois encore, je frappe à la porte de son appartement. Il faut un certain temps avant qu'elle ne s'ouvre, mais je lutte pour rester en place une fois qu'elle est ouverte. Tout ce que je veux, c'est saisir sa taille, la tirer vers moi et fermer sa bouche avec la mienne.

Elle est agitée, un peu essoufflée et, une fois de plus, elle porte une nuisette très courte. L'expression qui peint son visage trahit ce qu'elle faisait il y a quelques instants.

Je connais ce regard.

Je m'en souviens.

La lueur dans ses yeux brillants est sans équivoque.

Elle me dévisage, les joues d'un rose éclatant et les pupilles dilatées.

— Qu'est-ce que tu fais là ?

Ses lèvres se séparent très légèrement à chacune de ses respirations superficielles. Ses yeux brillent de plaisir et son visage resplendit, faisant ressortir encore plus sa beauté.

Vilaine fille.

Prise sur le fait.

Enfin, *presque*.

— Tu pensais à moi ?

Je me penche plus près, tiré par une corde invisible. Elle fronce les sourcils et fait l'idiote, même si nous savons tous les deux que cela ne marchera pas. Je peux presque sentir son excitation.

— Quand tu t'es fait jouir à l'instant... tu pensais à *moi*, princesse ?

I. A. DICE

Sa mine renfrognée s'approfondit et elle pose ses mains sur ses hanches tandis que ses yeux s'assombrissent pour devenir d'un bleu orageux. Le rose de ses joues devient écarlate, se répand sur son cou porcelaine et descend jusqu'à son décolleté.

Ne sois pas gênée, bébé. C'est sexy.

— Quatre mots, un doigt, lance-t-elle en me faisant un doigt d'honneur et en levant le menton pour avoir l'air sûre d'elle. Va te faire foutre.

— Je préférerais te baiser.

Je m'avance, mais laisse suffisamment d'espace pour qu'elle puisse me claquer la porte au nez si elle le souhaite, tout en suppliant quiconque veille sur moi de ne pas laisser cela se produire.

— Tu n'as pas de petit ami.

— Non, mais ça ne...

J'attrape son poignet et la tire vers moi jusqu'à ce que ses seins se pressent contre ma poitrine. Ses tétons durs comme du sucre d'orge pointent, perçant presque le tissu comme une invitation non verbale à en prendre un dans ma bouche. Un courant électrique parcourt mes terminaisons nerveuses au contact de son corps chaud, et ma poitrine se resserre de la même façon qu'il y a trois ans. Il y a quelque chose chez Cassidy Annabelle Roberts qui me perturbe.

Ses yeux s'assombrissent, révélant son excitation malgré l'orgasme qu'elle vient de se donner. Je prends son visage entre mes mains et mes lèvres se posent sur les siennes pour un baiser profond et urgent.

Trois *ans*, mais la réaction de son corps à mon contact est toujours la même. Elle cède sans hésiter et tremble dans mes bras. Sa colère se dissipe lorsque nos langues s'emmêlent, s'explorent, se goûtent... Mon Dieu.

Elle a si bon goût.

— Ta bouche dit non, mais ton corps dit oui, murmuré-je en caressant son mamelon froncé avec le coussinet de mon pouce.

Je place mon autre main entre ses omoplates et la presse contre ma poitrine. Elle n'est toujours pas assez proche. Je veux l'avoir plus près de moi.

— Une nuit, bébé. Juste du sexe. Je te donnerai bien plus de plaisir que n'importe quel jouet que t'as utilisé tout à l'heure, et je serai parti avant que tes jambes arrêtent de trembler.

Je serre ses fesses, attendant un « oui », mais à la place, un petit halètement vif s'échappe de ses lèvres. C'est tout ce dont j'ai besoin.

Je la soulève dans mes bras et entre dans le petit studio.

— Une nuit, souffle-t-elle contre mon oreille alors que la porte se referme.

L'humidité entre ses jambes frotte contre mon t-shirt, imbibant le tissu au niveau de mon ventre.

— T'as intérêt à assurer.

— Ta mémoire est défaillante.

Je traverse le salon familier avec un ressort dans le pas et atteins sa chambre en cinq grandes enjambées.

— La dernière fois, tu m'as supplié d'arrêter de te faire jouir.

Je la jette sur le lit et fais passer mon polo par-dessus ma tête.

— Je ne le ferai pas ce soir.

— Tu ne me feras pas jouir ?

Je me mets à genoux. Ma bite palpite et pousse contre ma fermeture éclair, mais il y a une chose dont j'ai plus besoin que ma propre libération.

Je saisis ses cuisses et la tire vers le bord du lit comme un putain de sauvage.

— Je n'arrêterai pas. Maintenant... écarte les jambes, bébé.

Montre-moi à quel point t'es mouillée.

Encore une fois, aucune hésitation. Elle laisse ses jambes s'écarter quand je fais remonter mes doigts le long de sa cuisse et regarde sa peau se couvrir de chair de poule, plongé dans une autre dimension.

— Deux doigts, murmuré-je en les enfonçant dans la chaleur gluante de sa chatte parfaite. Trois mots... Jouis pour moi.

J'ai la tête qui tourne. Je n'ai plus aucune retenue lorsque je plonge la tête, inhale son parfum et me déchaîne.

Je suce et lèche son clito. Je sens ses parois se resserrer autour de mes doigts en quelques secondes. C'est un talent que peu d'hommes possèdent apparemment. La plupart peuvent faire jouir une fille avec leur bouche ou leurs doigts, mais peu sont capables de le faire aussi rapidement.

Si je m'y mets à fond, je peux amener Cassidy à l'orgasme en moins d'une minute, et ce soir, je suis à fond. Concentré, déterminé, avide de chaque son qu'elle émet lorsqu'elle jouit.

Trois ans n'ont pas estompé les souvenirs de la nuit que nous avons passée ensemble. Il m'a fallu un certain temps pour accepter que nous n'aurions pas la relation que je voulais à l'époque.

Je suis douloureusement conscient que nous ne devrions pas être ensemble en ce moment, pas même à un niveau aussi physique et primitif, mais enfreindre les règles tacites attise mon désir. Il y a quelque chose dans ses gémissements érotiques et essoufflés qui me retourne le cerveau.

Je pompe plus vite et recourbe mes doigts pour toucher son point G lorsque son corps vibre. Sa chatte serrée se met à palpiter. Elle jouit en pressant ma tête avec ses cuisses et en haletant mon nom.

Son goût me fait planer.

Ce moment me fait planer, et je suis loin d'en avoir fini.

Nous n'avons qu'une nuit, et je compte bien profiter au maximum de chaque seconde. Elle est encore en train de surfer sur le raz-de-marée quand je recommence depuis le début et recourbe mes doigts pour lui arracher un autre orgasme aussi vite que possible.

Cassidy se tortille, pousse ses hanches vers le haut et se presse contre mes lèvres tandis que je suce et pince le paquet de nerfs hypersensible et gonflé à l'apex de ses cuisses.

— Encore, princesse, râlé-je en intensifiant le rythme de mes doigts qui glissent en elle et hors d'elle. Il faut que tu jouisses une fois de plus.

Et encore, et encore... car s'il y a bien une chose dont je ne me suis jamais lassé la dernière fois, c'est la sentir jouir. Je déplace mon autre main vers sa chatte, passe mon pouce sur son humidité et le fais descendre plus bas pour faire des cercles autour de son trou arrière tout en appliquant une pression suffisante pour qu'elle me laisse entrer.

Je veux tout ce qu'elle peut me donner ce soir.

Cass se fige. Sa colonne vertébrale devient rigide alors qu'elle soulève la moitié supérieure de son corps sur ses coudes.

— Logan, je...

— Du calme, la coupé-je en truffant son ventre nu de doux baisers. Je m'occupe de toi. Putain, ça va être tellement bon, bébé.

Je monte plus haut et attrape ses lèvres avec les miennes.

— Tu me fais confiance ?

Elle se mord la lèvre et inspire un grand coup. Son visage est empreint de doute.

— Je...

Elle s'interrompt et expire tout l'air de ses poumons tandis que ses épaules se détendent.

— Prends ce que tu veux, murmure-t-elle avant de se laisser

I. A. DICE

tomber en arrière et de fermer ses yeux bleu azur.
Je vais le faire. Je vais lui faire découvrir des sensations dont elle ne soupçonnait pas l'existence.

Il faut quelques minutes avant qu'elle ne se détende à nouveau sur le matelas, mais une fois que le bout de mon pouce disparaît, Cass jouit avec force en laissant échapper mon nom de ses lèvres parmi toute une série de gémissements haletants.

— Je veux commencer par ta chatte, dis-je en inclinant la tête pour la regarder se calmer lentement et voir ses lèvres gonflées se séparer tandis qu'elle prend de petites bouffées d'air par à-coups. Quand tu seras détendue, satisfaite et à l'aise, je revendiquerai ton cul.

Elle ouvre les yeux d'un coup et cette fois, ils ne contiennent rien d'autre qu'une lueur de satisfaction. Elle passe ses doigts dans mes cheveux, me poussant à remonter la tête jusqu'à ce qu'elle puisse atteindre ma bouche et y glisser sa langue. Le baiser est lent, mais suffisamment passionné pour enflammer à mes poumons.

— Ne me fais pas mal, murmure-t-elle en coinçant ma lèvre inférieure entre ses dents.

Un léger soupir lui échappe alors qu'elle se laisse tomber en arrière avec ses mains sur l'oreiller, suggérant qu'elle se soumet.

Putain, oui.

J'ai adoré quand elle a fait ça il y a trois ans. C'était un signe clair qu'elle était prête pour tout ce que j'avais en réserve. Ce soir sera la meilleure nuit de sa vie, je le jure.

— Je ne te ferai pas mal. Dis-moi que tu prends la pilule, dis-je en me déshabillant et en lui enlevant sa nuisette.

— Oui, mais...

— Mais rien.

Je remonte sur le lit, faisant s'enfoncer le matelas sous mon poids. Son corps tonique irradie de chaleur et je sens qu'elle est brûlante avant même de me pencher au-dessus d'elle, torse contre torse.

— Tu crois que je jouerais avec ta santé, Cass ? Jamais. Je suis clean, bébé.

Je ne prendrais pas le risque d'avoir des rapports sexuels non protégés si je n'étais pas sûr d'être en bonne santé. En fait, je n'ai *jamais* eu de rapports sexuels non protégés, mais ce soir, je ne laisserai rien gâcher ce moment. Je positionne ma queue à son entrée tout en tenant ses poignets à deux mains.

— Je veux qu'il n'y ait rien entre nous. Je veux te sentir, alors soit tu m'embrasses, soit tu me dis de partir si ça te dérange.

Elle se mord la lèvre en scrutant mon visage, comme si elle essaye de déterminer si elle peut me faire confiance.

— Ça ne me dérange pas, et tu n'as pas à t'inquiéter de quoi que ce soit de mon côté non plus, dit-elle doucement tandis que ses joues s'échauffent. Ça fait longtemps que je n'ai pas...

Non.

Je pousse mes hanches vers l'avant et m'enfouis en elle d'une seule poussée urgente pour la faire taire.

Nous n'allons pas discuter de sa vie sexuelle maintenant.

Nous ne parlerons jamais des hommes qui l'ont eue avant moi. Si elle dit qu'elle est clean, je la crois. Cass est beaucoup de choses, mais une menteuse n'en fait pas partie. Un gémissement de satisfaction retentit dans la minuscule chambre lorsque je prends une seconde pour savourer le moment.

— Putain, grogné-je.

J'entrelace nos doigts et pousse nos mains loin au-dessus de sa tête.

— Tu m'as manqué.

Je ne bouge pas, ma queue enfoncée jusqu'au bout. Mon

I. A. DICE

cœur s'emballe dans ma poitrine et le sien se calque sur le rythme, cognant si fort contre ses côtes que je le perçois partout.

Un petit sourire ourle les coins de ses lèvres une seconde avant qu'elle ne m'embrasse à nouveau profondément. Sa langue redécouvre ma bouche avec une telle urgence qu'on pourrait croire qu'elle mourait de faim.

— Tu m'as manqué aussi.

Elle cambre le dos quand je me retire, et nous tombons dans un rythme.

Je ne peux plus me retenir ; chaque poussée est plus profonde, plus brutale. Je suis en train de perdre ma putain de raison, concentré uniquement sur le plaisir qu'elle me procure, sa chaleur, son odeur qui apaise mes sens.

Elle bouge ses hanches, répondant à mes coups précipités, et enfonce ses ongles dans mes mains qui tiennent toujours les siennes.

— Oui, juste comme ça, Logan, ne t'arrête pas.

Je saisis sa taille et utilise son corps comme levier et comme point d'ancrage.

— Est-ce que j'ai l'air...

Je me retire et m'enfonce à nouveau, lui arrachant un gémissement de besoin.

— ... d'avoir besoin de conseils ?

Ce n'est certainement *pas* le cas.

Nous n'avons couché ensemble qu'une seule fois auparavant, mais cela a suffi pour que j'apprenne à connaître son corps. Je sais où appuyer et où mordre pour obtenir une réaction, je sais comment l'amener au bord de l'extase et l'y maintenir jusqu'à ce que je sois prêt à la faire basculer. Comment la faire crier et avoir des spasmes.

Et ce soir, je ne vis que pour ces moments-là.

— Ne te retiens pas, murmuré-je.

J'accélère le rythme lorsque je sens son corps frissonner avec la promesse d'une autre libération. Je m'occupe d'un téton et pétris l'autre sein pendant qu'elle enfonce ses doigts dans mes cheveux.

— Encore un, encore un, scandé-je, les yeux rivés sur son visage. Encore un, bébé.

— Logan, murmure-t-elle en me forçant à poser mon front sur le sien alors qu'elle s'accroche à moi, me griffant et traçant de longues lignes rageuses le long de mes omoplates quand l'orgasme la frappe de plein fouet.

— Arrête. S'il te plaît, je... je... je ne peux pas...

— Si, tu peux.

Je presse mes lèvres sur son front et les laisse là un moment avant de me redresser et de m'appuyer sur mes mollets.

— Je n'en ai pas encore fini avec toi.

Je la fais basculer sur le ventre une fois qu'elle s'est calmée.

— À plat ventre, le cul en l'air pour moi.

J'empoigne ses cheveux et tire jusqu'à ce qu'elle cambre le dos, dévoilant ainsi une ligne sexy. Satisfait, je fais glisser la tête de ma bite entre ses plis gonflés et trempés, la caressant de haut en bas plusieurs fois, puis déplace ma queue plus haut et l'appuie contre son trou arrière. Elle se crispe, s'immobilise et arrête de respirer d'un seul coup.

— C'est bon, princesse, détends-toi.

Je me penche au-dessus de son dos, augmentant la pression contre son trou vierge.

— Ce sera agréable, je te le promets. Tu vas adorer me sentir là.

Je fais descendre ma main le long de son ventre et trouve son clito. Je frotte de petits cercles avec deux doigts pendant

I. A. DICE

que je m'enfonce dans son cul, centimètre par centimètre, lentement, si lentement, putain, pour la laisser s'habituer.

Cass laisse échapper un petit cri de satisfaction et s'agrippe aux draps à deux mains. J'embrasse son dos, ses épaules et son cou tout en me retirant et en m'enfonçant de nouveau en elle à un rythme régulier, sans précipitation, la pénétrant plus profondément à chaque fois. Mes poussées lentes et prudentes au début s'accélèrent chaque fois qu'elle émet un son de contentement.

— Oh, *oh*, couine-t-elle, les cuisses tremblantes. Juste comme ça.

Maudite soit cette fille.

— Arrête de me dire ce que je dois faire, ou je ne te laisserai plus jouir.

Je relâche ses cheveux et appuie ma paume sur le côté de son visage pour plaquer sa joue sur l'oreiller.

Elle est si belle quand ses lèvres s'entrouvrent et que des gémissements en sortent de façon saccadée chaque fois que je pousse en elle, concentré sur ses tremblements quand je touche un point sensible. Elle lève son cul tonique plus haut, demandant silencieusement d'en avoir plus.

Elle est parfaite. Tellement parfaite, *putain*...

J'entrelace à nouveau nos doigts, l'enfermant dans une cage construite intentionnellement avec mes bras, avec ma poitrine contre son dos. Une couche de sueur recouvre nos corps tandis que je bouge mes hanches d'avant en arrière, l'angle me permettant d'entrer si profondément que je lutte pour mettre un frein à mon orgasme.

Cela n'arrive jamais. En temps normal, je peux faire ça pendant des heures, mais je suis déjà sur le point de jouir avec Cass, parvenant à peine à me retenir.

Elle serre ses cuisses l'une contre l'autre, rendant l'espace serré entre elles encore plus étroit.

— Oh, mon Dieu !

— Je t'avais dit que t'adorerais ça, dis-je à son oreille.

Mes muscles sont en feu. Ma poitrine se soulève et s'abaisse plus rapidement. Je frappe le même point encore et encore, perdant mon emprise sur la réalité.

— Encore un, bébé. Juste un de plus, OK ?

J'ai besoin de la sentir étouffer ma bite dans son cul.

Ses parois commencent à palpiter autour de ma queue. Je suis sûr que le plaisir intense qui parcourt son corps est différent de ce à quoi elle est habituée. Quelques poussées profondes supplémentaires, et tout l'air quitte mes poumons brutalement lorsque je jouis à mon tour, ayant l'impression d'être en putain d'apesanteur.

DIX

Cassidy

L'air de la pièce sent la luxure, l'eau de Cologne de Logan et mon parfum, suggérant ce dont ont été témoins les quatre murs qui m'entourent il y a quelques instants.

Mes genoux sont faibles et ne supporteront pas mon poids avant un moment, mais ma respiration et les battements de mon cœur se stabilisent. Ils étaient erratiques quand Logan m'a arraché... je ne sais pas combien d'orgasmes, mais ils sont plus lents maintenant que je suis allongée sur mon lit, les yeux toujours fermés. Les draps verts en satin ne couvrent que le côté gauche de mon corps épuisé et collant. Mes cheveux sont en éventail autour de ma tête, avec quelques mèches humides qui collent à ma nuque et à mon front. Ils sont en piteux état, et je suppose qu'il en va de même pour mon maquillage, mais je m'en moque.

Peu importe.

Seul *Logan* compte.

Son don de me faire perdre toute inhibition, de me faire

sentir importante et chérie pour la première fois de ma vie... de me faire croire que rien de mal ne peut arriver s'il est là... C'est ça qui compte.

Des années ont passé depuis que nous avons été aussi proches. Des années que j'ai passées à me souvenir de chaque geste tendre de ses mains glissant le long de mon corps. Des années que j'ai passées à désirer ses lèvres et son attention, à désirer que ses sombres yeux bruns me regardent et me *voient*.

Et ce soir, il m'a vue. Il a vu à travers moi.

Pendant un bref moment, alors qu'il s'efforçait de me donner du plaisir de dix façons différentes, il m'a vue, mais à présent, il ne me regarde même plus. Il remet son polo et tire dessus jusqu'à ce qu'il tombe le long de son abdomen musclé. Cet homme est synonyme de péché. Je suis persuadée que Dieu l'a mis sur Terre pour faire tomber les femmes en pâmoison. Il enfile son jean noir le long de ses longues jambes, puis boucle sa ceinture.

Aucun de nous ne parle. L'étourdissement lascif laisse place à une tension pesante. Elle plane lourdement dans l'air. J'ai l'impression qu'une main me serre la nuque et me pousse vers le bas.

J'ai vécu un fantasme qui m'a tourmentée depuis notre première nuit. Un fantasme qui est sans comparaison avec la réalité. Logan sait où me toucher, m'embrasser et me caresser pour provoquer un orgasme dévastateur. Je suis sûre que les sentiments qui se développent dans ma tête y sont pour quelque chose, mais les orgasmes avec Logan sont spéciaux. Aucun des hommes que j'ai accueillis dans mon lit au fil des ans ne pourrait rivaliser avec lui.

C'est l'homme le plus extraordinaire que j'aie jamais rencontré. Tendre, exigeant et affectueux au lit ; froid, arrogant et distant dès que le rideau tombe. Je ne devrais pas être déçue

I. A. DICE

pendant qu'il s'habille. Je savais ce qu'il en était avant que quoi que ce soit ne se passe ce soir.
Trois mots.
Deux doigts.
Une nuit.
J'ai accepté parce que je suis physiquement incapable de dire non à Logan quand ses mains et ses lèvres vénèrent mon corps. Même s'il ne me touchait pas, je ne suis pas sûre que je dirais « non ». Ses yeux fascinés, presque possessifs, parcourant mon corps auraient suffi pour que je dise « oui ».
Logan met sa casquette, à l'envers comme toujours, et se tourne vers moi en posant ses poings sur le lit.
— Ça reste entre nous, dit-il d'une voix à peine plus forte qu'un murmure.
Il baisse la tête et laisse son visage planer au-dessus du mien.
— Personne ne doit savoir.
Je hoche la tête et tire les draps plus haut pour couvrir plus de peau. Je savais comment cela se terminerait, mais des larmes piquent mes yeux et mon estomac se noue. Heureusement que la pièce est plongée dans l'obscurité, uniquement éclairée par les lampadaires de l'extérieur dont la lumière se faufile par un interstice dans les rideaux.
— Je sais, murmuré-je, trop effrayée pour parler franchement au cas où ma voix se briserait. Je suis le vilain secret.
Il baisse à nouveau la tête et dépose un tendre baiser délicat sur mes lèvres.
— Je te verrai dans le coin. Dors, princesse.
La porte de l'appartement se referme derrière lui quelques instants plus tard.
J'inspire profondément et m'évente le visage des deux mains pour faire cesser les larmes. Après une grande inspiration

apaisante, je me tourne sur le côté en espérant que le matin venu, j'enterrerai à nouveau les sentiments qu'il suscite en moi.

***

Lorsque midi sonne le mardi suivant, je laisse tomber ce que je suis en train de faire et attrape mon sac, prête à quitter le studio et à me rendre dans un café à proximité pour y retrouver Aisha. Luke m'a rebattu les oreilles toute la matinée en me suppliant, presque à genoux, de le laisser se joindre à nous.

— Tu la rencontreras quand elle viendra pour le premier photoshoot. Tu ne peux pas m'accompagner aujourd'hui. Tu n'es pas un photographe de portrait, donc il n'y a aucune raison pour que tu viennes, à part ta fascination déconcertante pour les personnages masculins de ses livres.

Luke est spécialisé dans la photographie commerciale, mais il adore aller dans la nature avec son appareil photo pour prendre des clichés d'animaux sauvages. Bien qu'il s'agisse plus d'un passe-temps que de sa source de revenus.

— Déconcertante ? Ma belle, si ces hommes étaient réels, je ne prendrais plus jamais de photo de bijoux. Je me contenterais de photographier leurs bites jusqu'à la fin des temps.

Il me tend mon portfolio en soufflant pour repousser quelques mèches de cheveux blonds de son visage.

— Bon, d'accord. Mais ne traîne pas pour revenir. Je vais mourir de curiosité.

Il m'envoie un baiser aérien lorsque je pars et referme la porte derrière moi.

Aisha est déjà assise à l'une des tables du café, en train de discuter autour d'un café avec une jeune fille superbe qui a l'air de s'être téléportée ici depuis les années 1950. Elle porte une

I. A. DICE

robe trapèze blanche avec des fleurs bleues et rouges imprimées sur le tissu. Un bandeau assorti repousse ses longs cheveux blonds foncés de son visage de poupée. J'imagine une centaine de photos différentes de cette fille que je pourrais prendre. L'appareil photo adorerait sa peau sans défaut, ses grands yeux et ses lèvres outrageusement pleines et pulpeuses.

Je suis habillée de façon décontractée, avec un jean ample et un t-shirt blanc. Aisha porte une minuscule robe à fines bretelles avec un décolleté plongeant et suffisamment de bijoux pour faire honte aux clientes de Luke.

— Bonjour. Désolée d'être en retard.

— Non, non, non, tu ne l'es pas. Assieds-toi.

Elle retire son sac de la chaise et appelle le serveur.

— On s'est croisées à l'extérieur, dit-elle en faisant un geste vers son amie. Mais elle est sur le point de partir, n'est-ce pas ?

La blonde lui fait des yeux de biche. Quoique c'est peut-être un regard normal pour elle, tant ses yeux sont grands et ronds.

— Oui, je vais vous laisser, dit-elle en se levant sur ses pieds chaussés de jolis talons.

Elle attrape son café à emporter et passe son sac à main en bandoulière.

— C'était un plaisir de te rencontrer, dis-je en pilotage automatique, trop tard pour me mordre la langue.

Techniquement, nous ne nous sommes pas encore rencontrées. Je ne connais même pas le nom de cette fille, mais l'atmosphère entre Aisha et elle est soudain devenue pesante, et je devais relâcher la tension d'une manière ou d'une autre.

La fille rougit d'un rose vif plus vite que je ne peux cligner des yeux, soit gênée, soit mal à l'aise. Elle me fait un sourire maladroit, s'en va en faisant joyeusement claquer ses talons et sort du café dans un tourbillon de cheveux ondulés et de robe à fleurs.

— Merde, je suis désolée.

Je jette un coup d'œil à Aisha.

— Je l'ai contrariée ?

Elle me fait signe que non en levant les yeux au ciel.

— Ne t'inquiète pas pour ça. Elle n'est pas fâchée, elle est juste mal à l'aise sur le plan social.

Le serveur s'approche pour prendre notre commande pendant que je montre à Aisha mon portfolio et les portraits et photos en pied que j'ai pris au fil des ans et qui répondent à l'esthétique de ses couvertures de livres.

— Voilà le type que je veux pour la prochaine couverture.

Elle sort son téléphone et me montre des photos d'un mannequin musclé, tatoué et ténébreux, aux yeux d'un brun profond et aux cheveux foncés.

— Dans le livre, c'est un ancien détenu, tout juste sorti de prison où il a passé trois ans pour complicité d'homicide involontaire.

Elle m'explique ce qu'elle envisage pour le photoshoot, et nous fixons une date à laquelle le modèle est disponible pour quelques heures dans la matinée. Je me surprends à penser qu'Aisha me rappelle un peu Thalia. Elles sont toutes les deux belles, bavardes et pleines d'entrain.

— On devrait fêter ça, dit-elle une heure plus tard.

Mon latte est froid et mon carnet est rempli de notes, d'instructions et d'idées basées sur son monologue.

— Ça te dirait une soirée entre filles ? T'es libre vendredi ? Tu pourrais venir avec tes amies, je viendrais avec les miennes et on se retrouverait au *Q*.

Je suis surprise par l'offre, mais juste un peu. Aisha est une femme sociable, ouverte, confiante, et un peu intimidante avec son attitude directe.

I. A. DICE

— C'est une bonne idée. Ça fait une éternité que je ne suis pas sortie et mon amie a parlé d'une soirée entre filles il n'y a pas longtemps, alors ce serait parfait.

Nous nous quittons et je passe le reste de l'après-midi à répondre à un trop grand nombre de questions de Luke. Le bon côté, c'est que sa curiosité me sort Logan de la tête. Malheureusement, pas pour longtemps. Dès que je suis de retour dans mon appartement vide, mon esprit vagabonde de lui-même, repassant les images de samedi soir qui sont gravées dans mon cerveau de façon permanente.

Chaque contact de ses doigts, chaque baiser et chaque poussée revient me torturer et intensifier des sentiments indésirables.

***

Jour et nuit.
Nuit et jour.
Mon esprit est pris en otage par les pensées de Logan. Peu importe le nombre de fois où j'essaie de me convaincre que je n'ai aucun sentiment pour lui, je sais au fond de moi que c'est un mensonge. Ça l'est depuis trois ans. Combien de fois vais-je ramper pour sortir de cette impasse ? Combien de fois vais-je essayer d'arrêter de l'aimer avant que cela ne fonctionne enfin ?

Il est comme une maladie qui affecte mon esprit. Schizophrénie ou paraphrénie, l'un ou l'autre. Je dois délirer d'une manière ou d'une autre, vu que je rêve parfois d'avoir Logan pour moi toute seule. Je m'imagine lui tenir la main, sentir ses baisers sur le bout de mon nez, l'entendre rire pendant que nous regardons un film.

Je suis définitivement folle. Cela n'a simplement pas été diagnostiqué.

Logan est une démangeaison que je ne peux pas gratter. Un parasite qui se délecte de mon cerveau et de mon cœur. Je glousse sous mon souffle... C'est un ver du cœur.

— Tu ne m'écoutes pas, lâche Thalia en me touchant la main pour me sortir de mes rêveries.

Nous sommes assises à l'extérieur d'un petit café près de la jetée en train de déguster des lattes glacés avant de nous rendre en ville et de passer le reste de notre vendredi à faire du shopping.

— Qu'est-ce qu'il y a ?
— Rien.

Je secoue la tête pour chasser l'image haute définition du visage de Logan de l'avant-plan de mon imagination.

— Désolée, j'ai beaucoup de choses en tête.

Elle plisse les yeux et se pince les lèvres, visiblement peu satisfaite de cette réponse. Naturellement, elle voit clair dans mon jeu. Nous nous sommes rapprochées au cours des deux dernières années et mentir comme une arracheuse de dents ne fonctionne plus avec elle. Elle me connaît trop bien pour se contenter de ma réponse évasive. Et elle se soucie suffisamment de moi pour creuser plus profondément.

Ce n'est plus Kaya que j'appelle pour demander des conseils ou simplement discuter. C'est Thalia. Nous déjeunons ensemble au moins une fois par semaine, nous nous appelons et nous sortons boire un verre chaque fois que nos emplois du temps sont compatibles.

Auparavant, Kaya était là pour moi si j'avais besoin d'elle, mais depuis que Nico l'a surprise en train de le tromper, elle a plongé tête la première dans son addiction, comme si boire permettait d'engourdir sa douleur d'une manière ou d'une autre. La plupart du temps, elle est trop occupée à courir après les

I. A. DICE

hommes et à faire la fête pour se souvenir de moi.
Je souffle et me frotte le visage pour effacer ma frustration.
— D'accord. Je ferais aussi bien de te le dire...
Je laisse retomber mes mains sur la table alors que Thalia se penche plus près, les oreilles dressées.
— J'ai rencontré un mec.
Ton beau-frère.
Je ne peux pas ajouter cette partie. Même si je l'adore et que je lui fais confiance, je ne mettrais jamais Logan en danger.
De l'excitation se dessine sur le visage de Thalia et ses joues rosissent. Elle attrape ma main et la serre légèrement.
— Enfin ! Je suis tellement heureuse pour toi ! C'est qui ? Où est-ce que tu l'as rencontré ?
— Arrête de sourire autant.
Je rabats mes cheveux derrière mes oreilles et fais de mon mieux pour la regarder dans les yeux.
— C'était juste un coup d'un soir. Je savais avant que ça arrive que ce serait juste pour une fois, mais je n'arrête pas de penser à lui.
Son sourire jusqu'aux oreilles disparaît, mais ses yeux brillent toujours.
— OK, t'as complètement ignoré mes questions. C'est qui ce type ? Où est-ce que tu l'as rencontré ?!
Les mots de Logan résonnent dans ma tête comme une cloche d'église. *Ça reste entre nous. Personne ne doit savoir.*
Je déteste mentir à Thalia, mais je n'ai pas le choix.
— Juste un mec que j'ai rencontré à Rencards Express la semaine dernière.
— Ah, c'est vrai ! MJ m'a dit que t'avais donné ton numéro à deux types. Pourquoi est-ce que tu ne lui dis pas que t'étais partante pour une autre soirée ? Peut-être que si vous vous

revoyez, il se rendra compte qu'il veut plus que du sexe.

— Non. Il a été très clair. En plus, je ne veux pas une relation, mais du sexe...

N'importe quoi. Je veux Logan. Tout de lui, mais je sais que ça ne marchera jamais à cause de mon histoire avec Theo, et du fait que tous les Hayes me considèrent comme l'ennemie.

— Il est hyper doué, continué-je en tapotant distraitement mes ongles sur la table. Je l'aurais bien gardé un peu, histoire de m'amuser, tu sais ? Mais il ne voulait qu'une nuit, alors voilà.

Elle ricane en haussant un sourcil, comme si elle n'arrivait pas à croire que je sois aussi naïve.

— Oh, arrête. Tu crois vraiment qu'il refuserait un plan cul si tu le lui proposais ? C'est un mec, Cass. Dis-lui qu'il peut avoir ce qu'il veut et ne plus jamais t'appeler, et il *acceptera*.

C'est vrai pour la plupart des hommes, mais pas pour Logan. Du moins pas dans ce scénario où je suis le secret que personne ne doit connaître. Recoucher avec lui est risqué. Quelqu'un pourrait le voir entrer dans mon immeuble ou repérer sa voiture devant.

Enfin, il y a peu de risque. Les Hayes n'ont aucune raison de se trouver dans mon quartier, mais même si ce risque est minime, il existe, et Logan est trop loyal envers ses frères pour jeter la prudence aux orties.

— Tu sais où il habite ? demande-t-elle en recouvrant la mousse de sa tasse de deux cuillères de sucre.

— Non, pourquoi ?

Elle hausse les épaules, mais me fait un clin d'œil et retrousse à nouveau les lèvres.

— Dommage. Tu pourrais débarquer chez lui en portant quelque chose de sexy. Il ne te repousserait jamais.

Non, c'est... Merde. En fait, ce n'est pas une mauvaise idée.

I. A. DICE

Logan aime le sexe et il aime mon corps. Peut-être qu'il ne dirait pas non si je parvenais à le surprendre. Après tout, j'ai vu le désir qui brûlait dans ses yeux quand il m'a regardée la semaine dernière.

— Et s'il me ferme la porte au nez ?
— Et s'il ne le fait pas ?
Oui... et s'il ne le fait pas ?

ONZE

Cassicy

Stupide, idiote, imprudente.

C'est moi. Mon Dieu, qu'est-ce qui m'a *pris* de venir ici ?

Je ne suis jamais venue dans cette partie de Newport. Le lotissement était en construction depuis deux ans, mais à en juger par les voitures qui parsèment les allées, toutes les maisons sont maintenant occupées.

Logan supervise ce projet depuis le début. Il est l'architecte en chef de la société de construction résidentielle Stone & Oak, qui appartient à son grand-père. Si les rumeurs sont vraies, c'est l'un des architectes les plus visionnaires que l'entreprise ait connus en cinquante ans. Je savais qu'il travaillait sur ce projet, mais je ne savais pas qu'une des belles maisons à deux étages avec un jardin avant impeccable et un revêtement de façade blanc et gris était la sienne.

Obtenir son adresse n'a pas été facile. Je ne pouvais pas demander à Thalia sans piquer sa curiosité et risquer des questions auxquelles je ne saurais pas comment répondre, alors au lieu de me mettre sur la sellette, je me suis rabattue sur une option beaucoup plus tordue et préoccupante.

Je l'ai suivi jusque chez lui hier... dans un Uber. Ma voiture est trop voyante ; il m'aurait repérée à des kilomètres. J'ai donc appelé un chauffeur que j'utilise chaque fois que je sors en boîte avec Thalia ou Kaya.

C'est un jeune sympa qui se fait de l'argent pour payer ses études. Ça ne le dérangeait pas de jouer au détective, mais la tête qu'il a faite quand je lui ai demandé de suivre la voiture de Logan n'avait pas de prix.

Je ne suis pas fière de moi, mais maintenant que je suis devant la porte, habillée comme une pute, je ne peux pas me résoudre à regretter d'avoir joué les harceleuses. S'il y a une chose dont je suis sûre à propos de Logan, c'est qu'il aime trop le sexe pour me renvoyer chez moi une fois qu'il aura vu ce qui se cache sous le long gilet gris que je porte.

Sa voiture est dans l'allée et les lumières brillent à l'intérieur, donc il doit être chez lui. Je ne sais pas s'il est seul. J'aurai du mal à expliquer ce que je fais là si l'un de ses frères est avec lui et qu'il décide d'ouvrir la porte à la place de Logan. Ce n'est pas comme si j'avais un mensonge crédible à portée de main. Ou n'importe quel mensonge d'ailleurs.

Je serai bouleversée s'il y a une femme chez lui, prête à se mettre à poil et à sauter dans son lit. Ou pire, prête à se blottir contre son torse musclé sur le canapé et à regarder une émission de télévision bidon.

Avec un peu de chance, le fait d'avoir choisi un mercredi pour me pointer ici m'évitera de finir humiliée et avec le cœur brisé. Il est peu probable qu'il ait de la compagnie à vingt heures un jour de semaine, n'est-ce pas ?

I. A. DICE

Une profonde respiration passe à travers mes poumons, calmant mon esprit et gardant mon courage intact. C'est ce que je veux, ce dont j'ai besoin et ce à quoi je n'arrête pas de penser. En boucle.

La passion, la luxure, le désir.

Je veux ressentir tout cela à nouveau. Ses grandes mains fortes sur mon corps, ses lèvres douces sur ma peau, ses chuchotements essoufflés à mon oreille alors qu'il se surpasse pour me faire jouir de toutes les façons possibles. Une bouffée de chaleur m'envahit à cette idée ; l'anticipation est déjà à son comble.

Les émotions sont absentes, enfermées dans un conteneur à l'épreuve des balles et enterrées profondément sous l'océan où personne, à part moi demain, ne les trouvera jamais.

Ce soir, ce n'est que physique.

Juste du sexe.

Rien de plus.

C'est tout ce que je suis venue chercher : sentir mon corps se détendre dans ses bras, puis se crisper lorsqu'une vague soudaine de plaisir me frappe comme un train de marchandises, débarrassant mon esprit de son bouclier et m'envoyant précipitamment dans un état où rien de mauvais ne peut m'atteindre.

La deuxième profonde inspiration sert à faire le vide dans ma tête et à me concentrer sur ce qui m'attend. L'homme que je désire de tout mon être. L'homme sur lequel je fantasme sans arrêt depuis presque deux semaines. L'homme qui fait bondir mon cœur.

D'une main tremblante, je frappe trois fois et secoue légèrement la tête pour repousser mes cheveux de mon visage et les laisser retomber sur mes épaules. Je détache la ceinture de mon gilet, dévoilant ainsi un ensemble de lingerie rouge en dentelle que j'ai acheté spécialement pour Logan. J'ai passé l'après-midi à Victoria's Secret, à la recherche de quelque chose qui mette en valeur mes petits seins et accentue mes fesses toniques.

Je me tue à la gym cinq fois par semaine pour garder ce cul tonique. Ce n'est que justice que j'utilise mon meilleur atout pour convaincre Logan de coucher à nouveau avec moi.

Mon Dieu, je crois que j'ai tout faux. Ce ne sont pas les hommes qui utilisent des stratagèmes pour convaincre les femmes de coucher avec eux normalement ?

Mon cœur saute un battement lorsque la poignée bouge, que la serrure clique et que la porte s'ouvre vers l'intérieur. Une douce lueur de lampes LED fixées au mur à quelques centimètres du sol éclaire Logan, projetant des ombres sur son torse nu et son beau visage.

Il ne porte pas sa casquette de baseball ce soir. Ses cheveux sombres, coiffés anarchiquement, sont courts sur les côtés et plus longs sur le dessus, avec quelques mèches égarées tombant sur son front. Il a une serviette autour du cou, comme s'il était prêt à faire du sport.

Il ne dit pas un mot. Il me regarde, se délectant de ma coûteuse lingerie luxueuse. Un muscle tressaute dans sa mâchoire, et ses yeux s'assombrissent à chaque centimètre de mon corps qu'il découvre.

Un changement subtil se produit sous mes yeux lorsque le désir prend le contrôle de son esprit. Sa main se resserre sur la poignée de la porte et ses dents grincent. Il me fusille d'un regard perçant tandis qu'une vague de chaleur passe entre nous.

L'odeur de son eau de Cologne me donne l'impression d'être à la maison : en sécurité et au calme, mais je repousse cette pensée. *Physique.* C'est censé n'être que physique.

Pas d'émotions, pas de sentiments, pas d'espoir vain.

Juste du pur sexe sauvage.

I. A. DICE

Je fais un pas en avant avant de changer d'avis et de m'enfuir la queue entre les jambes. Je me hisse sur la pointe des pieds et presse mes lèvres contre les siennes, m'arc-boutant contre son torse pour garder l'équilibre.

Il ne réagit pas.

Il ne bouge pas, ne retourne pas le baiser. Il est raide comme un piquet.

Un anticyclone de honte brûle mes joues et bouscule le rythme de mon cœur, rendant ses battements saccadés. Je romps le baiser en me remettant sur mes talons et m'éloigne de quelques centimètres, mais Logan ne me laisse pas faire un seul pas. Il saisit ma mâchoire d'une main, enroule l'autre autour de moi et attrape mes lèvres avec les siennes tout en nous entraînant à l'intérieur de sa maison.

C'est la plus douce des tortures quand sa langue taquine ma lèvre, réclamant plus. J'entrouvre la bouche pour le laisser approfondir le baiser, ce qui attise le feu qui fait rage dans toutes les cellules de mon corps. Je suis comme un volcan prêt à entrer en éruption lorsque la porte se referme avec fracas.

Logan me plaque contre cette même porte tout en dévorant mes lèvres comme si c'était la première fois qu'il m'embrassait. Comme s'il attendait de me goûter depuis des années. Son grand corps se presse si fort contre moi que je sens son érection contre mon ventre.

Sa main quitte ma mâchoire, descend le long du côté de mon corps et saisit ma cuisse pour soulever mon genou droit et le faire reposer sur l'os de sa hanche. Je le garde là pendant qu'il caresse l'intérieur de ma jambe et se rapproche de l'endroit le plus sensible.

— Je savais que t'en redemanderais, dit-il d'une voix rauque en posant son front contre le mien et en effleurant le tissu humide qui se trouve entre mes jambes. Si prête pour moi...

— Toujours, bredouillé-je, à bout de souffle et honteusement excitée.

Un torrent d'agréables frissons me parcourt l'échine lorsqu'il écarte ma culotte et enfonce lentement deux doigts en moi, comme s'il savourait le moment.

— Oh... merde, je...

Les mots meurent sur ma langue. Il n'a ses doigts en moi que depuis dix secondes, mais l'orgasme arrive déjà. Et juste au moment où je suis sur le point de jouir, il retire ses doigts.

— Logan, *s'il te plaît*...

— Shh, princesse, ça va aller. Ça va suivre. Je te le promets.

Il entoure ma taille de ses bras, me soulève et traverse le couloir en direction des escaliers. J'embrasse et mordille la chair à l'odeur paradisiaque dans le creux de son cou, ivre d'endorphines. C'est stupide et immature, mais j'ai envie de lui faire un suçon. Le marquer pour qu'aucune autre femme ne couche avec lui pendant un certain temps. Je ne concrétise pas cette idée, trop effrayée à l'idée qu'il me jette dehors avant de me faire jouir.

Et j'ai *besoin* de jouir.

Cela fait deux semaines que j'ai envie qu'il me touche. C'est d'ailleurs peut-être pour cette raison qu'il a réussi à m'amener au bord de l'extase à la vitesse de la lumière. La longue bite en silicone qui se trouve dans ma table de nuit est deux fois moins efficace que Logan.

Le monde n'existe plus quand il me porte dans les escaliers. Je passe mes doigts dans ses cheveux et tire doucement lorsque nous sommes à mi-chemin de l'étage. Il s'arrête et me pousse contre le mur pour m'embrasser à nouveau. Il n'y a plus de sang dans mes veines, remplacé par de la luxure mélangée à de l'adrénaline.

I. A. DICE

Des photos tombent de leurs crochets lorsqu'il se remet à marcher, sans que ses lèvres ne quittent les miennes. Je doute qu'il voie où il va, mais je m'en fiche. Tant que ses bras m'entourent, je me fiche de tout. Le satin froid du lit me donne la chair de poule lorsqu'il me jette dessus.

— Mes doigts, mes lèvres ou ma bite ? demande-t-il en faisant glisser les bretelles de mon soutien-gorge le long de mes bras.

Il défait le fermoir et jette le morceau de dentelle rouge sur le sol. Ma culotte vole ensuite à travers la pièce, une seconde avant que Logan ne plonge la tête pour sucer l'un de mes tétons.

— Les trois, s'il te plaît, soufflé-je, me noyant dans l'instant.

Il enfonce à nouveau deux doigts en moi. Son contact est comme un choc électrique dans mon système nerveux. Je suis tellement échauffée par les deux semaines passées à imaginer ce moment que Logan me met à nouveau au bord de l'extase en moins d'une demi-minute. Je ferme les yeux tandis que des spasmes me parcourent, m'indiquant que l'orgasme à venir sera exceptionnel.

— Non, non, murmure-t-il. Regarde-moi, bébé. Ne t'enferme pas dans ta tête. Tu dois me regarder te baiser. Tu dois voir à quel point t'es parfaite quand tu me prends. Tu dois mémoriser chaque seconde pour pouvoir te faire jouir en pensant à moi à partir de maintenant, parce que c'est la dernière fois qu'on fait ça.

À n'importe quel autre moment, cela me ferait de la peine, mais je refuse de laisser ses mots m'atteindre. D'après l'accord qu'on a passé, on ne devrait pas se voir ce soir. Je lui suis reconnaissante d'avoir fait une exception et de ne pas m'avoir dit de foutre le camp de chez lui.

J'ai du mal à soutenir son regard avec les vagues de plaisir qui grondent en moi. J'ai envie de fermer les yeux, de rejeter la tête en arrière et de m'abandonner au frisson, mais je n'en fais rien. Ses yeux aux pupilles dilatées sont rivés sur mon visage tandis qu'il fait monter le plaisir.

— Maintenant, dit-il en recourbant ses doigts pour effleurer l'endroit le plus tendre. Jouis pour moi, princesse.

Et comme si c'était un ordre, mon corps vibre et l'orgasme frappe. Mon pouls chante dans mes oreilles et des taches sombres brouillent ma vision, mais je ne détourne pas le regard. Je retiens ses yeux en otage pendant que je me désintègre. Une vague de feu inonde mon corps, intense et dévorante au point de me faire larmoyer.

— Putain, t'es tellement sexy quand tu jouis, dit-il en retirant ses doigts pour caresser ma chatte. J'en veux un de plus.

Il plonge sa tête entre mes cuisses, me lèche, me suce et obtient ce qu'il veut en deux minutes chrono. Je n'ai pas fini de trembler quand il enlève son pantalon de survêtement et me regarde mater sa bite. Je ne vois pas du tout comment elle peut entrer en moi.

Il remonte sur le lit, pose son dos contre la tête de lit et prend mon poignet pour m'aider à me redresser.

— Chevauche-moi. Montre-moi ce que t'as dans le ventre.

— T'aurais dû me demander ça avant que mes jambes ne deviennent de la gelée.

Je l'embrasse sur les lèvres, puis tire sur son bras pour le faire descendre jusqu'à ce qu'il ne soit plus assis, mais allongé sur le dos, la tête posée sur les oreillers.

Je me mets doucement à califourchon sur lui, adorant le sentiment de contrôle et de domination que me procure le fait d'avoir Logan à ma merci, dépendant de mon toucher et de ma cadence. Il saisit ma taille lorsque je pose mes mains sur son torse et que j'embrasse ses lèvres, laissant mes hanches faire le

I. A. DICE

plus gros du travail.

C'est comme du twerk, mais plus vite, à poil, à genoux, et avec sa bite qui glisse en moi et hors de moi.

— Putain.

Il enfonce ses doigts dans ma chair avec suffisamment de force pour me faire des bleus. Je pense qu'il s'en rend compte parce qu'une seconde plus tard, il se détend un peu.

— Bébé, il faut que tu ralentisses ou ça va se terminer beaucoup plus tôt que je ne le voudrais.

Je lui mords la lèvre et maintiens la cadence insoutenable malgré la faiblesse de mes jambes.

— T'as dit « Montre-moi ce que t'as dans le ventre », alors ferme-la et laisse-toi faire.

J'aurais dû l'écouter...

Si je l'avais fait, nous serions restés au lit bien plus longtemps que ces quelques minutes intenses, mais je ne peux me résoudre à le regretter quand ses dents s'enfoncent dans sa lèvre inférieure dans une démonstration de plaisir pur et sans retenue. Il tient mes hanches, me clouant sur place, les yeux rivés sur les miens alors qu'il gicle au plus profond de moi avec un grognement grave et rocailleux.

Une minute. C'est tout le temps qu'il nous laisse pour reprendre notre souffle avant de me tapoter la hanche pour m'inciter à descendre de lui.

— C'était la dernière fois, Cass, dit-il en se déplaçant pour s'asseoir sur le bord du lit. Ne te pointe plus ici.

Je hoche la tête et retombe sur l'oreiller, les yeux fermés, le corps faible et chaud. Je le sens se lever et j'entends la porte de la salle de bains se fermer. L'eau de la douche commence à couler tandis que je reste allongée là en passant mes doigts sur mes lèvres gonflées. Penser à Logan nu sous le jet d'eau chaude m'excite à nouveau.

Les mots « dernière fois » résonnent dans ma tête et une pointe de déception se répand dans mes veines. Une partie de moi comprend pourquoi il ne veut pas continuer à avoir un plan cul, même si nos parties de jambes en l'air sont excellentes. Il se soucie de ses frères. Il ne mettrait jamais en péril leur relation pour pouvoir me baiser de temps en temps. Il y a des centaines de femmes à Newport qu'il peut se taper sans conséquences.

Il n'a aucune raison de continuer à faire ça avec moi.

Contrairement à moi.

J'ai réprimé mes sentiments, mais c'est comme se battre contre le vent.

Ne te pointe plus ici.

Ce sera plus sûr pour ma santé mentale d'obéir. Plus sûr pour mon cœur, parce que la flamme se ravive chaque fois que ses mains touchent ma peau. Je veux rester ici juste un peu plus longtemps pour observer Logan lorsqu'il sort de la salle de bains, étudier et mémoriser le contour de son visage, ses pommettes hautes et ses lèvres pulpeuses couleur framboise qui ont habilement manipulé mon corps.

Mon cœur saute un battement lorsqu'il coupe l'eau et que la porte de la douche coulisse avec un bruit bien caractéristique. Je me redresse en serrant les draps contre ma poitrine. Il sera peut-être partant pour un autre round si c'est la dernière fois, non ? Je suis faible et épuisée, mais je rassemblerai un peu de force si cela signifie le garder plus longtemps, mais d'abord, il faut que je me nettoie.

La porte de la salle de bains s'ouvre et Logan jette un regard de côté vers le lit. Sa démarche est hésitante et ses traits se crispent.

— Qu'est-ce que tu fais encore là ? s'emporte-t-il. Tu sais

I. A. DICE

où est la porte, Cass. On a fini. Va-t'en. Mon visage se vide de son sang. Mon sourire béat disparaît sans laisser de trace. Je ne m'attendais pas à faire des câlins, mais me faire jeter comme une pute de bas étage dix minutes après qu'il m'a baisée et avant d'avoir pu essuyer son sperme qui dégouline sur mes cuisses me blesse profondément.

— Bouge-toi, lance-t-il à nouveau en jetant mon gilet sur le lit sans un autre regard dans ma direction.

Son attention ne dévie pas de son téléphone alors que je m'habille rapidement. L'intérieur de mes cuisses est mouillé et collant, ce qui salit ma culotte rouge hors de prix. Je pensais avoir atteint la limite de l'humiliation il y a trois ans. J'avais tort. Cette fois, c'est pire.

Mes yeux se remplissent de larmes alors que je passe mes mains dans les manches de mon gilet et que je noue la ceinture autour de ma taille en prenant soin de ne pas regarder Logan en face. Il y a deux semaines, il m'a embrassée avant de partir de mon appartement. Je m'attendais à la même chose aujourd'hui. Un baiser et « Je te verrai dans le coin », mais j'ai dû dépasser une limite invisible quand je me suis pointée sur le pas de sa porte.

Fidèle à lui-même, Logan a pris ce que je lui offrais et a laissé transparaître sa vraie nature une fois qu'il a eu ce qu'il voulait.

Je sors de la pièce comme si une meute de chiens féroces était à mes trousses. Je manque de trébucher à cause de mes chaussures à talons lorsque je dévale les escaliers deux marches à la fois.

Comment est-ce que je peux me sentir aussi béatement satisfaite et comblée une minute, puis être sur le point d'éclater en sanglots la minute suivante ?

Je ne sais même pas pourquoi je suis émotive à ce point.

TROP
INACCEPTABLE

C'est *Logan*, pour l'amour de Dieu. À quoi est-ce que je m'attendais ? Qu'il aille chercher un gant de toilette chaud ? Mes yeux piquent à cause des larmes et ma vision se brouille alors que j'attrape la poignée de la porte.

Des pas lourds résonnent derrière moi. Logan ne se presse pas ; il descend nonchalamment les escaliers. Je sens son regard brûlant dans mon dos, comme s'il me tenait en joue.

— T'as une voiture ? demande-t-il, sans aucune trace de l'agacement d'il y a deux minutes.

Je ne réponds pas. Ma voix trahirait les larmes à venir, et il est hors de question que je lui donne cette satisfaction.

J'ouvre la porte d'un coup sec. Mon menton frémit plus fort à chaque pas. Des gouttes chaudes et salées se mettent à couler et à ruisseler sur mes joues avant que la porte ne se referme complètement derrière moi. Je me sens tellement... *utilisée*.

Sans valeur, sale et stupide d'être venue ici en premier lieu.

Ma voiture est garée deux rues plus loin parce que je suis prévenante et que je ne voulais pas laisser ma Fiat jaune devant la maison de Logan au cas où quelqu'un déciderait de lui rendre visite. Je baisse le pare-soleil, vérifie mon état dans le miroir et essuie les traces humides de mascara sur mes joues en inspirant trois grandes bouffées d'air pour me calmer.

Ce n'est *rien*.

J'ai l'habitude d'être traitée comme une sangsue. J'ai survécu à pire que Logan Hayes. Ma vie a été remplie de gens qui n'en avaient rien à faire de moi et pour qui j'étais une nuisance depuis le jour de ma naissance. Mes parents alcooliques ne se préoccupaient que des quelques centaines de dollars qu'ils recevaient des allocations de l'État. Ce n'était aussi qu'une question d'argent pour les familles d'accueil qui m'ont recueillie.

J'ai survécu à la négligence, à la faim et à la solitude.

I. A. DICE

À la douleur et à la peur.

À l'humiliation.

Aux peines de cœur.

Ce n'est pas Logan qui me brisera.

Je tourne la clé dans le contact, enclenche la vitesse et m'apprête à partir lorsqu'un poing tape contre la vitre. Logan se tient près de la voiture, vêtu d'un pantalon de survêtement et d'une chemise blanche, comme un connard sexy de première catégorie.

— Quoi ?! m'exclamé-je en appuyant sur le bouton pour baisser la vitre, les yeux sur la route, le pied sur le frein.

Il se penche jusqu'à ce qu'il soit à la hauteur de mes yeux et pose ses coudes sur la portière.

— Pourquoi t'es en colère ?

Je ricane. L'humiliation qui me déchire se transforme en rage.

— Je ne suis pas en colère.

Mes ongles blanchissent davantage à mesure que je serre le volant plus fort, mais je retrousse les lèvres en un sourire narquois.

— Je suis toujours super contente quand on me traite comme une pute.

— Une pute ?

Il hausse un sourcil et se pince les lèvres pour essayer de réprimer un sourire.

— À quoi tu t'attendais ? T'es venue pour baiser, non ? Je n'ai pas été à la hauteur ? Ou t'as cru que tu pourrais passer la nuit ici ?

— Bien sûr que non !

Je vis peut-être à la-la-land, à rêver que Logan est à moi, mais je ne suis pas stupide. Ce n'est que du sexe, et j'étais d'accord, mais...

— Je ne m'attendais juste pas à ce que tu me mettes dehors avant que je puisse essuyer ton sperme sur mes cuisses, enfoiré.

Bouge avant que je ne te roule dessus.

Une prise de conscience apparaît sur son visage comme si une ampoule s'était allumée au-dessus de sa tête.

— Merde.

Il se gratte négligemment la nuque.

— Je n'ai pas réfléchi, d'accord ? J'ai cru que tu voulais qu'on se fasse des câlins, et ça n'arrivera pas. T'aurais dû me dire que tu voulais prendre une douche au lieu de partir en trombe comme une putain de drama queen. Je ne lis pas dans les pensées, Cass.

— C'est de la politesse de base, rétorqué-je.

Ma poitrine est si serrée que j'ai l'impression que mes os se sont refermés autour de mes poumons. Il n'a aucune idée à quel point c'est désagréable et dégradant d'enfiler une culotte alors que je suis couverte de son *sperme*.

— La prochaine fois que tu te branles, jouis dans ton froc et va faire un tour. On verra si tu trouves ça agréable.

J'appuie sur le bouton pour fermer la vitre et relâche le frein, le forçant à s'écarter sous peine que la roue arrière de ma voiture ne laisse des marques sur ses chaussures.

DOUZE

Logan

Une Audi R8 noire est garée devant le garage à quatre voitures, à côté des Mustangs des triplés, de la Ranger de Shawn et de la Camaro de Theo. Il n'y a pas de place pour ma Charger.

S'ils se garaient plus près les uns des autres, je pourrais mettre ma voiture à côté de la rutilante Audi, mais non. Je n'ai aucune chance de rentrer dans cet espace, car Colt a garé sa Mustang comme s'il avait quatre-vingt-dix ans et qu'il était aveugle d'un œil. Je me gare donc en biais dans la place étroite à quelques mètres du portail électrique et bloque complètement l'allée.

Personne ne rentrera chez lui ce soir.

L'air chaud de la soirée est imprégné de fumée de barbecue et de la brise de l'océan. Le léger vent fait bruisser les feuilles d'un vieux chêne situé à proximité. Je verrouille la voiture et enfonce les clés dans la poche arrière de mon jean. Une bouteille du vin préféré de ma mère à la main, je frappe à la porte du chef-d'œuvre qu'est la maison de mes parents. Des fenêtres du sol au plafond encadrent la maison de neuf chambres à deux étages dans laquelle j'ai passé vingt et un ans.

En grandissant, ma chambre se trouvait au dernier étage et donnait sur le jardin équipé d'un court de tennis grandeur nature, d'un spa et d'une piscine. J'avais pour habitude de faire le mur en utilisant la rambarde d'un balcon panoramique pour descendre jusqu'au balcon du dessous, puis je sautais sur la terrasse et je partais faire la fête jusqu'au petit matin. Mes parents ont découvert mes escapades lorsque j'étais en deuxième année d'université. J'ai fait entrer une fille en douce dans ma chambre et j'ai ensuite essayé de la faire sortir de la même façon qu'elle était venue : par le balcon.

Malheureusement, elle était pompette et s'est cassé la cheville en atterrissant sur la terrasse à trois heures du matin.

Ma mère m'a engueulé et mon père m'a autorisé à faire entrer les filles par la porte d'entrée et à les faire sortir de la même façon. Il est tout ce qu'il y a de plus décontracté. Je suppose que c'est une qualité indispensable quand on élève sept garçons.

Comme le veut la tradition familiale, j'arrive en retard à la réunion mensuelle que ma mère a insisté à mettre en place lorsque les triplés ont déménagé pour vivre avec Nico.

« *Il faut qu'on passe plus de temps ensemble.* »

Bien que cela ne me dérange pas, ça m'inquiète. Ma mère est de moins en moins sûre d'elle chaque semaine. Elle se bat pour se sentir utile et a tellement besoin de l'attention de ses fils que j'ai peur qu'elle fasse chanter mon père pour qu'il lui fasse un autre bébé. Je repousse en frissonnant les images de mes parents essayant de concevoir un enfant à leur âge. À cinquante-sept ans, ce serait un véritable exploit pour ma mère d'endurer une grossesse et un accouchement.

I. A. DICE

Theo ouvre le battant gauche de la grande double porte, distrayant ma tête détraquée de l'image de mes parents en train de baiser.

— Je suis content que tu sois en retard, dit-il en agitant une centaine de dollars devant moi. Nico était persuadé que tu serais à l'heure aujourd'hui.

Ce type a trop d'argent s'il est prêt à parier sur le fait que j'arriverai à l'heure.

— Il ne me connaît pas ou quoi ?

Je passe à côté de Theo et de son grand sourire en coin, puis me débarrasse de ma veste dans l'entrée.

Je la suspends à la rampe du grand escalier et souris lorsqu'une version acoustique au piano de « *Imagine* » de John Lennon parvient à mes oreilles. La maison sent la tarte aux pommes fraîchement sortie du four, ce qui signifie que ma grand-mère est là.

Je me dirige vers l'un des trois salons où ma mère est assise devant un piano à queue Steinway de 1904, les mains sur les touches, la tête balançant au rythme de la musique.

Comme je m'y attendais, Nico est sur l'accoudoir du canapé chesterfield blanc, les yeux rivés sur notre mère. Je parierais cent dollars que c'est lui qui lui a demandé de jouer. Et c'est le genre de pari qui ne me ferait pas perdre d'argent. Nico se détend rarement, mais chaque fois qu'il écoute notre mère jouer, la colère qui l'entoure habituellement comme un nuage orageux est aux abonnés absents.

Ma mère laisse la dernière note s'attarder dans l'air lorsque la chanson se termine. Je me souviens qu'elle passait toutes ses soirées au piano quand j'étais petit, mais ce n'est que plus tard que j'ai su apprécier son talent et son amour pour l'instrument.

Un sourire se dessine sur son visage lorsqu'elle tourne

sur son tabouret.

— Logan ! s'exclame-t-elle en se précipitant vers moi dans une robe légère et fluide.

Peu de femmes de cinquante-sept ans pourraient porter une telle robe, évasée dans le bas et serrée à la taille, mais ma mère est naturellement belle ; elle a été Miss Californie il y a une trentaine d'années. Elle a une silhouette maigre, une taille de guêpe et un visage d'ange. Si j'avais une sœur et qu'elle avait hérité de la plupart des traits de ma mère mélangés à une pincée de ceux de ma grand-mère, elle serait la fille la plus éblouissante de ce côté de l'Atlantique.

Et sept de ses frères donneraient des coups de pied au cul à gauche, à droite et au milieu pour éloigner les imbéciles indignes.

— Tout le monde est déjà dehors, dit-elle en me prenant la bouteille de vin.

Elle dépose un doux baiser sur ma joue, puis frotte l'endroit qu'elle a embrassé, essuyant probablement une marque de rouge à lèvres rouge cerise.

— Je crois que ton père a besoin d'un coup de main pour le barbecue.

Le temps s'est amélioré au cours des deux dernières semaines. Le mois de mai a apporté une vague de chaleur digne des étés les plus chauds, ce qui nous permet de profiter d'un barbecue à l'extérieur au lieu de passer notre temps à la longue table de la salle à manger.

— On a aussi invité les Marron, ajoute-t-elle avec des étincelles qui dansent dans ses yeux gris acier fondu.

Il est étonnant qu'aucun de mes frères n'ait hérité de cette couleur inhabituelle. Nous avons tous des nuances de brun, du caramel de Cody au noir de Nico, presque aussi sombre que sa putain d'âme.

I. A. DICE

— Ils sont revenus s'installer ici il y a quelques semaines.
— Qui ? demandé-je en fronçant les sourcils.
— Les Marron ! répète-t-elle, comme si elle pensait que je ne l'avais pas entendue la première fois.
— Maman, je te demande *qui* sont les Marron !

Theo soupire depuis le coin et secoue la tête avec une grimace de désapprobation qui ternit ses traits et fait ressortir la cicatrice sur sa joue.

— C'est bas, Logan.
— Putain, c'est *consternant*, ajoute Nico, tout aussi outré, bien que cela paraisse plus sincère chez lui que chez Theo. Tu devrais avoir honte. Comment tu peux oublier le nom de famille de ta fiancée ?

Un rictus suffisant tord les lèvres de Theo, et un petit rire s'ensuit.

— Elle a encore la putain de bague que tu lui as offerte !
— Surveille ton langage, Theo, tranche ma mère en lui lançant son regard sévère caractéristique.

Il jette les mains en l'air.

— Vraiment, Maman ? *Vraiment ?* Je vais bientôt avoir trente ans. Et tu n'as pas grondé Nico quand il a dit le mot commençant par « P ». Ce n'est pas juste.
— Nico, surveille ton langage, bébé. S'il te plaît, dit-elle.

Mais son ton est doux et ses yeux enjoués. Cet enfoiré pourrait s'en tirer avec un meurtre.

— Revenons à nos moutons. Quelle put...

J'esquive le terrain miné et me rattrape à temps lorsque j'aperçois le visage renfrogné de ma mère.

— Quelle *satanée* bague ?
— La bague de fiançailles que t'as fabriquée avec du fil de cuivre et de la colle, explique Nico. C'est la première fois que

je la vois aujourd'hui, frérot, et honnêtement, beau boulot.

Merde. Une bague en fil de fer avec un petit caillou blanc collé sur le dessus avec de la super glu. Je m'étais collé les doigts en faisant la bague de fiançailles de la voisine et j'avais pleuré pendant une heure avant que ma mère ne rentre à la maison et ne m'aide.

Annalisa Marron.

Une superbe blonde avec de grands yeux à moitié couverts par une frange bizarre. Annalisa, la petite brute. Une jolie brute avec de mignonnes nattes. L'amour de ma vie pendant un mois ou deux quand j'étais en maternelle. Comment ai-je pu oublier la fille que je voulais épouser à l'âge de quatre ans ?

C'est *déconcertant*.

Ce n'est pas comme si elle n'avait pas déménagé à l'autre bout du monde pour vivre en Australie avant le début du collège et qu'elle n'était jamais revenue à Newport jusqu'à maintenant, apparemment.

— Elle est toujours aussi jolie que lorsqu'elle était enfant, dit ma mère avec un sourire rayonnant et une lueur d'affection dans les yeux.

Je n'arrive pas à comprendre cette femme. D'un côté, elle est jalouse de Thalia et agacée qu'elle lui ait volé son fils. D'un autre, elle veut qu'un autre fils se pose. Soit elle n'a aucune logique, soit elle a plus de choses à reprocher à Thalia qu'elle et mon père ne veulent bien admettre.

Il y a aussi le fait que Thalia a été accusée d'avoir tué son mari quand elle vivait en Grèce, mais je ne pense pas que mes parents soient au courant. Et même s'ils le savent, les charges ont été abandonnées et Thalia a été déclarée innocente, alors ma mère n'a aucune raison d'être aussi grincheuse.

Ce n'est pas comme si elle avait tué le gars, de toute façon.

I. A. DICE

C'est du moins ce qu'affirme officiellement et solidairement monsieur et madame Theo Hayes.

— Va lui dire bonjour, dit ma mère en me poussant doucement vers le patio. Elle est dehors.

— Oui, Logan, va lui dire bonjour, insiste Theo. Elle n'a pas arrêté de parler de vous deux depuis qu'elle est arrivée.

Je n'ai pas envie de lui dire bonjour, mais je n'ai pas vraiment le choix. Je me dirige vers l'extérieur, suivi par mes frères. Annalisa est assise au bord de la piscine avec Thalia, riant de quelque chose que ma belle-sœur a dû dire. Elle est toujours aussi jolie. Une auréole de cheveux blond platine lui tombe jusqu'au milieu du dos, ses jambes sont longues et lisses, et elle est aussi maigre qu'il est possible de l'être.

Trop maigre.

Les clavicules et les os de ses épaules ressortent, et le décolleté de sa robe cache une poitrine plate. Cassidy aussi est mince, mais elle a un peu de graisse sur les os à saisir et suffisamment de nichons pour remplir ma main.

La journée va être longue si je continue à comparer une blonde à une autre. Pourquoi est-ce que je pense encore à Cass ? Cela fait une semaine et demie qu'elle est partie de chez moi en claquant la porte, au bord des larmes. Au début, j'étais plus qu'agacé par cette sortie dramatique. Je suis monté dans ma chambre, prêt à m'écrouler, mais la culpabilité m'a rongé le cerveau comme un ver de bois.

J'ai peut-être été trop dur en lui disant de partir, mais pour ma défense, je ne m'attendais pas à ce qu'elle soit encore dans mon lit quand je suis sorti de la douche. Aucune femme ne reste jamais aussi longtemps. C'est une règle tacite que tout le monde à Newport Beach semble connaître, comprendre et respecter, alors le fait que Cass ait enfreint cette règle m'a pris par surprise.

N'avait-elle pas reçu le mémo ?

Malgré son dépassement flagrant du temps imparti, j'ai enfilé un t-shirt et j'ai suivi Cass jusqu'à sa voiture au lieu d'aller me coucher directement. Je ne suis pas un chevalier en armure brillante, loin de là, mais je ne suis pas un adolescent.

Laisser partir une fille en détresse, sans au moins essayer d'en connaître la raison, est ce que l'on peut attendre d'un gamin arrogant et insouciant.

Maintenant que je sais pourquoi elle est partie précipitamment, j'aimerais être toujours un adolescent égocentrique, juste pour cette fois. Comme ça, je continuerais à penser qu'elle était fâchée parce que je l'avais offensée.

Il s'avère que j'ai tiré des conclusions trop rapides. Elle n'a rien fait de mal. C'est *moi* qui ai merdé en la poussant à partir avant de lui offrir de quoi se nettoyer. Je n'avais jamais été dans une situation similaire. Je n'avais jamais éjaculé dans une fille avant Cass. L'idée que mon sperme dégouline de sa douce chatte et coule le long de ses cuisses ne m'a pas traversé l'esprit.

Rien ne me traverse l'esprit quand Cassidy est nue et à bout de souffle. Mon esprit se vide, se concentrant uniquement sur elle. Elle est addictive. La façon dont elle jouit, entrouvre les lèvres et gémit en me prenant...

Je me mettrais à genoux sur du verre pour la baiser à nouveau.

Ce qui est exactement la raison pour laquelle je ne peux pas le faire.

Dans le feu de l'action, il est facile d'oublier que je perdrais mes frères s'ils découvraient mon aventure avec la meilleure amie de l'ennemie publique. Ils ne m'excluraient peut-être pas d'emblée de leur vie, mais nous ne passerions plus autant de temps ensemble. Ils me vireraient du groupe de discussion, ne

I. A. DICE

m'appelleraient plus et ne viendraient plus chez moi. Nous ne nous verrions plus que pour des occasions spéciales comme un anniversaire ou un mariage.

Il y a une raison pour laquelle nous sommes si proches tous les sept : nous avons des règles établies. Nous avons commencé à les créer à partir de l'adolescence, quand la testostérone qui nous sortait par les oreilles nous empêchait de nous apprécier les uns les autres.

Les frères passent en premier.
Aucun droit de revendiquer une fille.
Interdiction de toucher la nana de son frère.

Il y en a d'autres, et il y a des exceptions, mais ce que j'ai avec Cassidy ne rentre dans aucune exception. Elle a couché avec mon frère. Elle est la meilleure amie de la fille qui a blessé Nico. C'est suffisant pour la considérer comme interdite à tous les Hayes, mais la liste des méfaits ne s'arrête pas là. Au fil des ans, Cass a parlé dans notre dos pour mettre les autres filles en garde. Elle a même mis en garde Thalia lorsque Theo l'a rencontrée pour la première fois. Cela fait longtemps qu'elle nous met des bâtons dans les roues.

— Regardez qui est là, lance Annalisa en se levant et en rejetant ses cheveux blonds par-dessus une épaule.

Quelqu'un devrait nourrir cette fille. Ses jambes ressemblent à deux bâtons fins.

— Je commençais à avoir peur que tu ne viennes pas.

Elle envahit mon espace pour me faire un bisou sur la joue, comme si nous étions des amis de longue date.

Cela fait vingt-cinq ans que je ne l'ai pas vue. C'est une étrangère, et le geste n'est pas apprécié.

— Salut, Ann. Ça fait plaisir de te voir, dis-je.

J'espère que cette courte phrase suffira à dépeindre la situation : Logan, hors-jeu. Pas intéressé. Je me décale sur la droite, me penche au-dessus de la chaise longue de Thalia et l'embrasse sur la joue, sans quoi j'en entendrai parler plus tard. C'est la femme la plus fougueuse que j'ai jamais rencontrée.

— Salut, ma belle. Dis-moi que t'as fait ta salade grecque et ta sauce.

Un barbecue n'est pas le même sans sauce tzatziki depuis que Thalia fait partie de la famille.

— Et des brochettes, concède-t-elle en attrapant un grand verre de thé glacé.

Son regard inquisiteur passe de moi à Annalisa, qui doit encore se tenir à quelques mètres derrière. Si seulement Thalia savait tout ce qu'elle a en commun avec ma mère. Elles essaient toutes les deux de jouer les entremetteuses de temps en temps, comme si j'étais incapable de trouver une femme par moi-même. Je suppose que le bilan de mes relations confirme cette assertion.

C'est curieux que ni l'une ni l'autre ne s'occupe du cas de Nico.

— Qu'est-ce que t'as apporté ? demande-t-elle d'un ton normal. Elle est *mignonne* ! ajoute-t-elle en chuchotant.

Je réponds à cette déclaration par un ferme secouement de tête, la suppliant tacitement de poser l'arc et les flèches à pointe en forme de cœur qu'elle vise sans doute sur mon cul, puis j'aborde la question.

— Ma présence.

— T'as déjà apporté ça la dernière fois. Ça commence à se faire vieux.

J'ébouriffe la masse de ses cheveux bouclés et me retourne vers la femme-bâton blonde. J'ai mal rien qu'à l'idée de la baiser. Je me ferais des bleus sur les cuisses en la prenant en levrette.

Ma grand-mère m'évite de devoir divertir mon ancien amour en sortant de la maison avec une assiette de tranches de tarte

I. A. DICE

aux pommes. À soixante-dix-neuf ans, c'est la femme la plus élégante que je connaisse. Elle est toujours sur son trente-et-un. Aujourd'hui, ses talons bas claquent sur la terrasse alors qu'elle se dirige vers la table dans une robe crème qui lui arrive aux genoux. Des perles ornent son cou et pendent à ses oreilles. Ses cheveux blancs sont coupés court et coiffés vers l'arrière. Mon grand-père se tient près du barbecue, tout aussi élégant dans une chemise jaune raffinée glissée dans un chino gris. Heureusement, à part l'ancienne génération, personne n'a fait beaucoup d'efforts. Je ne me fais pas remarquer avec mon jean noir usé, un polo des Dodgers de Los Angeles et une casquette blanche sur la tête, conformément à mon habitude.

— Logan, m'interpelle mon grand-père.

Son ton laisse entendre qu'il veut parler affaires, et je vois ma mère froncer les sourcils.

— Juste cinq minutes, ma chérie, lui dit-il en passant son bras sur mes épaules pour m'entraîner à l'abri des oreilles indiscrètes. Je voulais t'apprendre la nouvelle en premier avant de l'annoncer à la réunion du conseil d'administration qui a lieu cette semaine.

Il s'adosse à la clôture qui entoure le court de tennis. Je plisse les yeux et essaie de deviner la nouvelle en scrutant son expression, mais William Hayes affiche un visage totalement impassible. Une aura d'autorité l'entoure, quel que soit l'endroit où il se trouve ou ce qu'il fait. En sa présence, je me tiens toujours droit comme un soldat au garde-à-vous, avec ma colonne vertébrale raide comme un poteau métallique. Il dégage une assurance implacable et donne aux gens l'impression qu'ils sont en danger.

Nico et Colt ont tous deux hérité de cette qualité. Colt est plus modéré, cependant, tandis que Nico a pris les gènes de mon grand-père et les a poussés à l'infini.

— J'ai décidé de prendre ma retraite à la fin de l'été, dit mon grand-père en ponctuant chaque mot. Ta grand-mère...

Il se racle la gorge et desserre le col de sa chemise.

— *Je* pense qu'il est temps pour moi de profiter du peu de temps qu'il me reste à vivre.

Ouais, c'est ça. La décision ne vient pas de lui. Je suis sûr que c'est grand-mère qui l'a poussé à la prendre. Cela fait des années qu'elle le harcèle pour qu'il prenne sa retraite, et elle a apparemment fini par l'avoir à l'usure. À quatre-vingts ans, on pourrait s'attendre à ce qu'il soit à la retraite depuis au moins dix ans, mais je ne pourrais jamais l'imaginer renoncer volontairement à l'entreprise qu'il a bâtie à partir de rien. Je pensais qu'il travaillerait jusqu'à son dernier souffle et mourrait à son bureau.

Un sentiment d'effroi m'envahit à l'idée que Stone & Oak soit vendu au plus offrant.

— Je suis content pour toi, dis-je en me surprenant moi-même de la sincérité de ma réponse. Tu le mérites.

Il hoche la tête, puis jette un coup d'œil par-dessus mon épaule avec un regard vide.

— Je veux que tu prennes ma place, Logan.

Il y a un moment de silence, comme si ses mots avaient mis le monde entier en sourdine. Je le regarde fixement en me demandant si j'ai bien entendu. Il est indéniable que je me tue à la tâche, et sans vouloir paraître arrogant, je suis un excellent architecte, mais cela ne fait que six ans que je travaille pour l'entreprise. Jamais, dans mes rêves les plus fous, je ne me serais attendu à recevoir une offre pareille.

— C'est très généreux, mais je ne suis pas sûr d'être la personne idéale pour ce poste. Je n'ai ni les connaissances ni l'expérience...

I. A. DICE

Il me fait taire d'un geste dédaigneux de la main.

— Ce n'est pas si difficile ou compliqué que ça. Je ne vais pas prendre ma retraite demain. On a le temps de te laisser t'adapter à tes nouvelles fonctions. Je sais que c'est soudain et que tu dois y réfléchir, alors ne nous attardons pas sur le sujet aujourd'hui et profitons plutôt du barbecue. On pourra en reparler demain.

Il me tapote l'épaule et me gratifie d'un rare sourire.

— Je ne t'aurais pas choisi si je ne pensais pas que t'as ce qu'il faut pour diriger mon entreprise.

Il a une façon particulière de booster mon ego.

Je suis sur un petit nuage tout le reste de la journée, plaisantant avec mes frères, esquivant le flirt d'Annalisa et m'empiffrant de nourriture et de bière. Cody finit par déplacer ma voiture vers vingt et une heures pour que tout le monde puisse partir, mais je décide de rester. Je me réfugie dans mon ancienne chambre en me demandant à quoi ressemblera ma vie dans quelques mois, lorsque j'aurai pris les rênes de Stone & Oak.

TREIZE

Cassidy

Aisha est assise sur le canapé de mon studio en tapant nerveusement du pied sur le sol et jette un coup d'œil à l'horloge toutes les dix secondes. Le mannequin qu'elle a engagé pour la séance photo aurait dû être là il y a une demi-heure.

Par chance, étant donné que je n'avais aucune idée de ce que ce serait de travailler avec Aisha, ni à quel point elle est exigeante ou pointilleuse, j'ai décidé de ne pas planifier d'autre photoshoot aujourd'hui. Attendre ne me dérange pas.

— Il est peut-être coincé dans les embouteillages, dis-je en émergeant de la kitchenette avec des cafés. Il vient de Los Angeles, non ?

Elle hoche la tête, se pince les lèvres et jette de nouveau un coup d'œil à l'horloge en plissant les yeux.

— T'as son numéro ?

— J'ai essayé de l'appeler, mais je tombe directement sur son répondeur.

Elle sort son téléphone et tapote sur l'écran.

— Je vais appeler son agent. Il sait peut-être ce qui se passe.

Je sirote mon café en regardant la rue tandis qu'Aisha fait les cent pas dans la pièce avec son téléphone à l'oreille. Elle souffle, une main appuyée sur sa hanche, et regarde avec des yeux empreints de fureur mon appareil photo et le matériel mis en place pour prendre le cliché parfait.

J'ai passé des heures à étudier les couvertures de ses livres et à parcourir Amazon au cours des derniers jours afin de déceler les tendances et de déterminer ce qui se vend. Les couvertures d'Aisha mettent en scène des hommes sexy, musclés et ténébreux. Aussi séduisant que cela puisse être, je n'arrive pas à me débarrasser de la vision qui m'a frappée lorsqu'elle m'a parlé un peu plus de l'intrigue et de l'héroïne, une jeune fille aux longs cheveux blonds. C'est la fille d'un policier qui a emprisonné le personnage masculin d'Aisha.

Évidemment, ils tombent amoureux. L'héroïne s'attire des ennuis, mais même si cela met en péril la liberté du héros, il la met sur un piédestal et va à l'encontre de ses principes et de ses croyances pour la protéger.

Elle est la pièce la plus importante de l'histoire, et je la vois sur la couverture avec le héros.

Aisha fourre le téléphone dans son minuscule sac en grognant.

— Il ne vient pas. Son agent a accepté deux séances photo pour lui aujourd'hui, et il a choisi l'autre parce que c'est mieux payé.

Elle tape du pied.

— Il aurait pu avoir la décence de m'appeler et de me prévenir !

Elle s'effondre sur le canapé et cache son joli visage dans ses mains.

— Mon Dieu, qu'est-ce que je vais faire maintenant ? Le

I. A. DICE

designer de la couverture a besoin des clichés d'ici la fin de la semaine. Le dévoilement de la couverture a lieu dans deux semaines !

— Hé, ne t'inquiète pas. Si tu peux engager un autre mannequin, je jonglerai avec mes rendez-vous et t'auras les photos à temps. Ça ne me dérange pas de travailler en dehors des horaires habituels.

Elle lève les yeux, visiblement désemparée.

— C'est justement le problème. Je ne peux pas trouver un autre mannequin. J'ai appelé dix agences différentes avant d'engager Killian, et j'ai dû le réserver très longtemps à l'avance ! Personne n'est disponible.

C'est effectivement un problème. Je peux faire un photoshoot au milieu de la nuit, mais ça ne sert à rien si on n'a pas de modèle. Luke se dévouerait volontiers, mais il ne correspond pas du tout à la description du héros. Il conviendrait mieux pour le méchant de l'histoire.

— Et ce motard ? demandé-je, me souvenant qu'il était grand, musclé, et qu'il pourrait passer pour le héros.

Aisha grimace en serrant sa tasse de café à deux mains.

— Non, on n'est plus vraiment en bons termes. Argh ! Il faut vraiment que je commence à m'organiser à l'avance.

Elle regarde fixement la porte, comme si cela allait faire débarquer un beau gosse qui sauverait la situation.

— Et toi ? Tu ne connais personne qui corresponde au personnage et qui serait prêt à faire le photoshoot ? Je paierai le double du tarif de Killian, et ce type réclame une fortune.

Est-ce que je connais des hommes grands, bruns, ténébreux, beaux et musclés ? Oui, et pas qu'un seul. Trois me viennent d'emblée à l'esprit, mais je doute qu'ils acceptent de m'aider. Pas si c'est moi qui demande.

Le visage d'Aisha s'illumine, comme si elle pouvait lire dans mes pensées.

— Tu connais quelqu'un, pas vrai ? Oh, s'il te plaît, s'il te plaît, *s'il te plaît*, appelle-le, dit-elle presque à genoux, les mains jointes comme si elle priait. S'il te plaît.

J'expire par le nez et les poils de ma nuque se dressent à l'idée de contacter Logan après qu'il m'a jetée à la porte de chez lui il y a trois semaines. Je grince des dents et rumine. Ma bouche est pâteuse et de la bile me monte à la gorge. Je n'ai aucune envie de faire ça. Un poids de plomb tire sur ma poitrine et mes doigts s'engourdissent à force de serrer trop fort la tasse que j'ai en main.

En temps normal, je n'envisagerais pas de lui demander son aide, mais... Il y a *toujours* un putain de « mais ».

C'est mon travail.

Aisha est ma cliente, et satisfaire mes clients est toujours prioritaire. De plus, j'aime bien cette fille et j'adore ses livres. Si nous ne trouvons pas de modèle, elle devra changer son planning de publication, et je sais pertinemment que ça va énerver beaucoup de lecteurs.

— Je peux demander, mais ne te réjouis pas trop vite, me forcé-je à dire à travers des dents serrées, me préparant à perdre encore un peu plus d'amour-propre. Ce n'est pas l'homme le plus accommodant qui soit.

— OK, OK ! Je ne vais pas m'enflammer, dit-elle d'un air rayonnant qui contredit ses paroles. Demande-lui, s'il te plaît.

Je suis trop trouillarde pour appeler Logan, alors je lui envoie un texto, tapant et retapant le message trois fois avant que les mots n'aient un sens.

Moi : Salut. Je sais que c'est bizarre, mais je suis à court d'idées et

I. A. DICE

d'options, et ma cliente est en train de péter les plombs. Le mannequin qui devait faire un photoshoot pour la couverture d'un livre aujourd'hui a fait faux bond. J'ai besoin d'un remplaçant qui soit grand, musclé, aux cheveux et aux yeux foncés. Ça te fait penser à quelqu'un ? J'ai trop peur de Nico et de Theo pour leur demander et les triplés sont trop jeunes.

Je sens les battements de mon cœur pulser au bout de mes doigts quand j'appuie sur « Envoyer » et que je regarde l'écran. Logan lit mon message dans les secondes qui suivent, comme s'il tenait le téléphone dans sa main lorsque mon message est arrivé. Trois points se mettent à clignoter et une sueur froide rend ma peau moite.

Logan : Si tu veux que je vienne, il va falloir que tu le demandes gentiment.

Quel culot !
Il n'a pas pris la peine de me demander gentiment de partir de chez lui. Connard. Je tape « Laisse tomber », mais aperçois Aisha qui me regarde avec des yeux de chien battu comme si j'étais un génie sur le point de réaliser son vœu. Je prends une profonde inspiration pour contenir la colère qui monte dans mes veines, efface ma réponse et range ma fierté dans ma poche arrière pour l'instant.

Moi : Pourrais-tu, s'il te plaît, enlever ta chemise devant mon appareil photo aujourd'hui ? Il faudra que tu signes des formulaires de consentement pour que les photos puissent être utilisées pour la couverture et le marketing. Aisha paie bien pour la séance photo.

Ce n'est probablement pas le meilleur moyen de convaincre

Logan. Il est loin d'être à court d'argent.

Logan : À quelle heure est-ce que tu veux que je vienne ?

Il va le faire ? Juste comme ça ? Sans poser de questions ? Un sourire suffisant étire mes lèvres. Je crois que je suis en train de gagner pour la première fois depuis que je l'ai rencontré. Il doit se sentir un peu mal à cause de ce qui s'est passé s'il est prêt à m'aider.

Moi : Dès que possible. Je suis prête quand tu veux.

Logan : Je sais que tu l'es, princesse.

Mon estomac se noue en même temps qu'une bouffée de chaleur envahit mes joues. À quoi il joue, bon sang ? Il m'a dit que c'était fini. Il m'a dit de mémoriser ce que je ressens quand il me baise et d'utiliser mon imagination chaque fois que j'ai besoin de jouir – ce que j'ai fait un nombre honteux de fois au cours des trois dernières semaines – parce qu'on ne couchera plus jamais ensemble. Pourtant, le message qu'il vient de m'envoyer ressemble à un sous-entendu.

A-t-il changé d'avis ?

J'espère que non. Il est hors de question que je succombe à nouveau à ce connard après qu'il m'a fait me sentir minable.

Non, c'est un mensonge.

Je suis trop faible et trop désarmée en sa présence pour dire non s'il veut reprendre là où nous nous sommes arrêtés.

— Quel est le verdict ? me demande Aisha en se tortillant sur son siège.

La minuscule robe bleue qu'elle porte peine à maintenir ses

I. A. DICE

seins en place.

— On a un mannequin. Il sera bientôt là.

Elle applaudit comme une enfant, puis s'élance en avant, m'entoure de ses bras et m'embrasse sur les joues.

— Je te dois une fière chandelle !

Oui, c'est vrai, et un jour je frapperai à sa porte pour collecter sa dette : ses trente-six livres *dédicacés*.

Nous passons quarante minutes à parler des détails pour la énième fois, mais je n'arrive pas à me débarrasser de l'idée qui me trotte dans la tête.

— Tu n'as jamais pensé à mettre un couple sur tes couvertures ?

Je feuillette les pages d'un des albums pour lui montrer ce que j'ai en tête.

— J'ai eu une idée quand tu m'as parlé de l'héroïne.

Je lui montre une photo de Luke, torse nu, regardant droit vers l'objectif, avec un bras en travers des épaules d'une femme qui se tient légèrement sur sa gauche, face à lui.

— Oh, ça me plaît bien, dit-elle. On pourra y réfléchir pour le prochain livre. À moins que tu n'aies une amie qui convienne pour l'héroïne ?

— Non, mais t'en as une. La jolie blonde du café.

— Mia ?!

Elle hausse un sourcil interrogateur, puis éclate de rire lorsque j'acquiesce.

— Pas question. Je veux dire, t'as raison, elle correspond un peu à l'héroïne, mais elle n'accepterait jamais de figurer sur la couverture. Elle est trop timide pour ça.

— Personne ne saurait que c'est elle. On ne voit pas le visage de la fille sur la photo.

Je tapote la photo.

— Juste son dos et ses cheveux.

Aisha se penche au-dessus de l'album et réfléchit un instant avant de hausser les épaules.

— Ça ne coûte rien de demander.

Elle compose le numéro tout en sirotant son café.

— Salut ! J'ai une question. Je fais la séance photo pour la couverture aujourd'hui. Qu'est-ce que tu dirais de poser avec le gars ?

Elle marque une pause, écoute Mia et lève les yeux au ciel.

— Personne ne saura que c'est toi. Attends.

Elle prend une photo de celle de mon album.

— Regarde ce que je viens de t'envoyer. On aimerait faire quelque chose dans ce genre-là.

Une nouvelle pause, plus longue cette fois. Suffisamment longue pour qu'Aisha se mette à taper du pied contre le sol.

— S'il te plaît, je te conduirai à Austin en septembre si tu fais ça pour moi.

Cela prend quelques échanges, mais lorsqu'Aisha bondit sur son siège en souriant jusqu'aux oreilles, je sais que Mia a accepté. La porte du studio s'ouvre avant qu'elles aient fini de parler, et Logan entre, sans casquette de baseball sur la tête, les cheveux humides. Une brise tiède s'engouffre dans le studio, transportant l'odeur de son eau de Cologne à travers la pièce.

Mes genoux faiblissent et tous les muscles de mon corps se contractent. C'est tellement injuste que je me transforme en une flaque d'eau à ses pieds chaque fois que je le vois, alors qu'il n'est absolument pas affecté par moi.

Aisha raccroche, les yeux rivés sur le chef-d'œuvre qu'est cet homme en train d'enlever sa veste en cuir marron. Pas de polo en dessous, juste un simple t-shirt blanc qui est humide au niveau du col, là où des gouttes d'eau ont coulé de ses che-

I. A. DICE

veux et ont marqué le tissu.

— Qui l'aurait cru ? glousse Aisha avec une pointe de coquetterie dans la voix. Bienvenue, monsieur Hayes.

Il la regarde en haussant un sourcil. À en juger par sa tête, il a du mal à situer Aisha.

— Ouais, désolé, ma belle, mais tu vas devoir me rappeler qui tu es.

Aisha lève les yeux au ciel tout en gardant son sourire intact.

— Tu ne me connais pas, Logan, mais cette ville est trop petite pour ne pas savoir qui sont les Hayes. Je t'ai déjà vu dans le coin. Je m'appelle Aisha Harlow.

Elle se lève sur ses talons de dix centimètres et tend la main en scrutant Logan comme s'il était une nouvelle paire de chaussures qu'elle voulait détendre pour qu'elles prennent la forme de ses pieds.

Ils se serrent la main et il me regarde enfin. La pression de ses yeux parcourant mon corps, avec leurs riches complexités de mouchetures brunes et dorées, et le sourire qu'il se retient manifestement d'afficher font chanter mon cœur. Le jean et le t-shirt trop grand que je porte ne me rendent pas aussi sexy qu'Aisha dans sa petite robe, mais c'est sur moi qu'il porte son attention, pas sur elle, et ça flatte mon ego.

— Merde. Je parie que tu n'as pas de coiffeuse à disposition, si ? soupire Aisha en passant ses doigts dans les cheveux de Logan. Il faut qu'on les coiffe avant la séance photo.

Une pointe de jalousie me brûle les entrailles, semblable au coup de fouet que provoque un shot d'alcool. *Bas les pattes, ma belle.*

— Je t'ai trouvé un mannequin, dis-je en prenant soin de ne pas laisser ma voix trahir mon envie de retirer sa main. Il peut se coiffer tout seul.

— Oui, je n'en doute pas, mais je m'en occuperai moi-même aujourd'hui. Je dois aller chercher Mia à la fac, alors je m'arrêterai en chemin pour acheter des produits.

Elle attrape son sac et sort précipitamment du studio en me faisant un signe du pouce dans le dos de Logan.

Pourquoi l'ai-je fait venir ici ? Aisha est belle, blonde, sûre d'elle et n'est pas une ennemie du clan Hayes. Elle finira probablement dans le lit de Logan ce soir.

Je penche la tête sur le côté et ferme brièvement les yeux pour maîtriser mes émotions irrationnelles. S'il veut la baiser, je ne peux rien y faire.

L'atmosphère change à la seconde où Logan et moi sommes seuls, comme si Aisha avait emporté la majeure partie de l'oxygène avec elle et que l'air était maintenant trop épais pour être inhalé.

— Merci d'avoir accepté de m'aider, dis-je.

Je préférerais que tu ne l'aies pas fait. Je pointe du doigt le canapé.

— Assieds-toi. On doit attendre que la fille arrive avant de commencer.

Il s'assied. L'odeur de son corps fraîchement douché est maintenant beaucoup plus proche et m'embrouille l'esprit.

— La fille ? demande-t-il.

— Ajout de dernière minute. C'est ce qu'on essaie de recréer, dis-je en pointant du doigt l'album sur la table basse.

Il se penche plus près pour étudier l'image tandis que je ramasse les tasses et pars faire du café. N'importe quoi pour m'occuper les mains.

Logan me suit. Sa large carrure envahit le petit espace lorsqu'il s'appuie contre le chambranle de la porte. Il observe mes moindres gestes comme un faucon en train de traquer sa proie. La cafetière remplit une grande tasse de café noir à la

I. A. DICE

vitesse d'un escargot. En revanche, l'arôme amer masque le parfum du gel douche de Logan.

Je passe d'un pied à l'autre, consciente de l'humidité entre mes jambes. Je déteste que mon corps laisse transparaître ce que je pense. Je déteste qu'en dépit du mal que Logan peut me faire, je sois excitée chaque fois que je le vois.

Il s'écarte du mur, se place derrière moi et agrippe le plan de travail de part et d'autre de ma taille. Je sens la chaleur qui se dégage de lui lorsque son torse n'est qu'à quelques centimètres derrière mon dos.

— T'es toujours en colère, princesse ?

Il penche la tête, de sorte que son souffle chaud se pose sur mon cou.

— Je n'étais pas en colère.

Je suis envahie par une bouffée de chaleur soudaine ; une sensation que seul Logan déclenche. La vibration de sa voix passe de sa poitrine à la mienne. Il se rapproche, se penche vers moi, et je sens le contour de son érection se presser contre mes fesses.

— T'es contrariée ?

— Je... je ne sais pas pourquoi je m'attendais à ce que tu ne te comportes pas comme un enfoiré dès le départ.

Ma voix est faible. Les mots sont presque un murmure lorsqu'il pose une main sur mon ventre et écarte les doigts de manière possessive.

— Il faut que tu me laisses partir, Logan.

— Pourquoi ? fredonne-t-il en frôlant du bout des lèvres l'endroit doux où mon épaule et mon cou se rejoignent. Tu ne veux pas que je te laisse partir, Cass. Admets-le.

Je secoue la tête pour dire non, mais je ferme les yeux quand il trace des baisers mouillés jusqu'à mon oreille et effleure la peau avec ses dents.

— C'est fini entre nous, murmuré-je tout en penchant la tête sur le côté pour lui donner un meilleur accès. Tu te souviens ? Tu l'as dit.

— Ça n'a jamais commencé entre nous, bébé.

Il déplace son autre main pour saisir ma hanche et se presser plus fort contre moi.

— Ça ne commencera jamais entre nous, mais t'as bien su te taire, et je n'arrive pas à te faire sortir de mon système... Je crois qu'il faut que je te *baise*.

Je n'ai aucun contrôle sur mon corps lorsqu'il est si près de moi. Il a les cartes en main. C'est *lui* qui mène la danse. Je suis une marionnette qui réagit à son toucher et se plie à sa volonté, mais j'ai le contrôle sur mon esprit, du moins pour un petit moment encore.

— Tu crois que je vais accepter d'être ton plan cul après la façon dont tu m'as traitée la dernière fois ?

Il déplace une main vers mon sein, qu'il pétrit doucement, m'arrachant un léger halètement avant que je ne puisse le ravaler. Ma tête tombe en arrière et vient se poser sur son épaule.

— Je crois que oui, dit-il d'un ton réjoui.

Quel bâtard arrogant !

— Qu'est-ce que t'as à perdre ?

Ma santé mentale.

Mon intégrité.

Ma fierté.

Mon *cœur*.

Mes yeux se révulsent lorsqu'il pince mon téton, faisant monter l'anticipation qui picote entre mes jambes.

— Dis oui.

Il me fait tourner sur moi-même. Ses yeux sombres sont braqués sur les miens tandis qu'il place une main sous mon

I. A. DICE

menton et fait basculer ma tête en arrière pour que je lève les yeux. Son autre main saisit le bouton de mon jean. Il l'ouvre, fait glisser la fermeture éclair et enfonce sa main sous le tissu pour toucher ma culotte trempée. Il frotte de petits cercles parfaits en appliquant la pression idéale.

— *Toujours* si prête pour moi, dit-il, me rappelant ce que je lui ai dit il y a trois semaines. Tu veux jouir, bébé ? Dis-moi de te faire jouir.

Et une fois de plus, je suis désarmée. Impuissante face au besoin qui gronde dans tout mon corps.

— Oui.

Je me cambre contre lui et me presse contre ses doigts.

— Fais-moi jouir.

Ses lèvres s'écrasent sur les miennes et il retire rapidement sa main pour baisser mon jean jusqu'à mi-cuisses.

— On n'a pas beaucoup de temps avant qu'Aisha ne revienne, alors *je* choisis.

Il me fait tourner à nouveau de sorte que je me retrouve face à la cafetière et place mes mains sur le comptoir.

— Bite. Tu vas jouir sur ma bite.

Le tissu de son jean bruisse lorsqu'il baisse son pantalon. Il saisit ma hanche d'une main et écarte ma culotte trempée sur le côté. Il plie les genoux et guide sa queue en érection vers mon entrée. Je m'attends à ce qu'il me pénètre brusquement, mais Logan frotte la tête gonflée de sa bite entre mes plis et la fait glisser avec facilité grâce à ma mouille.

— Accroche-toi, grogne-t-il.

Il passe une main sous mes seins, maintient l'autre sur ma hanche et me remplit d'un seul coup.

— Putain, c'est incroyable.

C'est *lui* qui me procure des sensations incroyables. Chaque fois qu'il est là, je suis plus calme que je ne l'ai jamais été. À l'aise. Posée. *Heureuse* malgré le fait que notre relation soit purement sexuelle. La pression refoulée qui s'est accumulée en moi depuis la dernière fois qu'il a été aussi proche cède. J'adore quand ses mains parcourent mon corps pendant qu'il glisse en moi et se retire à un rythme effréné et impitoyable avec ses lèvres sur mon cou ou mon épaule et sa poitrine contre mon dos.

Je ne devrais pas me sentir en sécurité avec Logan. Je devrais partir en courant, me cacher et ne pas le laisser me toucher parce que cet homme causera ma perte. Il possède déjà mon cœur et mon corps. Il ne faudra pas longtemps avant qu'il ne s'approprie mon esprit. Une fois que ce sera fait, je ne pourrai plus échapper à la douleur.

Logan Hayes va me mâcher et me recracher quand il aura eu sa dose.

Et je ne peux rien faire pour l'arrêter.

QUATORZE

Logan

Ayant tiré une leçon de mon erreur, j'attrape un rouleau d'essuie-tout juste après m'être retiré de Cassidy, puis je la fais se retourner et je m'*agenouille* face à elle.

— Je peux le faire moi-même.

Elle tend le bras pour m'arracher l'essuie-tout des mains, mais je la repousse.

Mon cœur se met à battre plus vite. Je regarde avec fascination le filet nacré de mon sperme s'écouler de sa chatte rose et descendre sur la peau pâle et laiteuse de ses cuisses.

C'est indéniablement excitant qu'elle me laisse jouir en elle, qu'elle me fasse confiance à ce point.

— Pas cette fois, mais ne t'y habitue pas.

Je la nettoie doucement, du mieux que je peux avec de l'essuie-tout sec.

— Je ne me débrouille pas très bien, princesse.

— Merci, dit-elle quand je me relève.

Elle attache le bouton de son jean ample et se retourne pour faire face à la machine à café. La peau dans le creux de son cou est enflée à cause de mes dents. Je ne suis qu'à moitié conscient de ce que font mes lèvres et mes mains quand je suis avec Cass. Chaque fois que je glisse ma queue en elle, la Terre s'arrête de tourner.

Il n'y a que nous, enfermés dans une autre dimension.

Comme la première fois, le monde pourrait s'écrouler pendant que je suis enfoui dans sa chatte que je ne m'en apercevrais pas. Son parfum me rend délirant et ses petits gémissements alimentent mon désir. J'ignore la douleur de mes muscles en feu à cause de l'effort et je la baise comme un animal en chaleur, avide de sentir son jus tremper ma queue et ses parois se resserrer autour lorsqu'elle jouit.

— Combien de temps ça va prendre ? demandé-je en prenant une tasse de café noir sur le comptoir.

Cass remet la machine en marche et choisit un latte au caramel sur l'écran tactile.

— Ça dépend de la facilité avec laquelle Mia et toi travaillez ensemble et avec l'appareil photo.

La sonnette de la porte d'entrée retentit, nous informant de l'arrivée d'Aisha.

Timing parfait. Pas une minute trop tôt.

Je sors de la kitchenette, curieux de rencontrer la fille avec laquelle je vais poser. Aisha s'arrête près du canapé et se débarrasse d'un grand sac qu'elle porte à l'épaule en expirant bruyamment sous l'effort. Partiellement cachée derrière son dos, vêtue d'une robe chasuble rose, d'un chemisier blanc à manches longues et d'une paire de baskets blanches, se tient une toute petite fille.

Honnêtement, je n'ai jamais vu une fille aussi délicate. Elle

I. A. DICE

mesure environ un mètre cinquante et ressemble à une jolie poupée de porcelaine. Ses longs cheveux blond foncé sont tressés en couronne, ses joues sont d'un rose profond et elle a de beaux grands yeux verts.

— Salut, dit-elle d'une voix douce et mélodieuse, avec l'ombre d'un sourire qui ourle ses lèvres pleines et pulpeuses. Tu dois être Logan.

— Oui, et tu dois être Mia.

Elle hoche la tête en jetant un coup d'œil à Aisha, qui vide son sac et jonche la table basse de produits capillaires avant de lancer un jean et un débardeur blanc à Mia.

— Mets ça.

Où ?

À part la kitchenette sans porte, cette fille n'a nulle part où se changer, et je ne pense pas qu'elle se déshabillera nonchalamment au milieu du studio sans prendre feu. Elle est tellement timide que j'ai l'impression d'être un grand méchant loup quand je me déplace pour attraper une haute cloison de séparation et qu'elle recule d'un pas bien qu'elle ne soit pas sur mon chemin.

La cloison de séparation est probablement un accessoire coûteux, mais ça fera l'affaire. Je bloque l'entrée de la kitchenette et fais signe à Mia d'entrer une fois que Cassidy émerge avec une tasse de café.

— Elle a quel âge ? chuchoté-je à Cass en fronçant les sourcils.

Il est hors de question que je la touche si elle n'est pas majeure.

— Dix-huit ans, pépie Aisha, absolument pas discrète. Assieds-toi, Logan, dit-elle en désignant une chaise près de la fenêtre, un peigne à la main. N'aie pas l'air aussi mortifié. J'ai déjà fait ça avant.

Je ne suis mortifié qu'à l'idée de toucher Mia, au cas où elle se briserait en morceaux au contact de ma main.

Pendant que mes cheveux sont soumis à toutes sortes de tiraillements, de pulvérisations et de modelages, Cassidy peaufine les réglages en marmonnant un charabia incohérent à voix basse. Je saisis quelques mots comme « éclairage », « exposition » et « objectif », mais à part ça, ce qu'elle dit n'a pas beaucoup de sens.

Mia sort de la kitchenette en jean clair et débardeur en cachant les quelques centimètres de peau dénudée sous ses clavicules avec son bras. Ses joues sont toujours écarlates.

C'est bien qu'elle ne soit pas censée faire face à l'appareil photo. Elle est si timide que je redoute les heures à venir, mais je n'arrête pas non plus de jeter des coups d'œil furtifs à son visage rond et sans aucun défaut. C'est presque contre nature. Elle n'est pas maquillée, mais elle a l'air photoshopée.

Je parie qu'un des triplés perdrait la tête pour cette fille. Elle est magnifique. Elle n'est probablement pas leur genre à cause du manque d'assurance qui se dégage d'elle, mais ça pourrait marcher avec Conor. Il joue les durs, mais c'est le plus attentionné de nous sept.

Arrête de jouer les entremetteurs, idiot. Ce sont tous des enfants.

— Tu vas à la fac, Mia ?

— Oui. OCC.

— Alors je parie que tu connais mes frères. Ils sont trois, Cody, Colt et Conor.

— Oui, c'est impossible de ne pas les remarquer, admet-elle en tripotant ses bracelets, comme si le fait de me parler était trop stressant. On est dans les mêmes écoles depuis la maternelle.

— Est-ce qu'ils se comportent bien ?

— Je ne sais pas.

Elle accepte une tasse de café de Cass, se détend un peu et

I. A. DICE

cesse de se couvrir la poitrine.
— Ils sont un an au-dessus de moi. On n'a pas de cours ensemble.
— Et les fêtes ? demandé-je juste avant de grimacer quand Aisha tire trop fort sur mes cheveux. Fais attention, lui dis-je.
Elle se contente de ricaner.
— Tu trouves qu'elle a l'air d'être une fêtarde ?
Le visage de Mia se décompose à cette remarque. Ses yeux ne brillent plus et elle se recroqueville sur elle-même d'un air gêné.
Ouah ! Comment peut-on être aussi timide ?
— Bon, je pense que c'est parfait, ajoute Aisha. Maintenant, enlève ton t-shirt, beau gosse. Fais-nous voir ces pectoraux.

Je hausse un sourcil et fais passer mon t-shirt par-dessus ma tête avec un sourire en coin en ne faisant pas du tout attention à ne pas bousiller la coiffure qu'elle a peaufinée pendant dix minutes. Elle parcourt mon torse du regard, la tête penchée sur le côté comme si j'étais une robe qu'elle envisageait d'acheter. Cass se retourne, braque ses yeux bleus sur moi et déglutit difficilement en raison du désir qui obstrue sa gorge. Ce serait plus prudent qu'elle arrête de me reluquer comme si elle était à nouveau prête pour ma bite.

— On va commencer par toi tout seul. J'ai besoin de quelques photos pour le matériel promotionnel, dit Aisha.

À en juger par le regard foudroyant de Cassidy et le tressaillement de ses lèvres, Aisha marche peut-être sur des œufs en essayant de prendre les rênes. Je prends place devant l'appareil photo, et pendant les trente minutes qui suivent, je découvre que poser n'est pas aussi facile qu'il y paraît. Cass n'arrête pas de repositionner ma tête ou mes bras et de me réprimander sur la façon dont je regarde l'appareil photo.

Arrête de faire ce sourire en coin.

Souris.

Les épaules en arrière.

Ne fronce pas les sourcils.

Fronce les sourcils.

Regarde la porte.

Regarde-moi.

Prends un air renfrogné.

Doux Jésus. Elle ne cesse de se déplacer pour réajuster l'éclairage après chaque photo, pour changer l'angle de l'appareil photo ou pour changer d'objectif. Elle est dans son élément. L'assurance et la passion se lisent sur son visage, et c'est très excitant. Elle est également talentueuse. Elle crée les clichés les plus captivants en jouant avec les lumières et les ombres.

Je parcours les photos pendant qu'elle change la toile de fond. Aisha jette un coup d'œil par-dessus mon épaule, ce qui n'est pas facile vu la taille qu'elle fait, mais elle y arrive sans poser son menton sur mon épaule.

— T'es prête, Mia ? demande Cass.

Elle détache ses grands yeux d'un exemplaire de « Le Tour du monde en quatre-vingts jours » de Jules Verne et range le livre dans son sac. Elle traverse la pièce à petits pas, les épaules tendues.

— Détache tes cheveux, sœurette, dit Aisha.

Ma tête et celle de Cass se tournent brusquement vers elle.

— Quoi ?

— Tu ne m'avais pas dit que c'était ta sœur.

— Je pensais que c'était plutôt flagrant. On se ressemble. Qu'est-ce que ça peut faire, de toute façon ?

OK, c'est décidé. Je n'aime pas Aisha. Son attitude envers Mia est odieuse. Elle lui aboie des ordres comme un chien, et Mia lui obéit sans hésiter. Je n'ai aucune idée d'où me vient ce besoin de mener ses batailles, mais il inonde mon système, et

I. A. DICE

j'ai envie d'arracher la tête d'Aisha.

— Où est-ce que tu veux que je me mette ?

Mia détache ses longs cheveux ondulés et s'arrête à trente centimètres de moi.

— Ça va ici ?

— Logan d'abord.

Cass me positionne de façon à ce que je sois dos à la toile de fond, regardant fixement l'objectif, puis montre à Mia la position qu'elle doit adopter.

— Tiens-toi droite ! s'énerve Aisha, qui fait irruption pour pousser Mia d'un pas en avant. Il ne va pas te mordre, tu sais ?

Mia se heurte à mon torse. Elle appuie ses paumes sur les muscles de mon ventre pour se pousser, puis recule immédiatement.

— Pardon.

— Soit tu t'assieds et tu la fermes, soit tu trouves quelqu'un d'autre pour faire ce photoshoot, dis-je en regardant Aisha dans les yeux.

Nous n'arriverons à rien si Mademoiselle la Grande Auteure ne la boucle pas.

— Ou encore mieux... C'est bientôt l'heure du déjeuner. Va nous chercher quelque chose à *L'Olivier*.

Je sors quelques centaines de dollars de mon portefeuille et lui fourre l'argent dans la main.

— Dis-leur de faire savoir au chef que c'est moi qui t'envoie.

— *L'Olivier* ? demande-t-elle d'un ton doux comme du sucre, mon emportement complètement ignoré. Pourquoi ? C'est à l'autre bout de la ville.

Ce qui veut dire que nous aurons une heure pour travailler en paix.

— Ma belle-sœur est la chef cuisinière. Elle sait ce que j'aime.

Je suis sûr que si Aisha ne voulait pas à tout prix que les photos soient faites aujourd'hui, elle me dirait de partir, mais elle a trop besoin de moi pour discuter.

— Pourquoi est-ce que tu l'as envoyée au restaurant de Nico ? demande Cass une fois qu'Aisha est partie. Et si...

— Elle stresse Mia, dis-je en fixant la petite boule de nerfs qui joue avec ses bagues en or. Tu devrais lui dire d'aller se faire foutre de temps en temps.

Un autre sourire à peine visible soulève les coins de ses lèvres et ses joues rougissent comme si elles étaient synchronisées.

— C'est plus facile de hocher la tête.

— Tu ne peux pas la laisser te marcher dessus comme ça.

Elle ne répond pas et jette un coup d'œil à Cassidy, attendant les instructions. Le photoshoot est terminé en moins d'une demi-heure sans Aisha pour faire des commentaires et prendre le contrôle de toute la séance.

La première fois que je passe ma main dans le dos de Mia, elle tremble comme une feuille au vent, mais après quelques-unes de mes blagues pas vraiment drôles, elle se détend et me laisse l'attirer contre moi.

QUINZE

Logan

Les semaines défilent depuis que j'ai accepté l'offre de mon grand-père de reprendre l'entreprise. Mai a laissé place à juin sans que je m'en aperçoive. Et maintenant, juin est aussi presque terminé. Les dernières semaines sont un flou de réunions qui s'étirent jusque tard dans la soirée et de parties de jambes en l'air époustouflantes avec Cassidy.

Au début, j'ai limité nos rencontres à deux par semaine, mais au milieu de la deuxième semaine, je n'ai pas pu attendre jusqu'au samedi alors je suis allé chez elle plus tôt que prévu.

Maintenant, je suis à son appartement tous les deux jours et j'en veux quand même plus. Je veux la voir deux fois par *jour*, la faire jouir sur mes doigts et ma bite avant d'aller au travail, puis de nouveau après, mais je place la limite à tous les deux jours. C'est trop, de toute façon. Et quelque part, ce n'est pas normal qu'après deux mois de sexe régulier, nous continuions à baiser comme des lapins.

TROP
INACCEPTABLE

Cass ouvre la porte lorsque je débarque le mercredi, un tourbillon d'agacement mignon : en colère et énervée, les joues roses et les cheveux attachés en un chignon désordonné sur le dessus de la tête. On dirait qu'elle a passé l'après-midi sur un tapis roulant à courir à trente kilomètres à l'heure.

— Ce n'est pas le meilleur moment, ce soir. Je voulais t'envoyer un texto, mais j'ai oublié. Désolée. Tu peux revenir demain ? me demande-t-elle en ouvrant malgré tout la porte plus grand. Je suis en train de faire un carnage et je viens de me blesser.

Elle porte son doigt à la bouche et suce le sang qui suinte d'une phalange éraflée.

Ma bite ne devrait pas devenir aussi dure à cette vue, mais c'est pourtant le cas. Chaque mouvement de Cassidy est ridiculement émoustillant.

Il n'y a plus aucun meuble dans l'appartement. Du moins, pas dans le salon, la cuisine et la salle à manger. Le canapé bloque la porte de la petite chambre, qui semble pleine à craquer. Même Josh ne pourrait sans doute pas trouver un moyen de ramper là-dedans.

— Mon propriétaire a décidé de remplacer le plancher, dit-elle pendant que j'observe la scène. L'entrepreneur a retiré l'ancien aujourd'hui, mais il n'a pas eu le temps de poser le nouveau.

— Et t'as décidé de le faire toi-même sans aucun outil.

Je retire ma veste et retrousse les manches de mon polo à manches longues.

— T'as raison. C'est un vrai carnage ! dis-je en pointant du doigt la planche de bois massif ébréchée dans le coin. Attends que le mec revienne.

Elle croise les bras sur sa poitrine, faisant ressortir ses seins, ce qui rend douloureusement évident le fait qu'elle ne porte pas de soutien-gorge sous son t-shirt noir. Elle est ridiculement

I. A. DICE

sexy, même lorsqu'elle est habillée comme une plouc. Son pantalon de survêtement lui tombe sur les hanches, ses cheveux s'échappent de son chignon et dansent sur ses épaules, son t-shirt est taché de colle et elle a une tache de sang sur le front.

— C'est ça, le problème, soupire-t-elle en ouvrant le réfrigérateur pour y prendre deux bières. Le propriétaire m'a appelée il y a une heure pour me dire que le type ne pourra pas revenir avant deux semaines ! Il va essayer de trouver quelqu'un d'autre, mais personne ne viendra demain.

Elle me tend une bouteille de Bud Light, se hisse sur le comptoir et commence à décoller nerveusement l'étiquette de sa Corona.

— Ça ne me dérange pas de dormir quelques nuits par terre, mais je ne peux pas accéder à mes vêtements ou à la salle de bains, et ça fait six heures que je n'ai pas fait pipi.

La bière ne va pas arranger les choses.

J'évalue l'espace, compte les paquets de revêtements de sol près du mur pour m'assurer qu'il y en a assez, puis examine quels sont les outils disponibles : un minuscule marteau, trois tournevis, un énorme couteau de cuisine et un ruban à mesurer.

Ce n'est pas suffisant. Elle espérait couper les planches aux bonnes dimensions avec des ciseaux ?

Je ne suis pas venu ici pour poser le plancher. Je suis venu pour allonger Cass et la dévorer, mais il n'y a nulle part où l'allonger.

Merde. Va pour le bricolage.

Je mets la bière de côté et sors de l'appartement pour aller chercher une boîte à outils dans ma voiture. C'est une vieille habitude d'en avoir toujours une dans le coffre. J'aime bien bricoler de temps en temps. Je suis devenu l'homme à tout faire de la famille dès que quelque chose a besoin d'être réparé, mais depuis un an, je suis enfermé dans mon bureau et je n'ai pas vraiment eu le temps de jouer avec des outils.

Maintenant que je reprends Stone & Oak, je ne me mettrai jamais les mains dans le cambouis.

— Je croyais que t'étais parti, dit Cassidy lorsque je reviens et laisse tomber la boîte à outils au milieu de la pièce à peine plus grande que ma salle de bains principale. Je peux le faire toute seule, Logan.

— Dis-moi « merci » et ramène tes jolies fesses ici pour m'aider.

Je démantèle les trois planches qu'elle a posées, puis ouvre un rouleau d'isolant pour le sol.

— Il faut d'abord mettre ça.

— Je croyais que c'était pour couvrir les portions de plancher qui sont terminées pendant que je pose le reste, admet-elle en m'aidant à dérouler l'isolant et à le découper à la bonne taille. OK, et ensuite ?

Elle est exaltée à présent. Elle s'assied jambes croisées sur le sol et sourit.

Ce sourire illumine son visage et je n'arrive pas à reprendre mon souffle pendant une seconde. Ce stupide compresseur se met en marche dans ma poitrine et gonfle mes poumons au point qu'ils se synchronisent avec mon cœur.

— Ensuite, on pose le plancher, dis-je en me raclant la gorge. Mais pas de colle. Il se clipse.

Je lui montre comment faire et la laisse faire quand elle a pris le coup de main. Je coupe alors les planches aux dimensions voulues pour combler les espaces près des murs. Une demi-heure plus tard, la moitié de la pièce est terminée et la bouteille de Bud Light à côté de moi est vide.

— Il nous faut plus de bière, bébé.

I. A. DICE

Je jure intérieurement et affiche une expression d'indifférence tout en me concentrant sur ma tâche pour éviter de croiser son regard. Pas de quoi en faire tout un fromage.

Ouais, c'est ça.

Je suis en train de perdre le contrôle de la situation si je n'arrive même pas à limiter les petits noms affectueux à la chambre à coucher.

Soit Cass ne le remarque pas, soit elle choisit de ne pas en faire toute une histoire, ce dont je lui suis infiniment reconnaissant. La baiser pour la faire sortir de mon système ne fonctionne pas. Je pensais que cette attraction me serait passée depuis longtemps. Nous avons fait l'amour dans toutes les positions imaginables et sur toutes les surfaces de son appartement, mais je n'arrive toujours pas à me lasser d'elle. Cette fille est du Xanax ambulant et je souffre visiblement d'anxiété aiguë.

Je joue avec le feu en venant ici tous les deux jours. Quelqu'un va finir par le remarquer. Quelqu'un va m'apercevoir en train de quitter son appartement, la nouvelle parviendra jusqu'à mes frères, et ensuite... Je ne veux même pas imaginer ce qui se passera.

— Je me suis inscrite à des cours de natation, dit-elle en me tendant une autre bière. J'ai eu ma première leçon hier.

— Ah oui ? Comment ça s'est passé ?

— Pas très bien.

Elle relève son t-shirt pour révéler un bleu rouge et violet dans son dos. Une pointe de colère me frappe dans les côtes. Qui que soit son moniteur, il mérite de se faire frapper pour avoir laissé cela lui arriver.

— J'ai glissé sur l'échelle en entrant dans l'eau et j'ai coulé.

Des frissons me parcourent le dos et mon estomac se noue lorsque l'image de son corps sans vie défile devant mes yeux aussi clairement que si cela était réellement en train de se produire. Je crois que je n'oublierai jamais la peur que j'ai ressentie en insufflant de l'air dans ses poumons pour essayer de la ranimer.

— Je comprends que tu ne saches pas nager, mais il y a plus que ça, non ? T'as peur de l'eau.

— Ce n'est pas aussi bizarre que ça en a l'air, insiste-t-elle en serrant ses omoplates l'une contre l'autre.

Elle s'arrête de clipser le plancher, soudain aussi rigide qu'un animal empaillé.

— L'eau du robinet ne me dérange pas. Seulement quand elle est assez profonde pour que je n'aie pas pied.

Je déglutis autour de la boule chaude qui s'est logée dans ma gorge. Le regard qu'elle me lance avec ses yeux bleu azur me donne des picotements sur la peau. Ce n'est pas de la tristesse. Non, c'est plus sinistre : de la vulnérabilité mêlée à de la peur. Son aquaphobie n'est pas sans raison. Il s'est passé quelque chose qui a déclenché cette réaction.

— Tu t'es noyée quand t'étais petite ? demandé-je en essayant en vain de garder un ton léger.

Je tique intérieurement, lorsque je me souviens de ce qu'elle m'a dit sur ses familles d'accueil.

J'ai vite compris que la faim et la solitude ne sont pas les pires sensations.

Cass tourne la tête pour cacher son visage et je la vois serrer les dents pour empêcher les souvenirs de la submerger. Elle se remet à clipser la planche suivante, mais la jette de côté dix secondes plus tard.

— J'avais cinq ans...

Elle est assise dos à moi et fixe la porte du balcon comme si elle ne pouvait pas me regarder dans les yeux pendant qu'elle raconte l'histoire.

I. A. DICE

— C'est les seules vacances que mes parents aient organisées. Rien d'extraordinaire, juste quelques nuits dans un motel bon marché à Laguna Beach. Il y avait une piscine, soupire-t-elle doucement. Je me souviens à quel point j'étais excitée parce que je n'avais jamais été dans une piscine avant. Je n'en avais même jamais vu à l'époque, alors j'ai passé la majeure partie du premier jour dans l'eau pendant que mes parents faisaient bronzette en buvant des cocktails sur les chaises longues.

Je n'aime pas la direction que ça prend. Une aura lourde et inquiétante s'installe autour de nous. Un sentiment étouffant de malaise qui monte et me donne la chair de poule. Je suis content qu'elle me fasse suffisamment confiance pour en parler, mais je redoute ce qu'elle va dire lorsqu'elle rabat des mèches de cheveux derrière ses oreilles et baisse la tête.

— Mon père s'endormait par intermittence et ma mère lui a crié de retourner dans notre chambre. Elle ne buvait pas beaucoup en public à l'époque, mais elle était loin d'être sobre. Je me souviens que mon père titubait et qu'il était trop bourré pour voir clair. Il est tombé dans la piscine et l'eau fraîche l'a un peu dégrisé. Assez pour réaliser qu'il devait sortir.

Je serre les poings tandis qu'une colère monte dans mon esprit, dans ma poitrine et dans mon cœur. C'est pire que ce que j'avais envisagé.

Pire que ce que j'avais imaginé.

— Il s'est servi de moi comme levier pour garder la tête hors de l'eau en me poussant sous l'eau encore et encore, poursuit-elle avec une voix dénuée d'émotions.

Ses mots sont distants, comme si elle lisait un scénario et non qu'elle revivait l'enfer qu'elle a traversé.

— Ma mère a couru à l'intérieur pour aller chercher de l'aide. Je n'avais que cinq ans, mais je m'en souviens très clairement... Les bulles qui remontaient à la surface autour de moi, la douleur qui hurlait dans mes poumons qui se remplissaient d'eau, la frénésie avec laquelle mon père se débattait, craignant de se noyer, mais n'ayant pas peur de me noyer.

Elle redresse sa colonne vertébrale en expirant un souffle vaincu.

— La piscine n'était pas très profonde. L'eau ne lui arrivait pas plus haut que le cou s'il se tenait debout, mais il était trop bourré pour s'en rendre compte.

Les mots me manquent. Je tremble si fort intérieurement que j'ai l'impression d'avoir des os en coton. Qu'est-ce que je peux dire à une fille qui a failli être tuée par son père ? Shawn m'a raconté beaucoup d'histoires horribles comme celle-là, mais il s'agissait toujours d'inconnus. Personne que je connaissais ou même que j'avais rencontré, alors ça ne m'a jamais frappé aussi fort.

— Qu'est-ce qui s'est passé ensuite ? demandé-je d'une voix rauque, la gorge sèche. Putain, Cass... Dis-moi qu'il a payé pour t'avoir fait du mal.

Elle secoue doucement la tête.

— Je ne sais pas ce qui s'est passé après. Je me suis réveillée à l'hôpital le lendemain matin et j'ai passé trois jours aux soins intensifs. Quand je suis rentrée à la maison, mon père était là, bourré.

Elle relève la tête et se retourne lentement.

Aucune larme ne tache ses joues. Aucune ne brille dans ses yeux. C'est comme un nouveau coup de poignard directement dans ma nuque. Elle devrait pleurer. Elle devrait *ressentir* quelque chose, mais elle semble engourdie et creuse à l'intérieur.

Je saisis son poignet et la tire vers moi, l'obligeant à se blottir contre ma poitrine pour la bercer sur mes genoux.

Nous ne sommes pas un couple.

I. A. DICE

Notre relation n'inclut pas les câlins. Je doute qu'elle me considère comme un ami, mais ma réaction est un réflexe involontaire. Je ne sais pas si elle se sent en sécurité avec moi, mais je l'espère vraiment. Elle lève lentement la main, avec précaution, comme si elle n'était pas sûre d'avoir le droit de le faire, mais finit par passer ses doigts dans mes cheveux à l'arrière de ma tête.

— Il y avait un garçon de mon âge dans la famille d'accueil où j'étais placée quand j'avais quinze ans, dit-elle en éventant ma nuque de son souffle chaud. Il détestait le monde entier par principe. Je suis persuadée qu'il avait été maltraité dans son enfance et que c'était sa façon de gérer les problèmes, mais... Elle inspire profondément et enfouit son visage dans mon cou.

— Il a vite compris que j'avais peur de l'eau et il m'enfonçait la tête dans la baignoire presque tous les jours pour me voir donner des coups de pied et hurler, comme si ma peur lui procurait un plaisir malsain.

J'ai envie de retrouver cet enfoiré et de l'étriper. Lui et le père de Cass. Nous n'avons peut-être qu'un plan cul en théorie, mais elle fait partie de ma vie d'une manière ou d'une autre depuis des années. Je ne peux pas rester sur la touche, insensible à ce qu'elle a dit.

— Je suis désolé que t'aies dû endurer ça, princesse.

— C'est bon. T'as en quelque sorte occulté les mauvais souvenirs quand tu m'as sortie de la piscine chez Theo. T'étais tellement gentil avec moi et déterminé à me calmer. Zack riait quand je crachais de l'eau sur le sol de la salle de bains. Te voir essayer de m'aider... Je ne sais pas. Ça a atténué la peur d'une certaine façon.

Ma poitrine se remplit d'un sentiment de fierté et mon

emprise sur elle se resserre toute seule. Elle commence à se détendre contre moi. Ses muscles sont plus souples, mais je peux sentir que son cœur bat fort contre ses côtes.

Ce n'est qu'à ce moment-là que je me rends compte que j'ai caressé ses cheveux pendant tout ce temps, les repoussant derrière son oreille, encore et encore. Cela semble avoir un effet apaisant sur elle, alors je n'arrête pas.

Je devrais, mais je n'arrête pas.

— Deux ans plus tard, j'ai été recueillie par un couple plus âgé qui ne pouvait pas avoir d'enfants. C'étaient des gens adorables, et j'ai appris à leur faire confiance après des mois d'aide et d'affection. Ils ont payé pour ma thérapie. J'ai guéri autant que j'ai pu. Je ne laisse pas ce qui s'est passé dans mon passé me définir, mais...

Elle glousse faiblement et s'éloigne pour me regarder.

— Je n'aime pas l'eau et je ne pense pas que ça changera un jour.

Elle descend de mes genoux pour se remettre au travail.

Je ne peux pas m'empêcher de ressentir de la déception. L'avoir près de moi sans que cela mène à du sexe, juste pour un moment d'affection... Merde. Je me sentais *bien*.

Tout ce qui se passe entre nous est mal. Mais ce moment-là était tellement bien.

J'ai envie de la rassurer d'une manière ou d'une autre, de lui redonner le sourire, mais je doute qu'elle veuille de la pitié.

En moins d'une heure, le plancher est posé et sa chambre est désencombrée. Nous passons l'heure suivante sous la douche et au lit, mais le sexe est différent ce soir. Je ne veux pas que les choses changent, mais je ne peux pas contrôler ce que je ressens. Je touche son corps avec plus de tendresse, mes baisers sont plus profonds, et ça signifie *plus*.

I. A. DICE

Ce n'est pas juste une partie de jambes en l'air. C'est toujours torride et éprouvant, mais la chaleur qui emplit ma poitrine et la façon dont je suis affecté par son contact sont des sensations nouvelles.

SEIZE

Cassidy

Logan : un Uber viendra te chercher à 19h et t'emmènera chez moi.

Je regarde fixement le texto en plissant le front. Je ne suis pas allée là-bas depuis ma visite surprise.

Nous baisons dans *mon* lit.

Dans *ma* cuisine.

Sur *mon* canapé.

Dans *ma* douche.

Notre planning n'a pas changé depuis ma confession impulsive d'il y a deux semaines sur le fait d'avoir été noyée par mon père. Logan vient toujours chez moi tous les deux jours et n'a jamais évoqué le sujet.

Ça m'arrange. Je n'aurais pas dû lui raconter tout ça. Baisser ma garde était stupide et irresponsable. Même Kaya n'est pas au courant de la merde que j'ai subie de la part de mes parents et de mes familles d'accueil. Zack était le seul à se délecter de ma phobie, mais quelques autres se faisaient un malin plaisir de transformer ma vie en enfer encore pire qu'elle ne l'était déjà.

Le propriétaire a transféré quelques centaines de dollars sur mon compte quand je lui ai dit que le plancher était terminé. Logan est trop fier pour accepter de l'argent en échange de son aide, mais il n'est pas idiot au point de refuser un cadeau.

C'est du moins ce que j'espère.

Cela fait un moment que je cherche quelque chose de significatif sans être personnel et j'ai enfin eu une illumination ce matin.

Je prends un long bain et me dorlote avec des gommages et des masques avant de me glisser dans l'un des trois ensembles de lingerie assortis que je possède. Je jette une robe légère par-dessus et, ayant du temps devant moi, je fais un effort en matière de maquillage. Pas assez pour que cela soit flagrant que j'ai essayé de l'impressionner, cependant. Logan n'est pas stupide. Il verrait le stratagème à un kilomètre, et je ne suis pas prête à mettre en péril ce que nous avons.

Je sais qu'il ne veut que du sexe, mais après trois mois passés dans ses bras, à sentir ses baisers sur ma peau et à voir la détermination sur son visage chaque fois qu'il se met en quatre pour me procurer le plaisir le plus intense, je mentirais si je disais que je n'espère pas plus.

Et je laisse l'espoir me consumer petit à petit parce que ces derniers temps, ce n'est pas *que* du sexe. Depuis qu'il m'a aidée à poser le plancher, nous avons échangé des textos sans arrêt. Rien d'important, rien de significatif, mais j'ai l'impression que c'est un pas en avant.

Il m'a envoyé une photo d'une casquette de baseball qu'il a achetée un jour ; une question sur des fleurs pour l'anniversaire de sa mère la semaine dernière ; « *Tu vas avoir besoin d'un parapluie* »

I. A. DICE

hier avant même que je ne me réveille. Mon côté romantique s'accroche à l'idée d'un « nous » comme les enfants s'accrochent à leurs doudous. Je rêve comme une adolescente éprise que Logan et moi *sortons* ensemble, que nous nous embrassons devant ses frères, que nous dînons au restaurant de Nico et que nous nous endormons l'un à côté de l'autre.

Je suis idiote. Je me fais des *illusions*.

Mais on peut toujours rêver. On a tous des rêves qui n'ont aucune chance de se réaliser. Gagner à la loterie en serait un excellent exemple. Logan est un billet de loterie gagnant, mais ce n'est pas moi qui l'encaisserai. Je ne peux que le garder en lieu sûr.

À dix-neuf heures tapantes, je m'installe sur la banquette arrière d'un Uber que Logan a commandé. Vingt minutes plus tard, cachée derrière une paire de lunettes de soleil surdimensionnées et sous un chapeau de paille blanc à larges bords, je frappe à sa porte.

Elle s'ouvre, révélant l'homme de mes rêves érotiques habituels, dont les yeux parcourent mon corps tandis qu'un sourire suffisant se dessine au coin de sa bouche.

— On dirait que t'es sur le point de tromper ton mari avec le garçon qui nettoie ta piscine.

Je retire mes lunettes, entre à l'intérieur et le frappe avec le bord de mon chapeau tendance.

— Je me suis dit que t'apprécierais l'effort étant donné que ce truc, dis-je en nous désignant du doigt lorsque la porte s'est refermée, est un grand secret, pas vrai ?

L'amusement disparaît de ses traits et il plisse les yeux.

— J'aurais dû te dire de ne pas te maquiller. Il y a des lingettes pour bébé dans la salle de bains au bout du couloir. Démaquille-toi.

J'ai passé une demi-heure à dessiner et redessiner les traits d'eyeliner pour qu'ils soient identiques sur les deux yeux, et maintenant je suis censée essuyer mes efforts ? Ouais, non.

— Pourquoi ?

— Je veux remplacer un autre mauvais souvenir par un bon.

— Je ne comprends rien à ce que tu dis, Logan. Essaie encore.

Il se gratte la nuque et souffle, visiblement mal à l'aise.

— Je veux que t'ailles dans la piscine avec moi.

Je recule comme si nous étions déjà dehors, debout sur le bord. Pendant la leçon de natation ratée, mon cœur a essayé de se frayer un chemin hors de ma poitrine, ma gorge est devenue sèche et mes yeux se sont remplis de larmes. Je me suis mordu la langue si fort que j'ai saigné avant même d'avoir mis un pied dans l'eau, et la panique a eu raison de moi après que j'ai descendu deux marches de l'échelle.

J'ai dit à Logan que j'avais glissé. La vérité, c'est que mes jambes étaient si faibles que j'avais l'impression de marcher sur une planche étroite à cinquante étages au-dessus du sol sous un vent qui soufflait en rafales.

Je n'ai pas glissé.

Je me suis évanouie.

Heureusement, cela n'a duré que quelques secondes. Et ces quelques secondes ont duré suffisamment longtemps pour que je ne sois plus dans l'eau lorsque j'ai ouvert les yeux. J'étais allongée sur le carrelage, trempée.

— Ce n'est pas une bonne idée. J'ai essayé, je n'ai pas réussi et...

— Hé, dit-il en s'approchant pour prendre mon visage dans ses mains et forcer mes yeux à se poser sur lui. Je ne te jetterai pas dedans, Cass. Pas de pression. Essaie juste, d'accord ? Je t'ai acheté quelques bouteilles de Corona pour te détendre. Je ne boirai pas et je resterai maître de la situation si besoin.

Ce n'est pas ce à quoi je m'attendais en montant dans l'Uber.

I. A. DICE

Nous étions censés faire l'amour comme d'habitude, mais *ça* ? Le fait qu'il veuille m'aider m'envahit d'un bonheur soudain et irrésistible, mais en même temps, je suis un cochon sur le point d'être abattu.

Cependant, il n'y a pas grand-chose que je puisse refuser à Logan.

— Je n'ai pas besoin de me démaquiller. Il n'y a pas moyen que je plonge volontairement la tête sous l'eau.

— OK, laisse le maquillage.

Quelque chose touche l'arrière de ma jambe et une décharge de peur me fait bondir en hurlant comme une gamine de cinq ans, donnant un coup de tête au menton, à la lèvre et au nez de Logan.

— Merde. Qu'est-ce qui te prend ? marmonne Logan en se massant la mâchoire. Je crois que tu m'as cassé une dent.

J'ai à peine assimilé ses mots que je vois un énorme serpent blanc et jaune tenter de grimper le long de ma jambe. Je pousse un nouveau cri en grimpant sur Logan comme sur un arbre. J'enroule mes bras et mes jambes autour de lui, saisis ses épaules et enfonce mes ongles dans son cou. Le serpent n'est que partiellement dans le couloir. Les deux tiers de son corps d'au moins quatre mètres de long sont encore dans le salon.

— T'as aussi peur des serpents ? marmonne Logan avec de l'amusement dans la voix. Détends-toi.

Il réajuste ses mains pour soutenir mes fesses et les presse légèrement. Pas besoin de me tenir. Je resterai accrochée tant que le serpent sera à ses pieds. J'enfoncerai mes ongles dans la chair de Logan, m'accrochant comme du lierre avant d'abandonner.

— Il s'appelle Fantôme. Dis-lui bonjour.

— Bonjour ?! couiné-je en me cambrant en arrière pour le regarder.

Un éclat tenace de culpabilité assaille ma conscience lorsque je vois sa lèvre enfler, mais cela ne suffit pas à me distraire du problème principal.

— Il a un nom ?! Qu'est-ce qui *ne va pas* chez toi ?!

Logan glousse en serrant plus fort mes fesses.

— Il n'est pas venimeux et il est assez lent. Tu peux le distancer. À moins que tu ne préfères t'accrocher à mon cou, ce qui ne me dérange pas non plus, mais tu verras qu'il n'aura pas de mal à grimper jusqu'ici.

Je me déplace plus haut et mes seins se pressent contre le visage de Logan.

Il plante des baisers mouillés sur l'endroit tendre qui se trouve entre les deux seins.

— Ça me plaît bien, souffle-t-il d'une voix lourde de convoitise. Je l'amènerai quand je viendrai chez toi la prochaine fois.

— Non !

Je bondis dans ses bras.

— Bouge, Logan. Bouge ! Sors-moi d'ici !

Il rit à nouveau et embrasse la colonne de mon cou avant d'enjamber le serpent d'un grand pas. Il me porte jusqu'à la cuisine, où il me pose sur l'immense îlot.

— Il ne te fera pas de mal. Il est tout ce qu'il y a de plus calme. En fait, il aime faire des câlins.

— Des câlins ? Il ne te fait pas de *câlins* !

J'enfonce un doigt dans sa poitrine.

— Il vérifie s'il a assez de place dans son ventre pour toi !

Il ne glousse plus. Il me rit carrément au nez. En femme mûre que je suis, je croise les bras sur ma poitrine.

— Il faudrait qu'il soit deux fois plus gros pour me manger. Je me suis renseigné avant de l'acheter. Si je ne le laisse pas s'enrouler autour de moi et que je l'enferme dans son vivarium

I. A. DICE

la nuit, tout ira bien.

Le serpent entre dans la cuisine. Il doit sentir ma peur, car ses yeux rouges sont braqués sur moi. Je lève les jambes sans faire attention à ma position : jambes croisées en robe sur l'îlot. Tout en classe !

— Tu peux le mettre dans son vivarium pour l'instant, s'il te plaît ?

Logan saisit le comptoir en se penchant plus près de moi pour être à la hauteur de mes yeux.

— Tu vas aller dans la piscine ?

— C'est du chantage !

Mes yeux sont rivés sur le monstrueux serpent qui glisse sur le sol en marbre avec une grâce indéniable.

— Laisse tomber. Je rentre chez moi.

— Non. On n'en a pas fini.

Il s'éloigne pour aller me chercher une bouteille de Corona, puis décolle Fantôme du sol et le traîne à moitié hors de la pièce.

— Voilà, dit-il quelques instants plus tard. En sécurité.

— Tu n'es pas normal, soufflé-je avant de prendre une grande gorgée de bière. Il te tuera. Crois-moi.

— Je l'ai depuis quatre mois et il ne m'a pas fait de mal une seule fois. Toi, par contre...

Il fait un geste vers son visage et sa lèvre enflée, laissant le reste de la phrase en suspens.

— Viens, tu peux t'asseoir au bord de la piscine pendant que je pique une tête.

Je jette à nouveau un coup d'œil au sol, m'attendant à ce que le serpent se matérialise sur mon passage.

— Tu veux que je te montre qu'il est bien enfermé ?

— Oui.

Il me soulève dans ses bras et me porte jusqu'au salon, où

le serpent est, en effet, enfermé dans un vivarium de la taille de ma salle de bains. Je crois que tout mon appartement tiendrait dans ce salon.

— OK, tu peux me poser maintenant.

Il ne le fait pas. Il m'emmène dans le jardin arrière et m'assied sur un canapé confortable à cinquante centimètres du bord de la piscine. Je le regarde ostensiblement tandis qu'il enlève son pantalon et fait passer son t-shirt par-dessus sa tête, dévoilant ainsi son corps musclé.

Les Hayes sont tous beaux. Ils ont pris les meilleurs gènes de leurs parents et grands-parents pour créer des spécimens semblables à des dieux avec un éventail de caractéristiques sexy, mais Logan a le genre de beauté que j'*aime* : tonique mais sans muscles volumineux, des épaules larges, des abdominaux, des triceps et des muscles lombaires bien définis. Il saute dans l'eau et nage sur toute la longueur sous la nappe d'eau claire pour refaire surface au bout de la piscine.

— Frimeur, murmuré-je en sirotant ma bière. Tu donnes l'impression que c'est hyper facile.

Il nage jusqu'à moi, pose ses coudes sur les carreaux qui bordent la piscine et passe ses doigts dans ses cheveux noirs.

— C'est facile. Et si tu trempais d'abord tes jambes ?

Il soutient son corps d'une main, enlève mes sandales de l'autre, puis désigne les carreaux.

— Assieds-toi là.

— C'est mouillé.

Je me raccroche à un semblant d'espoir, cherchant des excuses pour ne pas m'approcher trop près de l'eau.

— Je vais abîmer ma robe.

— Enlève-la. Personne ne peut te voir ici.

— Et tes voisins ?

I. A. DICE

Je jette un coup d'œil aux maisons voisines, mais toutes font face au jardin de Logan en biais, et aucune fenêtre ne donne dessus. Avec un soupir, je fais glisser les bretelles de ma robe le long de mes épaules.

— T'as l'air d'apprécier ce que tu vois, taquiné-je pour briser la tension lorsque ses yeux parcourent mon corps vêtu d'un ensemble de lingerie noire.

— Comment ne pas apprécier ?

Il tapote l'espace entre ses coudes et me tend la main.

— Assieds-toi en mettant tes jambes sur mes épaules.

La détermination dans ses yeux m'aide à contenir ma peur. Je m'assieds et serre les dents lorsque l'eau froide trempe ma culotte. Logan s'immerge un peu plus dans l'eau pour que je puisse poser mes jambes sur ses épaules, mes genoux de part et d'autre de son cou, les pieds en l'air, à bonne distance de la nappe d'eau calme.

C'est à la fois apaisant et déconcertant parce que Logan est aux commandes en ce moment. Il peut descendre plus bas et immerger mes jambes, ce qui ne sera pas si mal s'il s'arrête là, mais ses mains enserrent mes hanches et il peut facilement m'entraîner dans la piscine.

Mon cœur s'emballe à cette idée.

— Bois, dit-il en caressant ma chair du bout des doigts.

Je me cambre pour attraper la bouteille et il en profite pour me tirer plus près du bord.

— Détends-toi. Je t'ai dit que je ne te jetterai pas dedans. Tu dois y aller à ton rythme, mais...

Il passe sa main entre mes jambes, accroche son doigt à ma culotte et l'écarte pour exposer ma chatte.

— Tu sens tellement bon que j'ai besoin d'y goûter.

Il plonge entre mes jambes, sans attendre le feu vert, et il taquine du bout de la langue le faisceau tendu de nerfs à l'apex de mes cuisses. Être assise si près de l'eau me rend tendue, mais Logan réussit très bien à relaxer mon corps et mon esprit.

Un frisson malsain secoue mes sens. Nous sommes dans le jardin, à la vue de tous. Il fait encore jour et il me dévore comme s'il était affamé depuis des jours. Un doux gémissement s'échappe de mes lèvres et mes yeux se ferment.

— Shh, dit-il contre moi, son souffle chaud balayant ma peau. Personne ne peut nous voir, mais on nous entendra si tu fais du bruit.

Je cambre mon dos et pose ma tête contre le bas du canapé. Je me mords la joue pour garder mes gémissements inaudibles, nous imaginant comme si je regardais d'en haut : Logan dans la piscine, la tête entre mes jambes posées sur ses épaules.

Mes cuisses ont des spasmes chaque fois qu'il effleure mon point G et me rapproche de l'extase. Cela prend plus de temps que d'habitude, mais une fois que l'orgasme arrive, Logan plaque sa main sur mes lèvres pour étouffer mes halètements tandis que ses doigts font des mouvements de va-et-vient pour prolonger l'état d'euphorie. Des points blancs apparaissent devant mes yeux. L'orgasme est si intense que j'ai envie de m'arracher les cheveux.

— Regarde-moi, dit-il.

Ses mains ne touchent plus ma peau et je ne sens plus son souffle chaud sur mon clitoris.

Mes yeux s'ouvrent et rencontrent la satisfaction féline de son regard. Il flotte à un mètre cinquante du bord, ce qui m'incite à jeter un coup d'œil à mes jambes. Elles sont dans l'eau, immergées jusqu'aux genoux. Je respire profondément pour me calmer. Ce n'est pas si terrible que ça. Les jambes dans l'eau, ça va. J'ai déjà fait ça quand j'ai marché dans les vagues à la plage.

I. A. DICE

— C'est comment ?

Il se rapproche à la nage et écarte mes genoux pour pouvoir s'arrêter entre mes jambes.

— Flippant ou supportable ?

Je le regarde en souriant.

— Supportable.

— Bien.

Il se hisse hors de la piscine et disparaît à l'intérieur de la maison pour aller chercher une autre bouteille de Corona. Au lieu de sauter à nouveau dans l'eau, il repousse le canapé et s'installe derrière moi en encadrant mes cuisses avec les siennes.

— Penche-toi en arrière.

Je me repose contre sa poitrine fraîche et humide, trop calme et confortable pour mon propre bien.

— Pourquoi tu fais ça ? Pourquoi est-ce que t'essaies de m'aider ?

— Pourquoi pas ?

Il passe ses bras sur mes clavicules et me presse plus près de lui.

— Je me glisserai quand même en toi plus tard.

Il me mordille le lobe de l'oreille.

— J'ai ce fantasme de te baiser dans la piscine, alors j'agis pour des raisons égoïstes.

Je déplace mes pieds lentement, concentrée sur les sensations agréables plutôt que sur les souvenirs. L'eau se déplace autour de mes jambes en tourbillons, créant un étrange sentiment de liberté.

— Tu me tiendras ?

Je tourne la tête et presse ma joue contre son torse. Malgré le fait qu'il se soit baigné, il sent son eau de Cologne épicée et non le chlore. Je profite de la situation et de cette intimité en me blottissant dans ses bras et en mémorisant le bonheur et le calme qui envahissent ma poitrine lorsqu'il est si près de moi.

— Si je vais dans l'eau, précisé-je. Tu me tiendras, pour que ma tête reste hors de l'eau ?

— Je ne te lâcherai pas, Cass.

Il saisit mon menton et fait basculer ma tête en arrière pour accéder à mes lèvres. Le baiser enflamme mon corps. Il ne ressemble à aucun de ceux que nous avons partagés. Ce n'est pas l'habituelle séance de pelotage urgente et exigeante destinée aux préliminaires. C'est différent. Intime, presque affectueux.

— T'es en sécurité avec moi.

Il effleure son nez sur ma joue, poussant le rythme de mon cœur à la limite de l'arrêt cardiaque.

— Je vais y aller en premier.

J'ai un frisson lorsqu'il saute dans la piscine. Il remonte à la surface un instant plus tard, m'éclaboussant d'autres gouttelettes froides.

— Mets tes mains autour de mon cou, dit-il en se plaçant à nouveau entre mes jambes.

Malgré le malaise croissant que je ressens dans mon estomac, je fais ce qu'il me dit.

— Dis-moi d'arrêter si tu n'es pas à l'aise, OK ?

Les mots sont coincés dans ma gorge. La seule réponse qu'il obtient est un simple mouvement du menton. L'anticipation de la peur est peut-être pire que la peur elle-même.

Logan soutient mon regard tandis qu'il me rapproche lentement en me tirant par les hanches jusqu'à ce que je ne sente plus le carrelage sous mes fesses. Il soutient mon poids en me faisant descendre dans l'eau et j'enroule mes jambes autour de ses côtes, me cramponnant comme si ma vie en dépendait.

Je commence lentement à glisser jusqu'à sa taille, concen-

I. A. DICE

trée sur la détermination qui brille dans ses yeux. Mon corps est détaché de mon esprit, tremblant comme Bambi faisant ses premiers pas sur la glace.

J'ai peur, mais pas *tant* que ça.

La peur est gérable quand je suis près de Logan. Je passe mes mains autour de ses épaules et m'accroche à son corps comme s'il était ma bouée de sauvetage, les yeux bien fermés. L'eau monte de ma taille à mes seins avant qu'il ne passe une main dans le bas de mon dos.

— Comment ça va ? murmure-t-il, sa joue contre la mienne. On est près du bord. Je peux te faire sortir de l'eau en un clin d'œil.

Je fais sortir tout l'air de mes poumons par le nez en une longue expiration, puis ouvre les yeux et baisse le regard vers mon corps immergé dans les bras de Logan.

Une sorte de peur nerveuse à glacer le sang palpite au creux de mon estomac. De la vapeur glacée ondule contre ma colonne vertébrale, rappelant des souvenirs trop douloureux à supporter.

Je m'accroche à Logan, la seule personne dans ma vie qui m'offre un semblant de paix. J'écrase mes lèvres sur les siennes et me fraie un chemin dans sa bouche, agissant sur le besoin intense de distraire mon esprit et d'empêcher la panique de se répandre dans mon corps comme un ouragan.

— Fais-moi sortir, murmuré-je. S'il te plaît, emmène-moi au lit. J'ai besoin d'une distraction.

— Ne dis pas « s'il te plaît », quand tu veux m'avoir en toi, grogne-t-il en mordillant ma lèvre. Ferme les yeux. On ne sort *pas* de l'eau.

Il écarte à nouveau ma culotte sur le côté et m'empale sur sa longue bite épaisse. L'intrusion soudaine alors que nous sommes enveloppés par l'incarnation de ma peur augmente la sensation : un mélange de plaisir et d'effroi.

— Là... les yeux rivés sur moi, Cass. Concentre-toi sur le bien que ça te fait quand t'es avec moi, bébé.

Il se rapproche du bord, m'incitant à soutenir mon poids.

— Les coudes en arrière. Je t'ai dit que je ne te lâcherai pas, et je ne le ferai pas. Je veux que tu cambres le dos.

Je hoche la tête et me mets en position. Il pousse plus fort, avec une main sur ma hanche et l'autre dans mon dos, agissant comme un bouclier pour éviter que le bord rugueux de la piscine ne me fasse des bleus.

Je me concentre sur les premiers rayons orange et roses du coucher de soleil qui peignent le ciel bleu, ignorant le clapotis de l'eau autour de nous, insensible à tout, sauf au toucher de Logan.

La détermination dans ses yeux voilés, ses lèvres entrouvertes et ses muscles tendus à chaque poussée activent un interrupteur dans mon cerveau, transformant la peur en béatitude. Contre toute attente, du courage germe comme une fleur poussant dans le désert.

C'est maintenant ou jamais.

— Recule, dis-je en me poussant du bord jusqu'à ce que je sois presque allongée, avec uniquement mon visage au-dessus de l'eau. Il est toujours en train de me pénétrer, mais ses mouvements sont plus calmes et plus lents à présent.

— Ne t'arrête pas. Ne me lâche pas.

Il enfonce ses doigts dans les os de mes hanches lorsque je prends une profonde inspiration et bascule ma tête en arrière, mettant ma tête sous l'eau avec un mélange de peur et de liberté.

Le fond de la baignoire dans laquelle Zack m'enfonçait la tête défile devant mes yeux. Je vois les bulles d'air se précipiter vers le haut. Je vois mes cheveux flotter tandis que j'appuyais mes mains contre le fond, luttant pour remonter. Mais Zack était plus fort que moi.

I. A. DICE

Mon esprit se bloque et se referme en un nœud. Un sentiment de panique s'empare de ma poitrine plus vite que je ne peux cligner des yeux. Je sors la tête de l'eau en un éclair, me débats et m'accroche à Logan. Mon esprit ressemble à l'intérieur d'un avion après l'annonce qu'un moteur ne fonctionne plus.

Les lèvres de Logan se posent sur les miennes avant que je n'aspire une seule bouffée d'air. Je n'ai pas besoin d'air après trois secondes passées sous l'eau, mais la panique essaie de m'étouffer, comme si un gros poing était serré autour de ma gorge.

Elle disparaît aussi vite qu'elle est apparue lorsque ma bouche se synchronise avec la sienne dans un baiser lent, torride et apaisant.

— Calme-toi.

Il pose son front contre le mien, sans bouger, sa queue toujours en moi, les bras autour de mon dos.

— Calme-toi, princesse. Tout va bien.

Je hoche la tête tout en avalant de l'air et en m'accrochant à son torse.

— Je vais bien. Je vais bien, je suis *désolée*. Je pensais que je pourrais le faire.

— Tu peux. Tu l'as *fait*. Par toi-même. Tu veux te débarrasser de cette peur, mais ça prendra du temps. Ne t'attends pas à ce que ça se produise en une soirée. Tu t'es bien débrouillée ce soir. Je pensais que tu resterais assise au bord et que tu tremperais juste tes pieds.

J'embrasse son front.

— Merci, je...

Le son de la sonnette nous fait sursauter tous les deux. Nous étions ailleurs à l'instant, inaccessibles au monde extérieur, mais la réalité trouble, amère et indésirable s'infiltre.

Logan se crispe à mon contact, les yeux rivés sur la porte

ouverte du patio.
— Putain.
Il me hisse.
— Merde. Ça doit être un de mes frères.

Il sort de l'eau, attrape son téléphone, tapote plusieurs fois sur l'écran, puis peste à nouveau à voix basse en me montrant le flux en direct de la caméra de surveillance située au-dessus de la porte d'entrée.

Nico est là ; sa voiture est garée le long du trottoir.

J'attrape ma robe à la hâte et l'enfile sur mon corps mouillé parsemé de chair de poule.

— Juste...

Les yeux de Logan passent de moi à l'écran de son téléphone, puis reviennent sur mon visage.

— Merde, il faut que tu te caches.

Il me prend le bras, me fait me relever et m'entraîne à l'intérieur de la maison.

— Prends ton sac.

Je suis trop abasourdie pour prononcer un mot lorsque nous nous engouffrons dans la cuisine. J'attrape mon sac, mes lunettes de soleil et mon chapeau sur l'îlot, serre mes chaussures contre ma poitrine et suis tant bien que mal la cadence des longues jambes de Logan.

Il ouvre la porte du garage d'un coup sec.

— Reste ici jusqu'à ce que je vienne te chercher.

Il me pousse à l'intérieur et claque la porte.

Mes yeux se remplissent de larmes. Pour qui se prend-il pour m'enfermer ici ? N'aurait-il pas pu me dire d'aller à l'étage et d'attendre dans sa chambre ? Ou mieux encore, n'aurait-il pas pu mentir à Nico et se débarrasser de lui d'une manière ou d'une autre ? À la première possibilité d'être surpris avec moi,

I. A. DICE

l'homme adorable que Logan a été toute la soirée s'est transformé en enfoiré.

Pourquoi suis-je surprise ?

Pourquoi cela me fait-il mal qu'il m'ait laissée ici toute seule alors que je suis frigorifiée ?

Pourquoi m'attendais-je à autre chose ?

J'ai laissé mon côté romantique prendre les rênes ce soir. Logan s'est comporté de façon inhabituelle et je me suis laissée aller à espérer que nous allions dans la bonne direction. Que même s'il insiste sur le fait que notre relation doit rester purement sexuelle, il y a plus que ça. Qu'il se *soucie* de moi.

Je suis vraiment bête, stupide et *idiote*.

Je m'effondre sur le sol en béton dans l'obscurité totale, grelottant de froid et des restes de la peur, et fouille dans mon sac pour trouver mon téléphone. Un petit paquet cadeau argenté attire mon attention.

J'ai oublié de le donner à Logan...

DIX-SEPT

Logan

— T'as la tête ailleurs, fait remarquer Nico avant de prendre une gorgée de sa bouteille de Corona. Qu'est-ce qu'il y a ?

Il a sorti Fantôme du vivarium pendant que je montais en courant à l'étage pour enfiler un pantalon de survêtement et un t-shirt. Le serpent est paresseusement recroquevillé en boule à côté de lui, étonnamment à l'aise en présence de quelqu'un qu'il ne connaît pas. Je suppose que les créatures vicieuses se serrent les coudes.

Je ne vais pas me sortir de cette situation délicate tout de suite. Pour une raison quelconque, tout le clan Hayes est sur le point de débarquer chez moi. Si mon téléphone n'avait pas été en mode silencieux pendant que j'étais avec Cass, j'aurais pu éviter leur visite, mais quand Nico a appelé dix fois de suite et que je n'ai pas répondu, cela l'a incité à venir. Maintenant, Shawn, Theo et même les triplés sont en route.

Il se passe quelque chose.

TROP
INACCEPTABLE

Ce n'est pas inhabituel pour nous d'envahir la maison de quelqu'un, mais je sens au plus profond de moi que quelque chose ne va pas.

Mes paumes deviennent plus moites à chaque seconde qui passe.

Je pense qu'ils savent pour Cass et moi.

Je pense qu'il s'agit d'une intervention.

Je pense que Nico va se déchaîner sur moi dès que les cinq autres auront franchi la porte.

— Nan, ça va.

Je mens effrontément. Je meurs d'envie de le mettre à la porte et de laisser Cassidy sortir du garage.

Encore une fois, si j'avais pris une seconde pour réfléchir, je l'aurais envoyée à l'étage, mais mon esprit s'est affolé quand j'ai vu Nico se tenir devant la porte d'entrée sur l'application du système de sécurité.

— Le boulot, comme d'habitude, ajouté-je. Tu veux bien m'expliquer pourquoi tout le monde vient ici ce soir ?

— On se serait retrouvés chez moi si t'avais répondu à ton téléphone.

Il n'y a aucun amusement dans ses yeux. Ce n'est pas comme si cela lui arrivait de sourire, mais étant donné les circonstances, je me crispe encore plus.

— Patience, frérot. Je t'expliquerai quand tout le monde sera là.

La sonnette retentit cinq minutes plus tard et les triplés se déversent à l'intérieur sans attendre d'y être invités. Pour être honnête, je suis surpris que Nico n'ait pas fait irruption comme eux. Je n'insiste pas pour qu'ils frappent à la porte comme le fait Theo. Il est très exigeant en matière de respect de la vie privée. Encore plus depuis qu'il a rencontré Thalia, ce qui est compréhensible, j'imagine.

Je ne prendrais pas le risque d'entrer chez eux sans frapper, au cas où je surprendrais mon petit frère en train de tremper sa bite.

Colt et Conor discutent dans le couloir avant d'entrer dans le salon. Cody serre une caisse de bière contre sa poitrine. Ses cheveux sont assez longs pour être attachés en queue de cheval derrière sa nuque, mais ce n'est pas la coiffure de Cody qui nous fait froncer les sourcils, à Nico et à moi.

— Qu'est-ce qui t'est arrivé au visage ? demandé-je en jetant un coup d'œil à l'œil au beurre noir et à la lèvre fendue de Colt. T'as laissé un connard te frapper ?

— Pas mal de fois avant que je n'arrive en renfort, répond Conor en soufflant sur sa crinière bouclée pour la dégager de ses yeux.

Il ressemble à Harry Styles en 2013. Un de ces jours, je le ferai boire au-delà de l'entendement et je lui couperai les cheveux moi-même.

— Je me suis pris un coup de poing dans les côtes.

Il gonfle fièrement son torse et soulève son t-shirt pour révéler un bleu violet foncé de la taille de ma main.

— On a quand même gagné.

— Pourquoi est-ce que vous vous êtes battus ? demande Nico à travers des dents serrées.

— Comment t'as fait pour ne pas être au courant ? Ils *vivent* chez toi !

— Ça fait trois jours que je ne les ai pas vus, Logan.

Il se retourne vers Colt.

— Pourquoi est-ce que tu t'es fait frapper ? Je ne t'ai rien appris ?

Cody ouvre la caisse de bière et distribue des bouteilles aux deux autres personnes.

— Laisse-le tranquille. Le type faisait ta taille et il était enragé.

— Et t'étais où quand ils se faisaient botter le cul ?

— Je m'assurais que la fille que ce connard avait droguée pour la violer à l'arrière du *Q* allait bien, fulmine Cody d'un ton meurtrier en *fusillant* Nico du regard.

Il a des couilles.

— T'as d'autres putains de questions ?!

Je ne l'avais jamais entendu craquer. Sa poitrine se soulève et ses mains forment des poings serrés comme s'il s'apprêtait à assommer Nico s'il disait un mot de plus. Bonne chance. Il finirait aux soins intensifs s'il osait donner un seul coup de poing. Nico le mettrait KO avant que le poing de Cody ne s'approche de son visage.

La porte de la maison s'ouvre à nouveau, nous sauvant d'une situation délicate.

— Il y a quelqu'un ?! lance gaiement Shawn en entrant dans le salon avec une bouteille de vodka à la main. Comment va votre amie ? demande-t-il aux triplés. Elle va témoigner ?

— On y travaille, admet Cody, dont le ton est redevenu normal. Elle est secouée, mais c'est une dure à cuire. Elle s'en sortira.

— Une dure à cuire ? se moque Shawn. Elle a vomi sur les chaussures de Colt, frérot. Ce n'est pas une dure à cuire.

— Elle a failli se faire *violer* ! rugit de nouveau Cody en se levant d'un bond. Tu t'attendais à ce qu'elle rigole ? Lâche-la un peu ! On l'amènera au commissariat lundi. Assure-toi qu'Asher ne s'en tire pas avec un avertissement, d'accord ?

— Asher Woodward ? demandé-je, me souvenant du type qui s'est pris un coup de genou dans les couilles par Thalia il y a deux ans.

Elle l'avait vu mettre de la drogue dans le verre de quelqu'un

I. A. DICE

et s'en était prise à lui.

— Oui, toujours le même. Je devrais avoir de quoi l'envoyer en prison pour quelques années.

— Quelques années ? ricane Conor en passant sa main dans ce qu'il appelle ses cheveux. J'aurais dû lui casser quelques dents de plus.

Le dernier des sept arrive avec plus de bière. C'est en train de devenir une soirée typique des Hayes. Ils ne partiront pas avant des heures. J'ai envie d'envoyer un texto à Cass, mais si le volume de son téléphone est au maximum, les gars risquent de l'entendre biper.

Je tape du pied sur le sol.

— Bon, pourquoi est-ce que t'as organisé ce rassemblement ? demandé-je à Nico une fois que tout le monde a une bière ou un verre à la main. On fête quelque chose ?

La pièce devient silencieuse. Mon cœur bat comme une conga tandis qu'il prend son temps, faisant monter l'anticipation et la tension. Il sort une liasse de papiers de la poche de sa veste et me les tend avec un visage stoïque. Je me sens mal quand je déroule les papiers, m'attendant à des photos de Cass et moi en train de nous embrasser dans l'entrée de son appartement.

Mais il n'y a pas de photos.

Je fronce les sourcils. « Contrat d'achat » est écrit en gras en haut de la page, et « Country Club » attire mon regard parmi la masse de texte.

— Est-ce que... commencé-je en fixant Nico. Est-ce que t'as *acheté* le Country Club ?!

Il hoche la tête. Son visage n'est plus impassible. En fait, il arbore un vrai putain de sourire.

— J'ai fait à ce crétin une offre qu'il ne pouvait pas refuser.

— Tu as parlé à Jared ?! s'exclame Theo.

— Par l'intermédiaire de mon avocat. Quoi qu'il en soit, ce n'est pas pour ça que je voulais que vous soyez tous là, dit-il en me prenant les papiers et en les posant sur la table basse. Ça, oui.

Il sort une autre liasse de papiers et en distribue six exemplaires.

Je lis brièvement le mien, les yeux exorbités. Nico a divisé le Country Club en sept, nous donnant quatorze pour cent d'actions chacun.

— Pourquoi ? demande Shawn après s'être remis du choc initial.

Nico hausse les épaules, mais je sais qu'il y a une raison solide. Il ne fait jamais rien sans planifier et réfléchir.

— T'es marié avec un enfant. Tu n'as plus beaucoup de temps à nous consacrer. Theo est marié lui aussi, et on aura bientôt tous une famille. Tu crois qu'on pourra se réunir, juste tous les sept, pour discuter et boire comme on le fait maintenant ?

— Bien sûr que oui ! s'exclame Colt. Les frères avant les putes !

Cette réplique lui vaut un coup sur l'arrière de la tête de la part de Theo.

— Traite encore une fois ma femme de *pute* et tu ramasseras tes dents sur la moquette, *frérot*.

— On continuera à se voir, poursuit Nico. Mais ce sera pour les anniversaires, Noël et les réunions de maman. Diriger une entreprise nous permettra de rester proches. Des réunions obligatoires d'évaluation du management sont prévues dans les contrats. Deux week-ends par an dans un lieu tenu secret.

Theo sourit et tape dans le dos de Nico.

— Donc, en gros, t'as rédigé un document juridique pour nous permettre de nous éloigner de nos femmes et de nos enfants le temps d'un week-end.

I. A. DICE

— *C'est pour le boulot, chérie. Je le jure. Oui, on ira à Las Vegas, mais... Lis le contrat, tu verras. Je dois y aller !* dramatise Cody.

Je n'arrive pas à croire que mon frère a dépensé quelques millions de dollars pour s'assurer que nous aurions une raison de nous éloigner de nos vies et de passer du temps ensemble rien que tous les sept.

— Merde, dit Shawn en s'essuyant les yeux du revers de la main. Tu me fais pleurer, connard.

Nous en rions, mais à dire vrai, j'ai aussi une boule dans la gorge. Je ne peux pas imaginer ma vie sans eux six, et cela me fait douloureusement prendre conscience que le moment est venu de mettre fin à mes batifolages avec Cassidy. Au début, avoir un plan cul avec elle me convenait, mais la semaine dernière, j'ai eu du mal à me concentrer. Je voulais que les heures passent plus vite pour pouvoir me rendre à son appartement et l'étaler sur le plan de travail de la cuisine.

Je suis sur le fil du rasoir. Un seul faux pas et je tomberai à la renverse. La question est de savoir si j'atterrirai sur le bord tranchant ou le bord émoussé.

Je pensais que j'aurais eu ma dose d'elle depuis le temps, mais plus cet arrangement se prolonge, plus j'ai envie de son corps. Et ces derniers temps, les pensées érotiques ne se limitent pas à ma bite qui entre et sort d'elle. Je m'imagine l'embrasser. Je m'imagine la prendre dans mes bras et lui caresser le dos alors que nous sommes allongés, à bout de souffle, sur le petit lit inconfortable de sa chambre.

Elle est un parasite dont je ne peux pas me débarrasser, mais je dois le faire. Plus nous continuerons, plus je courrai le risque que mes frères découvrent le secret.

Nous fêtons cela pendant quelques heures, en parlant, en rattrapant le temps perdu et en riant des histoires de Shawn à propos de Josh qui sème indéniablement la pagaille. Ils partent vers une heure du matin, et dès que la dernière voiture disparaît au bout de la rue, je traverse le couloir, ouvre la porte du garage d'un coup sec et allume la lumière.

— Merde, je suis vraiment...

Je m'interromps en jetant un coup d'œil dans la pièce vide. Où diable est-elle allée ?

Un petit paquet cadeau argenté gît sur le sol. Je le ramasse et arrache la carte collée dessus en fronçant les sourcils.

Merci de m'avoir aidée pour le plancher. Et merci de m'avoir écoutée. Les places ne sont pas aussi bonnes que celles que tu aurais choisies, mais j'espère que tu passeras une bonne journée.

Deux billets pour un match des Dodgers de Los Angeles dans quelques semaines sont dans le paquet. Mon cœur se serre à nouveau. Je suis là, prêt à la larguer, et elle choisit ce moment pour m'acheter des billets pour aller voir jouer mon équipe préférée.

Je sors mon téléphone de ma poche et consulte l'application du système de sécurité pour voir comment elle a réussi à sortir d'ici sans se faire remarquer. Je suis soulagé de voir qu'elle est sortie par le côté du bâtiment à l'avant de la maison, ce qui signifie...

Je détourne mon regard de l'écran pour regarder la porte du personnel sur le mur opposé. J'ai utilisé cette porte deux fois depuis que j'ai emménagé. Il serait peut-être judicieux de la verrouiller. Il n'y a rien à voler dans le garage, mais je ne ferme pas à clé la porte qui mène à l'intérieur de la maison, et il y a plein de choses à voler là-dedans.

Elle doit probablement dormir à l'heure qu'il est, mais je

I. A. DICE

lui envoie tout de même un texto.

Moi : Je suis désolé. C'était merdique de faire ça, même pour moi. Merci pour les billets.

« Reçu » se transforme en « Lu » sous le message presque instantanément, mais les trois points clignotants n'apparaissent pas. Une minute passe, deux, cinq. Pas de réponse.

Moi : Réponds-moi. J'aurais dû te dire d'aller à l'étage, mais je n'ai pas réfléchi.

Encore une fois, « Lu », mais pas de réponse. Elle est furieuse. Pour être honnête, je mérite qu'elle ne me parle plus. L'enfermer dans le garage sombre et froid, alors qu'elle était mouillée et encore effrayée après avoir coulé, c'était vraiment bas.

Moi : Allez, ne sois pas comme ça. Je suis désolé.

Les trois points commencent à clignoter. Je sors du garage et monte à l'étage, les yeux rivés sur l'écran pendant qu'elle tape. Et il semble qu'elle tape toute une dissertation sur le sujet. Je me déshabille, me brosse les dents et me mets au lit, tout en attendant qu'elle ait fini de m'engueuler et qu'elle appuie sur « Envoyer ».

Les points s'arrêtent, puis reprennent, et je dois attendre au moins dix minutes avant que mon téléphone ne bipe.

Princesse : Je vais bien. Bonne nuit.

Une sorte de culpabilité lente, têtue et irrépressible m'envahit. Merde. Ça fait mal.

Elle ne va pas bien. Loin de là.

Elle est à nouveau en colère.

À cause de *moi*. *Encore une fois.*

L'image de son visage couvert de larmes défile devant mes yeux. J'essaie d'avaler la honte qui brûle le fond de ma gorge, mais elle s'y loge comme un gros morceau de pomme.

Je dois laisser cette fille tranquille. Je ne veux pas être une autre personne dans sa vie qui prend sans rien donner en retour.

DIX-HUIT

Cassidy

Mary-Jane, Kaya et moi arrivons au *Rave* à vingt-deux heures. Kaya m'a appelée pour m'inviter à sortir à la dernière minute, mais vu que je n'avais rien d'autre de prévu, j'ai accepté son offre.

Je ne me souviens pas de la dernière fois que je suis sortie avec les filles. Ces dernières semaines, j'ai passé la plupart de mon temps avec Logan, et même si je ne changerais pas cela, mon anxiété décuple à chaque jour de silence de sa part. Cela fait trois jours qu'il m'a enfermée dans le garage, et à part des demi-excuses au milieu de la nuit, je n'ai pas eu de nouvelles de lui.

Il n'est pas venu chez moi pour baiser.

Je n'aurais pas dû le faire se sentir mal de m'avoir enfermée. Il n'a pas réfléchi... il a paniqué.

Je déteste trouver des excuses à cet abruti, mais plus encore, je déteste qu'il ne se soit pas manifesté. Il me manque. Je ne veux pas que notre histoire se termine... mais au fond de moi, je sais qu'il en a fini avec moi.

Pourtant, je m'accroche aux excuses. Peut-être est-il occupé ? Ou qu'il n'est pas d'humeur à faire l'amour ? Peut-être qu'il a eu une urgence familiale ?

Non, espèce d'idiote. C'est fini entre vous.

Mon Dieu, pourquoi est-ce que ça fait aussi mal ?

Kaya me donne un coup de coude en passant à côté de moi. Elle est habillée pour impressionner dans une robe aguicheuse recouverte de paillettes argentées qui reflètent les lumières des stroboscopes, changeant de couleur comme un kaléidoscope et attirant l'attention de la plupart des hommes à portée de vue.

Ce ne sont pas les paillettes qui attirent leur regard. C'est le décolleté plongeant qui lui arrive au nombril et l'absence de soutien-gorge sur ses implants impressionnants.

— Allons d'abord prendre un verre ! crie-t-elle en se dirigeant vers le bar. Qu'est-ce qu'on boit ce soir ?

Je me penche par-dessus le comptoir pour que le barman m'entende par-dessus la musique tonitruante diffusée par les haut-parleurs tout autour de la boîte de nuit.

— Un daiquiri kiwi, s'il vous plaît.

Kaya fronce le nez avant de passer sa commande habituelle : une bouteille de champagne. J'avais pour habitude de faire la même chose, mais maintenant que je possède une entreprise et que j'ai vu ma meilleure amie sombrer dans l'alcoolisme, j'ai réduit ma consommation.

Je consulte mon téléphone pendant que nous attendons, espérant voir un texto de Logan, mais aucune notification ne m'attend.

— Je vais attendre à l'étage, dis-je à Kaya lorsqu'elle regarde un gars qui se tient à côté d'elle.

Elle va finir par l'embrasser dans moins d'une minute et je n'ai pas envie de la voir tromper son mari.

I. A. DICE

Je me dirige vers l'escalier de l'autre côté de la pièce avec mon verre à la main, mais je n'ai pas fait la moitié du chemin que je me fige sur place tandis que mon pouls gronde dans mes oreilles.

Logan se tient à moins de trois mètres de moi, vêtu comme d'habitude d'un polo et d'un jean, avec une casquette de baseball qui cache ses cheveux noirs. Mon estomac se noue et de la bile me monte à la gorge.

Il est en train d'embrasser une fille.

Leurs lèvres opèrent en synchronisation sans reprendre leur souffle. Ses mains tripotent son cul à peine couvert par la robe moulante qu'elle porte. Elle se balance au rythme de la musique en passant ses doigts dans ses cheveux et en se pressant plus près de l'homme que j'aime.

Je ne sais pas ce qui me fait le plus mal, le fait qu'il la touche ou qu'il le fasse en public. Un bourdonnement aigu commence à se faire entendre dans mes oreilles. Le monde se désagrège lentement autour de moi pendant que je les observe, incapable de détacher mon regard d'eux. Il l'embrasse en plein milieu de la boîte de nuit, devant tout le monde.

Elle n'est pas un secret.

Il n'a pas honte d'elle...

Des larmes me piquent les yeux quand la jolie brune aux joues roses sourit contre ses lèvres et qu'elle le regarde d'un air enivré et béat. Elle lui fait un clin d'œil et tourne sur elle-même avant de plaquer ses fesses contre son entrejambe et de se frotter à Logan comme s'il était une barre de pole dance.

Il la tient dans ses bras et se presse contre ses seins rebondis tandis qu'il plonge la tête pour lui mordiller l'oreille.

Kaya s'arrête à côté de moi et suit mon regard. Une lueur de colère se fraye un chemin jusqu'à son visage avant qu'elle ne lève les yeux au ciel.

— Bon sang, tu ne t'es toujours pas remise de cet idiot ? Laisse tomber, Cass. Ça fait trois ans.

Ça fait trois jours, mais Kaya ne le sait pas. Elle n'est au courant que de la première nuit que nous avons passée ensemble. À l'époque, elle était une personne différente. Attentionnée, aimante. Quand je l'ai appelée en pleurant à chaudes larmes, elle a traversé la ville à toute allure et a frappé à ma porte vingt minutes plus tard, armée d'un pot de glace et d'une bouteille de vin.

Elle jette un coup d'œil autour d'elle et scrute la piste de danse pour vérifier combien d'autres Hayes se cachent dans l'obscurité. Nico est sans doute ici quelque part. Logan et lui se sont rapprochés depuis que Theo s'est marié et ils sortent rarement l'un sans l'autre.

C'est pathétique que je sache cela. Il ne me l'a jamais dit. Je prête simplement attention à sa vie, à l'affût de bribes d'informations.

La brune dans les bras de Logan tourne à nouveau sur elle-même et fait glisser sa petite main le long de son torse pour toucher l'entrejambe de son jean. Une boule de jalousie, de douleur et de déception brûle derrière mes côtes. La façon dont ses yeux se voilent me transperce le cœur.

D'autres larmes me montent aux yeux, mais je déglutis avec force et mets en place un masque d'indifférence juste au moment où Logan se tourne vers nous, comme s'il pouvait sentir mes yeux lui faire des trous dans la tête. Nos regards se croisent à travers la piste de danse et l'absence totale d'émotion sur son visage me glace le sang.

Il s'éloigne de la fille, mais ma présence ne le perturbe en rien. Il n'a pas l'air d'avoir honte de ses actes ou d'être mortifié par le fait d'avoir été pris en flagrant délit.

Je serre les dents, luttant pour ne pas laisser Kaya ou Mary-Jane voir à quel point je suis désemparée et pour ne pas donner à Logan la satisfaction de me voir pleurer en plein milieu de la piste de danse.

Je savais que ce n'était que du sexe, même si je me suis laissée aller à espérer plus, encore et encore, mais je pensais qu'il ne fréquentait personne d'autre. Il était dans mon lit tous les deux jours, mais apparemment, ce n'est pas assez, et il a besoin d'une autre fille pour combler les trous. Avec combien d'autres a-t-il couché depuis que nous avons commencé à avoir un plan cul ?

Oh, mon Dieu... Putain, je lui ai fait confiance et je l'ai laissé ne pas utiliser de préservatif !

— Allez, crie Kaya par-dessus la musique torride d'un ton agacé en accrochant son coude au mien. On a une table réservée à l'étage.

— Tu veux rester ?

C'est la dernière chose que j'ai envie de faire en ce moment.

— Je suis sûre que Nico est à l'étage.

S'il te plaît, allons-nous-en.

Elle rejette ses longs cheveux par-dessus une épaule et lève le menton.

— Et alors ? Il peut partir s'il ne veut pas me voir, mais je ne bougerai pas. J'aime bien cette boîte.

Je ne suis pas dupe. Kaya cherche à voir Nico depuis qu'elle est mariée. Elle est franchement délirante, mais elle espère qu'il lui donnera une autre chance.

Pourquoi épouser Jared s'il n'est pas celui qu'elle veut ? Pourquoi coucher avec la moitié de Newport au lieu de regagner la confiance de Nico et de le supplier de lui pardonner ? Je suis peut-être bête, mais je n'arrive pas à comprendre ses choix.

J'ai envie de faire demi-tour et de m'enfuir la queue entre les jambes, mais je me ravise avant d'avoir trouvé une excuse crédible à donner à Kaya.

Je ne donnerai *pas* cette satisfaction à Logan.

Kaya et moi montons l'escalier qui mène au bar de l'étage et nous installons à la table qui se trouve être juste en face de celle où Nico est assis avec Toby. Aucun des deux ne nous accorde un regard, mais d'après la façon dont la mâchoire de Nico se crispe furieusement, je sais qu'il a remarqué que Kaya est venue ici comme si cet endroit lui appartenait.

— Qu'est-ce que c'est que ça ? s'emporte-t-elle en fronçant son joli nez face au daiquiri kiwi que je tiens dans ma main. T'es censée te bourrer la gueule, pas boire un truc bon pour la santé, salope. Je vais nous chercher des shots.

Elle m'a entendue commander ce cocktail au bar et a vu le barman me le servir. La seule raison pour laquelle c'est un problème maintenant, c'est que ça lui donne une excuse pour se lever et repasser devant la table de Nico en roulant des fesses.

Non pas qu'il en ait quelque chose à faire. Ses yeux ne quittent pas l'écran de son téléphone. Kaya ne l'admet pas à voix haute, mais si elle pouvait, elle remonterait le temps et ne le tromperait jamais.

Je suis presque sûre qu'elle arrêterait aussi de boire pour lui, mais c'est trop tard, alors elle continue à faire la fête comme si elle avait seize ans.

— Jared péterait les plombs s'il savait que Nico est là, dit Mary-Jane en s'asseyant à côté de moi. Tu crois qu'on devrait lui dire ? C'est un con, mais...

C'est *effectivement* un con, et il n'y a pas de « mais ».

— Fais ce que tu veux, MJ. Je m'en fiche complètement.

Elle fait une grimace et croise les bras sur sa poitrine.

I. A. DICE

— D'accord, crache le morceau. J'en ai marre de ton attitude. Ça fait des semaines que tu passes sans arrêt d'heureuse à triste, avec tout ce qu'il y a entre les deux. Qu'est-ce qui se passe ?

— Je vais bien. J'en ai juste ras le bol des conneries de Kaya.

Ce n'est pas un mensonge, mais ce n'est pas la vérité que veut Mary-Jane. Je ne peux parler à personne de Logan et moi, peu importe à quel point je suis blessée et énervée.

— Ouais, c'est ça. Ça fait des années que tu supportes ses conneries, ma belle. Ne me dis pas que tu viens seulement de te rendre compte que c'est une vraie garce. Je sais que quelque chose ne va pas. À qui tu vas le dire à part à moi ? C'est un mec ?

Je descends la moitié du daiquiri et me redresse, même si j'ai envie de ramper sous un lit pour me cacher comme je le faisais quand j'étais plus jeune. Ça n'a pas éloigné Zack à l'époque, alors ça ne m'aidera certainement pas à soulager mon cœur maintenant.

— Un connard, pas un mec. Ça n'a pas d'importance. C'est fini. Ça n'a jamais vraiment commencé, alors... ouais.

Je jette un coup d'œil autour de moi pour voir où se trouve Kaya. C'est mon amie, mais c'est la dernière personne dont je veux qu'elle soit au courant de mon mystérieux non-homme.

— N'en parle pas à Kaya. Je ne veux pas passer le reste de la soirée à esquiver ses questions.

MJ serre les lèvres. Elle doit être vexée que je ne me sois pas confiée à elle, mais elle doit sentir mon humeur massacrante et décide de ne pas insister davantage.

Dieu merci. Le simple fait de penser à Logan me déchire en lambeaux et fait bouillir mon sang en même temps.

— Tu sais de quoi t'as besoin ? dit-elle en me poussant d'un air amusé. D'un mec de transition. D'une bonne *baise* torride pour t'aider à oublier...

Elle s'interrompt, se penche plus près avec de grands yeux, puis soupire lorsque je ne tombe pas dans le piège.

— Fais-moi confiance. T'as besoin d'un bon orgasme.

Ce n'est *pas* de ça que j'ai besoin. Ce n'est pas comme s'il y avait un autre homme à Newport aussi doué que Logan. Ce n'est pas possible. On ne rencontre un homme comme lui qu'une fois dans sa vie et aucun type après lui ne lui arrivera jamais à la cheville.

C'est de câlins que j'ai besoin.

Netflix, une bouteille de vin, une couverture moelleuse et une poitrine chaude contre laquelle presser ma joue. Quelqu'un qui joue avec mes cheveux pendant que nous regardons un film. Quelqu'un avec qui passer la nuit, qui m'embrasse sur la tête et qui me murmure les trois mots que je n'ai encore entendu personne me dire.

J'ai vingt-cinq ans et on ne m'a jamais dit « Je t'aime ». Pas une seule fois. Ni de la part de mes parents, ni de mes familles d'accueil, ni de mes amis. Quelle vie bien *triste* !

Je ne dis rien de tout cela à Mary-Jane parce que j'aperçois du coin de l'œil Logan s'installer à la table de son petit frère.

Il n'est pas seul.

La brune s'assied à côté de lui et sirote un grand verre tout en passant ses longs doigts sur sa nuque.

— Je crois que t'as raison, dis-je à MJ en me forçant à sourire. J'ai besoin d'un homme.

Si Logan peut parader devant moi avec sa toute nouvelle conquête, je vais lui faire subir la même chose.

Kaya arrive juste à ce moment-là avec quatre hommes à ses côtés. L'un d'eux porte un plateau avec au moins vingt shots, et les trois autres posent des bouteilles de prosecco et six verres sur la table. Elle est mariée, mais n'a aucun problème à baiser un inconnu dans les toilettes pour hommes.

Si Jared n'est pas au courant des frasques de sa femme, c'est qu'il doit être la personne la plus naïve qui soit sur cette Terre.

— Je vous présente Mary-Jane et Cassidy, annonce Kaya tandis que les quatre types nous forcent, MJ et moi, à nous pousser pour leur faire de la place.

Je me retrouve face à la table à laquelle sont assis Logan et sa nouvelle conquête. Il ne la touche pas, mais ne fait rien pour l'empêcher de le toucher. Je me note mentalement de ne pas jeter un coup d'œil dans leur direction. À la place, je me concentre sur le gars à ma droite. Il a un piercing à la lèvre inférieure et des yeux d'un bleu profond.

— Santé, lance Kaya en attrapant un verre et en nous incitant à faire de même. À ceux qui nous veulent du bien...

— Et que tous les autres aillent se faire voir ! terminons Mary-Jane et moi à l'unisson.

Je ne suis pas fan de vodka, surtout lorsqu'elle est combinée à d'autres alcools, mais ce soir, je jette mes inhibitions et ma raison par la fenêtre, prête à en affronter les conséquences demain matin.

Et celles-ci seront sévères si la dernière fois que j'ai bu de la vodka est une indication de ce à quoi je peux m'attendre.

— Allez, il te faut quelque chose de moins alcoolisé pour faire descendre la vodka, me dit à l'oreille Rush, le gars à côté de moi, en pointant du doigt le bar.

Normalement, je refuserais, mais A : je veux frapper Logan là où ça fait mal, et B : j'ai repéré quelqu'un que je connais au bar et j'ai envie de lui dire bonjour. Je donne un coup de coude à Mary-Jane pour qu'elle et son mec pour la nuit se décalent pour nous laisser sortir de la banquette. Elle m'avait envoyé un texto le lendemain du jour où elle m'avait laissée en plan pour

Adrian à l'extérieur du *Q*, pour me dire que c'était un connard et qu'il ne valait pas la peine qu'elle y consacre du temps. L'*amour* n'a pas duré longtemps.

Mes yeux sont rivés sur les lèvres de Rush pour m'assurer que je ne regarde pas Logan derrière lui. Nous nous appuyons contre le bar à gauche du balcon et Rush appelle le barman pendant que je scrute la foule, à la recherche d'une tête aux cheveux blond foncé.

Elle était *juste* là. Où est-elle allée ?

— Qu'est-ce que tu prends ? me demande Rush.

— Quelque chose sans alcool, d'après toi. Un coca.

Il hoche la tête et se penche au-dessus du comptoir pour passer la commande. Je n'arrive pas à détacher mes yeux de son piercing qui bouge pendant qu'il parle. Sa lèvre ornée d'un anneau d'argent dégage une étrange sensualité. Je me demande l'effet que ça ferait s'il était pressé contre mes lèvres... ou mon clitoris.

— Tu me mates, Cass, dit-il à mon oreille avant de déplacer ses mains pour saisir le comptoir de part et d'autre de mon corps et de se coller à moi par-derrière. Tu regardes mes lèvres.

— Tu joues avec ton piercing. Ça attire l'attention.

Il sourit contre mon cou et l'anneau de métal effleure un point sensible sous mon oreille. J'ai vraiment envie de le sentir s'enfoncer dans mes lèvres.

Non. Tu veux te venger de Logan.

C'est vrai. Et ce n'est pas juste pour Rush. Ou Logan, d'ailleurs. Il n'est pas à moi. Il ne l'a jamais été et ne le sera jamais. Il ne m'a jamais promis une relation ou une durée déterminée pour nos ébats. D'ailleurs, pour être honnête, je sais que Logan se fiche que Rush envahisse mon espace.

Je ne devrais pas me sentir mal de flirter. Je devrais abréger la souffrance et me servir du bel inconnu comme d'un anesthésiant ad hoc. Je tourne sur mes talons, et les mots se bloquent dans ma gorge quand il passe ses dents blanches sur son anneau à la lèvre.

— Arrête de me mater, murmure-t-il. C'est presque impossible de ne pas t'embrasser quand tu me regardes comme ça.

Mon esprit sadique m'envoie l'image de Logan en train d'embrasser la brune comme pour alimenter ma colère et me forcer la main.

Embrasser Rush pour me venger de Logan.

Le problème reste que Logan s'en moque. Je ne suis pas assez importante. Je suis un trou chaud et humide dans lequel il peut enfoncer sa bite quand il en a envie. Une poupée gonflable vivante.

— T'as peur que je te morde ? lui demandé-je en plaisantant.

Je n'ai pas l'air de flirter. Pas étonnant. Je n'ai pas envie de flirter avec ce type. Je préférerais être chez moi, à pleurer contre mon oreiller jusqu'à ce que je fasse sortir Logan de mon système.

Rush sourit.

— J'espère que tu vas me mordre, bébé, mais je vais me torturer un peu plus longtemps.

Bébé. Un mot qui a un sens caché lorsqu'il vient d'un gars qu'on rencontre en boîte de nuit. Il se traduit approximativement par : « Je veux juste te baiser vite fait, alors ne te fais pas trop d'illusions ».

Le barman pose un verre de coca et deux shots sur le comptoir. Nous les buvons en même temps et j'attrape la main de Rush.

— Viens. Danse avec moi. Je vais regarder tes lèvres pendant un temps très indécent.

J'ai légèrement la tête qui tourne, et il semblerait que trois verres en vingt minutes me rendent courageuse.

Rush pose sa main dans le creux de mon dos alors que nous nous frayons un chemin à travers la foule.

— On verra combien de temps je tiendrai avant de craquer.

Les lumières des stroboscopes traversent la pièce et je laisse mes yeux les suivre pendant un moment. Les couleurs changeantes me captivent tandis que nous descendons l'escalier pour nous rendre sur la piste de danse.

« Safari » de J. Blavin résonne autour de nous. L'endroit est plein à craquer. Rush n'a pas besoin d'espace. Il me tire dans ses bras jusqu'à ce que mon dos soit plaqué contre sa poitrine.

Je ne sens pas la musique ce soir, mais ce n'est pas la faute du DJ. C'est la mienne. Je n'arrive pas à me mettre dans le bain, et nous sommes de retour à l'étage à peine trois chansons plus tard.

Cette fois, je ne parviens pas à m'empêcher de regarder Logan. La brune n'est plus là. Elle a été remplacée par deux autres, dont une que je connais. Elle me regarde en affichant un grand sourire.

— Cass ! Salut, ma belle !

Aisha bondit de la banquette et m'entoure de ses bras.

— Comment ça va ?

— Bien. Et toi ?

Elle me lance un regard complice, me prend la main et m'entraîne à l'écart, vers le bar.

— S'il te plaît, dis-moi que Nico n'est pas pris, couine-t-elle dans mon oreille avant de s'éloigner pour jeter un coup d'œil à leur table. Il est trop sexy !

— Nico ?

Je fronce les sourcils. Je veux dire, il est beau, mais ce n'est pas un type que la plupart des femmes approchent volontiers. D'un autre côté, Aisha est aussi fougueuse que possible, alors je doute qu'elle ait peur de lui.

— Euh, non, il n'est pas pris, mais...
— Bien. Il est à moi ce soir.

Elle jette un autre regard dans sa direction en se mordant la lèvre inférieure de façon aguicheuse.

— Il sera ma nouvelle muse.
— Il n'aime pas les blondes, Aisha, et en plus, il est très...

Je laisse ma phrase en suspens, car je ne sais pas comment décrire Nico avec des mots.

— Grognon ? dit-elle en souriant de plus en plus. Sexy ? Arrogant ? Je sais ! C'est pour ça qu'il me plaît. Et crois-moi, ce soir, il aimera les blondes. Une en particulier.

Elle me fait un clin d'œil et se penche pour me faire un bisou sur la joue.

— Moi.

Qui suis-je pour la *contredire* ? Peut-être qu'Aisha sait comment faire tomber les hommes à ses pieds.

— Amuse-toi bien. Oh, et rends-moi service, ne dis pas à Nico que Logan a posé pour ta couverture, OK ?

Elle appuie ses coudes sur le bar et fait signe au barman.

— Pourquoi ? Il est timide ? demande-t-elle en gloussant, mais ses yeux s'agrandissent. Merde, vous êtes ensemble ou un truc du genre ? Une histoire d'amour secrète ?

Merde, elle est douée. Je voulais bien faire en essayant de protéger Logan, mais je n'ai pas pris le temps de réfléchir au genre de questions que ma déclaration allait susciter.

— Non, dis-je en riant. Il voulait juste leur faire la surprise, mais il n'a pas encore eu le temps.

— Ah, je comprends. Bien sûr, ne t'inquiète pas. Ce n'est pas comme si je pouvais séduire ce type en lui montrant des photos de Logan torse nu.

— Qu'est-ce qui te prend tout ce temps ? s'énerve Kaya en

s'arrêtant à côté de nous. On t'attend tous. Je veux jouer à un jeu, et les oreilles de Rush risquent de se mettre à suinter du sperme si tu ne ramènes pas ton cul tout de suite.

Aisha plisse les yeux en direction de Kaya, et cette dernière lui répond par le même regard. Mon Dieu, *pourvu* qu'Aisha ne parle pas de Nico.

— On se voit bientôt, OK ? dis-je à Aisha avant que les choses ne se gâtent. Appelle-moi quand t'auras le temps de prendre un café.

— Je le ferai, ma belle, répond-elle tout en regardant Kaya avec un sourcil levé dans un geste empreint de moquerie.

Une prise de conscience apparaît alors sur son visage, comme si elle réalisait qui est cette belle femme à côté de moi.

— Amuse-toi bien ce soir, Cassidy.

Ses yeux se tournent à nouveau vers Nico pendant une seconde.

— Je vais certainement m'amuser.

Elle se tourne pour passer commande au barman, mais m'attrape la main avant que je ne ramène Kaya à notre table.

— Nico boit de la Corona, pas vrai ?

Je gémis intérieurement. C'est impossible que Kaya n'ait pas entendu cela. Et compte tenu de la façon dont elle se montre territoriale à l'égard de Nico, surtout lorsqu'elle a bu quelques verres, ça ne va pas bien se terminer.

Il y a quelques mois, elle a giflé une fille au *Tortugo* quand elle a vu Nico lui offrir un verre. À la seconde où il a quitté le bar avec ses amis, elle a tendu une embuscade à la fille dans les toilettes et lui a arraché une poignée de cheveux. Je n'étais pas là ce soir-là, mais Amy m'a raconté les événements en détail.

Je ne comprends pas ce que Kaya essaie de faire en agissant comme une folle. Je ne sais pas non plus à quoi rime ce jeu de

I. A. DICE

pouvoir de la part d'Aisha, mais je sais que c'est moi qui dois calmer Kaya avant que ça ne parte en vrille.

Mais je n'en ai pas l'occasion.

Kaya est rouge comme une tomate, avec les narines dilatées.

— Nico ? demande-t-elle à Aisha. Désolée de te décevoir, *Barbie*, mais Nico ne baise pas les blondes.

— Il est temps de lui montrer ce qu'il a manqué, rétorque Aisha avec un petit sourire. J'ai entendu dire que les brunes ne lui faisaient pas du bien.

— Qu'est-ce que c'est censé vouloir dire ?!

— Allez, viens, dis-je à Kaya en lui serrant le bras pour la retenir comme un chien en laisse. Nico n'est pas à toi, tu te souviens ?

Je me penche plus près d'elle pour lui parler à l'oreille.

— Et si tu veux le récupérer, tu ne te rends pas service en ce moment.

Elle serre la mâchoire tout en fusillant Aisha du regard pendant quelques secondes de plus avant que mes mots ne fassent leur chemin et qu'elle ne s'éloigne en lissant sa robe à deux mains, le menton levé comme si elle essayait de montrer qu'elle était la plus mature.

C'est loin d'être le cas.

Sans un mot de plus, elle tourne les talons et s'en va. Aisha me gratifie d'un petit sourire avant de se tourner vers le bar, et je reste plantée là, trop fatiguée pour lui demander à quoi elle joue.

DIX-NEUF

Cassidy

Je croise le regard de Logan lorsque je retourne à notre table. Il jette un bref coup d'œil entre moi et son téléphone sur la table, puis tapote l'écran trois fois avant de reporter son attention sur Nico.

Pas un mot.

Pas même un regard digne de ce nom dans ma direction, juste un ordre énigmatique non verbal de vérifier mon téléphone. Les frères Hayes sont arrogants, pourris gâtés et coureurs de jupons, mais il y a de bonnes qualités parmi les défauts.

La loyauté envers leur famille figure en tête de liste. En couchant avec moi, Logan abuse de leur confiance. Mon lien avec Kaya est une raison suffisante pour me détester, même sans ajouter Theo au mélange.

Je m'assieds et accepte un verre de Rush. L'envie de consulter mon téléphone me démange, mais après avoir réfléchi à l'idée pendant une minute, je laisse mon sac sur la table, bien en vue, pour que Logan sache que j'ai désobéi à son ordre indirect.

S'il croit qu'il peut me proposer un *plan cul* par texto après que je l'ai surpris en train d'embrasser une inconnue, il se met le doigt dans l'œil.

— Il nous faut d'autres shots, crie Kaya en passant son bras autour des épaules de Jason, l'ami de Rush.

Celui-ci hoche la tête, se lève et se dirige vers le bar.

— Bon ! Jouons à ce jeu.

Elle attrape la bouteille de prosecco, boit ce qu'il en reste et la pose à plat sur la table.

— Faites tourner la bouteille !

Elle sourit en regardant le goulot s'arrêter en direction d'Aaron, le gars à côté de MJ.

Personne ne proteste. Personne ne sourcille lorsque Kaya se penche au-dessus de la table. Aaron réduit la distance sans hésiter pour presser ses lèvres contre les siennes pour un baiser torride et très inapproprié. C'est une femme mariée, pour l'amour de Dieu.

Une femme mariée qui veut à tout prix rendre son ex jaloux. Elle regarde Nico toutes les secondes pour vérifier s'il la regarde, mais il ne lui prête pas attention, absorbé par une discussion avec Aisha.

J'ai besoin d'un autre verre si je veux survivre à cette soirée.

MJ attrape la bouteille, qui atterrit sur Kaya, et une fois de plus, aucune des deux n'hésite avant de s'embrasser. Mon Dieu, à ce rythme, on va finir par se retrouver dans une orgie à sept.

Jason revient avec un autre plateau de shots et, heureusement, quelques verres de limonade. J'en attrape un et le serre contre ma poitrine, me sentant mal à cause de la vodka et du daiquiri kiwi.

Ce n'est pas la meilleure combinaison.

I. A. DICE

C'est au tour d'Aaron de faire tourner la bouteille. Mes paumes sont moites quand le goulot me manque de peu et atterrit sur Rush.

— Pas question, crie-t-il au-dessus des basses tonitruantes. Je vais boire un shot de pénalité.

— Un shot de pénalité ? demandé-je, séduite par cette idée.

— Oui, si tu ne veux pas embrasser quelqu'un, bois un shot.

Il y a cinq personnes à la table, et une seule que j'envisagerais d'embrasser. Bien qu'avec Logan à cinq mètres de moi, même ça, c'est insupportable. Soit je sors d'ici complètement bourrée, soit je me résous à embrasser des inconnus et mes amies.

La table vibre sous ma main. Je jette un coup d'œil désinvolte vers le bar. Mes yeux survolent Logan, dont le téléphone est tourné vers le haut, l'écran allumé. Toby est occupé à embrasser l'une des filles tandis que Nico serre les dents en dévisageant Aisha.

Je suppose qu'il n'a pas envie de vérifier ce qu'il a manqué.

Un battement de cœur plus tard, je cède, curieuse de savoir ce que Logan a à dire. S'il veut passer ce soir, je pense être assez bourrée et courageuse pour me battre avec lui. Je sors mon téléphone pour consulter les messages et me penche en arrière pour m'assurer que personne ne peut voir l'écran.

Logan : Très mature. Laisse tomber ce connard.

Logan : Ne me teste pas, putain. Lève-toi et rentre chez toi.

Logan : Tu crois qu'il va sortir d'ici indemne maintenant que tu l'as laissé te toucher ?

Un frisson malsain m'envahit et mon cœur accélère le

rythme. Il est agacé. Je me mords la joue pour freiner le sourire qui veut s'emparer de ma bouche. Il se soucie de toi. Il ne veut que mon corps, mais il s'en soucie suffisamment pour refuser de me partager avec quelqu'un d'autre.

Il aurait dû y penser avant d'embrasser la brune au milieu de la piste de danse.

Quelques idées de réponse me viennent à l'esprit, mais chacune d'entre elles semble pathétique, jalouse ou provocante. Chacune pourrait être utilisée contre moi, et tout ce que je veux, c'est couper notre minuscule lien avec un scalpel : une belle coupe nette, pas un travail bâclé au couteau à fromage. Pas d'engueulades, de supplications ou de pleurs.

Plus rien qui puisse me blesser.

Une petite acclamation éclate, faisant le tour de la table comme une vague. Je lève la tête pour vérifier ce qui a tant excité tout le monde.

Rush me regarde en jouant avec son piercing à la lèvre et fait un geste vers la bouteille. Le goulot pointé vers moi. L'adrénaline enflamme mes terminaisons nerveuses lorsqu'il sourit en regardant mes lèvres.

Il se penche plus près de moi, assez près pour que je sente la chaleur de son souffle éventer ma joue.

— Qu'est-ce que tu choisis, bébé ? Tu veux un shot ou un baiser ?

Je détourne la tête et regarde droit devant moi, les yeux rivés sur Logan. Il serre ses doigts autour de la bouteille en verre comme s'il voulait qu'elle explose dans sa paume. Il se tient tellement droit que je peux voir que ses muscles sont tendus. Ses épaules sont rabattues vers l'arrière, ses yeux sont plissés et sa mâchoire est crispée.

Je suis captivée par son regard. Des papillons s'envolent dans

I. A. DICE

mon ventre et une vague de chaleur ardente glisse le long de ma colonne vertébrale et descend caresser l'arrière de mes cuisses. Combien de temps vais-je pouvoir continuer comme ça ? Combien de temps avant que je ne puisse plus me relever après qu'on m'a fait tomber ? Quand cesserai-je de me contenter d'être remplaçable ? Toute ma vie, je n'ai été qu'un moyen de parvenir à une fin. Je n'ai jamais été la priorité de personne. Personne n'a jamais tenu à moi ou ne m'a jamais aimée.
Utilisée.
Négligée.
Abusée.
Jetée.
Oubliée.
Un cycle de souffrance sans fin qui tourne en rond comme un manège. D'abord, mes parents. L'argent qu'ils recevaient du gouvernement pour avoir un enfant était plus important que moi. Ensuite, les familles d'accueil qui m'ont recueillie pour encaisser les chèques. Ensuite, trop d'amis qui ne se souviennent de moi que lorsqu'ils ont besoin d'aide.

Des centaines de petites coupures et de bleus invisibles sur mon cœur et mon esprit. Des nuits interminables passées à pleurer. Des jours sans fin passés à vivre dans la peur.

Mais je me relève à chaque fois et j'affronte un autre jour avec le sourire parce que j'ai de l'espoir. Je crois qu'un jour, le manège s'arrêtera et tournera dans l'autre sens ; que je trouverai le bonheur si je patiente assez longtemps.

En attendant, je n'ai pas d'autre choix que de me battre pour moi-même. Pour protéger mon cœur et mon esprit d'une blessure supplémentaire, car je ne sais pas exactement où se trouve ma limite. Je suis peut-être dangereusement proche du point de non-retour.

TROP
INACCEPTABLE

Je déglutis avec force et rassemble ce qui me reste de force pour détourner le regard de Logan.

Nous n'étions jamais censés être ensemble. Il est temps de le laisser partir, de pleurer et d'arrêter de vivre un fantasme de conte de fées. « Et ils vécurent heureux » n'arrive que dans les histoires commençant par « Il était une fois ».

— J'ai besoin des deux, dis-je à Rush.

Il me tend un shot et me regarde le boire en sirotant sa limonade. Dès que je repose le verre sur la table, il saisit ma mâchoire et referme ses lèvres sur les miennes. Le baiser est dur, chaud et sucré grâce à la limonade que je goûte sur sa langue. Son piercing s'enfonce dans ma lèvre inférieure tandis que je lui rends son baiser du mieux que je peux.

Mais je ne ressens rien. Pas de papillons, de chaleur ou de picotements dans ma poitrine. Rien d'autre qu'une honte infâme qui s'enfonce dans mes os.

Il me fait un bisou sur le nez et relâche son emprise sur ma mâchoire. Ses lèvres s'entrouvrent, mais aucun mot ne sort. C'est alors que mon téléphone vibre dans ma main, contraignant Rush à s'éloigner.

Je déverrouille l'écran et lis le texto en faisant tout mon possible pour garder une expression impassible.

Logan : Cinq mots, un doigt. C'est fini entre nous.

Les mots me frappent comme un poing de fer. Logan sait exactement quoi dire pour infliger le plus de dégâts, pour retourner le couteau dans la plaie et faire couler le plus de sang possible. Une phrase et il ne reste de moi qu'un coquillage auquel il manque sa perle.

Mon instinct prend le dessus et je lutte pour atténuer la

douleur qui résonne en moi comme la note la plus basse du piano.

Un sanglot menace de s'échapper de ma poitrine alors que mon cœur est en train de s'effondrer, mais je déplace le téléphone plus bas, sous la table. Je serre les poings et inspire profondément par le nez en simulant le sourire le plus sincère possible.

Moi : Merci. J'espère que tu trouveras un jour quelqu'un qui sera ta priorité, et pas seulement ton option.

VINGT

Logan

Tout ce qui se passe ce soir est une erreur.

Moi et la brune ?

Erreur.

Cass me voyant l'embrasser ?

Grosse erreur.

Penser que je peux chasser Cass de mon système avec la première fille facile sur laquelle je pose les yeux ?

Terrible erreur.

Dès que je l'ai vue, une sensation de calme s'est infiltrée dans les fissures de mon esprit énervé, me remettant sur la bonne voie pendant une brève seconde.

Mes pensées se sont transformées en une course de Mario Kart lorsque j'ai réalisé qu'elle m'avait vu tripoter les fesses de la brune.

Qu'elle m'avait vu l'*embrasser*.

Devrais-je m'en soucier ? Non. Nous ne sommes pas

ensemble. Je n'ai rien fait de mal. Quoi que je fasse, ce ne sera jamais pire que son coup fourré avec Theo. Je suis un putain de saint dans cette situation, mais... une immobilité dense s'est emparée de moi lorsque nos regards se sont croisés. Son sourire s'est estompé, a glissé, et même à distance, j'ai vu son visage se déformer sous l'effet de la peine.

Un instant seulement, mais la déception était là.

Puis, elle a pris cet air d'enfant gâté qu'elle porte si souvent... Un masque destiné à cacher ses insécurités.

J'avais envie de lui courir après, mais comment allais-je m'expliquer ? « Merde, je ne m'attendais pas à ce que tu sois là » n'est pas une putain d'excuse. Ce n'est pas comme si je devais m'expliquer, de toute façon. Cassidy connaissait les règles. Elle savait que ce n'était qu'une affaire de sexe. Pas d'émotions, pas d'attachement. Ce n'est pas comme si je l'avais trompée... Alors pourquoi est-ce que j'ai l'impression de l'avoir fait ? Pourquoi mon estomac est-il si noué ? Pourquoi mes poumons ont-ils du mal à aspirer de l'air ?

Je me masse la tempe avec mes doigts en décrivant de petits cercles pendant un moment avant de baisser ma main et de serrer ma bière. À trois mètres sur ma droite, Cruella Démon fait tourner une bouteille sur leur table tout en jetant un coup d'œil à mon frère toutes les deux secondes.

Mes mains deviennent froides et engourdies au fur et à mesure que la bouteille tourne. De la colère se propage dans mon système, se dirigeant directement vers ma poitrine où elle se logera dans mon cœur avant de se répandre dans mon putain de système sanguin.

Je sens qu'elle prend de l'ampleur, qu'elle grandit à une vitesse alarmante comme une boule de neige qui dévale une pente raide. Rien ne pourra sauver le connard qui a osé toucher

Cassidy sur la piste de danse s'il décide de poser à nouveau un putain de doigt sur elle.

Elle est à moi.

Personne ne peut la toucher à part moi.

Le problème avec cette façon de penser ? C'est un mensonge. Cassidy n'est pas et ne sera jamais à moi.

Je serre les dents et lutte pour ne pas péter les plombs alors que la frustration me tiraille l'esprit. La boule de nerfs logée dans ma gorge me donne du mal à déglutir.

Comment en suis-je arrivé là ? Le sexe est ce que je voulais depuis le début. Juste son corps. Son corps sexy, mince, tonique et habile, mais soudain, j'ai envie de plus.

Je suis jaloux.

Je m'inquiète.

Je veux constamment la voir, être près d'elle, la toucher, l'embrasser et la protéger du monde entier.

Ça ne peut pas se produire. Pas maintenant. Pas avec *elle*.

Cass et moi, c'est impossible. Jamais. C'est pour cela qu'embrasser la brune semblait être un bon plan. Une nuit pour reconnecter mon cerveau, oublier la belle blonde dont je n'arrive pas à me passer, et canaliser mes pensées obsessionnelles vers une bimbo quelconque. Une nuit pour remettre ma tête en place.

Dommage que ça n'ait pas marché et que ça ait ouvert une boîte de Pandore nommée *Rush*. Je le connais. Son frère aîné est un de mes amis, et Rush n'est pas le genre de type dont Cassidy a besoin autour d'elle. C'est un coureur de jupons, un *collectionneur*, comme il se définit lui-même.

Un collectionneur de chattes.

Je me tenais sur le balcon quand ils dansaient en bas et je luttais contre mon instinct pour garder mon cul en place chaque fois que ses mains touchaient son ventre ou sa taille. J'ai imaginé briser ces mains de dix façons différentes, et je suis *à deux doigts* de m'emporter. C'est un miracle que j'ai réussi à contrôler mon tempérament aussi longtemps que je l'ai fait. Au fond de moi, je sais que je n'ai pas le droit de faire tourner Cass en bourrique. Notre relation purement sexuelle ne lui convient pas.

Je ne devrais *pas* la faire tourner en bourrique, mais je suis là, mon téléphone à la main, avec déjà trois textos envoyés. Ma jambe trépigne d'impatience quand c'est au tour de Rush de faire tourner la bouteille. Il la regarde aussi souvent que Kaya regarde Nico et il m'énerve au plus haut point.

La seule consolation, c'est que Cass concentre son attention sur son téléphone pour lire mes textos.

Nico est trop occupé à grimacer, à grogner et à perdre patience avec Aisha. Elle s'est mise à califourchon sur lui il y a un instant et lui murmure des mots doux à l'oreille en faisant rouler ses hanches sur ses genoux. Il ne fait pas attention à la table qui se trouve juste en face de la nôtre. Et il est trop énervé pour remarquer que je suis en train de mijoter depuis que je me suis assis.

La bouteille tourne de plus en plus lentement, pour finalement s'arrêter et pointer vers Cassidy. Évidemment. C'est le karma, j'en suis sûr... Ha ! *Prends ça, connard.*

Une pression sourde commence à s'exercer sur mes tempes. Mon corps est tellement tendu que je ne peux pas bouger un muscle, mais je suis à deux doigts de me plier en deux pour vomir quand Rush se penche plus près de Cassidy. Ses lèvres bougent, alors je sais qu'il parle, comme un gentleman de premier ordre qui vérifie s'il peut poser sa bouche sur la sienne.

Non, il ne peut pas. Pas s'il veut encore avoir des dents à la fin de la soirée.

Elle répond quelque chose. Et cette colère, cette pression

I. A. DICE

dans ma tête... *putain* !
Je n'arrive pas à respirer lorsqu'il lui attrape la mâchoire et que leurs lèvres se connectent. Je suis *à deux doigts* de lui écraser une bouteille sur la tête, puis de porter Cassidy hors de la boîte à la manière d'un pompier. Je la ramènerais chez elle pour lui rappeler à qui elle appartient, putain.
Le problème avec cette idée ? Ouais... c'est aussi un mensonge. Elle ne m'appartient pas.
Je grimace alors que la pression à l'intérieur de ma tête grimpe en flèche.
Game over.
La fin.
Les yeux baissés, je prends quelques respirations très profondes et très apaisantes. Cela ne refroidit en rien la lave qui brûle dans mes veines, mais j'arbore un masque d'indifférence, maîtrise la violence qui s'enroule autour de moi et lui envoie un autre message.

Moi : Cinq mots, un doigt. C'est fini entre nous.

Je jette un nouveau coup d'œil vers elle pour vérifier sa réaction, m'attendant à ce que ses lèvres se tordent et que ses yeux larmoient, mais non. Elle regarde son téléphone en *souriant*, ce qui me met dans tous mes états.
Ai-je mal interprété ses intentions ? Jusqu'à présent, j'étais certain qu'elle voulait plus que du sexe, mais le sourire qui illumine son magnifique visage raconte une autre histoire, tout comme le texto qu'elle m'envoie en retour.

Princesse : Merci. J'espère qu'un jour tu trouveras quelqu'un qui sera ta priorité, et pas seulement ton option.

Merci ? De quoi me remercie-t-elle ? Et elle sait comment tourner le couteau dans la plaie un peu plus fort.

Cassidy : 1. Logan : 0.

Elle a raison. Elle n'est pas ma priorité, et elle mérite d'être celle de quelqu'un. Malgré les étiquettes merdiques que les gens lui collent dans le dos, elle est incroyable. Passionnée, intelligente, attentionnée. Naïve et faisant trop facilement confiance, ce qui lui retombe dessus à chaque fois. Les gens utilisent son grand cœur et profitent du fait qu'elle a besoin d'interactions humaines après des années de négligence et de traitement réservé, froid et dur.

J'ai la tête qui tourne lorsque j'éteins l'écran et que je remets le téléphone dans ma poche.

Les choses viennent de changer du tout au tout.

***

Elle est pompette. Elle enchaîne les shots et refuse d'embrasser qui que ce soit d'autre à la table. Bien que cela me réjouisse, je suis ébranlé chaque fois qu'elle sourit à Rush.

Vers minuit, je la vois se diriger vers le couloir menant aux toilettes avec une démarche maladroite, l'alcool altérant ses fonctions motrices.

Je jette un coup d'œil à Nico pour vérifier s'il fait attention à la table d'en face, mais il est en train de se disputer avec Aisha. Je l'ai entendu lui dire sans détour qu'il ne la baiserait pas, mais elle l'a ignoré et continue de lui taper sur les nerfs, comme si voir de la vapeur sortir de ses narines était le meilleur des divertissements.

Étant donné qu'ils sont tous les deux occupés et que Toby est sur la piste de danse, je prends le taureau par les cornes et

I. A. DICE

suis Cass. Il faut qu'elle se tire d'ici, qu'elle rentre chez elle et qu'elle dorme. Elle en a eu assez pour cette nuit.

L'air est étouffant. La puanteur de la pisse, de l'alcool et de la sueur envahit mes narines tandis que je me colle contre le mur en face des toilettes des filles et que j'attends en serrant les dents.

Dès que Cass sort, je lui saisis le poignet et l'entraîne dans un autre couloir à ma droite. Il est désert, sombre et à l'écart. Parfait pour une discussion.

— Qu'est-ce que tu fous ? demandé-je sèchement en la malmenant jusqu'à ce que nous soyons près de la porte réservée au personnel, tout au bout du couloir.

Ma respiration est saccadée. Le contact de sa peau, l'odeur de son parfum et la robe moulante qu'elle porte provoquent une nouvelle émeute dans ma tête.

— Et qu'est-ce que c'est que *ça* ?

Je la pousse contre le mur et trace du doigt le bord du tissu sur son décolleté.

Je peux à peine la voir dans l'obscurité. Seule une faible lumière provenant d'une barre LED au-dessus de la porte éclaire son visage et ses seins qui ressortent presque de la fine robe qu'elle porte.

— Ça, dit-elle en caressant le tissu que je viens de toucher. Ça s'appelle une robe.

— Ça s'appelle *inapproprié*. T'as une idée du nombre d'enfoirés qui t'ont matée ? Tu ressembles au rêve érotique de n'importe quel pervers !

Elle baisse les yeux en fronçant les sourcils.

— Je ne montre rien du tout, enfoiré. Ton *amie* portait moins de tissu, mais je ne t'ai pas vu la faire chier...

— Elle n'est pas sous ma responsabilité ! m'emporté-je avant de ruminer mes mots et de prendre une seconde pour réaliser à quel point c'est foireux. Toi non plus, ajouté-je rapidement, me mettant dans une impasse.

Il n'y a aucun moyen rationnel d'expliquer pourquoi sa robe me dérange autant.

— Tu ne devrais pas être là, continué-je en revenant au sujet principal, les oreilles bourdonnantes.

Mes mains tremblent et mon pouls effréné me rend dingue alors que je la surplombe.

— T'es bourrée, Cass. Tu dois rentrer chez toi.

Mais au lieu de la repousser, ma prise sur son poignet se resserre.

— Tu crois que je ne sais pas ce que t'es en train de faire avec Rush ? T'essaies de me rendre jaloux, c'est ça ? Tu vas le baiser pour prouver quelque chose ? Laisse tomber. C'est fini entre nous. Terminé.

Elle tourne son bras et se débat contre mon emprise. *Bonne chance, princesse.* Je ne la lâcherai pas tant que je ne saurai pas qu'elle se dirigera directement vers la sortie.

— T'as vraiment une haute opinion de toi, hein ? lance-t-elle en me repoussant d'un pas. Et s'il me plaît ? Tu n'es pas le seul mec de Newport, tu sais ? Je n'ai pas besoin de toi pour m'envoyer en l'air.

— Ouais, tu vas juste baiser un de mes frères à la place, pas vrai ? Les triplés sont majeurs maintenant, alors...

Elle riposte.

Elle me blesse de la seule façon qu'elle connaît.

Elle me gifle si fort que ma tête bascule sur le côté. Le bruit de la paume de sa main sur ma joue résonne dans tout l'espace vide.

Qu'est-ce que...

Je presse le bout de mes doigts contre la chair brûlante, sans

I. A. DICE

voix pour la première fois depuis longtemps, alors que les mots que j'ai prononcés résonnent dans ma tête.

Merde.

C'était déplacé.

— Cass, je...

— *Non*, m'interrompt-elle sèchement en dégageant sa main de mon emprise.

De nouvelles larmes s'accumulent dans ses yeux bleus lorsqu'elle me repousse des deux mains, et la voir dans cet état, au bord des larmes, me noue l'estomac. Je la regarde, clouée au sol, figée, immobile. Qu'est-ce qui vient de se passer, putain ?

Pourquoi ai-je dit ça ? Je ne... merde. Je ne le pense *pas*. Je me suis remis de son histoire avec Theo. Elle ne me connaissait pas quand ils ont couché ensemble. Je sais qu'elle ne l'aurait pas regardé si nous nous étions rencontrés en premier. L'attention de Cassidy était sur moi depuis que nous nous sommes regardés pour la première fois il y a trois ans, mais... mais je suis un putain de connard.

Mon sang bouillait depuis deux heures et la jalousie faisait une crise de nerfs dans ma tête alors que je la regardais dans cette belle robe moulante sourire à ce pseudo homme.

J'ai craqué.

Elle s'éloigne d'un pas, mais je saisis à nouveau sa main alors que mon rythme cardiaque monte en flèche.

— Je suis désolé.

Elle a les yeux baissés et ne me regarde pas.

— Laisse-moi partir, murmure-t-elle.

Je lis les mots sur ses lèvres plus que je ne les entends. Un sentiment de honte m'étreint l'estomac et j'ai l'impression que quelqu'un vient de m'étrangler. La musique résonne toujours autour de nous, les basses font trembler le sol, mais le son semble lointain, comme s'il passait à travers une plaque de verre épais.

Je prends son visage entre mes mains et essuie les larmes que je sens sous mes pouces. Son menton frémit. Un petit gémissement de douleur s'échappe de ses lèvres et mon estomac se noue.

— Je ne le pensais pas.

— Si.

Elle repousse mes mains d'un coup sec et recule à nouveau.

— Je pensais que je ne pouvais pas me sentir plus petite et indésirable quand j'étais ballottée entre deux familles d'accueil, mais tu m'as montré que j'avais tort quand tu m'as envoyé un texto il y a trois ans.

Sa voix se brise. Un autre coup de pied en plein dans mes couilles. Elle essuie ses larmes et pousse un souffle pour se calmer.

— Je pensais avoir touché le fond à l'époque. Mais tu m'as encore prouvé que j'avais tort quand tu m'as jetée à la porte de chez toi. Et encore une fois, quand tu m'as enfermée dans le garage... il y a trois nuits, et ce soir... Je ne suis pas une moins que rien, Logan. Je ne mérite pas de me sentir comme ça. Je ne t'ai jamais fait de mal intentionnellement.

— Cass...

— Quoi ? lâche-t-elle en se redressant un peu plus. T'es désolé ? ricane-t-elle à travers les larmes.

Mais il n'y a pas d'humour dans sa voix, juste un océan de douleur.

— Tu n'es pas désolé. Aie au moins la décence de ne pas me mentir au visage.

Sur ce, elle tourne les talons et s'en va.

Je ne me bats pas.

Je ne lui cours pas après.

I. A. DICE

C'est fini. Terminé. Ça fait déjà trop longtemps que ça dure, mais je n'arrive pas à me défaire de la faiblesse dans mes membres.

Est-ce que ce putain de monde est en train d'imploser ?

VINGT ET UN

Logan

La table de Cassidy se vide vers une heure du matin, mais elle est déjà partie depuis une heure. Elle n'était plus là quand j'ai finalement forcé mes pieds à bouger et que je suis revenu m'asseoir avec Nico.

Il ne reste plus que Rush et un de ses potes à leur table, et mon frère et moi à la nôtre.

Toby a ramené une jolie fille chez lui il y a dix minutes en lui serrant les fesses jusqu'à la sortie. Je m'attendais à la même chose de la part de mon frère. Une fois qu'il s'est débarrassé d'Aisha, une brune élégante a pris sa place et a passé une heure à se frotter à sa braguette. Elle avait l'air d'être son type, mais il l'a rejetée et a renoncé à une chatte parfaitement acceptable sans aucune raison.

Du moins, j'espère qu'il n'y a pas de raison. J'espère que la présence de Cruella et les regards flagrants de séduction qu'elle jetait à Nico à la moindre occasion n'ont pas mis le feu aux poudres, ou alors, que Dieu me vienne en aide, je lui casserai sa putain de mâchoire s'il pense ne serait-ce qu'à courir après cette salope une nouvelle fois.

— C'est quoi le problème ? lui demandé-je en me rapprochant pour ne pas crier par-dessus Ava Max et « The Motto » qui retentit des haut-parleurs. Pourquoi est-ce que t'as repoussé cette nana ?

Il finit sa bière d'une traite et penche la tête vers moi.

— Elle a laissé échapper qu'elle était à la fac.

— Les étudiantes sont délurées, frérot. T'aurais dû foncer.

Il secoue la tête et pose la bouteille vide sur la table.

— Trop jeunes, trop collantes et trop agaçantes. Et ne me parle pas d'Aisha. C'est une vraie plaie.

Je souris en décollant l'étiquette de ma bière.

— Ne dis pas qu'elle ne te plaisait pas. Je te connais trop bien.

— J'étais à deux doigts de lui tordre le cou, Logan. Elle est agaçante, pour dire les choses gentiment, s'emporte-t-il.

Mais un très rare et minuscule sourire ourle le coin de ses lèvres.

— Pourquoi est-ce que tu ne chasses pas ce soir ?

Je hausse les épaules et termine ma huitième Bud Light.

— J'ai déjà trop de choses qui me préoccupent là-dedans, dis-je en me tapotant la tempe, avec tout ce que Papy veut que je fasse avant qu'il prenne sa retraite.

J'aimerais pouvoir lui parler de Cassidy. Lui, ou n'importe lequel de mes frères. Je ne suis pas du tout dans mon élément, et ils savent toujours quoi faire. J'aurais bien besoin de leurs conseils, mais je ne peux pas leur en parler. Je suis tout seul dans cette histoire. Je navigue dans un labyrinthe sombre et effrayant, sans aucune issue.

Je n'aurais jamais dû toucher la brune. Le baiser était bâclé

I. A. DICE

et rebutant, à cause du botox mal fait sur ses lèvres. Ma bite n'a pas bougé quand elle s'est cambrée vers moi, a fait rouler ses hanches et a frotté son cul contre ma queue.

Je n'ai rien senti, alors qu'elle était parfaitement baisable.

Bon sang. Cela ne fait même pas deux heures que j'ai dit à Cassidy que c'était fini, et je suis morose comme un cimetière par un matin humide et brumeux... Mais la chance pourrait bien me sourire, car je repère quelque chose qui pourrait me remonter le moral.

Rush se dirige vers le bar, ce qui me donne une excellente occasion de me défouler. Je ne pouvais pas me lever pour aller l'emmerder quand il était assis à la table sans éveiller les soupçons de mon frère, mais je sais comment me venger maintenant qu'il est au bar.

Tout ce que j'ai à faire, c'est provoquer ce connard pour qu'il donne le premier coup de poing, et ce sera gagné. Je le laisserai même me frapper.

— Tu veux une autre bière ? demandé-je à Nico, qui me répond par un hochement de tête sec. Je reviens tout de suite.

Il sort son téléphone alors que je me lève en faisant craquer ma nuque et mes articulations. L'idée de faire saigner cet enfoiré desserre la chaîne enroulée étroitement autour de ma cage thoracique.

Je m'arrête au bar avec un plan stratégique déjà élaboré. Je pose mon coude entre Rush et un autre type, les pousse sur le côté et appelle Mick, le barman. C'est hyper mesquin, mais je n'en ai rien à foutre en ce moment.

— La même chose, mec, dis-je, parfaitement conscient que ce n'est pas mon tour.

— Faut faire la queue, lance Rush.

Nous ne nous sommes jamais entendus, ce qui s'avère être

un avantage ce soir. Je ne peux pas simplement lui foutre mon poing dans la gueule sans que Nico ne pose de questions ou ne tire ses propres conclusions. Il est intelligent et observateur. Il comprendrait ce qu'il en est, et c'est moi qui saignerais.

— Tu sais que les règles ne s'appliquent pas à moi, répliqué-je en regardant droit devant moi alors que Mick attrape mes bières.

— Tu veux dire Nico. C'est *sa* boîte de nuit, pas la tienne.

Techniquement, Adam Banes est le propriétaire. Nico n'est qu'un partenaire silencieux. Ou du moins, c'est ce qu'il aime à penser. En réalité, tout le monde à Newport sait qu'il a racheté les parts d'Adam au début de l'année et l'a nommé directeur général.

Je jette un regard en coin à Rush et hausse les épaules.

— Bonnet blanc, blanc bonnet. Le fait est que je suis servi et que t'attends. C'est ce qu'on appelle la hiérarchie, et t'es tout en bas de l'échelle.

Mick pose deux bouteilles vers moi.

— Je les mets sur ta note.

— Merci, mec.

J'agrippe l'épaule de Rush en enfonçant mes doigts suffisamment fort pour faire des bleus et fais un geste du menton vers lui.

— Et il peut attendre que t'aies fini de servir tous les autres.

Rush se dégage de mon emprise et s'en prend à moi. *Dieu merci.*

— C'est quoi ton problème, Logan ? demande-t-il en empoignant mon polo.

Ce n'est pas un coup de poing, mais ça fera l'affaire. Je veux dire, il est clair que c'est lui qui a commencé, n'est-ce pas ?

C'est aussi ce que pensera Nico.

Je l'espère.

I. A. DICE

De toute façon, je n'ai plus une once de retenue en moi. Je saisis son poignet et le tourne vers l'arrière jusqu'à ce que son emprise sur moi se relâche et qu'une grimace de douleur vienne ternir ses traits.

— Fais attention sur qui tu poses tes mains, grogné-je en parlant à la fois de Cassidy et de moi. Touche la mauvaise personne, et tu saigneras. Ce soir, tu saigneras deux fois.

Je déplace ma main vers sa nuque, enfonce mes doigts dans sa peau et écrase son visage contre le comptoir. Il trébuche en arrière et se heurte à quelques spectateurs, mais lève ses poings serrés, prêt à en recevoir plus. Et c'est ce qu'il obtiendra.

J'ai frappé beaucoup de gens dans ma vie, mais *ce* coup de poing est *le* coup de poing du siècle. Je me souviendrai toujours de la façon dont mon coude a basculé en arrière, puis a traversé l'air pour atterrir sur la cible.

Pas sa mâchoire. Pas son nez. Pas même sa pommette. Ses *lèvres*. Sa lèvre inférieure se fend, suinte du sang, et les deux enflent immédiatement.

Ça, c'est pour l'avoir embrassée.

Je frappe à nouveau tout en esquivant un coup de poing à moitié raté qu'il essaie de donner, et mon poing atteint le côté de son visage cette fois-ci.

Ça, c'est pour l'avoir touchée.

— Vous avez fini ? demande Nico en s'arrêtant à côté de nous, toujours aussi décontracté, les bières que j'ai commandées maintenant dans sa main. Qu'est-ce qui vous prend ?

— Il n'a pas fait la queue ! s'énerve Rush.

Il se détourne de moi et pose des yeux craintifs et suppliants sur mon frère, comme s'il allait l'aider.

— Lâche-moi, Logan, ajoute-t-il en saisissant ma main qui le retient par sa chemise.

Je le lâche en le repoussant et il se dépêche de filer, sa commande oubliée depuis longtemps. J'ai envie de le suivre. Je suis loin d'en avoir fini. Je n'ai même pas transpiré. Mais Nico pose sa main sur mon épaule pour me ramener à la table, alors je n'ai pas le choix.

— Tu perds ton sang-froid beaucoup trop vite, commente-t-il en s'asseyant à nouveau à la table.

Je hausse un sourcil et avale deux grandes gorgées.

— Tu peux parler ! dis-je en désignant ses phalanges, qui ne sont pas encore guéries depuis qu'il a frappé un connard la semaine dernière au *Tortugo*.

Je ne sais toujours pas pourquoi.

— Ce n'est pas faux, admet-il en regardant par-dessus son épaule la foule de corps qui se déhanchent sur la piste de danse.

J'ai frappé Rush, mais les faits ne changent pas.

C'est fini entre Cass et moi.

VINGT-DEUX

Cassidy

Je n'ai rien fait du weekend.

Comme prévu, je me suis réveillée avec un mal de tête en plus d'une migraine. Le mal de tête était dû à l'alcool, mais la migraine était due aux pleurs. Je me suis endormie déshydratée, blessée et épuisée. Si je pouvais montrer à Logan à quel point il me fait me sentir mal, à quel point j'ai l'impression d'être inutile et remplaçable, il ne pourrait plus jamais me regarder dans les yeux.

Ma chambre a tourné jusqu'au samedi en fin d'après-midi, lorsque j'ai pris le risque de sortir du lit pour avaler des analgésiques avec un verre d'eau du robinet. Ni l'un ni l'autre ne sont restés longtemps dans mon système. Moins de trois minutes plus tard, j'ai vomi les comprimés, l'eau, les shots et le daiquiri kiwi.

Trop faible pour bouger, je me suis assoupie, appuyée contre le mur de la salle de bains. Et quel bon choix... J'ai vomi par intermittence jusque tard dans la nuit. Le dimanche après-midi, après avoir passé la journée allongée sur le canapé avec une serviette humide sur la tête, j'ai réussi à boire de petites gorgées d'eau. Je n'avais pas mangé depuis le vendredi, mais mon estomac ne réclamait pas de nourriture, et j'avais trop peur de manger au cas où je vomirais à nouveau.

L'avantage de me sentir comme si j'avais passé une heure dans la machine à laver en mode essorage et avalé un seau plein d'eau de Javel, c'est que je n'avais pas la force de penser à Logan. Si je l'avais laissé entrer dans mes pensées, j'aurais pleuré et crié pour tout laisser sortir.

Cinq mots, un doigt. C'est fini entre nous.

Fini. C'est drôle... Je me souviens qu'il a dit que cela n'avait jamais commencé entre nous.

J'ai somnolé presque toute la journée avec la télé allumée en bruit de fond, mais à un moment donné, je me suis endormie pour de bon et je ne me suis réveillée qu'à six heures le lundi matin.

Le mal de tête a disparu, mais je ne me sens pas assez bien pour manger et je me contente d'une tasse de café noir et amer en arpentant mon appartement à la recherche de mon téléphone. Je le trouve sous l'oreiller et le branche pour qu'il se recharge pendant que je prends une douche pour me débarrasser de la puanteur de l'alcool, du vomi et de la sueur.

La dernière fois que j'ai été aussi ivre, c'était à l'université. Aujourd'hui, j'ai un nouveau respect pour Kaya. Elle est toujours aussi fraîche et reposée le lendemain d'une soirée bien arrosée, et elle fonctionne comme une personne normale, même si elle était complètement bourrée la veille.

Elle doit avoir un don. Soit ça, soit elle a développé une tolérance très élevée et la gueule de bois ne la dérange pas. Ou peut-être qu'elle boit un verre de champagne au lieu d'un café tous les matins.

Il paraît que ça aide.

J'ai envisagé l'option « rester bourrée » samedi, mais un coup d'œil à une bouteille de Corona dans le réfrigérateur a suffi à me retourner l'estomac.

Douchée, habillée et sentant le propre, je m'assieds les jambes croisées devant le miroir de ma chambre et tente de cacher les cernes sous mes yeux avec de l'anti-cernes et du fond de teint. Cela fonctionne dans une certaine mesure. Suffisamment pour que je n'aie pas honte de sortir de chez moi ou de me rendre à un rendez-vous chez le gynécologue à neuf heures du matin.

Logan a trahi ma confiance, et même si je ne crois pas qu'il aurait sciemment mis ma santé en danger, je ne suis pas assez stupide pour ne pas me soumettre à un test de dépistage de MST. Il a intérêt à espérer qu'il ne m'a pas refilé la chlamydia.

Quoique... Je suppose que parmi toutes les maladies sexuellement transmissibles, la chlamydia ne serait pas si grave.

J'envoie un message à Luke pour l'informer que je serai en retard au travail et monte dans ma voiture pour me rendre à la clinique située à l'autre bout de la ville. La réceptionniste m'accueille avec un sourire et l'infirmière me conduit dans une chambre privée quelques minutes plus tard.

— Voici votre blouse. Changez-vous et mettez-vous sur le lit. Le médecin sera là dans quelques minutes.

Je plie mon jean et mon t-shirt, cache ma culotte rose entre les deux et m'assieds sur le lit en tenant fermement le dos de la blouse bleue. Je montrerai mes parties féminines au médecin dans une minute, mais je m'accroche à ma pudeur pour l'instant.

Des affiches illustrant le système reproducteur féminin et les signes révélateurs du cancer du sein parsèment les murs parmi un ensemble de lignes rassurantes. Elles sont censées nous mettre à l'aise et nous inciter à discuter de sexe et de MST avec un inconnu pendant qu'il nous enfonce un tube en plastique dans le vagin.

La porte s'ouvre quelques instants plus tard et je suis soulagée de voir un visage familier. Le docteur Jones, un homme âgé d'une soixantaine d'années, est mon médecin depuis que j'ai emménagé à Newport. Je suis contente qu'il ne soit pas encore à la retraite, mais il ne doit plus en être très loin.

— Bonjour, Cassidy, claironne-t-il en remontant ses lunettes rectangulaires sur son long nez crochu. Qu'est-ce qui vous amène ? Juste un contrôle ?

— J'aimerais bien. J'ai besoin de faire un test de dépistage de MST.

— OK, on peut faire ça.

Il rapproche un tabouret sans une once de réprobation sur son visage. Je suis persuadée qu'il a tout vu au cours de ses nombreuses années de pratique et que plus rien ne peut le surprendre.

— À quand remonte votre dernier rapport sexuel non protégé ? Certaines infections mettent du temps à se manifester dans les tests. Il vaudrait peut-être mieux attendre quelques semaines avant de faire une prise de sang.

— Si j'ai attrapé quelque chose, ça se verra, déclaré-je, honteuse d'avoir laissé Logan se glisser entre mes jambes pendant trois mois malgré tout le mal qu'il m'a volontairement infligé. Je doute qu'il y ait de quoi s'inquiéter, mais mieux vaut prévenir que guérir.

Je ne pense pas que Logan m'ait donné une MST, mais je ne lui fais plus confiance, et je ne suis pas assez stupide pour ne pas me faire dépister.

Par contre, je suis assez stupide pour le laisser renoncer au préservatif.

I. A. DICE

Ma vie est sur une pente descendante depuis que je suis née, mais *là*, c'est un tout nouveau niveau de bassesse. Comment en suis-je arrivée là ?

C'est la faute de Thalia et de son stupide mari prévenant et attentionné qui a organisé une fête d'anniversaire pour elle. Sans cette fête...

Je secoue la tête et rejette ces pensées. Ce qui est fait est fait. Je ne peux pas remonter le temps, alors ça ne sert à rien de ruminer ce qui est hors de mon contrôle.

— Je pensais aussi à me faire poser un implant.

Le docteur Jones parcourt mes antécédents médicaux et griffonne quelque chose dans son carnet de notes tout en hochant la tête.

— Pourquoi ? Vous ne vous sentez pas bien avec la pilule ?

— Si, mais les implants sont moins contraignants.

— On pourra en parler une fois qu'on aura les résultats. Ça fait un moment que vous n'avez pas fait de check-up, alors je vais vous examiner rapidement tant que vous êtes là, faire un prélèvement, puis vous ferez pipi dans le gobelet, et on fera une prise de sang.

Il fait un geste vers le lit et m'invite à me mettre à l'aise ou aussi à l'aise qu'on peut l'être dans le cabinet d'un gynécologue.

— Est-ce que vos menstruations sont régulières ? Pas de problème ?

— Oui, aucun changement de ce côté-là. Je ne saigne pratiquement pas avec la pilule. Est-ce que j'aurai à nouveau des règles normales avec l'implant ?

Il attrape un spéculum et le recouvre de lubrifiant avant d'écarter mes plis avec ses doigts revêtus de gants en latex. Je déteste cette partie ; le gel est froid et le spéculum qui m'étire pour que le docteur Jones puisse bien regarder me fait penser à un ouvre-boîte, pour une raison que j'ignore.

— C'est difficile à prévoir, murmure-t-il en levant la tête d'entre mes jambes. Vous pourrez avoir des règles normales ou ne pas en avoir du tout. Ça varie.

Il replonge la tête et je ne vois plus que ses cheveux gris.

— Comment se passe le travail ?

Oui, pourquoi ne pas avoir une discussion décontractée pendant qu'il regarde au fond de moi ? Ça me fera sûrement oublier ce qu'il est en train de faire et pourquoi je suis ici.

Comme promis, l'examen ne prend que cinq minutes. Une fois les prélèvements effectués, mes entrailles vérifiées et mes seins palpés, je m'enferme dans la salle de bains pour faire pipi dans le gobelet et me rhabiller.

N'est-ce pas le rêve de toutes les filles devenu réalité ?

Un véritable conte de fées : tomber amoureuse de l'homme parfait, lui faire l'amour toute la nuit, puis vérifier qu'il ne nous a pas refilé la gonorrhée parce que c'est un enfoiré qui ne peut pas garder sa bite dans son pantalon.

— On devrait avoir les résultats d'ici mercredi, dit le docteur Jones en me rejoignant dans le hall d'entrée une fois qu'une infirmière m'a fait une prise de sang. On vous appellera une fois qu'ils seront là pour vous donner un autre rendez-vous. Est-ce que vous voulez aussi prendre rendez-vous pour l'implant ?

— Peut-être quand je reviendrai, dis-je, nerveuse pour la première fois depuis que j'ai franchi la porte, comme si mon cerveau commençait seulement à saisir l'horreur de la situation. J'attendrai votre appel.

Il sort une poignée de préservatifs colorés d'un grand bocal posé sur le bureau de la réception et me les tend avec un sourire espiègle.

— Déchirez l'emballage, saisissez-le et faites-le rouler.

I. A. DICE

Je me force à rire et cache les préservatifs dans mon sac.
— Merci. Dommage que ce soit un peu trop tard pour ça.

***

Je suis tirée de mon sommeil par une forte détonation. Mon cœur passe à la vitesse supérieure avant même que mes yeux ne s'ouvrent complètement.
Bang, bang, bang!
Je fronce les sourcils en jetant un coup d'œil au téléphone posé sur ma table basse, un peu confuse de m'être assoupie sur le canapé. Il n'est même pas encore vingt-et-une heures. Quelques messages non lus attendent sur l'écran, mais une chose à la fois.
Les coups continuent, faisant trembler les fenêtres de mon minuscule appartement. Nous sommes mardi soir. Mes voisins n'apprécieront pas le dérangement, vu que la plupart d'entre eux doivent se lever pour aller travailler à cinq ou six heures du matin.
— J'arrive, marmonné-je en repoussant la couverture d'un coup de pied.
J'aurais dû vérifier mes messages avant d'ouvrir la porte, car ils proviennent probablement tous de la même personne, et si je l'avais su, j'aurais fait semblant de ne pas être chez moi.
— Va-t'en, Logan, dis-je en m'accrochant à la porte, ne sachant pas si je dois la lui claquer au nez ou l'ouvrir davantage.
Le simple fait de le voir inonde mon système d'endorphines.
— Va-t'en, répété-je.
C'est ma seule option de défense, mais mon ton manque de fermeté. Même moi, je ne crois pas que je veuille qu'il parte. Il est ignoble. Il me blesse et me fait me sentir plus mal que n'importe qui d'autre dans ma vie, mais il me manque. Son

parfum, ses yeux sombres, le contact ferme de ses mains vénérant ma peau...
— S'il te plaît, laisse-moi tranquille, OK ? T'as dit que c'était fini entre nous.
— Oui, je m'en souviens.
Il passe à côté de moi pour entrer et s'engouffre dans la cuisine.
— J'ai aussi dit qu'on ne baiserait qu'une fois, et regarde ce qui s'est passé. Pourquoi est-ce que tu n'as pas répondu à mes textos ?
— Je dormais, et je n'ai rien à te dire, lancé-je avec une colère ravivée par la sienne. Va-t'en, Logan.
Il s'appuie contre le comptoir de la cuisine et me regarde avec les yeux plissés et la mâchoire crispée.
— Pas tant que tu ne m'auras pas expliqué pourquoi t'as embrassé Rush.
Je croise mes bras sur ma poitrine, imitant sa position.
— Tu n'as eu aucun mal à enfoncer ta langue dans la bouche de la brune, et je ne t'entends pas t'expliquer.
Je me rapproche en respirant par à-coups.
— Je suppose qu'on n'était pas exclusifs. T'aurais pu me le dire avant de me baiser sans protection !
Je le pousse vers la porte.
— Va-t'en. Tout de suite.
Il saisit mon avant-bras et me tire vers lui.
— On était exclusifs. On *est* exclusifs. J'ai embrassé la brune, mais t'as embrassé Rush, alors on est quittes.
J'essaie de le repousser, mais son emprise sur moi se resserre.
— C'est *fini* entre nous, Logan. Tu crois que tu peux débarquer ici comme si rien ne s'était passé ? Comme si tu n'avais pas dit toutes ces saloperies vendredi ?!

I. A. DICE

J'enfonce mon doigt dans sa poitrine.

— Sors de chez moi ! Et prie pour que tu ne m'aies pas refilé une MST, ou je te jure que je te tuerai dès que j'aurai les résultats !

Il me relâche aussitôt. Son sourcil se lève tandis que l'incrédulité la plus totale traverse son stupide beau visage.

— Tu t'es fait tester ? Pourquoi ? Je ne te toucherais jamais si je n'étais pas sûr d'être clean. Tu le sais, Cassidy. Tu me fais confiance !

— *Confiance ?*

C'est une blague.

— Je ne te fais *pas* confiance et je ne veux pas que tu viennes ici. Pars et ne reviens pas !

Je le pousse à nouveau.

— Trois mots, un doigt. Va-t'en !

Le silence s'installe dans la pièce, et l'animosité de Logan s'efface comme des dessins à la craie sous une pluie de printemps.

— Je suis désolé pour ce que j'ai dit vendredi. Vraiment, Cass. Je ne veux pas qu'on se sépare comme ça, dit-il en poussant un lourd soupir. J'ai embrassé cette fille parce que...

— Je m'en fiche ! Même si tu ne l'avais pas fait, nous...

Je m'interromps et me mords la lèvre. Il n'y a pas de « nous ».

— *Ça*, dis-je en faisant un geste entre nous, se serait bientôt terminé de toute façon.

Je prends une profonde inspiration, car la colère s'apaise et la peine prend sa place, menaçant de me faire tomber à genoux.

— T'as eu ce que tu voulais, Logan, et tu m'as jetée comme un jouet cassé. C'est fini entre nous. Tu l'as dit. Maintenant, va-t'en.

— Je ne te jette pas.

Il retire sa casquette de baseball et saisit une poignée de ses cheveux.

— Tu sais comment ça marche. T'as accepté que ce ne soit que du sexe, et maintenant, quoi ? Tu veux plus ? T'es la meilleure amie de *Kaya*, pour l'amour de Dieu !

— N'oublie pas que j'ai couché avec Theo.

Il serre les dents et me fixe d'un regard peiné. Son visage est une image de dévastation. Et soudain, son attitude change sous mes yeux. Ses traits s'adoucissent et il jette un coup d'œil à mes lèvres. Ses yeux bruns affichent une détermination inébranlable une seconde avant qu'il ne me saisisse le poignet et ne me tire vers lui.

Je réagis comme je le fais toujours à son contact, avec des frissons et une chaleur qui s'accumule dans mon estomac. Comme s'il pouvait sentir que ma résolution s'amenuise, ses lèvres s'emparent des miennes. La douceur et la familiarité de sa bouche détruisent le grand mur que je construisais autour de moi depuis des jours. La moindre pensée de le repousser disparaît plus vite qu'elle n'est apparue sans laisser de trace.

Quand il me prend dans ses bras, quand ses lèvres se battent avec les miennes, que ses baisers sont avides, carrément impitoyables, je ne sais plus pourquoi j'étais en colère contre lui au départ. C'est un flou. Un souvenir vague et confus. Un élément du passé qui date de moins d'une minute.

Un gémissement de besoin m'échappe et Logan absorbe ce son directement de mes lèvres. Sa langue taquine la mienne d'une manière plus sensuelle et plus calme.

— Je sais que je suis un enfoiré. Je sais que je n'arrête pas de te faire du mal, mais... Je ne veux pas que ça se termine entre nous alors qu'on est fâchés, OK ? murmure-t-il en déplaçant ses lèvres vers mon cou pour en effleurer la chair avec ses dents.

I. A. DICE

On va se réconcilier au lit, et après, je te jure que c'est fini.

Il saisit mes poignets d'une main et fait glisser l'autre le long de mon flanc jusqu'à ce qu'il trouve ma taille.

— T'es incroyable, bébé, tu le sais ? Je vais te faire du bien. Je le fais toujours.

Voilà.

Ce son...

Le craquement en arrière-plan.

C'est ma résolution, ma détermination à ne pas le laisser s'approcher, à ne pas le laisser me toucher et me laver le cerveau, qui vole en éclats.

Je ne peux pas lutter contre lui.

Je l'aime, j'ai envie de lui et j'ai besoin de lui.

Il me hisse sur le comptoir, pose ses lèvres sur les miennes et fait glisser ses mains sur mes cuisses jusqu'à ce que ses doigts disparaissent sous l'ourlet de ma nuisette et que sa respiration soit saccadée.

— Si douce, murmure-t-il en mordillant ma lèvre inférieure. Si chaude. Écarte les jambes, bébé, me susurre-t-il. Bien grand.

J'écarte les jambes, l'esprit dépourvu de pensées rationnelles. Il n'y a que lui et moi.

Lui.

Rien d'autre ne compte.

Il écarte ma culotte et glisse lentement deux doigts à l'intérieur, comme s'il avait peur que je me braque s'il ne fait pas attention.

— Je vais te baiser pour te débarrasser de cette colère, mais d'abord...

Il recourbe ses doigts et caresse mon point G.

— ... Tu vas jouir pour moi. Je veux te sentir dégouliner sur mes doigts.

J'entrouvre les lèvres et pose mon front sur son épaule, les yeux fermés, les seins au ras de son torse. Je ne peux pas arrêter ça. Je n'ai plus assez de force pour le repousser, pour protéger mon esprit qui a presque disparu à présent.

Je ne contrôle rien quand il est près de moi. Je n'essaie de contrôler la situation que lorsqu'il y a de la distance entre nous ; je n'aurais pas dû le laisser entrer ce soir. Je n'aurais pas dû ouvrir la porte. Je peux crier et me battre quand il est à un mètre de moi, mais je ne peux pas me défendre quand il me touche.

Et je n'en ai pas envie.

Je m'abandonne à cet homme. À sa tendresse et sa férocité. À l'affection réservée aux courts moments où nous sommes seuls, coupés du monde.

— Tu m'as manqué, murmure-t-il en appuyant ses lèvres sur ma tempe tandis que ses doigts m'amènent plus près de l'extase. Tu m'as énormément manqué.

Mon cœur se gonfle, entouré d'une agréable chaleur. Je ne suis pas assez naïve pour penser que cela veut dire quelque chose et qu'il veut peut-être plus que du sexe, mais ses mots agissent comme un baume apaisant sur les centaines de coupures et d'ecchymoses de mon esprit négligé.

Il ne me considérera jamais comme plus qu'un simple plan cul, mais lorsqu'il me serre contre sa poitrine avec une main drapée sur mes omoplates comme pour me blottir contre lui, comme pour me protéger et prendre soin de moi, je ne peux pas me résoudre à lutter contre lui.

Je pleurerai demain, mais pour l'instant, je savoure sa proximité, la paix qu'il m'apporte et le bonheur qu'il suscite.

Aucun autre homme ne pourrait m'amener au bord de l'orgasme aussi rapidement que Logan. Il est à l'écoute de mon corps. Il sait quoi faire, où appuyer et où caresser pour me faire

I. A. DICE

jouir au maximum. Pour me faire gémir et m'accrocher à lui. Mes halètements remplissent l'air, devenant de plus en plus audibles. Les crampes dans mon abdomen s'intensifient, et je me cambre contre lui à chaque coup précis et ciblé de ses doigts.

— Ça va aller, bébé. Ça va aller, roucoule-t-il d'une voix douce. Laisse-moi faire.

Il me tient plus près, plus fermement, avec ses lèvres appuyées sur ma tempe quand je jouis sur ses doigts, immobile et silencieuse avant que je ne lui morde l'épaule.

— Voilà. Ne lutte pas contre ça. Ne lutte pas contre *moi*.

Il s'éloigne de quelques centimètres, retire ses doigts et caresse ma cuisse avant de prendre mon visage entre ses mains et de me regarder dans les yeux.

— Ça va mieux ?

Je hoche la tête, trop effrayée pour parler au cas où je fondrais en larmes. Mais il ne s'attend pas à ce que je parle. Ses lèvres capturent à nouveau les miennes pour un baiser lent, profond et presque affectueux. Comme s'il voulait m'apaiser. Comme s'il essayait de s'excuser par des gestes parce qu'il sait que je ne crois pas à ses paroles.

— *Je* te fais te sentir bien. Personne d'autre. Seulement moi, princesse.

Il dépose un baiser sur ma tête et laisse tomber ses mains sur mes cuisses.

— J'ai changé d'avis. Je veux te baiser dans ton lit.

Mes jambes ne peuvent aller nulle part ailleurs qu'autour de sa taille lorsqu'il me fait descendre du comptoir et me prend dans ses bras. Excitée à l'extrême, presque aveuglée par la luxure, j'essaie d'enlever son polo, mais mes mouvements sont trop désordonnés. Logan ne m'aide pas à me concentrer ; il m'embrasse dans le cou et me mordille l'oreille. Je tire le tissu vers le haut, enfonce mes mains en dessous et touche ses abdominaux sans défaut.

— Tellement impatiente, murmure-t-il en me jetant sur le lit.

Il retire son polo d'un geste avant que son corps ne recouvre le mien.

Je me consacre à l'instant, poussée par la passion et le désir.

Je me bats pour qu'il me touche alors que nos vêtements volent à travers la pièce jusqu'à ce que nous soyons tous les deux nus, et je m'accroche à sa peau brûlante. Dès que je croise son regard, Logan pousse ses hanches vers l'avant sans prévenir, me remplissant de chaque centimètre raide. Un frisson perçant secoue mon corps, car la sensation est presque insupportable de par sa perfection.

— Tiens-moi, dis-je en m'agrippant à son dos. S'il te plaît, juste...

Il me fait taire en m'embrassant. Ses bras m'enserrent, peau contre peau, poitrine contre poitrine, tandis qu'il se retire lentement et s'enfonce à nouveau.

— Encore un, dit-il à mon oreille, ce qui fait chavirer mon cœur et inonde mes cuisses d'une vague de chaleur. Je veux t'entendre, bébé.

Je passe mes dents sur son épaule et plante des baisers mouillés dans le creux de son cou, mais chaque poussée dure et désespérée qui me fait remonter sur le lit me rapproche d'un autre orgasme. Je n'arrive plus à garder mes gémissements faibles et presque inaudibles.

Logan m'observe entre deux baisers déposés sur chaque centimètre de ma peau à sa portée. Ses faibles grognements et ses respirations superficielles me font frissonner.

Mon Dieu, je ne veux jamais le voir dans un autre état que celui dans lequel il se trouve en ce moment, en train de m'observer avec des yeux sombres et lubriques comme si j'étais la seule personne au monde dont il a besoin.

— Voilà, murmure-t-il lorsque l'orgasme me frappe et que l'arrière de mes paupières se couvre d'une blancheur crue. Bien, c'est ça... J'adore te voir comme ça.

Je le tire aussi près que possible vers moi alors que mon corps est possédé par lui et qu'il se désintègre de la façon la plus douce qui soit. Un sourire satisfait et paisible ourle ses lèvres avant qu'il ne reprenne le tempo atroce pour quelques poussées supplémentaires jusqu'à ce qu'il s'immobilise et jouisse dans mes bras aussi fort que je l'ai fait dans les siens.

Ses lèvres retrouvent les miennes comme si je lui avais manqué malgré le fait que je sois là depuis tout ce temps. Il se retire lentement en se cramponnant à ma hanche, et la chose la plus inattendue se produit... Il se laisse tomber à côté de moi, m'entoure de ses bras et prend une profonde inspiration apaisante.

***

Le lit grince sous le poids de Logan lorsqu'il s'assied et fait passer ses jambes par-dessus le rebord. Il m'a serrée contre son torse après une partie de jambes en l'air et j'ai dû m'assoupir, trop à l'aise avec son corps chaud à côté de moi.

Je ne m'attendais pas à ce qu'il reste, mais il est là, en train de se frotter les yeux pour chasser le sommeil. Mes entrailles se gonflent et l'espoir réapparaît. Est-ce le premier pas vers plus ?

Je me tourne sur le côté, m'appuie sur mon coude et fais glisser mes doigts le long de sa colonne vertébrale pour sentir ses muscles se contracter à mon contact. Il fait nuit dehors ; l'horloge sur la table de chevet indique qu'il est un peu plus de quatre heures du matin.

— Je ne voulais pas te réveiller, dit-il en se dérobant à mon contact avant de se lever et d'attraper son polo par terre.

Je suis encore à moitié endormie et il me faut un moment pour comprendre pourquoi il s'est levé au milieu de la nuit. Il sort en douce avant que mes voisins ne se réveillent, pour que personne ne le voie partir au petit matin.

Un sentiment désagréable d'être sale s'enroule autour de mon cou.

Je me mets en boule et enfonce mes ongles dans mes paumes pour empêcher les larmes de couler. Combien de moyens Logan va-t-il encore trouver pour me briser ? Pour me donner de l'espoir et me l'arracher d'un seul petit geste ?

Je le regarde à travers mes larmes enfiler son jean, attacher sa ceinture et mettre sa veste. Puis, il se penche au-dessus de moi pour déposer un petit baiser sur le sommet de mon crâne.

J'ai envie de m'éloigner.

J'ai envie de sauter du lit, de lui jeter au visage tout ce qui est à ma portée et de le chasser d'ici en hurlant à pleins poumons, mais je suis figée sur place, effrayée à l'idée de bouger le moindre muscle.

Je risque de perdre mon sang-froid et de le supplier au lieu de me battre.

— Je te reverrai dans le coin, murmure-t-il dans l'obscurité avant de s'éloigner.

Personne ne restera jamais.

Personne ne m'aimera jamais.

Personne n'en aura jamais rien à faire de moi.

VINGT-TROIS

Cassidy

Je vérifie mon téléphone toutes les dix minutes à partir du moment où je me réveille le mercredi, jusqu'à ce que le docteur Jones m'appelle à onze heures trente. Un sentiment d'effroi fleurit dans mon estomac lorsque je me cache dans la kitchenette pendant que Luke prend en photo la nouvelle collection de chaussures d'un designer local.

Je prends une profonde inspiration avant de faire glisser mon pouce sur l'écran. *Tout va bien. Tu vas bien. Détends-toi.*

— Allô ?

— Bonjour, Cassidy, dit le docteur Jones.

Sa voix a perdu sa légèreté habituelle et a été remplacée par un ton formel et tranchant.

Un tumulte de colère remonte le long de ma colonne vertébrale et mon cœur s'emballe à un rythme effréné. Quelque chose ne va pas.

Putain d'enfoiré !

Je vais le castrer ; je le jure devant Dieu. Il n'aura plus jamais l'occasion de fourrer sa belle et longue bite dans une femme.

— Bonjour, dis-je tandis qu'un frisson me parcourt tout le corps. D'après votre voix, vous n'avez pas de bonnes nouvelles.

Le déclic du flash sur le Nikon de Luke est le seul son qui brise le silence pesant.

— Cassidy, est-ce que vous pouvez passer au cabinet aujourd'hui ?

Une nouvelle crise de nerfs me tenaille l'estomac, et j'imagine comment je vais torturer Logan pour ce merdier.

— Est-ce que je devrais m'inquiéter ? Qu'est-ce que j'ai ?

— Je préférerais qu'on en parle en personne. À quelle heure est-ce que vous pouvez être là ?

Je jette un coup d'œil au calendrier accroché au mur pour vérifier mes rendez-vous de la journée. Mon pouls palpite dans mes oreilles, étouffant le bruit de l'appareil photo de Luke et de la circulation à l'extérieur de la fenêtre.

J'ai un photoshoot pour une famille dans une demi-heure et une séance pour un nourrisson à seize heures, mais je ne pourrai pas prendre une seule photo décente avec le diagnostic de MST qui plane au-dessus de ma tête comme une tornade en train de se préparer.

— Si je peux reprogrammer mes clients, je serai là dans une demi-heure.

— OK, ça marche. Je fais de la paperasse aujourd'hui, alors n'importe quelle heure me convient. À bientôt.

Il raccroche avant que je ne puisse le harceler pour obtenir plus d'informations.

Un silence oppressant résonne à mes oreilles. Mon Dieu, pourvu que ce ne soit pas le VIH. *Je vous en supplie.* Je ne regarderai plus *jamais* Logan, je le jure. *Pourvu* que ce ne soit pas le VIH.

I. A. DICE

Je serre le téléphone de toutes mes forces en respirant profondément et en faisant de mon mieux pour rester calme, mais les larmes non versées menacent à nouveau de couler.

Combien de fois une personne peut-elle pleurer avant que les larmes ne s'assèchent ? Depuis vendredi, j'ai pleuré deux fois, mais les robinets d'eau fonctionnent encore très bien. J'aimerais que la plomberie de mon appartement soit aussi fiable que mes conduits lacrymaux.

J'appelle mon client pour reporter le rendez-vous du matin à la semaine prochaine, et une fois que c'est réglé, je balance mon sac sur mon épaule.

— Je m'en vais, dis-je à Luke alors que mes jambes semblent un peu spongieuses. Je reviendrai plus tard. J'ai une séance photo pour un nourrisson à seize heures.

Il est plongé dans ses pensées, les yeux rivés sur une paire de chaussures roses à talons avec des petits nœuds à l'arrière, comme si cela allait pousser les chaussures à prendre une meilleure pose. Je ne suis pas sûre qu'il m'ait entendue, mais j'obtiens du silence en guise de réponse.

À chaque pas qui me rapproche de ma voiture, je tremble davantage jusqu'à ce que la colère qui monte dans ma poitrine soit comme un animal acculé et effrayé qui essaie de sortir à coups de griffes. Et je lui montre une issue en m'asseyant au volant et en envoyant un texto à Logan.

Moi : Merci beaucoup, enfoiré ! Ne t'approche plus de moi ou je te coupe la queue. Tu ferais mieux de dire à tes copines de se faire dépister.

Je jette le téléphone sur le siège passager et démarre le moteur avant de m'engager sur la route principale. Le système mains libres s'active et remplit la voiture avec la sonnerie que j'ai attribuée à Logan après la soirée que nous avons passée dans sa piscine : « *Swim* » de Chase Atlantic. Je l'envoie sept fois sur la boîte vocale, mais il ne saisit pas le message.

— Quoi ?! lancé-je en répondant à sa huitième tentative. Je n'ai rien à te dire !

— Quoi que t'aies, ce n'est pas moi qui te l'ai refilé, alors appelle *tes* mecs pour les mettre au courant.

Je ricane en appuyant plus fort mon pied sur le plancher.

— Je n'ai couché avec personne depuis plus d'un an, Logan. C'est toi qui m'as refilé cette merde ! Ne t'avise plus jamais de te montrer. C'est fini entre nous. Terminé ! T'as compris ?! TERMINÉ !

Une forte détonation retentit de son côté de la ligne.

— J'ai été testé avant qu'on couche ensemble, Cass. J'étais clean, alors t'as donné...

Il s'interrompt et sa voix passe de la colère à l'agacement contrôlé.

— À quoi est-ce que t'as été testée positive ?

— Ça ne te regarde pas !

Même si je savais quelle MST il a si gracieusement partagée avec moi, je ne le lui dirais pas. Il mérite de vivre l'humiliation d'entrer dans une clinique, de faire pipi dans un gobelet et de se faire prélever un échantillon. La mortification de recevoir les résultats.

Je paierais cher pour voir le tout-puissant Logan Hayes baisser la tête de honte.

— Je n'ai jamais eu de rapports sexuels non protégés avant toi, alors ne me reproche pas ce merdier. Tu crois que je vais te faciliter la tâche ? Ha !

Je passe la vitesse en enfonçant à nouveau mon pied sur l'accélérateur.

I. A. DICE

— Laisse tomber ! Si tu veux savoir de quel traitement t'as besoin, tu vas devoir passer par tout ce processus foireux, comme je l'ai fait ! Appelle ton médecin !

Le feu du carrefour devant moi passe au rouge. Je suis tellement énervée que je n'ai pas remarqué la vitesse à laquelle j'ai accéléré, ni à quel point j'ai appuyé sur le champignon.

Je roule à plus de cent kilomètres-heure en plein cœur de Newport, et je n'ai aucune chance de m'arrêter à temps. Il n'y a pas de place pour virer à droite ou à gauche et éviter la Mustang à l'arrêt qui se trouve à une vingtaine de mètres tout au plus.

— Merde ! m'écrié-je en freinant brusquement.

Le bruit des pneus qui dérapent sur la route me perce les oreilles. Je perds le contrôle de la voiture une seconde avant qu'un énorme coup ne secoue ma petite Fiat. Le temps ralentit.

La force de l'impact me projette en avant, les bras en l'air, comme si la gravité avait cessé d'exister.

Un bruit assourdissant et fracassant de métal qui se plie et de verre qui se brise remplit l'air.

L'airbag m'explose au visage.

La ceinture de sécurité se bloque, me repoussant contre le siège.

Une cascade de verre s'abat sur moi avant que le monde ne devienne noir.

Et puis... la *douleur*.

Tant de douleur.

C'est la première chose que je perçois avant d'ouvrir les yeux. Ma vision est floue, comme si je regardais à travers une paire de lunettes à correction de quatre dioptries avec une vision parfaite.

Je cligne des yeux pour essayer de m'adapter et de *voir* mes mains que je tends devant mon visage. Un bourdonnement aigu dans mes oreilles étouffe les autres sons, et du sang chaud et humide ruisselle sur mon visage. Je lève la main pour le toucher en inspirant une bouffée d'air qui me ferait me plier en deux s'il y avait assez de place. Une douleur aiguë et lancinante me déchire la cage thoracique.

Un frisson froid glisse le long de ma colonne vertébrale et mon pouls palpite dans mon cou lorsque ma vision commence à s'éclaircir de seconde en seconde.

Je suis couverte de sang.

Mes mains, mes jambes, mon chemisier… sont couverts de sang cramoisi et de minuscules éclats de verre brisé. Je déglutis avec force et inspire des bouffées d'air rapides et peu profondes qui me font moins mal.

— Cassidy ?! Tu vas bien ?

Quelqu'un se penche près de la voiture et jette un coup d'œil à l'intérieur par la vitre… ou ce qui était une vitre. Il n'y a plus de verre maintenant.

— Putain ! s'exclame-t-il en se retournant. Conor ! Appelle une ambulance !

Je regarde droit devant moi. Mon esprit est dans un état de confusion brumeux. L'arrière d'une Mustang que je me souviens avoir percutée n'est plus là. À la place, je contemple aveuglément la devanture d'une quincaillerie. L'avant de ma voiture s'est froissé comme un accordéon sous l'effet de l'impact.

Je cligne des yeux en repassant l'accident dans ma tête. Il y avait bien une Mustang. Mais où est-elle passée ?

Je jette à nouveau un coup d'œil au jeune garçon qui se trouve à côté de ma voiture. Il me semble familier. Des yeux sombres, des cheveux noirs, des traits acérés.

Logan.

Non, il est trop jeune.

Son frère.

I. A. DICE

— Je te connais, dis-je.

Les mots sont comme des lames de rasoir sur ma langue.

— Cody, est-ce que... est-ce que quelqu'un est blessé ?

— Tu t'es cogné la tête assez fort, alors je vais laisser passer ça, répond-il avec un léger sourire en coin.

Logan...

Non, trop jeune, mais ils se ressemblent tellement.

— C'est Colt, Cassidy, et t'es la seule à être blessée. Qu'est-ce qui t'a pris de te la jouer Schumacher ?

— Colt, répété-je en grimaçant alors que la douleur se manifeste derrière mes tempes.

Mon esprit est encore à moitié figé au ralenti. Il me faut trois fois plus de temps que d'habitude pour assimiler et comprendre ce qu'il dit.

— C'est quoi Schumacher ?

Il sourit à nouveau et j'ai envie de pleurer.

Logan.

Je donnerais mon bras pour qu'il soit là. Je suis tellement désorientée.

— C'était un pilote de Formule 1. En 1998, il a percuté l'arrière d'une autre voiture de F1...

Il s'interrompt et me fait signe de laisser tomber lorsqu'il remarque mon expression déconcertée.

— Laisse tomber. Pourquoi t'es aussi pressée ?

Il enfonce davantage sa tête à l'intérieur et jette un coup d'œil au tableau de bord.

— Ouah. Soixante kilomètres-heure au moment de l'impact. J'ai entendu les pneus crisser quand t'as freiné et j'ai regardé dans le rétroviseur, mais c'était trop tard pour m'écarter de ton chemin. À quelle vitesse tu roulais ?

— Euh...

J'appuie mes doigts sur ma tempe tandis qu'une douleur me lance dans la tête. J'ai l'impression qu'une bombe a explosé là-dedans.

— Je ne sais pas. Cent kilomètres-heure, je crois.

Je jette à nouveau un coup d'œil autour de moi. Où est la voiture de Colt ? Ma nuque est trop raide pour que je puisse tourner la tête et regarder par la vitre arrière.

— J'ai eu un accident.

— Ouais, sans déconner. Je ne comprends pas comment t'es encore en vie, ma belle. T'as percuté l'arrière de ma voiture, et ce...

Il fronce le nez et se redresse pour regarder ma Fiat.

— ... Ce *jouet* a été éjecté et a fait deux tonneaux avant de s'arrêter ici.

— L'ambulance est en route, dit un autre garçon en s'arrêtant à côté de la voiture.

Conor, je crois. Ou peut-être que c'est Cody. Je ne peux pas les différencier pour l'instant, mais il ressemble à Colt, alors il doit être l'un des triplés.

— Salut, Schumacher. Tu vas bien ? Il faut que tu restes où t'es jusqu'à ce que l'ambulance arrive.

— Pas la peine, Conor. Elle ne comprend pas la référence, dit Colt, visiblement mécontent de mon manque de connaissances en F1. Ne bouge pas. T'es peut-être gravement blessée !

Je tremble. Des frissons froids parcourent tout mon corps comme si j'étais plongée dans un trou de glace sur un lac gelé. Pourquoi fait-il si froid ? Le soleil brille et il faisait trente degrés quand j'ai quitté le studio.

— Qu'est-ce que c'est ? demande Colt en enfonçant à nouveau sa tête à l'intérieur. C'est... la radio ? Il n'y a pas moyen qu'elle marche encore.

I. A. DICE

Je me concentre sur la mélodie calme : « *Swim* » de Chase Atlantic.
— C'est mon téléphone.
Logan.
Le bruit assourdissant des sirènes de police engloutit la mélodie qui s'échappe de mon téléphone. Colt et Conor s'éloignent, dévoilant une foule de curieux qui se tiennent à proximité sur le trottoir et qui regardent la scène avec stupéfaction ou prennent des photos.

Personne n'essaie d'aider. Ils restent plantés là, consternés et curieux, comme s'il ne s'agissait pas d'un accident réel, mais d'une cascade réalisée par une équipe de cinéma.

J'évalue ma situation et les dommages subis par mon corps, heureuse de constater qu'aucune pièce métallique ne dépasse de moi. C'est rassurant. Mes mains et mes bras sont couverts de coupures aux endroits où le verre a percé ma peau, mais rien de grave. Rien qui ne nécessite des points de suture. Je touche mon visage et trace le filet de sang en remontant depuis mon menton jusqu'à ce que mes doigts trouvent une plaie ouverte au-dessus de mon œil gauche.

Cela pourrait nécessiter des points de suture.

Mes jambes sont coincées sous la colonne de direction qui s'enfonce dans mes cuisses. Merde, et si je n'avais plus de jambes ? Et si j'étais en état de choc et que je ne ressentais pas la douleur ?!

Cette théorie est infirmée lorsque je commence à paniquer et que j'inspire brusquement une nouvelle fois. L'agonie qui éclate dans ma cage thoracique prouve que je peux bel et bien ressentir la douleur. Une douleur atroce.

Je remue mes orteils pour vérifier qu'ils sont bien là et pousse un soupir de soulagement lorsque je les sens bouger dans mes baskets.

Je vais bien.

J'ai des jambes.

Je suis en vie.

Colt a raison. C'est incroyable que je ne sois pas sectionnée en deux. J'ai envie d'embrasser le *jouet* qui me sert de voiture pour m'avoir sauvé la vie, mais avant que j'essaie d'étreindre le volant et de remercier le morceau de ferraille, Shawn se penche et passe la tête à l'intérieur de la voiture.

— Salut, Cass, dit-il d'une voix douce et calme, comme s'il parlait à une enfant effrayée. Comment tu te sens ? Tu peux bouger tes mains et tes jambes ?

— Oui. Je vais bien. Mon Dieu, je suis vraiment désolée. Je ne faisais pas attention à ma vitesse ou à la route et...

— Hé, calme-toi. Ça arrive. Mes frères vont bien, alors concentrons-nous sur toi maintenant, d'accord ?

Il examine la voiture et essaie de faire levier pour ouvrir la portière, mais elle est coincée.

— On va peut-être être obligé de couper ta voiture pour te sortir d'ici.

— Non, non, non. Si t'ouvres la portière et que tu fais glisser le siège vers l'arrière, je sortirai toute seule. Je ne suis pas blessée à ce point-là.

Je lève mes mains, fais tourner mes poignets et plie mes coudes.

— Tu vois ?

Il sourit en secouant la tête, puis se redresse pour crier à quelqu'un de venir. Trois pompiers s'approchent de la voiture et s'escriment à tirer sur la portière. Pendant tout ce temps, « *Swim* » de Chase Atlantic joue en fond sonore en boucle, ne s'arrêtant pas plus de trois secondes à chaque fois. La mélodie remplit les fissures de ma sérénité comme du miel chaud, m'aidant à rester calme.

Les ambulanciers attachent une minerve autour de mon cou dès que la portière est ouverte et que le siège est repoussé pour libérer mes jambes. Un jeune homme vêtu d'un uniforme d'ambulancier braque une lumière sur mes yeux et me pose des dizaines de questions avant de me hisser sur un brancard malgré mes protestations.

Je peux marcher.

Je ne suis pas si mal en point.

J'ai mal aux côtes et j'ai l'impression que ma tête est fendue à l'arrière, mais mes jambes et ma colonne vertébrale vont bien.

— Colt ! crié-je en le voyant se tenir sur le côté avec l'un des pompiers.

Conor est là aussi, en train de prendre des photos de ma voiture. Colt s'approche en trottinant, obligeant les ambulanciers à s'arrêter brièvement.

— Mon téléphone, dis-je en haletant. Tu peux aller chercher mon téléphone, s'il te plaît ? Il est quelque part côté passager.

— Si j'arrive à le trouver, murmure-t-il en me regardant de haut en bas avec une véritable inquiétude dans les yeux. Ça va aller, Cass.

Je ne sais pas trop lequel de nous deux il essaie de rassurer. Les triplés sont identiques, à l'exception de leur coiffure, mais d'une manière ou d'une autre, chacun ressemble plus à l'un de ses grands frères que l'autre.

Colt a les mêmes yeux que Logan. Ils sont d'un brun riche et profond, avec une seule tache d'or dans l'iris gauche. Un frisson d'effroi me pique la peau comme une éruption cutanée et la fine couche extérieure de mon calme composé et forcé commence à trembler et à se fissurer. J'aimerais que Logan soit avec moi en ce moment.

J'aimerais qu'il me tienne la main et qu'il soit là.

J'ai peur. Je ne l'admettrai pas à voix haute, mais je suis terrifiée par ce qui va se passer à l'hôpital. L'un des ambulanciers arborait un regard inquiétant lorsque j'ai décrit la douleur dans mes côtes et le fait que chaque respiration me donne l'impression que mes poumons sont transpercés par une lame. Ça ne peut pas être bon.

Colt trottine jusqu'à la Fiat et on me hisse à l'arrière de l'ambulance. Une odeur d'antiseptique m'irrite le nez tandis que je fixe le toit, refusant de regarder ce que font les ambulanciers autour de moi.

— Voilà, j'ai aussi ton sac.

Colt entre dans l'ambulance, place le sac à côté de moi et pousse mon téléphone dans ma main.

— Prends soin de toi, d'accord ?

Il serre mes doigts avec un petit sourire aux lèvres.

— Et ralentis, Schumacher.

Je glousse, hoche la tête autant que le permet le collier cervical et referme mes doigts sur le téléphone qui ne sonne plus. J'ai envie d'appeler Logan et de le supplier de venir à l'hôpital, mais le souvenir de lui en train de sortir en douce de mon appartement au milieu de la nuit défile devant mes yeux, et je ne compose pas le numéro.

Ce n'est pas comme ça que fonctionne notre relation.

Ce n'est pas comme ça que fonctionne ma relation avec qui que ce soit.

Je suis seule face à cette situation. Je ne peux compter que sur moi-même.

Colt sort de l'ambulance, et une seconde plus tard, les ambulanciers ferment la porte et la sirène retentit au-dessus de ma tête.

— Vous pouvez appeler votre famille si vous voulez, dit l'une des ambulancières, une femme d'une trentaine d'années, en bouclant sa ceinture de sécurité.

— Pas de famille, marmonné-je.

Mais je lève le téléphone pour voir l'écran et composer un numéro.

— Bonjour, cabinet de gynécologie de Newport Beach. En quoi puis-je vous aider ?

La voix mélodieuse de la réceptionniste résonne dans mon oreille lorsqu'elle prononce la phrase d'accueil bien rodée.

— Darcie, c'est Cassidy Roberts. Vous pouvez me passer le docteur Jones ?

— Oui, bien sûr. Attendez une seconde.

La musique d'attente démarre, mais heureusement, elle n'est pas aussi agaçante qu'ailleurs et se termine au bout de quelques secondes lorsque la voix de Darcie emplit à nouveau mon oreille.

— Désolée, il est parti manger un morceau. Vous voulez que je lui transmette un message ?

— Oui, dites-lui que je ne pourrai pas venir au rendez-vous aujourd'hui. Je l'appellerai demain pour le reprogrammer.

— Bien sûr. Je lui ferai savoir. Prenez soin de vous !

C'est un peu trop tard pour ce conseil...

VINGT-QUATRE

Logan

— Décroche ! m'énervé-je pour la énième fois alors que je compose le numéro de Cass en boucle depuis vingt minutes. Putain ! *Décroche* !

Je fais les cent pas dans le bureau alors que des termites rongent mon esprit en papier. La façon dont elle a crié « Merde » juste avant que l'appel ne soit coupé m'inquiète au plus haut point.

Elle conduisait lorsque nous parlions, mais je refuse de laisser de sombres scénarios infester mon esprit.

Elle va bien.

Elle est juste énervée et ne veut pas me parler.

Non pas qu'elle devrait l'être. Je suis sûr que ce n'est pas moi qui lui ai donné une MST. C'est impossible que ce soit moi. Je suis clean. Je fais un test de routine tous les ans, et il se trouve que mon rendez-vous était la veille de l'anniversaire de Thalia.

J'étais clean avant de toucher Cassidy.

Maintenant, je ne le suis plus. Tout ça grâce à elle et au sale connard qu'elle a baisé alors qu'elle couchait déjà avec moi.

La colère est reléguée au second plan pour l'instant. Mon estomac se noue d'effroi tandis que je compose et recompose son numéro. J'essaie cinq fois de plus avant que mon téléphone portable n'émette un bip dans ma main pour me notifier d'un message sur le groupe de discussion des Hayes. Avant même que j'ouvre l'application, trois autres messages arrivent.

Conor : Colt passe une sale journée. Il n'a pas de chance, putain.

J'observe la photo qu'il a envoyée de la Mustang de Colt. Le pare-chocs arrière et le phare gauche sont défoncés.

Nico : Ça va ?

Theo : Merde, comment il a fait ça ?

Conor : Oui, ça va. Vous devriez voir l'autre voiture. Celle de Cody est indemne en comparaison.

Il envoie une autre photo. Une Fiat jaune est froissée comme si elle était entrée en collision avec un camion, et non avec la Mustang de Colt. L'avant est presque méconnaissable. Le capot est plié comme une crêpe, et le pare-brise et la roue gauche ont disparu.

De la bile me monte à la gorge. Mes mains tremblent tellement que je ne peux pas lire les messages qui ne cessent d'arriver. Je connais cette voiture.

Cassidy.

Au lieu de l'appeler, j'appelle Conor en ignorant les messages incessants.

— T'es vraiment un amour, me dit-il d'un ton moqueur. Tout va bien, Logan. Calme-toi. Colt et moi n'avons pas la moindre égratignure. Cody n'est pas là. On est sortis prendre un café, et BAM ! T'aurais dû voir la tête de Colt, frérot !

Il rit à nouveau.

— On va bien. Shawn est là, et je connais un type qui va...

— Conor ! craqué-je pour mettre fin à ses divagations. Je suis content que vous ne soyez pas blessés. Et Cassidy ? *Elle* va bien ?

Il y a une courte pause de son côté. Suffisamment longue pour que j'aie l'impression de m'étouffer. Je ferme les yeux, bloquant une autre vague de scénarios sombres, mais ils clignotent à l'arrière de mes paupières, et je rouvre les yeux.

Elle va bien. Elle va bien. Ne panique pas.

— Comment tu sais que c'est elle ? demande-t-il en pesant chacun de ses mots.

— Je reconnais sa voiture. Comment elle va ?

— Elle est en vie... d'une manière ou d'une autre. L'indicateur de vitesse du jouet qu'elle conduit s'est arrêté à soixante kilomètres-heure au moment de l'impact. Je ne sais pas du tout comment cette petite voiture a encaissé le choc comme ça. Elle a été projetée sur le putain de trottoir !

— Putain ! explosé-je en serrant les dents à chaque nouveau mot qui sort de sa bouche. Concentre-toi, Conor ! *Cassidy*. Est-ce qu'elle va bien ? Elle est blessée ?

— Bon sang, qui a pissé dans tes céréales ? marmonne-t-il, profondément agacé à présent. J'ai dit qu'elle était vivante. Mal en point et couverte d'ecchymoses. Je crois qu'elle s'est cassé quelques côtes, et elle a une vilaine coupure au visage, mais elle va mieux que ce à quoi je m'attendais après un impact pareil. Les pompiers l'ont sortie de la voiture et...

TROP
INACCEPTABLE

Une sirène d'ambulance retentit en arrière-plan, faisant s'interrompre Conor en plein milieu de sa phrase.

— Oui, ils l'emmènent à l'hôpital.

— Merci. Je t'appelle plus tard.

J'attrape les clés sur le bureau et sors en claquant la porte sans dire un mot à la réceptionniste lorsque je passe devant son poste de travail.

***

— Comment ça, *pas de visiteurs* ? grogné-je contre l'infirmière, qui refuse de me laisser voir Cass. Les heures de visite ne se terminent pas avant dix-sept heures trente !

Elle déplace son poids d'un pied à l'autre.

— Je suis désolée, mais la patiente a demandé à ne laisser entrer personne. Elle a son téléphone, alors vous pouvez peut-être essayer de l'appeler. Je sais qu'elle est dans sa chambre en ce moment, mais elle doit bientôt subir d'autres examens. Si elle me dit que vous pouvez entrer, je vous y emmènerai, mais...

— Très bien, fulminé-je en sortant mon téléphone.

Ce n'est pas comme si je n'avais pas déjà essayé d'appeler ou d'envoyer des messages une douzaine de fois. Elle ne répond pas.

Je me dirige vers la cafétéria, prêt à attendre que Cass me laisse la voir. L'odeur agressive de l'antiseptique, du nettoyant pour sols aux agrumes et du latex ne parvient pas à masquer l'odeur de maladie et de mort qui se cache dans chaque recoin de cet endroit.

— Un café noir, dis-je au caissier.

Je prends également un sandwich pendant que j'y suis. J'ai le pressentiment que je vais rester ici un bon moment.

Alors qu'il s'éloigne pour aller chercher mon café, j'envoie

I. A. DICE

un texto à Cass.

Moi : Pourquoi est-ce que tu ne veux voir personne ? Je ne partirai pas tant que je ne t'aurai pas vue, princesse.

Mon téléphone n'arrête pas de biper ; la discussion sur l'accident de Colt est toujours en cours. J'ai consulté les messages plusieurs fois depuis que je suis arrivé pour m'assurer que Conor n'avait pas fait de mon inquiétude pour Cassidy le sujet numéro un, mais heureusement, il n'en a pas encore parlé.

J'espère qu'il ne le fera pas. Je n'ai ni le temps ni l'énergie pour trouver une excuse à mon intérêt soudain pour son bien-être.

Moi : Ton ange gardien doit être licencié. Il est honteux.

Une heure s'écoule pendant que je mange et bois du café tout en fixant l'écran dans l'espoir que Cassidy lise les messages. Au moins, le sujet passionnant de la Mustang accidentée de Colt suit son cours, et ce n'est pas comme si les notifications n'épuisaient pas ma batterie, qui n'est plus qu'à vingt pour cent. Je vais peut-être devoir me rendre à la boutique de souvenirs pour acheter un chargeur.

Moi : Toujours là. Dis-moi juste que tu vas bien.

Le temps s'écoule lentement.
Tout le monde autour de moi traverse une période difficile. Que ce soit à cause d'une maladie ou de la mort lente d'un être cher, les gens qui discutent à voix basse autour des tables mettent mes problèmes en perspective. Une jeune fille est assise à proximité, avec le crâne rasé mais un sourire courageux sur

son visage fatigué et pâle. Elle sourit à sa mère, qui n'arrête pas de lui embrasser la tête et de lui serrer le bras.

La vie est si courte, et pourtant les gens ne le réalisent que lorsqu'il est trop tard. Nous sommes aveugles à l'évidence. Trop aveugles pour voir que la vie est faite de moments. Trop effrayés pour sortir du rang et dire « Et puis merde, c'est ma vie et mes choix ».

Au lieu de cela, nous poursuivons l'inaccessible. Nous voulons plus d'argent, plus de reconnaissance, plus de respect. Mais la vérité, c'est qu'au bout du compte, personne ne se souviendra de la voiture cool que nous conduisions ou du canapé flambant neuf pour lequel nous avons dépensé cinq mille dollars.

Nous ne verrons pas les gadgets coûteux ou une maison à cinq chambres à coucher lorsque nous serons à bout de souffle et que la vie défilera devant nos yeux. Nous ne verrons pas de choses matérielles.

Nous verrons des *gens*.

Des moments.

Des souvenirs.

Le sourire de quelqu'un que nous aimons. Leur rire. Nous nous souviendrons de ce que nous ressentions lorsque nous étions heureux.

Les gens n'ont pas besoin de grand-chose pour être heureux, mais nous nous compliquons volontairement la vie. Nous sommes élevés dans une société qui se soucie davantage des apparences que des interactions humaines.

Deux heures de plus s'écoulent et trois tasses vides trônent sur la table. J'ai aussi acheté un chargeur. Et un autre sandwich. Et une part de tarte. Il est près de dix-sept heures trente lorsque « Reçu » devient « Lu » sous le dernier message que j'ai envoyé. J'agrippe le téléphone et attends que les trois points com-

I. A. DICE

mencent à clignoter.
Une minute s'écoule.
Cinq.
Dix.
Et enfin, elle commence à taper.

Princesse : Deux côtes fracturées, trois points de suture et une légère contusion. Je survivrai. Mon ange a démissionné le jour où je t'ai laissé revenir dans ma vie. Il savait que je finirais par pleurer et il a lâché l'affaire en avance. Rentre chez toi. Je ne veux pas te voir.

Je fixe le texto pendant un long moment comme s'il était écrit en grec. « Je ne veux pas te voir » jaillit de l'écran, me transperçant comme jamais je ne l'ai été.

Des points de suture. Des côtes fracturées. Une contusion.

Ça aussi, ça fait mal. Imaginer Cassidy dans son lit, en train de souffrir, seule et effrayée, enfonce encore plus le couteau dans la plaie, mais cette phrase me fait plus mal que je ne l'aurais imaginé : « Il savait que je finirais par pleurer et il a lâché l'affaire en avance ».

Putain.

Je n'ai jamais voulu la blesser. Nous étions censés nous amuser. Nous étions censés baiser, parce que nous le faisons si bien, mais ajoutez des sentiments dans le mélange, et c'est le genre de merdier qu'aucun de nous n'a besoin d'avoir sur les bras.

Je devrais partir. Je devrais passer à autre chose, mais je ne peux pas tant que je ne l'ai pas vue.

Moi : Dis-le-moi en face, et je te croirai peut-être.

Les trois points clignotent, puis s'arrêtent et recommencent pendant une minute, mais aucun message n'arrive. J'ai soudain envie de jeter le portable à travers la cafétéria.

Mais il rebondirait sur la tête d'un des patients.

— Excusez-moi.

La même infirmière qui ne m'a pas laissé entrer pour voir Cass tout à l'heure s'arrête à ma table.

— Cassidy a dit que vous pouviez la voir maintenant si vous...

Je suis debout avant qu'elle ne finisse sa phrase.

— Je vous suis.

Un sourire attendri retrousse ses lèvres, ce qui accentue les rides autour de ses yeux.

— Normalement, nous n'autorisons pas les visites après dix-sept heures trente, mais vous êtes resté ici toute la journée, alors je vais faire une exception.

Ma bouche est trop sèche pour la gratifier de politesses. Je suis reconnaissant qu'elle me laisse entrer, mais en même temps, je suis nerveux, ne sachant pas à quoi m'attendre.

L'infirmière me conduit hors de la cafétéria et nous prenons l'ascenseur jusqu'au cinquième étage. Je n'arrête pas de serrer les poings pour me débarrasser de la tension irrationnelle, anxieux de voir dans quel état se trouve Cassidy. Les quelques photos de sa Fiat accidentée que Colt a envoyées sur la discussion de groupe confirment que c'est un miracle qu'elle soit en vie. Deux côtes cassées ne sont qu'une égratignure superficielle après un tel accident.

— Vous n'avez que dix minutes, dit l'infirmière en ouvrant la porte de la chambre de Cassidy. Utilisez-les correctement.

Elle me fait un clin d'œil et me fait signe d'entrer.

Je m'arrête après avoir fait deux pas dans la chambre. Mes yeux se posent sur la jeune fille qui est à moitié assise, à moitié couchée dans son lit, soutenue par quelques oreillers blancs.

I. A. DICE

J'aspire une bouffée d'air en observant les points de suture sous son sourcil. Un centimètre plus bas, et elle aurait perdu son œil. Les poils de ma nuque se dressent et je me sens mal en scrutant sa peau olivâtre couverte de coupures et d'ecchymoses.

— Ne me regarde pas comme ça, dit-elle d'une voix calme mais faible, comme si elle était épuisée. T'as demandé à monter ici. Tu t'attendais à me trouver toute maquillée et aussi jolie que d'habitude ?

— T'es aussi jolie sans maquillage qu'avec des lèvres rouges et un smoky eye.

Je m'approche davantage avec des jambes un peu spongieuses et je m'assieds sur la chaise inconfortable située à côté de son lit.

— Comment tu te sens ?

Elle est affreusement pâle, ses lèvres sont d'un faible rose laiteux et elle a des ombres sous ses yeux bleus. Une lourde chaîne se resserre autour de ma poitrine. Elle a l'air si fragile, putain.

— Je vais bien. Les analgésiques font effet, alors je sens à peine mes côtes maintenant.

Elle repousse ses cheveux blonds et croise mon regard.

— Qu'est-ce que tu fais là, Logan ? Pourquoi est-ce que tu ne peux pas me laisser tranquille ?

Parce que je suis inquiet. Je suis confus et je ne sais pas comment faire face à ce que je ressens. Je ne *comprends* pas ce que je ressens, mais je sais que ces sentiments ne sont pas les bienvenus. Ils me rapprochent encore un peu plus de la perspective de perdre ma famille.

— Tu pensais vraiment ce que t'as dit dans ton texto ?

— Je veux le penser, admet-elle avec un soupir en tripotant

le coin de la couette qui recouvre son corps frêle. On savait que ça... que nous avions une date de péremption. On l'a dépassée maintenant.

Nous. Cela fait longtemps que je ne fais pas partie d'un « nous ». Dix ans pour être précis, mais les amourettes à la fac ne rimaient à rien. Non pas que Cass et moi rimions à quelque chose de significatif, mais nous voilà. Trois mois de sexe, et je suis complètement dépassé.

— Les plans changent, Cassidy. Ce n'est pas comme si l'un de nous deux avait quelqu'un auprès de qui rentrer à la maison. *Ne mets pas fin à tout ça. Pas encore. Je n'en ai pas fini avec toi, putain.*

— Qu'est-ce qui cloche avec ce qu'on a ?

— Il n'y a rien qui cloche. Il n'y a rien qui *va* non plus.

Elle stabilise sa respiration et s'essuie les yeux, anticipant déjà des larmes, et j'ai envie de ramper hors de ma peau.

— Plus on continue comme ça, plus je suis blessée. Je ne peux pas faire semblant plus longtemps.

— Faire semblant ?

— Que le sexe est suffisant. Ça ne l'est pas.

Je serre les dents et repousse les émotions contradictoires. Elle me glisse entre les doigts, et je n'arrive pas à décider si je dois les écarter plus largement ou fermer le poing.

— Pourquoi est-ce que t'as accepté si tu ne veux pas de plan cul ? demandé-je en laissant transparaître mon agacement.

C'est mon option la plus sûre pour l'instant. La colère m'est familière. La déception ne l'est pas. Je ne sais pas comment gérer ce brouillard glauque de dysphorie qui recouvre mes pensées.

— Pourquoi est-ce que t'es venue chez moi alors que je t'avais dit que ce ne serait que pour une fois ?

Un petit sourire tiraille ses lèvres, mais il n'a rien de joyeux. Elle a l'air d'avoir baissé les bras, d'avoir cessé de se battre pour

I. A. DICE

elle-même et d'avoir accepté ce que la vie lui réserve, quelle que soit la douleur.

— Pour un type aussi intelligent, t'es terriblement inattentif. Je viendrai *toujours* à toi si tu me laisses faire, et je te reprendrai toujours, même si ça me fait mal de te voir sortir en douce au milieu de la nuit, répond-elle d'une voix douce en me regardant dans les yeux. Je pleurerai, je me promettrai de ne pas te laisser approcher, mais je ne pourrai pas te repousser quand tu te pointeras.

Elle se mord la joue tandis que les premières larmes silencieuses glissent le long de ses joues.

— C'est triste, murmure-t-elle en me prenant en otage avec son regard. Mais peu importe le nombre de fois où tu pars, je veux que tu reviennes, Logan, parce que je t'aime. Je t'aime depuis des *années*.

Je... Je... Mon Dieu, je n'arrive plus à respirer.

J'ai déjà entendu ces mots. Tant de fois de la part de mes parents, de mes grands-parents et même de mes frères. Je les ai aussi entendus de la bouche de quelques filles bourrées à l'école, mais ils ne m'ont jamais frappé comme ils le font maintenant.

Ces trois petits mots agissent comme une balle. Ils pénètrent mon armure, percent ma poitrine et s'arrêtent dans mon cœur, le brisant net en deux.

Une cacophonie d'émotions contradictoires brûle sous ma peau comme si quelqu'un avait allumé une allumette qui se consume lentement et régulièrement au creux de mon estomac. Les mots restent coincés dans ma gorge. J'ai peur de faire une combustion spontanée à tout moment. Une réaction primitive de m'enfuir, ou quelque chose qui y ressemble, se déclenche. Un énorme flot d'adrénaline remplit mes veines comme une drogue.

Je ne me suis jamais senti aussi vivant et aussi vaincu.

Cassidy me regarde avec de grands yeux. Elle s'effondre silencieusement, tire sur la couette et enfonce ses dents dans sa lèvre inférieure pour garder le contrôle de ses émotions. Avouer ses sentiments à moi, l'enfoiré froid et arrogant qui lui procure plus de peine que de bien, parfois sans le savoir, n'a pas dû être facile.

— Les cartes sont entre tes mains, poursuit-elle tranquillement. À toi de décider si je pleurerai une fois et, par miracle, passerai à autre chose, ou si je pleurerai encore et encore.

Je ne veux pas de ces cartes.

Je ne veux pas exploiter ses sentiments et sa vulnérabilité, mais je ne sais pas si j'ai la force de la laisser partir...

Peut-être que si nous passons une nuit de plus ensemble, j'aurai ma dose. Peut-être que ça suffira. *Putain.* Elle n'aurait pas dû me dire qu'elle me céderait à chaque fois.

Comment suis-je censé me mettre à l'écart ?

Un léger coup sur la porte me sort de l'étrange transe dans laquelle j'ai glissé. La porte s'ouvre et la même infirmière qui m'a fait entrer ici se tient dans l'embrasure avec le même sourire attendri qui déforme sa bouche.

— Je suis désolée, mais il est temps de partir. Vous pouvez revenir demain à huit heures trente.

J'ai l'impression d'avoir couru un marathon quand je me hisse sur mes pieds, les yeux rivés sur Cassidy. Je me sens tellement à vif sous son regard, comme s'il n'y avait plus de peau sur mes os et que chaque mouvement d'air était une pure agonie.

Je fais un pas, me penche au-dessus du lit et presse mes lèvres sur son front. Il me faut tout ce que j'ai, chaque once de détermination, de volonté et de courage pour sortir de la chambre sans un mot.

Sans prendre acte de sa confession ni la rejeter.

Mais je le fais.

Une jambe après l'autre, je laisse Cassidy panser ses blessures en paix.

VINGT-CINQ

Cassidy

Pour la première fois depuis une semaine, je ne pleure pas quand Logan part.

Il est resté assis là, *complètement* immobile. En silence. Ses yeux étaient rivés sur les miens, mais son visage ne laissait pas deviner ce qui lui passait par la tête.

Je m'attendais à des mots. N'importe quel mot aurait suffi. N'importe quelle réaction, mais il ne m'a *rien* donné. Il ne m'a pas dit si notre relation était terminée ou si je devais m'attendre à ce qu'il se pointe à mon appartement dans quelques jours. *Rien*, jusqu'à ce qu'il m'embrasse la tête.

Aucun mot n'a été nécessaire après cela. Le geste était très éloquent. Il hurlait à pleins poumons.

C'était sa façon de me dire *au revoir*.

Peut-être que lui dire que je l'aime n'était pas le bon choix. J'aurais pu lui donner une réponse toute faite que ni l'un ni l'autre n'aurait crue, mais à quoi bon ? Qu'est-ce que le fait de taire mes sentiments a apporté jusqu'à présent ?

Au moins, en lui disant, je faisais un pas. Dieu sait dans quelle direction, mais un pas quand même.

Je n'ai pas versé une seule larme de toute la nuit. Je n'ai pas dormi non plus.

Mon corps et mon esprit sont engourdis, en partie grâce aux analgésiques qui circulent dans mon sang et en partie parce que j'ai accepté que Logan soit parti pour de bon cette fois-ci. Au lieu du soulagement attendu, j'ai envie de me mettre en boule et de me lamenter.

Luke est le premier à passer tôt le matin pour une visite inattendue mais très appréciée. Cela ne me fait pas de bien d'être seule avec mes pensées.

— Sainte mère de l'Enfant Jésus, souffle-t-il avant de fermer soigneusement la porte. T'as une sale tête, ma belle. Je sais maintenant pourquoi tu ne voulais pas que je vienne hier. Je ne voudrais pas qu'on me voie dans cet état.

Il fait un geste vers moi en faisant une grimace.

— Bon sang, on dirait que t'as perdu une bagarre avec un bus. Comment tu te sens ?

— Mieux que prévu, admets-je.

Je m'assieds lorsqu'il me tend une tasse de café à emporter du café près de notre studio. Je souris, ouvre le couvercle et inhale l'arôme divin doux-amer. Le café qu'ils servent à l'hôpital a un goût horrible, alors c'est une bénédiction.

— Tu me sauves la vie. Merci. Je suis défoncée aux médocs, alors je me sens bien. Pas de douleur pour l'instant.

Il prend place sur la chaise que Logan occupait un peu plus de douze heures plus tôt.

— J'ai déplacé la plupart de tes rendez-vous à la semaine prochaine, et je m'occuperai des deux couples qui se fichent que t'aies failli mourir et qui ont refusé d'être reportés.

— Je ne sais pas si je pourrai travailler la semaine prochaine. Une fois qu'ils m'auront laissée sortir d'ici, je n'aurai plus accès à la bonne came, et tu n'as pas idée à quel point des côtes cassées font mal.

J'envisage de sortir du lit pour lui embrasser la joue, mais je lui envoie un bisou aérien à la place.

— Merci d'avoir assuré mes rendez-vous hier. Je suis sûre que tu t'es super bien amusé avec le gamin de trois ans.

Il se renfrogne, mais de l'amusement brille dans ses yeux alors qu'il me donne une petite tape sur l'épaule.

— En fait, il n'était pas si terrible que ça, tu sais ? Mais il a arraché l'œil du lapin gris en peluche. J'en ai commandé un nouveau.

J'ai droit à un compte rendu minute par minute de la séance photo, puis je passe dix minutes à expliquer comment j'ai eu un accident de voiture avant que Luke ne parte commencer sa journée et me laisse à nouveau seule, à échanger des textos avec Kaya.

Elle est « vraiment désolée », mais elle est débordée de travail et ne pourra pas venir. Elle espère aussi que j'irai bientôt mieux et promet de venir me voir « quand elle aura moins de travail ». Traduction : une fois que mes côtes seront guéries et que je ne lui demanderai plus de m'aider.

Non pas que je le ferais. La vie m'a appris à être autonome.

— Vous avez un autre visiteur, dit l'infirmière aux environs de quatorze heures en passant la tête dans la chambre. Pas le type mignon, ajoute-t-elle d'une voix douce avant que mon cœur ne s'emballe et que l'espoir n'ose remplir les fissures de mon cœur comme de la colle médicale. Thalia Hayes. Je peux la laisser entrer ?

— Oui, mais avant de partir, est-ce que vous savez quand

je serai libérée ?

J'attends que le médecin signe les papiers de décharge depuis ce matin, mais pour l'instant, rien ne se passe.

— Ça ne va pas tarder. Le médecin est sorti du bloc opératoire et va bientôt faire sa ronde.

J'ai déjà entendu cela trois fois, mais je souris au lieu de lui faire remarquer quelque chose sur lequel elle n'a que peu de contrôle. Je n'ai pas envie de sourire, mais j'ai compris que cela me permettait d'obtenir des choses. Un dessert supplémentaire à l'heure du déjeuner et un café de la salle des infirmières au lieu de l'affreuse eau tiède et brune que j'ai eue au petit déjeuner.

— Je vais faire venir votre amie.

Thalia entre dans la pièce. Sa crinière bouclée rebondit tandis qu'elle se dirige vers mon lit avec un gros sac sur une épaule et un plus petit à la main.

— Il faut qu'on arrête de se voir comme ça, soupire-t-elle en laissant tomber les sacs sur mes jambes. Mais qu'est-ce qui t'a pris ? Theo m'a dit que ta voiture était détruite. Pourquoi est-ce que tu roulais trop vite ?!

— Bonjour à toi aussi.

Elle se penche pour me faire une bise. Ses yeux bruns parcourent mon visage et sa colère s'estompe lorsqu'elle glisse son pouce le long des points de suture sous mon sourcil et soupire.

— Comment tu te sens ?

— À peu près aussi bien que j'en ai l'air, dis-je parce que l'inquiétude qui se lit sur son visage me dérange et que j'ai du mal à afficher un sourire sincère.

Elle se soucie de moi. Elle se soucie *vraiment* de moi. Mon estomac se noue et des larmes me montent à nouveau aux yeux.

— Merci, marmonné-je.

Thalia fronce les sourcils.

I. A. DICE

— Mais de quoi tu me remercies ? Je ne t'ai encore rien donné, mais...

Elle lève un doigt, fouille dans son sac et en sort des Maltesers.

— Tiens. Je voulais apporter du vin, mais...

Elle fait un geste autour de nous.

— Je ne veux pas que tu sois ivre *et* droguée.

Je glousse en m'essuyant les yeux.

— Je t'aime, tu sais ?

— Eh bien, je suis très attachante.

Elle me fait un clin d'œil en s'asseyant sur la chaise à côté du lit.

— OK, je suis tout ouïe. Parle, Cass. Dis-moi ce qui te pèse. Je sais que tu caches quelque chose. Ça fait des semaines que t'es une épave ! C'est toujours à propos de ce type mystérieux ?

Ce n'est pas la première fois qu'elle m'ordonne de parler, mais c'était plus facile de dévier de sujet quand elle appelait pour bavarder que face à face. Je suis trop fatiguée et trop blessée pour lutter contre elle.

Elle se soucie de moi, et s'il y a quelqu'un en qui j'ai suffisamment confiance pour partager des secrets, c'est bien Thalia.

— Si je te dis quelque chose...

Je lève la tête et croise son regard.

— Tu me jures de ne le dire à personne ? Et je dis bien personne, Thalia. Même pas Theo.

Surtout pas Theo.

Elle lève trois doigts.

— Parole de scout. Allez, tu sais que tu peux me faire confiance. Parle.

Je me mords la lèvre et inspire un souffle tremblant.

— Ce type avec qui je couche depuis maintenant trois mois...

Elle lève les yeux au ciel et penche la tête dans l'expectative.
— Ouais ?
— C'est Logan.
— Logan, répète-t-elle en fronçant ses épais sourcils. Tu veux dire... mon beau-frère ? *Ce* Logan-*là* ?
— *Ce* Logan.
Je me laisse retomber sur les oreillers et fixe le plafond d'un regard perçant.
— Je pensais que je pouvais le faire.
Je serre les dents et jette mon bras sur mon visage. C'est un mensonge, et je ne veux pas lui mentir.
— J'espérais que si on continuait assez longtemps, il voudrait plus, mais il ne voulait que du sexe. Plus on se voyait, plus c'était difficile de le voir s'éclipser à la nuit tombée.
Elle saisit ma main et la caresse avec son pouce.
— C'est la dernière chose à laquelle je m'attendais. Pourquoi est-ce que t'as gardé le secret aussi longtemps ?!
— Ça faisait partie du marché. Je n'étais que son vilain secret. Personne n'est au courant et personne ne doit l'être, OK ? S'il te plaît, ne le dis pas à Theo.
— Je te l'ai promis, dit-elle. Ça fait *trois* mois que vous vous voyez en douce, Cass. Ce n'est pas que du sexe.
Oh, mais ça l'était.
— Je lui ai dit que je l'aimais, murmuré-je, au bord des larmes.
Bon sang de bonsoir, ces fichus yeux ! J'en ai vraiment marre de pleurer.
— Et maintenant, il ne veut même plus qu'on couche ensemble.
— Quel con ! souffle-t-elle en serrant ma main trop fort.
Le barrage éclate et je passe une heure à lui raconter les

montagnes russes qu'ont été ces trois derniers mois. Elle écoute la plupart du temps en silence et marmonne des injures quand je lui dis que Logan m'a jetée à la porte de chez lui la première fois que j'y suis allée et qu'il m'a enfermée dans le garage la deuxième fois.

Je suis plus légère quand j'ai terminé. Purifiée, en quelque sorte. J'avais besoin de laisser sortir tout ça. Pas forcément pour obtenir un avis, juste pour parler et être entendue. La dure réalité, c'est que Logan est parti et qu'il ne reviendra pas cette fois. J'ai franchi la limite en avouant mes sentiments.

— Qu'est-ce qu'il a répondu quand tu lui as dit que tu l'aimais ?

— Rien, dis-je en soupirant alors que je me remémore la pure mortification qui se lisait sur son visage à l'entente de ces trois mots. Absolument rien. Il s'est levé et est parti. Je n'ai pas eu de nouvelles de lui depuis, et je suis sûre que je n'en aurai pas.

— Je ne sais pas quoi dire, admet-elle.

— Il n'y a plus grand-chose à dire. C'est fini entre nous. Il faut que je me reprenne et que j'aille de l'avant.

VINGT-SIX

Cassidy

Mon lit n'est pas le plus confortable, mais il est dix fois mieux que celui de l'hôpital. Je suis maintenant en sécurité dans mon appartement, mais je suis éveillée depuis cinq heures du matin, à regarder le plafond et à essayer de comprendre comment aller de l'avant. Comment poursuivre ma vie et oublier Logan.

Il me manque tellement que j'ai l'impression que ma santé mentale se fissure. C'est pour le moins malsain, mais en même temps, une petite partie terne de moi sait qu'il ne se manifestera plus. Que je ne le regarderai pas partir au milieu de la nuit.

Nous pouvons recommencer à être civilisés et à nous saluer d'un signe de tête poli chaque fois que nous nous croisons en ville. Tout ira bien.

Je n'aurai pas du tout l'impression qu'on m'arrache le cœur parce qu'il était à moi, même brièvement, et que dorénavant, on sera de parfaits inconnus.

À huit heures, je me traîne hors du lit en roulant pour

protéger mes côtes, et à neuf heures, après une douche douloureuse et une tentative encore pire de m'habiller, j'arrive à la clinique dans une robe d'été. Aucun maquillage ne pourrait couvrir les points de suture sous mon sourcil, alors je n'ai pas pris la peine de cacher ma pommette meurtrie.

— Mon Dieu ! s'écrie Darcie en se précipitant de derrière son bureau. Qu'est-ce qui vous est arrivé, ma belle ?

Sa réaction agitée incite le docteur Jones à sortir de son bureau et à m'examiner en plissant les yeux et en fronçant les sourcils.

— Je vais bien. J'ai eu un accident de voiture, mais heureusement, je me suis seulement fracturé deux côtes. J'étais à l'hôpital depuis mercredi, c'est pour ça que je ne suis pas venue plus tôt.

— Oh, ma pauvre ! s'exclame Darcie en me serrant l'épaule. Ça a dû être terrible !

Le docteur Jones lève les yeux au ciel derrière son dos.

— Venez, Cassidy. Allons parler dans mon bureau.

Mon cœur prend un rythme plus rapide. Il n'a pas l'air décontracté et joyeux comme d'habitude. Le léger malaise qui m'enveloppait jusqu'à présent quadruple en quelques secondes. Et s'il ne s'agissait pas des tests de dépistage de MST, mais du frottis ? J'inspire aussi profondément que possible sans éclater en sanglots à cause de la douleur qui me transperce les côtes.

Je pousse une lente expiration pour me calmer. J'essaie de ne pas laisser mon esprit vagabonder vers le mot de six lettres que personne ne veut entendre, mais c'est impossible.

Cancer.

— Asseyez-vous, dit-il en me désignant la chaise située devant un petit bureau blanc. Comment vous sentez-vous ?

J'ai entendu cette question trop souvent au cours des deux derniers jours.

— Honnêtement, je vais bien. Mes côtes me font mal, mais les antidouleurs me soulagent, et...

Je fais un geste vers les points de suture sous mon sourcil.

— ... ça va cicatriser en un rien de temps.

Il penche la tête, perdu dans ses pensées.

— Quels examens est-ce qu'on vous a fait passer à l'hôpital ?

Son ton est apaisant, comme s'il essayait de me donner un faux sentiment de sécurité avant de lâcher une bombe.

— Ils vous ont fait une prise de sang ? Des radios ?

— Les deux. Pourquoi ?

— Quels médicaments prenez-vous en ce moment ?

— Juste des analgésiques. Pourquoi ? demandé-je à nouveau en me tortillant sur mon siège. C'est à cause des résultats ? Qu'est-ce qui ne va pas chez moi ? Mon Dieu, ne me dites pas que j'ai le VIH et que j'ai infecté la moitié de l'hôpi...

— Cassidy, m'interrompt-il.

Sa voix a repris le ton formel du médecin qui s'adresse à son patient, qu'il utilise rarement. Il lève les yeux de son carnet de notes sur son bureau et dérobe le sol sous mes pieds d'une seule phrase,

— Vous êtes enceinte.

Mes pensées s'arrêtent brusquement, de la même façon que ma Fiat s'est arrêtée lorsque j'ai eu un accident. Les mots résonnent dans mes oreilles comme un message vocal en boucle.

Cassidy, vous êtes enceinte.

Vous êtes enceinte.

Enceinte...

— Non, ce n'est pas possible, murmuré-je en rassemblant mes pensées et en m'accrochant à l'idée. C'est une erreur. Vous savez que je prends la pilule. Ce n'est pas possible.

— Tout est possible.

Il croise ses mains sur le bureau.

— Les pilules ont parfois des ratés. Peut-être que vous ne l'avez pas prise régulièrement ou que vous avez pris des médicaments qui ont affaibli son efficacité. Je ne sais pas, mais j'ai fait les analyses deux fois moi-même. Vous êtes bel et bien enceinte.

C'est un rêve. Un très, *très* mauvais rêve.

Je trouve ma cuisse et la pince assez fort pour briser la première couche de peau avec mes ongles. Ce n'est *pas* un rêve. Ma poitrine se serre, mes poumons se compriment et je n'arrive pas à respirer. Le coup de poignard tranchant dans ma cage thoracique se mêle à la peur tandis que le poids de la nouvelle m'écrase de l'intérieur.

— Ça va aller, dit le docteur Jones en se levant pour aller me chercher une tasse d'eau. Tous les autres tests sont revenus négatifs, donc vous n'avez pas à vous inquiéter au sujet des MST. On va faire une échographie pour voir où vous en êtes et vous donner des vitamines prénatales...

Il parle.

Il dit que je dois arrêter de prendre des analgésiques et qu'il va me faire une ordonnance pour des médicaments adaptés à la grossesse et que je dois me reposer et...

Je ne sais pas trop ce qu'il dit d'autre. Je n'écoute qu'à moitié. Je n'arrive pas à me concentrer. Extérieurement, je semble sereine ; je le regarde droit dans les yeux et hoche la tête chaque fois que je pense que c'est la bonne chose à faire. Mais intérieurement, je hurle.

Je suis enceinte de l'homme que j'aime plus que tout.

Est-ce que je peux garder le bébé ? L'élever seule ? Logan a-t-il le droit de savoir ?

Peut-être.

Est-ce que je lui dirai ?

I. A. DICE

Je n'en sais rien.

J'ai peur de sa réaction. Aucun scénario ne jouera en ma faveur. Soit il restera avec moi parce qu'il voudra faire les choses bien pour son enfant, mais il me détestera quand ses frères cesseront de lui parler, soit il me dira de prendre rendez-vous à la clinique d'avortement, et ensuite il me rayera de sa vie.

J'aimerais qu'il y ait une troisième option. Une option où il me sourirait, excité, *heureux* et amoureux. Une option où il m'embrasserait et se mettrait à genoux pour embrasser mon ventre.

Je porte un instant la main à mon abdomen, puis la retire. Ce n'est pas le moment de m'attacher à quelqu'un que je ne rencontrerai peut-être jamais.

Peut-être que je ne devrais pas le dire à Logan. Il me détestera, et si je peux supporter l'indifférence, je ne pense pas pouvoir supporter la haine de la seule personne que j'aime.

— Cassidy.

La voix du docteur Jones traverse le tumulte de mes pensées désordonnées.

— Je n'ai pas pensé à poser la question quand vous êtes venue ici lundi, mais... quand vous m'avez demandé de vous tester pour les MST, est-ce que les rapports sexuels étaient consensuels ?

— Oh mon Dieu, *oui* ! glapis-je en enfonçant mes ongles dans les paumes de mes mains. Oui, ça l'était, mais je n'arrive pas à comprendre comment c'est possible. Je n'ai jamais oublié une pilule, et elles sont censées fonctionner !

— Je ne sais pas quoi vous dire.

Il écarte les papiers sur son bureau et se penche plus près de moi.

— Ça arrive. Pas souvent, mais ça arrive. Laissez-moi faire l'échographie, et vous pourrez rentrer chez vous et réfléchir à ce que vous ferez ensuite, OK ?

— OK, murmuré-je en hochant la tête comme un chien à tête mobile sur le tableau de bord d'une voiture, avant que mes yeux ne s'écarquillent. Et l'accident de voiture ? Et si...

— Ne vous inquiétez pas à l'avance, m'avertit-il. Ça ne se voit pas encore, donc votre grossesse ne doit pas être trop avancée, et avec aucun dommage interne autre que des côtes cassées...

Il s'interrompt.

— Des saignements ou des douleurs ?

Je secoue la tête pour dire « non ».

— C'est bien. Vous souvenez-vous de la date de vos dernières règles ?

Je secoue à nouveau la tête, mais j'ouvre également la bouche.

— Non, elles ne sont pas régulières avec la pilule. Parfois, je n'en ai pas pendant des mois, alors je n'y fais pas attention.

— OK. Et qu'en est-il des rapports sexuels non protégés ? C'était quand ?

Mes joues se mettent à chauffer en un instant.

Je compte pour essayer de trouver une date. Il y a combien de temps que Logan et moi avons fait l'amour pour la première fois ? L'anniversaire de Thalia était en mars. Rencards Express était la première semaine d'avril. Nous sommes maintenant à la première semaine de juillet.

— Hum, la première fois remonte à environ trois mois.

Treize semaines. Cela se verrait à treize semaines, non ? Ce n'est pas possible que j'en sois à ce stade. Je n'ai pas été malade, je n'ai pas été fatiguée et je n'ai pas eu de fringales. Je me sens *normale*.

J'aimerais savoir quand j'ai eu mes dernières règles et com-

I. A. DICE

ment compter quand j'ovule. Peut-être que je m'en serais rendu compte plus tôt si j'avais eu des nausées. Peut-être que si mes règles étaient plus régulières ou si j'avais eu des envies bizarres... mais pour l'instant, je n'ai aucun symptôme de grossesse.

Ma réponse ne le perturbe pas, et je lui suis reconnaissante de son professionnalisme sans faille.

— OK. Vous devez en être au premier trimestre de votre grossesse. On peut faire une échographie normale pour commencer, mais je vous recommande une échographie transvaginale. Elle nous montrera la gestation, même si elle ne date que de quelques semaines. Vous voulez que je demande à une infirmière de vous aider à vous changer ?

— Non, je me débrouillerai.

Il me faut plus de temps que d'habitude pour retirer ma robe et enfiler une blouse, mais ce moment de solitude me permet de respirer et de réfléchir. Je contemple mon reflet dans le miroir, les yeux fixés sur mon ventre. Je tourne à gauche et à droite pour vérifier qu'il n'y a pas de rondeurs, puis j'y appuie mes doigts en fronçant les sourcils. Mes abdominaux ont-ils toujours été aussi fermes ? Cette légère courbe était-elle là avant ?

— Ça va, Cass ? demande le docteur Jones en frappant à la porte.

— Oui, désolée.

Je fourre mes mains dans les manches de la blouse et essaie de maintenir le dos fermé parce que je n'ai aucun moyen de passer la main derrière pour l'attacher.

— Je suis beaucoup plus lente maintenant que je dois faire attention à mes mouvements.

— Je me suis cassé quelques côtes quand j'étais plus jeune, alors je sais à quel point ça fait mal. Vous vous en sortez comme une championne, croyez-moi. J'étais plus théâtral.

Je m'allonge sur le lit avec un peu d'aide, et le docteur Jones repositionne mes jambes en joignant mes chevilles et en écartant mes genoux.

— OK, essayez de vous détendre. Vous allez ressentir une sensation de froid.

Comme toujours. Il déroule un préservatif sur la sonde, la recouvre d'un gel transparent, puis rapproche un moniteur avant d'enfoncer lentement la sonde en moi.

C'est une expérience surréaliste.

Je n'ai pas encore eu le temps d'assimiler la nouvelle, de faire une pause et de réaliser qu'une personne minuscule est en train de grandir en moi. Une personne minuscule avec les yeux et les cheveux noirs de Logan, mon nez et mes lèvres. Son intelligence, ma passion et...

La chaleur qui se répand autour de mon cœur meurtri est proche de ce que je ressens quand je suis avec Logan... *heureuse*. J'ai appris à ne pas m'accrocher à ce sentiment.

Il ne dure jamais.

Je ferme les yeux pour bloquer les images attrayantes d'un bébé couché dans un berceau à côté du grand lit de la chambre de Logan.

Le docteur Jones fait bouger la sonde pendant un moment avant de l'immobiliser, et il sourit assez largement pour faire ressortir les rides au coin de ses yeux.

— OK, j'ai trouvé le petit. Ne bougez pas. Je vais prendre les mesures. Vous voulez que je mette le son ? Vous pourrez entendre les battements de son cœur.

Mes yeux se remplissent de larmes lorsque je secoue la tête. J'ai envie de les entendre, mais si je décide de ne pas garder le bébé, le son me hantera pour toujours. Je me mords la lèvre en jetant un coup d'œil au plafond.

I. A. DICE

— Je sais que c'est une grossesse surprise, Cassidy, mais donnez-vous du temps, d'accord ? Ne prenez pas de décisions hâtives. Réfléchissez-y, et quand vous serez certaine de savoir ce que vous voulez faire, je serai là pour vous aider, quelle que soit votre décision.

Aucun mot ne franchit mes lèvres. Ils restent coincés dans ma gorge, derrière une grosse boule qui rend la déglutition douloureuse. Je lutte pour ne pas éclater en sanglots pendant toute la durée de l'échographie qui prend à peine cinq minutes.

— D'après les mesures, vous en êtes à neuf semaines et trois jours. Le bébé a l'air en bonne santé et se développe comme il le devrait à ce stade. Je ne vois aucune raison de s'inquiéter.

Neuf semaines. Je suis enceinte depuis deux mois et je n'ai rien remarqué. Je me mords l'intérieur de la joue et perçois le goût du sang sur ma langue.

Comment ai-je fait pour ne pas m'en apercevoir ? Quel genre de mère potentielle cela fait-il de moi si je n'ai même pas réalisé que j'étais enceinte ?

— J'ai bu, dis-je d'une voix tremblante. Je ne savais pas, et j'ai bu, j'ai fait la fête, j'ai stressé, j'ai soulevé des poids et...

Le docteur Jones me serre la main pour me rassurer.

— Le bébé va bien, Cassidy. Vous pensez que vous êtes la seule femme qui ne savait pas qu'elle était enceinte ? J'ai vu des femmes ne s'en rendre compte qu'au milieu du deuxième trimestre. Vous ne pouvez pas revenir en arrière et changer les choses maintenant, alors ne vous culpabilisez pas. Assurez-vous de prendre soin de vous à l'avenir. Ne buvez pas, ne soulevez pas de poids, ne vous stressez pas et reposez-vous suffisamment.

Il me serre à nouveau la main lorsque je m'essuie le visage.

— Rhabillez-vous. Je vais imprimer les photos et rédiger une ordonnance pour de l'acide folique et des vitamines.

Il m'aide à m'asseoir avec un regard bienveillant qui ne m'aide guère à faire face à la situation. Je m'enferme à nouveau dans la salle de bains et me débarrasse de la blouse avec des mains tremblantes.

— Je n'ai aucun symptôme, dis-je assez fort pour qu'il m'entende. Je n'ai pas été malade et je n'ai pas eu de fringales. C'est normal ?

Il glousse doucement et le son me parvient à peine à travers la porte fermée.

— Chaque grossesse est différente. Certaines femmes vomissent et d'autres non. Vous devriez être contente de ne pas avoir eu de nausées matinales. Beaucoup de femmes donneraient leur bras et leur jambe pour ne pas vomir tous les jours. Cela ne veut pas dire que ça ne viendra pas. Il reste encore beaucoup de temps.

Peut-être que mes symptômes sont légers ? Ou faciles à confondre avec autre chose. J'ai été fatiguée et sans énergie ces derniers temps, ce qui s'est traduit par plus d'heures passées au lit, mais j'ai associé cela aux longues journées de travail et aux nuits tardives avec Logan.

— Darcie va vous programmer un rendez-vous pour une autre consultation dans quatre semaines, et elle vous remettra un kit de grossesse à l'accueil, me dit-il lorsque je suis de retour dans son bureau. Passez à la pharmacie aujourd'hui et commencez à prendre l'acide folique et les vitamines tout de suite. J'ai imprimé quelques photos.

Il me tend une feuille d'ordonnance et une enveloppe A4 fermée.

— Juste au cas où vous voudriez jeter un coup d'œil.

I. A. DICE

Appelez-moi si vous avez des questions.

J'ai cent questions, mais le docteur Jones n'a pas les réponses.

Il n'y a que moi qui les ai.

VINGT-SEPT

Logan

Un jour passe.

Deux.

Trois.

Je perds la tête.

Chaque jour est une lutte. Je me dispute mentalement avec moi-même toutes les foutues heures pour ne pas envoyer de texto à Cass, ne pas l'appeler, ne pas prendre ma voiture et me rendre à son appartement.

Elle est omniprésente dans ma tête. Mes pensées tournent autour de la belle blonde sans arrêt.

Je n'ai pratiquement rien mangé depuis que j'ai quitté l'hôpital mercredi soir. Je me contente de café, de pommes et de bière. Je ne sais pas *pourquoi* des pommes, alors ne me posez pas la question.

Nous sommes samedi à présent, et je ne sais pas combien de temps encore je vais pouvoir supporter les allers-retours incessants que ma tête est en train de mener.

Va la voir.

N'y va pas.

Admets que tu tiens à elle.

Ce n'est qu'une amourette.

J'ai envie de la voir et de m'assurer qu'elle va bien. J'aimerais vérifier si elle a besoin d'aide pour quoi que ce soit. Lui faire des courses, peut-être. Ou faire réparer sa voiture. Bien que je doute qu'elle puisse être réparée. Il lui en faut une nouvelle. Je pourrais l'aider pour ça.

Je bois seul pour la première fois depuis très longtemps. Ce n'est pas comme si je pouvais appeler un de mes frères pour me tenir compagnie dans ma misère, alors une caisse de Corona et Fantôme font l'affaire.

Il se fiche complètement de moi et reste blotti dans le fauteuil.

Je renverse ma bière et me lève d'un bond lorsque mon téléphone émet un bip sur la table basse, pensant, ou plutôt *espérant*, que c'est Cassidy, mais non. C'est juste le groupe de discussion des Hayes.

Nico : Logan, retrouve-moi au Rave dans une heure.

Colt : Et moi ? Je veux y aller aussi.

Cody : Oui, et moi aussi.

Nico : Pour rappel, j'ai voté contre l'ajout des 3C au groupe de discussion avant qu'ils n'atteignent l'âge de 21 ans.

Moi : Merci, frérot, mais je vais devoir refuser ce soir.

I. A. DICE

*Shawn : *Tiens, tiens, tiens* L'intrigue se resserre...*

Theo : Le rappel a été entendu. Non pas que quelqu'un s'en préoccupe. T'étais en minorité, Nico. Et pourquoi est-ce que je ne suis pas invité ?

Nico : Parce que je suis attentif. C'est le premier week-end du mois, et ça veut dire que tu le réserves à ta femme. Soirée en amoureux, non ? T'es puni, frérot. Et Logan ? Tu peux refuser si t'es en train de baiser ou si t'es en train de mourir. C'est lequel ?

En train de mourir, putain.

Je suis une Drama queen, mais une partie de moi a l'impression d'être en train de mourir, là. J'éteins l'écran et jette le téléphone sur le siège à côté de moi. Le bip incessant ne s'arrête pas, et je sais qu'ils se pointeront ici tous les six si j'arrête de répondre. J'attrape à nouveau le téléphone pour leur dire que je suis occupé avec une fille pour qu'ils me foutent la paix, mais je manque de m'étouffer avec ma Corona à la place. Parmi les innombrables notifications du groupe de discussion, il y a un message de Cassidy.

Ma princesse : Il s'avère que je n'ai pas de MST. À moins que tu n'aies menti en disant qu'on était exclusifs, je suppose que tu n'as rien à craindre. Je suis désolée de t'avoir crié dessus.

Je tapote une réponse tandis que mon cœur bat à tout rompre et que mon âme, assise sur mon épaule, regarde la scène se dérouler avec les bras croisés et un regard dubitatif.

Moi : Je n'ai pas menti. Comment tu te sens ? T'as besoin de quelque chose ?

Mes yeux sont rivés sur l'écran pendant tout le temps où les trois points clignotent. Je dois attendre une demi-minute avant qu'une réponse ne vienne.

Six mots.

Six putains de mots qui me tuent sur place.

Ma princesse : Une machine à remonter le temps.

Ma princesse : Je vais bien. Je te reverrai dans le coin.

Putain, ça fait mal. Elle me renvoie la phrase que j'ai chuchotée à maintes reprises dans l'obscurité de sa chambre, et elle transperce mon calme avec la précision d'un sniper.

Je rejette ma tête contre le dossier du canapé tandis que le téléphone continue de biper. Mais ce n'est pas Cass. Ce sont mes frères qui font exploser la discussion de groupe.

J'essaie de m'imaginer en train de la rayer de ma vie, de revenir à ce que nous étions avant la fête d'anniversaire de Thalia, mais je n'y arrive pas.

Il n'y a pas de retour en arrière possible.

Je ne veux pas *revenir en arrière*. Je ne veux pas faire comme si elle ne m'avait pas dit qu'elle m'aimait. Je veux aller de l'avant et voir ce que nous pouvons faire. *Nous.* Je veux me comporter en homme et cesser de lutter contre les sentiments qui m'envahissent ; cesser de prétendre que notre relation n'est que sexuelle.

Ce bateau a levé l'ancre.

Non, il a coulé au fond de l'océan.

Les trois derniers jours ont été une véritable torture. J'ai tenu bon en travaillant et en m'occupant pendant la journée, mais je n'avais aucune distraction pour empêcher mon esprit de vagabonder quand j'étais assis dans ma maison silencieuse, seul.

I. A. DICE

Elle me manque.
Pas le sexe.
Elle me manque.
L'odeur de ses cheveux, ses doux sourires, sa voix, ses lèvres et son goût. Cela me manque de la voir, d'être près d'elle, de la regarder rabattre les mèches blondes de ses cheveux soyeux derrière ses oreilles et se mordiller la lèvre inférieure lorsqu'elle hésite.
Entendre sa voix et la voir sourire ou froncer son petit nez me manque. La chaleur de son corps, ses yeux voilés et mon nom sur ses lèvres qui sonne comme une prière. La façon dont elle joue avec mes cheveux quand je suis allongé, le visage enfoui dans ses seins, juste après avoir joui et que je reprends mon souffle.
Il y a tant de choses qui me manquent. Tant de choses que j'aime chez cette fille.
Je me redresse et ouvre grand les yeux.
Aime ?
Mon cœur bat plus vite pour essayer de suivre le rythme de mes pensées et ma poitrine se contracte comme si j'avais des crampes.
Est-ce que je suis... ?
Est-ce que c'est ce que je ressens ?
L'inquiétude constante, mes pensées qui tournent autour d'elle comme un vautour qui a repéré un animal blessé, le besoin d'être avec elle tout le temps, putain... c'est *ça* ?
Mon cœur se gonfle et palpite comme un oiseau en cage.
Putain de merde.
Et comme d'un coup de baguette magique, mon esprit se vide des parasites et du désordre. J'écarte l'idée que mes frères vont me détester pour avoir couru après Cassidy.

Ils peuvent m'aimer ou me détester.

Il n'y a pas une seule chose que je ne leur pardonnerais pas.

Il n'y a pas une seule chose qui me ferait tourner le dos à l'un ou l'autre de mes frères, et j'espère que cela vaut dans les deux sens.

Même si ce n'est pas le cas, je ne devrais pas avoir à choisir entre eux et *elle*. Ils devraient être là pour moi quoi qu'il arrive. Mon bonheur ne peut pas dépendre de leur approbation.

Je saisis mon téléphone pour envoyer un texto à Cass et lui dire que j'arrive, mais soixante-neuf notifications sur l'écran me volent mon attention.

— Merde, soupiré-je en constatant que cinq minutes sans réponse de ma part ont suffi pour que les Hayes se rassemblent comme des putains d'Avengers.

Ils sont en route vers chez moi, mais je n'ai pas le temps pour ça maintenant. Ils peuvent attendre. Je dois d'abord parler à Cassidy. J'attrape les clés, verrouille la maison et sors de l'allée en marche arrière en faisant crisser les pneus, le pied au plancher.

VINGT-HUIT

Cassidy

Plusieurs brochures sur la parentalité sont étalées sur la table basse. Les vitamines et l'acide folique sont près de la bouilloire, prêts à être ingérés tous les matins. J'ai pris la première dose hier soir et une autre aujourd'hui.

Je n'ai pas encore décidé ce que j'allais faire, mais pour l'instant, pendant que j'essaie d'accepter ce chaos, je prends les vitamines, je bois du déca qui a un goût de carton et j'essaie de ne pas stresser. Plus facile à dire qu'à faire.

Cela fait vingt-quatre heures que le docteur Jones m'a jetée du haut de la falaise en m'annonçant la nouvelle. C'est encore si nouveau. C'est tellement *étrange* de penser qu'un être humain est en train de grandir à l'intérieur de moi.

Un garçon, j'espère.

Une petite copie conforme de son papa avec des yeux sombres, des pommettes hautes et une mâchoire carrée. Mais mon nez. Et la forme de mon visage.

Aura-t-il les cheveux foncés, ou clairs comme les miens ?

Foncés. Définitivement foncés. Les gènes Hayes sont trop forts pour que mon pauvre blond puisse gagner la bataille.

Parmi les brochures joyeuses et réconfortantes concernant les étapes de la grossesse, les choses à faire et à ne pas faire, et des dessins du bébé à différents stades jusqu'à la naissance, il y a deux autres dépliants. Les moins réjouissants. Des pages blanches sans images, dessins ou textes. Une simple feuille de papier pour dissimuler ce qui est écrit sur les pages qui se cachent en dessous.

J'en ai ouvert une, mais je n'ai pas pu supporter plus que les deux questions écrites en gras en haut de la première page.

Vous êtes enceinte, mais vous n'êtes pas sûre de vouloir garder le bébé ? Vous avez besoin de plus d'informations sur l'avortement ?

L'idée de mettre fin à la grossesse me glace le sang, mais ce choix est tout aussi valable que celui d'aller jusqu'au bout et d'avoir le bébé. Les deux options présentent des avantages et des inconvénients. Le choix lui-même est une bénédiction que la plupart des femmes américaines n'ont plus. Ici, en Californie, nous avons encore le droit de prendre des décisions délibérées au sujet de notre corps. Nous avons le droit de ne pas devenir mères juste parce que nous avons picolé et oublié de mettre un préservatif.

Ce sont des choses qui arrivent, et le fait que nous ne soyons pas obligées d'élever des bébés dont nous ne voulons pas rend la société plus saine.

Je veux lire la brochure et connaître les options qui s'offrent à moi. Combien de temps avant que je doive prendre une décision ? Combien de temps avant qu'il ne soit trop tard ? Est-ce que ça va faire mal ? Comment se déroule la procédure ?

Je connais l'autre revers de la médaille ; les dépliants sur la grossesse ont été un jeu d'enfant à lire. Je me suis imprégnée des informations, j'ai pris des notes mentales et j'ai oublié pendant un moment que ce bébé n'est pas un miracle planifié. C'est une surprise. Un accident.

Je suis assise sur le canapé avec une tasse de thé vert à la main et je regarde fixement l'enveloppe encore scellée parmi les dépliants. Une partie de moi veut l'ouvrir en grand et regarder les photos à l'intérieur : les premières photos de mon bébé. Une autre partie de moi sait que je ne dois pas y toucher avant d'avoir pris ma décision.

Un coup frappé à la porte me fait tourner la tête brusquement. Sans prendre le temps de réfléchir, je traverse la pièce et ouvre la porte d'un coup sec. Et juste au moment où je le fais, je réalise que les brochures sont toujours sur la table basse, en évidence.

Mon visage perd toute couleur lorsque je vois Thalia. Son sourire se transforme en grimace une seconde avant que je ne lui claque la porte au nez.

— Donne-moi une seconde ! crié-je en me dépêchant de cacher les prospectus.

Il ne faut pas qu'elle le sache. Pas tant que je n'aurai pas décidé si je dois le dire à Logan.

— Entre ! crié-je à nouveau en fourrant les preuves de mon nouvel état béni dans la commode de ma chambre.

— Qu'est-ce qui se passe ? me demande-t-elle depuis la cuisine sur un ton sec. Pourquoi est-ce que t'as failli me casser le nez ?

— Désolée, je devais ranger quelque chose.

Je sors de la chambre et m'arrête dans mon élan.

Thalia se tient près des placards de la cuisine avec une bouteille de vin à côté d'elle, deux verres dans une main...
Et mes vitamines prénatales dans l'autre.
Pourquoi n'ai-je pas pensé à ça ?!
— Je... je... ce ne sont pas...
— Pas les tiennes ?! lance-t-elle, les yeux écarquillés et les sourcils froncés. Ne t'avise pas de me mentir !
Elle observe la bouteille et jette un bref coup d'œil à celle remplie d'acide folique.
— T'es enceinte.
Ce n'est pas comme ça que les gens étaient censés le découvrir. *Personne* n'était censé le savoir ! Je suis furieuse contre moi-même de ne pas avoir pensé à cacher les vitamines et furieuse contre Thalia d'avoir débarqué ici à l'improviste. Si elle m'avait prévenue dix minutes à l'avance, j'aurais pensé à cacher les pilules.
Mais la colère n'est pas aussi intense que le soulagement. J'ai envie de parler, d'entendre un avis impartial et de le *dire* simplement à quelqu'un parce que mon esprit est dans tous les sens et change d'avis dix fois par minute.
— Je ne l'ai appris qu'hier, admets-je à mi-voix.
Elle réduit la distance qui nous sépare et passe ses bras sur mes épaules pour m'étreindre.
— Je suis tellement choquée que je ne sais pas quoi dire. Je te féliciterais bien, mais j'ai l'impression que t'es à deux doigts de pleurer, alors je suppose que tu n'es pas encore dans l'état d'esprit adéquat pour ça.
— Pas encore, dis-je dans ses cheveux qui me chatouillent le visage. Je ne sais pas quoi faire... Je suis tellement déboussolée.
Je m'éloigne pour lui servir un verre de vin et cacher les vitamines et l'acide folique dans le placard au cas où quelqu'un d'autre déciderait de me rendre visite.

I. A. DICE

— T'en es à quel stade ? demande-t-elle lorsque nous nous asseyons aux extrémités opposées du canapé. Logan est au courant ?

— Non. J'essaie de décider si je dois lui dire ou si je dois... tu sais. Ne *pas* avoir le bébé.

Ses sourcils rejoignent la racine de ses cheveux et sa bouche s'ouvre comme si elle voulait parler, mais elle décide d'avaler une grande gorgée de vin à la place. Je suis sûre qu'elle a envie de me crier dessus, d'attraper le téléphone et de dire à Logan de ramener ses fesses ici tout de suite, mais Thalia *est* ma meilleure amie. Au lieu d'agir selon ses principes et de s'assurer que sa famille est protégée, elle prend une seconde pour penser à *moi*.

— OK.

Elle se secoue pour se débarrasser de la raideur de ses muscles.

— T'as pris ta décision ? Parle-moi, ma belle. Je ne peux pas t'aider si je ne sais pas ce que t'as dans la tête en ce moment. Je connais Logan, alors je pourrais peut-être mettre fin à tes doutes.

Je replie mes pieds sous mes fesses et lutte contre l'instinct maternel qui me pousse à poser ma main sur mon ventre. Je ne l'ai pas encore fait une seule fois, mais c'est difficile. D'autant plus que lorsque j'ai scruté mon ventre ce matin, j'ai été de plus en plus convaincue que la légère élévation sur mon bas-ventre *est* une bosse.

C'est minuscule, et probablement personne ne verrait ça comme un ventre de grossesse, mais je connais mon corps, et cette protubérance est nouvelle.

Les brochures disent que certaines femmes commencent à montrer des signes de grossesse dès la huitième semaine, en fonction de leur physique. Je suis maigre comme un clou, ce qui veut dire que mon ventre gonflera probablement plus tôt que celui de Thalia, par exemple, lorsqu'elle décidera de tomber enceinte.

Je tiens ma tasse à deux mains pour les occuper et appuie le bord sur ma lèvre inférieure.

— J'ai peur.

— Qu'il te dise de te débarrasser du bébé ? demande-t-elle en finissant le reste du vin. On dirait que je vais me saouler pour nous deux ce soir.

— J'ai peur qu'il assume ses responsabilités et qu'il me déteste pour avoir gâché sa relation avec Nico, Theo et les autres. J'ai toujours été superflue. J'ai toujours été une nuisance pour les gens qui m'entourent. Mes parents, mes familles d'accueil, et même la plupart de mes amis.

Thalia est tout ouïe pendant que je lui raconte des choses sur mon passé dont personne d'autre que Logan n'est au courant. Je lui dépeins avec précision la négligence et les mauvais traitements dont j'ai été victime et le sentiment d'impuissance que j'ai éprouvé pendant des années. À quel point il était difficile de me relever à chaque fois et d'affronter le monde avec un visage courageux.

— Je ne veux pas me sentir indésirable pour toujours, admets-je à voix basse.

Je suis alors frappée par la pensée que le bébé qui est en moi *voudra* et aura *besoin* de moi pour toujours. Je serais importante pour quelqu'un. Irremplaçable.

— J'aime Logan, Thalia, de tout mon cœur, mais il est loyal envers ses frères, et je suis de l'air vicié pour eux. Si Logan assume ses responsabilités, ce que je suis presque sûre qu'il fera, ils ne le soutiendront pas, et à un moment donné, il m'en voudra. Il m'accusera d'être la cause de son déchirement avec sa famille.

— Qu'est-ce qui te fait...

Elle s'interrompt en secouant la tête.

— Revenons en arrière. Qu'est-ce qui fait croire à *Logan* que ses frères ne le soutiendront pas ?

Mes joues se mettent à chauffer. Thalia sait que j'ai couché avec Theo bien avant qu'elle ne déménage aux États-Unis, mais nous n'avons jamais abordé le sujet.

— Theo, pour commencer, dis-je aussi vaguement que possible, mais la façon dont elle presse ses lèvres l'une contre l'autre me dit qu'elle a compris l'allusion. Et Nico, évidemment. Je suis amie avec Kaya.

— Et alors ? Ce n'est pas comme si t'avais trompé Nico.

— Je sais, mais il est pratiquement prêt à m'assassiner dès qu'il me voit et...

— Il a toujours l'air de vouloir tuer quelqu'un, Cassidy. C'est clair que ce n'est pas ton plus grand fan, mais ce n'est pas parce qu'il t'en veut *personnellement*. Il essaie juste d'éviter tous ceux qui lui rappellent Kaya et Jared, mais il s'en remettra. Il s'emporte facilement, mais une fois qu'on a réussi à percer sa carapace, c'est un mec bien.

Nico Hayes est un mec bien ?

Non. Elle dit cela uniquement parce que c'est un Hayes et que la famille est ce qu'il y a de plus important pour elle.

Elle s'adosse au fauteuil à oreilles et tourne mon Ficus dans l'autre sens pour ne pas l'avoir dans la figure.

— Je pense que Theo est rigide parce qu'il a peur que je sois jalouse s'il te parle.

Elle boit une autre gorgée de vin.

— Je lui ai dit que je ne le suis pas, soit dit en passant. On a tous un passé.

— T'as peut-être raison, ou peut-être que t'es une éternelle optimiste... J'hésite à le dire à Logan.

Thalia joue avec son verre, profondément pensive pendant un moment, comme si elle essayait de mettre des mots sur ses pensées et de ne pas paraître méchante.

— Je ne te dirai pas quoi faire, ma belle. C'est ta vie, et tu dois prendre cette décision toute seule, mais si tu veux mon avis, je pense que Logan mérite de le savoir. Ce n'est pas seulement ton bébé.

Chaque fois qu'elle dit « bébé », mon cœur palpite. Entendre le mot rend les choses réelles. Non pas que ce ne soit pas réel, mais... Je ne sais pas, ça solidifie le fait.

***

Un grand coup retentit sur la porte vers vingt-et-une heures, peu de temps après le départ de Thalia. Cette fois, je sais exactement qui se tient à l'extérieur. Il n'y a pas de doute sur l'urgence du coup, mais c'est le pire moment pour qu'il se présente, car mes joues sont tachées de larmes.

J'ai pris mon courage à deux mains pour lire la brochure sur l'avortement, et mon imagination fait des heures supplémentaires, imaginant le processus, la douleur et le sang. Un sentiment de perte s'est emparé de moi et j'ai maintenu ma main posée de façon protectrice sur mon petit ventre.

Ma résolution de ne pas en parler à Logan s'est affaiblie pendant que je lisais. Il faut qu'il soit au courant. Il a le droit de savoir et de m'aider à prendre une décision en toute connaissance de cause. Nous sommes tous les deux des adultes, bon sang. Nous pouvons trouver une solution.

Mais pas ce soir. Je suis trop désemparée. Trop vulnérable pour me battre.

Je reste debout près de la porte et m'essuie le visage. Tant que la serrure n'est pas tournée, tant qu'il y a une certaine distance entre nous, j'ai la force de lui tenir tête.

— Pas ce soir, Logan, dis-je en posant ma tête sur la porte tandis que les larmes reprennent leur voyage le long de mon visage comme de petites rivières.

Ma voix est cassée ; elle est tendue, mais je ne peux pas arrêter les sanglots qui me brûlent la gorge.

— S'il te plaît. Pas ce soir, OK ? Va-t'en.

— Tu pleures ? demande-t-il d'une voix vibrante de tension. Qu'est-ce qui se passe ? Tu ne vas pas bien ? Laisse-moi entrer.

— Va-t'en.

— Ouvre la porte, Cassidy. Laisse-moi entrer. Il faut qu'on parle.

Oui, mais pas ce soir.

— Va-t'en, soupiré-je en gémissant et en frissonnant de tous mes membres.

— C'est hors de question. Il n'y a pas moyen que je parte. Éloigne-toi de la porte. J'entre.

— Va-t'en.

Un léger bruit sourd secoue le cadre. Il n'est pas assez puissant pour provenir du grand corps musclé de Logan, alors je suppose qu'il s'est frappé le front contre la porte.

— Laisse-moi entrer, bébé. T'es contrariée. Parle-moi. Dis-moi ce qui ne va pas.

— Va-t'en.

C'est tout ce que je peux dire, étouffant silencieusement mes larmes. Il ne répond pas pendant un long moment, mais je sais qu'il est toujours là. Je peux le sentir. Mon corps picote dès qu'il est près de moi, mais ces picotements ne sont pas agréables ce soir.

Ce soir, de petits insectes rampent sous ma peau. Le malaise est comme un organisme vivant qui s'installe dans mon cœur et mon esprit. Je me laisse glisser jusqu'au sol et m'agrippe à mes genoux. Il finira bien par abandonner et par partir. Il ne va pas passer la nuit dans le couloir.

Je reste assise là en faisant de mon mieux pour me ressaisir pendant ce qui me semble être de longues minutes. Il n'y a pas de mouvement derrière la porte, mais je sens toujours sa présence.

Le crissement de la porte du balcon qui s'ouvre me fait tourner la tête dans cette direction. Mon cœur bat la chamade pendant deux longues secondes avant que Logan n'entre dans l'appartement dans l'obscurité de la nuit comme un vulgaire cambrioleur.

Mon pouls s'accélère et résonne dans ma tête et au bout de mes doigts lorsqu'il referme la porte, les yeux rivés sur moi, un froncement de sourcils creusant un profond sillon sur son front. Je me lève d'un bond et m'essuie le visage du revers de la main.

— Qu'est-ce qui se passe ? demande-t-il.

De l'inquiétude marque ses traits à mesure qu'il s'approche de moi.

— Pourquoi tu pleures ? Qu'est-ce qui s'est passé ?

Je le repousse à deux mains en me mordant la lèvre suffisamment fort pour avoir des bleus et suffisamment fort pour arrêter de pleurer.

— Va-t'en.

La panique pure dans ma voix résonne haut et fort.

C'est pathétique. J'en ai tellement marre de cette agitation émotionnelle et de ces larmes qui ne veulent pas sécher.

Mes yeux s'écarquillent et un petit rire troublant s'échappe de ma bouche lorsque je réalise pourquoi j'agis de façon si étrange, à brailler comme une gamine effrayée.

Je me suis toujours débrouillée seule. J'ai vécu assez de

I. A. DICE

douleur et de négligence pour ne pas me laisser abattre par le mal qu'on me fait, mais je suis une épave émotionnelle depuis quelque temps.

Stupides hormones.

— S'il te plaît, Logan. Va-t'en. Je ne peux pas faire ça aujourd'hui, dis-je en plantant mes pieds sur le sol tout en essayant de le pousser vers la porte. Vers la *sortie*.

J'aurais plus de chance à déplacer un mur de briques.

Il saisit mes poignets, me tire vers lui et me coince dans ses bras avec une main qui berce ma tête et appuie ma joue contre sa poitrine tandis que l'autre entoure le bas de mon dos.

— Shh, bébé. Calme-toi.

Je tremble. Mon corps est tellement détaché de mon esprit que j'ai l'impression de me trouver au milieu du pôle arctique alors que mon cerveau est en surchauffe en Amazonie. De la bile remonte dans ma gorge ; le goût vil et acide brûle comme de l'acide sulfurique. J'essaie de m'éloigner de Logan, mais il ne fait que me rapprocher de lui.

— Je ne te laisserai pas partir. Pas tant que tu ne te seras pas calmée et que tu ne m'auras pas dit ce qui s'est passé pour que tu sois aussi bouleversée.

Les larmes reviennent en force. Elles coulent le long de mon nez et de mon menton, même si mes yeux sont fermés pour les empêcher de s'échapper. Je pousse à nouveau Logan en enfonçant mes poings dans ses flancs et en me débattant comme une folle.

Ce n'est pas la meilleure chose à faire si l'on considère que mes côtes cassées hurlent à l'agonie et me rendent immobile et sans voix trois coups de poing plus tard. Dans un réflexe involontaire, j'agrippe le dos du t-shirt de Logan et lui mords le bras aussi fort que possible pour transférer la douleur.

— Merde.

Il déplace ses mains vers mes hanches et me soulève dans ses bras.

— Respire, bébé. Respire juste à fond pour moi.

Il s'assied sur le canapé-lit et me serre contre sa poitrine.

— Ça va ?

Je réajuste ma position très légèrement pour me lover contre sa poitrine. La douleur aveuglante agit comme un sédatif sur mon esprit fou, étouffant les cris et stoppant les larmes.

— Il faut qu'on parle, dis-je en prenant une inspiration lente et prudente. Je ne veux pas faire ça aujourd'hui, mais t'es là maintenant, et je suis en train de perdre la tête.

— Il faut vraiment qu'on parle, mais...

Il me repousse et passe ses doigts sous mon menton pour me forcer à croiser son regard.

— Tu dois me *regarder* pendant que je parle.

— Moi d'abord, plaidé-je en me dégageant de ses genoux pour prendre place à l'autre bout du canapé, comme une écolière devant le bureau du proviseur.

J'enfonce mes ongles dans mes genoux. Cela ne devrait pas être si difficile. Ce n'est pas du tout comme ça qu'une femme s'imagine annoncer la nouvelle au père de son bébé, mais je suis si nerveuse que mon estomac se noue.

— On n'est rien de plus que des amis qui baisent de temps en temps et...

Logan se penche en avant avec la mâchoire crispée.

— Il vaut mieux que je parle en premier.

Je secoue la tête en me mordant la lèvre pour arrêter une nouvelle vague de larmes. Mon Dieu, combien de temps cet effet secondaire émotionnel et pleurnichard de la grossesse va-t-il durer ?

— Il faut que tu te taises et que tu m'écoutes parce que c'est vraiment difficile, et si tu n'arrêtes pas de m'interrompre, je vais continuer à pleurer, et ça va être le bordel.

Il plisse les yeux, mais se tait et se réajuste sur son siège avec toute son attention sur moi. La pièce si calme et silencieuse qu'on entendrait une épingle tomber.

— OK, mais ne dis pas que je suis juste un ami avec qui tu baises, Cass.

— Je ne veux pas que tu arrêtes de parler à ta famille à cause de moi, commencé-je en pesant chacun de mes mots. Je ne veux pas détruire ta vie et je ne veux pas que tu me détestes.

Ce que je dis n'a pas encore de sens, mais il comprendra bientôt.

— Je t'aime, Logan, et je ne veux que le meilleur pour toi, mais j'ai été suffisamment blessée. J'ai besoin que tu prennes en compte mes sentiments, au moins à un certain niveau, OK ?

— Cass, je...

— Je n'ai pas encore fini, dis-je en me levant, trop nerveuse pour rester assise. Sache que je ne l'ai pas fait exprès. Je ne t'ai jamais menti. Et ne joue pas les grands nobles pour la forme. Personne n'a besoin de savoir.

Je quitte la pièce pour aller chercher les photos de l'échographie. Je ne veux pas les voir, mais s'il met en doute mes paroles, j'aurai une preuve à lui donner. Je pose l'enveloppe sur la table basse devant lui, et il se déplace pour la saisir.

— Logan, lui dis-je vivement en me tenant là comme une orpheline.

Ses yeux se braquent sur moi, et le changement de mon ton, qui passe d'une crise de larmes à un murmure résigné, l'empêche de refermer ses doigts autour de l'enveloppe.

— Lâche le morceau. C'est les résultats du test ? Qu'est-ce

que t'as ?

Une larme roule sur ma joue alors que je me prépare à me lancer dans l'inconnu.

— Je suis enceinte.

VINGT-NEUF

Logan

Il y a un tremblement de terre.

Dans ma tête.

« Je suis enceinte » résonne dans les recoins les plus profonds de mon esprit, de mon cœur et de mon âme, si tant est que j'en aie une.

Elle est enceinte.

Mes yeux se posent sur son abdomen, mais il n'y a pas de rondeur. Aucune représentation visuelle de ses mots. C'est une expérience hors du corps alors que je suis assis ici dans un état de choc profond.

Mes cordes vocales sont nouées et je n'arrive pas à détacher mes yeux de son ventre, comme si le fait de la fixer assez longtemps allait me permettre de voir à l'intérieur.

— Dis quelque chose, insiste Cass en prenant place à côté de moi sur le bord du canapé.

Je pense qu'elle a peur de me faire sursauter si elle s'approche.

— Je sais que c'est inattendu. Si t'as besoin de temps pour réfléchir, c'est bon, mais...

— Tu prenais la pilule, dis-je lorsque je me souviens de ce fait. Comment est-ce que tu peux être enceinte ?

Elle aspire sa lèvre inférieure entre ses dents, mais soutient mon regard.

— Je te jure que je ne l'ai pas fait exprès. J'ai pris la pilule tous les jours comme j'étais censée le faire. Tu peux vérifier le calendrier. Je le marque tous les jours et je peux te montrer les comprimés qu'il me reste. Tu peux les compter pour voir que je n'en ai pas oublié un seul, divague-t-elle, les yeux écarquillés, tandis que ses mains tricotent un pull-over invisible.

Elle a tellement peur de ma réaction qu'elle tremble comme un animal acculé et que ses yeux s'emplissent de larmes.

— Le docteur Jones a dit que ça arrivait. Rarement, mais ça arrive.

Je prends une profonde inspiration et fais de mon mieux pour évaluer calmement la situation et réfléchir à ce qui sort de ma bouche et à la façon dont cela sort.

— Et t'es sûre qu'il est de moi.

Ce n'est pas une question.

Il n'y a pas une once d'accusation dans ma voix. Je sais que le bébé est le mien. Elle ne serait pas assise là, à trembler et à me regarder avec de grands yeux si le bébé était celui de quelqu'un d'autre.

— Je n'ai couché avec personne d'autre depuis plus d'un an, dit-elle tout bas. J'aimerais pouvoir te dire qu'on a le temps de prendre une décision, mais ce n'est pas le cas. Une semaine, c'est tout ce que je peux te donner.

Mes sourcils se froncent.

— Quelle décision ? Il n'y a pas de décision à prendre. T'es enceinte. C'est fait.

Elle repousse ses cheveux et lutte pour me regarder dans les yeux. Je ne supporte pas de la voir si vulnérable. C'est une facette d'elle que j'ai déjà vue et dont je n'arrive pas à comprendre l'existence sous l'assurance et les sourires qu'elle arbore quotidiennement.

Elle est habituellement si positive et incroyable, mais le poids du monde repose sur ses épaules en ce moment. Les cicatrices mentales qu'elle cache en temps normal sont exposées et montrent que sous sa volonté de mettre le passé derrière elle et de ne pas le laisser affecter son présent, il y a toujours une petite fille qui ne se sent pas désirée.

— Je suis enceinte *maintenant*. Ta famille me déteste, Logan. Et je sais à quel point ils sont importants pour toi. S'il te plaît, n'assume pas tes responsabilités juste parce que tu penses que c'est la bonne chose à faire. On n'est plus dans les années quatre-vingt. Essaie de penser à moi aussi, OK ?

Je me lève du siège tandis que mon sang frémit, bouillonne, *déborde*.

— Qu'est-ce que tu racontes ? Évidemment, je vais assumer mes responsabilités !

Je retire ma casquette de baseball et passe mes doigts dans mes cheveux d'avant en arrière.

— Tu crois que je vais te laisser élever mon bébé toute seule ?

— J'ai assez souffert, murmure-t-elle avant de se mordiller la lèvre et de jeter un coup d'œil à ses doigts. Je ne veux pas être une autre mauvaise décision. Si on garde le bébé...

— Si ? dis-je en comprenant seulement maintenant où elle veut en venir. *Si* ?! m'emporté-je à nouveau en faisant les cent pas dans la pièce. Il n'y a pas de « si » ! Comment peux-tu envisager de ne pas le garder ? T'as dit que tu m'aimais !

D'autres larmes coulent de ses yeux. Sa bouche s'ouvre et se ferme plusieurs fois avant qu'elle ne déglutisse avec force et n'essuie son visage pour la énième fois pour tenter d'arrêter les larmes qui coulent d'elles-mêmes le long de ses joues pâles.

— C'est le cas. Et si t'es sûr de pouvoir supporter ce que tes frères feront quand ils l'apprendront, alors je garderai le bébé. Tu le verras quand tu voudras. Je ne te rendrai pas les choses difficiles, mais je ne veux pas que tu te mettes à me détester au bout du compte. Si on met fin à tout ça maintenant, personne n'aura à le savoir.

Ses mots résonnent dans ma tête comme une cloche d'église.

Le fil de ses pensées se déroule et devient de plus en plus logique. Elle pense qu'elle sera une mère célibataire. Que nous établirons un planning pour savoir qui s'occupera du bébé et quand.

Je comprends pourquoi elle pense cela. Je n'ai fait que la blesser, intentionnellement ou non, depuis le début. Même quand j'ai essayé de l'aider à surmonter sa peur de l'eau, je l'ai enfermée dans le garage tout de suite après, comme si elle était une putain d'erreur.

Ce soir, je suis venu ici avec un seul objectif en tête. Il n'a pas changé avec la nouvelle. Au contraire, ma détermination à lui montrer que je tiens à elle plus que je n'ai jamais tenu à aucune femme s'est décuplée.

Elle est enceinte de *mon* bébé.

Tout ce que j'ai toujours voulu est assis sur le canapé... en train de pleurer.

— Si mes frères ne peuvent pas accepter mes choix, alors qu'ils aillent au diable.

Je m'accroupis à côté d'elle et prends ses mains dans les miennes.

— Je suis venu te dire que je ne veux pas qu'on soit juste des amis qui s'envoient en l'air. Mon Dieu, bébé... Je ne pense qu'à toi. T'es tout ce que je veux, et je suis en train de tomber amoureux de toi tellement vite que je n'arrive pas à suivre.

Elle se fige.

Arrête de respirer.

Un long moment de silence s'écoule pendant lequel elle me fixe sans rien dire avant qu'un petit gémissement de pitié ne s'échappe de ses lèvres et que son corps tout entier ne frémisse.

— Tu veux de moi ? dit-elle avec un visage incrédule.

Elle examine mes yeux, mes lèvres, mes joues, mon nez, et revient à mes yeux.

— T'es sûr ?

Le choix de ses mots est un nouveau coup bas porté à mon estomac.

T'es sûr ?

On dirait qu'elle n'arrive pas à comprendre que quelqu'un puisse vouloir d'elle. Comme si elle avait vécu en pensant que tout le monde était là pour prendre et ne jamais rien donner en retour.

J'aurais aimé remarquer plus tôt que tout ce que Cassidy veut, c'est que quelqu'un s'intéresse à elle. Elle veut être importante pour au moins une personne dans sa vie. Sous ses airs de dure à cuire se cache une femme anxieuse et négligée qui n'a jamais été mise au premier plan.

— Je suis désolé.

J'essuie les larmes de son visage avec mes pouces et prends ses joues entre mes mains.

— Je sais que je t'ai fait du mal, mais je ferai mieux. Tu dois juste me donner une chance de faire mes preuves.

Elle se recule, me regarde avec des yeux larmoyants remplis d'espoir, puis presse ses lèvres contre les miennes.

— Je t'aime tellement, murmure-t-elle en passant ses doigts dans mes cheveux avant d'approfondir le baiser. Je te rendrai heureux, Logan. Je te promets que tu ne le regretteras pas.

Je suis en train de perdre les pédales.

Je me déteste un peu plus à chaque mot qu'elle prononce.

Elle a peur. Je sens la vitesse à laquelle son cœur bat, et ma poitrine se serre douloureusement. C'est moi qui devrais lui faire des promesses, pas elle. C'est moi qui l'ai prise pour acquise.

— Tu fais déjà de moi l'homme le plus heureux du monde.

Je place mes mains sous ses cuisses et la soulève dans mes bras en m'accrochant à elle comme si ma vie en dépendait.

— Je te jure que je ferai mieux. Je ferai de mon mieux, princesse.

Rien d'autre n'a jamais eu autant d'importance que la blonde dans mes bras. La première fois que je l'ai regardée, j'ai su que j'étais foutu. J'ai perdu trois ans à avoir de la rancune pour quelque chose que nous ne contrôlions pas.

Elle aurait pu être à moi pendant *trois* ans.

Elle aurait dû être à moi.

Elle *était* à moi...

Je ne le savais tout simplement pas.

Je la porte jusqu'au lit, m'allonge sur la masse de coussins décoratifs et la serre contre moi en faisant attention de ne pas lui faire mal aux côtes. Elle se blottit contre moi avec son dos collé à ma poitrine. Je passe une main sur ses clavicules et pose mes lèvres sur sa tempe.

— Je suis désolé. Je suis vraiment désolé d'avoir fait passer mes frères en premier alors que ça aurait dû être toi depuis le début.

Elle recouvre ma main de la sienne. Le rythme de son cœur ralentit à mesure qu'elle est avec moi.

— Ils sont ta famille, dit-elle en jouant avec mes doigts. Une simple aventure ne vaut pas la peine de risquer ta relation avec eux.

Elle tourne la tête et embrasse le dessous de mon menton.

— Ce n'est pas trop tard, tu sais ? Tu peux encore partir.

Je la serre instinctivement un peu plus fort. Elle tient dans mes bras comme si elle avait été faite pour moi. Comment se fait-il que je ne l'aie pas remarqué plus tôt ?

— Notre relation n'est pas juste un plan cul. Je ne pense pas que ça l'ait été longtemps. Et ce n'est pas une passade. T'es à moi, Cassidy. T'es enceinte de mon bébé.

J'abaisse ma main libre, la passe sous son t-shirt et étale mes doigts sur son ventre. Il y a déjà une légère bosse. Pas énorme, à peine une suggestion de ce qui va suivre. Elle est ferme au toucher, la courbe est très légère, mais elle est là.

C'est incontestablement le moment le plus surréaliste et le plus incroyable de ma vie. J'ai harcelé Theo pour qu'il fonde une famille depuis qu'il a épousé Thalia, parce que mon instinct paternel est passé à la vitesse supérieure depuis un certain temps, et maintenant... Je vais être père.

— T'en es à combien ?

— Neuf semaines et demie. Je ne l'ai appris qu'hier.

Elle se tortille dans mes bras pour tourner son corps et me regarder dans les yeux.

— Je ne le savais pas quand je suis sortie le week-end dernier. Je n'aurais pas pris un verre si j'avais su, mais je...

— Le bébé va bien ? l'interromps-je en passant le bout de mes doigts le long de son bras. Qu'est-ce que le médecin a dit ?

— Il a dit qu'il avait l'air en bonne santé, qu'il avait la bonne taille et que les battements de son cœur étaient forts et réguliers.

— Alors c'est tout ce qui compte.

Je dépose un baiser sur le côté de sa tête.

— Mon Dieu, Cass... t'es *enceinte*, princesse.

Je l'embrasse à nouveau.

— T'es enceinte de *mon* bébé. Je prendrai soin de vous deux. Je ferai en sorte que ce soit aussi facile que de respirer. Je me lèverai au milieu de la nuit pour acheter des cornichons et je te tiendrai les cheveux quand tu vomiras.

Je la serre plus fort et embrasse sa tête encore et encore tandis que ma poitrine se gonfle comme un ballon de baudruche.

— On déménagera tes affaires chez moi demain.

Elle s'écarte trop brusquement et se saisit le côté avec un petit gémissement.

— On ne va rien déménager, souffle-t-elle en serrant les dents, les yeux fermés. Ne précipite pas les choses. On a le temps. Le bébé ne sera pas là avant février.

Je la ramène contre moi et la berce jusqu'à ce que la douleur s'estompe.

— Pourquoi est-ce que tu veux attendre ? J'ai déjà perdu trois ans. T'es à moi maintenant. Je te veux près de moi. On vivra ensemble tôt ou tard, alors pourquoi pas tout de suite ?

— Parce que... parce que tu dois être sûr que c'est ce que tu veux.

Elle ne le dit pas à voix haute, mais je devine à la grimace qui ternit son joli visage et à la façon dont elle pince nerveusement la couette qu'elle a peur que je change d'avis et que je la mette à la porte dans quelques jours.

Ça n'arrivera jamais. J'ai peut-être été un idiot pendant tout ce temps, mais quand j'ai réalisé que j'étais en train de tomber amoureux d'elle, un changement fondamental s'est produit en un clin d'œil. Elle est *à moi*.

Je vais m'occuper d'elle. Je vais la *protéger*.

Après tout ce que je lui ai fait subir, je ne lui en veux pas de ne pas croire à mes paroles. Au lieu de lui dire, je dois commencer à lui montrer que je pense ce que je dis.

***

Cassidy est endormie quand je me réveille empêtré dans les draps, ses bras et ses jambes. Elle est accrochée à mon côté, avec une main sur ma poitrine et une jambe pliée sur mes cuisses. Son visage est enfoui dans le creux de mon cou et un voile de cheveux blonds en désordre est éparpillé autour de son visage paisible.

Je ne l'ai jamais vue comme ça auparavant, et je prends quelques minutes pour la contempler ouvertement et mémoriser tout ce qui la concerne. La petite moue de ses lèvres, ses cils légers, chaque grain de beauté. Elle est si belle, putain, quand elle est blottie contre moi.

Je glisse ma main sous la couette et la passe entre nous pour caresser la minuscule bosse avec mon pouce. C'est tout ce que j'ai fait de la soirée, et pendant au moins une heure après que Cassidy se soit endormie.

Mon cœur triple de volume lorsque l'idée me frappe une fois de plus : Je vais être père.

J'ai l'impression d'avoir attendu ce moment pendant des années, et maintenant qu'il se produit enfin, je ne peux pas contenir la joie qui m'envahit. Je retire ma main, la sors de sous la couette et recouvre Cassidy.

La courbe de ses hanches et de sa taille fait fondre mon cerveau et la trique matinale que j'arbore devient douloureusement dure. Mes chances de faire l'amour sont extrêmement faibles, étant donné qu'elle a deux côtes cassées, alors au lieu d'aggraver la situation, je l'embrasse sur le front et enfile par-dessus ma tête le même t-shirt que celui que je portais hier soir.

Un sentiment de terreur m'envahit dès que j'aperçois mon téléphone sur la table basse. Je l'ai éteint hier soir à un moment donné parce que mes frères faisaient exploser la discussion de groupe, mais je ne peux pas continuer à me cacher ici indéfiniment.

J'attrape le téléphone et l'allume. Des dizaines de notifications s'affichent immédiatement, et je découvre pourquoi ils se sont tant acharnés à essayer de me joindre hier soir. Ils ont passé plusieurs heures chez moi, à attendre que je me pointe.

Un double des clés se trouve dans un coffre-fort près de la porte principale, et chacun d'entre eux connaît la combinaison, mais...

Moi : La clé, c'est pour les urgences.

Ping, ping, ping.
Ping.
Ping, ping.

Ils m'engueulent pour ne pas avoir répondu à leurs messages hier soir, pour les avoir fait s'inquiéter et pour ne pas avoir assez de bière dans le frigo pour accueillir six personnes non invitées qui assècheraient un puits.

J'attends que les « putain », les « merde » et les « connard » soient sortis de leur système, et que la première question décente arrive.

Shawn : Tu vas bien ? T'étais où hier soir ?

Moi : Ça va. J'étais occupé. Il faut qu'on parle, mais ce n'est pas une discussion qu'on peut avoir par textos. Est-ce que vous pouvez tous venir vers midi ?

Shawn : Fais-moi signe si t'as besoin d'un alibi.

Nico : T'es chez toi là ?

Moi : Pas encore. Je serai de retour dans une heure.

Un sentiment de malheur imminent s'installe en moi lorsqu'ils répondent qu'ils seront là à dix heures précises.

Une partie de moi est terrifiée à l'idée de les perdre. Je ne peux pas imaginer à quoi ressemblera ma vie sans eux. Je n'ai jamais été seul. Ils ont toujours été à mes côtés, toujours disponibles lorsque j'avais besoin d'aide ou de conseils, et la sinistre possibilité de perdre leur confiance et leur acceptation me remplit d'une légère panique.

Mais, en même temps, une autre partie de moi qui a germé du jour au lendemain ne fera pas passer leur approbation avant mon bébé ou Cass.

C'est encore surréaliste de penser que je vais être père. Surréaliste, effrayant et exaltant. Mon besoin de protéger la vie qui germe à l'intérieur de Cassidy est déjà trop fort. Les mêmes mots reviennent dans ma tête comme un disque rayé.

Mon bébé.

Le *mien*.

Ma *famille*.

Mon Dieu, je n'arrive pas à croire à ma propre idiotie. J'aurais pu avoir ce sentiment, le plus incroyable au monde, depuis trois ans maintenant. J'aurais pu l'aimer et prendre soin d'elle pendant tout ce temps.

Quel putain de gaspillage d'une vie déjà si courte.

Le bruit de la cafetière tire Cassidy du lit. Elle entre dans la cuisine en resserrant la ceinture de sa robe de chambre grise autour de sa taille.

— T'es toujours là.

Elle se blottit contre ma poitrine et m'embrasse doucement le menton.

— Bonjour.

— Bonjour, bébé. La porte était fermée, je n'ai pas pu me sauver en douce.

Je souris en embrassant sa tête.

— Bien sûr, je suis là. T'es coincée avec moi maintenant. Je dois sortir un moment, mais je ne serai pas long, et quand je reviendrai, je m'attends à ce que tu sois en train de faire tes valises.

Je lui tends une tasse de café et vais chercher une autre capsule.

— Ne soulève rien de lourd, par contre, OK ?

Cela a pris deux heures, mais je l'ai convaincue hier soir qu'elle devait emménager avec moi. Nous avons aussi regardé les photos de l'échographie. Je m'attendais à autre chose qu'à une tache en forme de haricot au milieu du bruit blanc, mais je suis resté pendant longtemps bouche bée devant les bras et les jambes minuscules.

— Et si je préparais un ou deux sacs avec des choses essentielles pour l'instant ? Je dois donner un mois de préavis à mon propriétaire, alors on n'est pas obligés de déménager toutes mes affaires tout de suite.

Je la serre plus fort dans mes bras, prêt à argumenter, mais une seule pensée transperce mon esprit avant que je ne dise un

I. A. DICE

mot. Je veux qu'elle se sente en sécurité avec moi ; cela n'arrivera pas tant qu'elle ne verra pas que je ne l'abandonnerai pas, alors je dois faire des ajustements.

— Tu te sentiras mieux si on fait ça par étapes ?
Elle hoche la tête et regarde le café qu'elle tient dans sa main.
— Quelle capsule t'as utilisée ? La bleue ?
— Je ne sais pas. Pourquoi ?
— Je ne peux pas boire de café normal pour l'instant.

Elle ouvre la poubelle, sort la dosette que j'ai jetée, me tend sa tasse et attrape une dosette bleue.

— C'est du décaféiné.
— Décaféiné, compris.

Je me note mentalement d'envoyer ma femme de ménage faire des courses demain. Elle est très polyvalente ; elle ne fait pas que le ménage. Je parie qu'il y a d'autres choses dont Cass a besoin à présent, à part le décaféiné, et Mira connaîtra probablement tous les incontournables de la grossesse, ayant elle-même élevé quatre enfants.

Dix minutes plus tard, j'embrasse Cass et lui promets de venir la chercher dans quelques heures. Je n'ai pas envie de partir, ne serait-ce que pour quelques minutes, mais il est temps de faire face à cette putain de musique.

Je saute dans ma voiture et rentre chez moi pour prendre une douche et changer de vêtements avant que mes frères ne débarquent. Je sais qu'ils ne seront pas en retard aujourd'hui, et je me casse presque une jambe en essayant de me préparer avant qu'ils n'arrivent.

La sonnette retentit juste au moment où je descends les escaliers en enfilant un polo propre alors que mes cheveux sont encore humides. Et comme si un interrupteur avait été actionné, mon estomac se noue de nervosité.

Une profonde respiration est tout ce dont j'ai besoin pour me ressaisir avant de faire entrer Nico et les triplés.

— Qu'est-ce qui se passe ? Pourquoi cette précipitation ? demande Colt.

Il se débarrasse de sa veste en jean dans le couloir et la jette sur une petite table d'appoint, puis réajuste sa montre en argent.

— Tu n'as pas bonne mine, frérot.

— Ne pose pas de questions. Je ne vais pas me répéter, alors on va devoir attendre que les deux autres arrivent, d'accord ?

Je les conduis dans la cuisine. Mes paumes transpirent déjà.

— Vous voulez du café ?

Les yeux de Nico suivent chacun de mes mouvements, comme s'il pouvait deviner le problème en lisant dans mes gestes et mes expressions. D'habitude, il arrive à élucider ce qui se passe. Il a un sixième sens, mais aujourd'hui, il va lui faire défaut. Il ne peut pas déduire quel merdier je suis sur le point de déchaîner.

Les triplés se chamaillent entre eux près de l'îlot pendant que je fais démarrer la cafetière. Mon esprit se met à visualiser les réactions possibles de mes frères à la nouvelle.

Tout ce que j'espère à ce stade, c'est que la conversation ne s'éternisera pas.

Je veux être avec Cass. Je veux passer ma main sur son ventre, embrasser sa tête et lui montrer que je pensais chaque mot que j'ai dit hier soir.

Je lui ai dit que j'étais en train de tomber amoureux d'elle, mais la vérité, c'est que je suis déjà amoureux. Comment ai-je pu ne pas m'en rendre compte ? Comment ai-je pu ne pas le savoir jusqu'à ce que la prise de conscience me frappe de plein fouet hier soir ?

Je serre l'arête de mon nez et repousse l'agacement. Ça ne

sert à rien de faire une fixation sur ce que je ne peux pas changer.

Theo et Shawn arrivent dix minutes plus tard. L'atmosphère devient immédiatement pesante, mais ma décision est prise et je suis serein. Cass est ce que je veux. Elle est ce dont j'ai besoin. Mes frères l'accepteront ou ne l'accepteront pas. C'est aussi simple que cela.

J'appuie mon dos contre le plan de travail et les observe tous les six éparpillés dans la cuisine, tous aussi tendus, méfiants et silencieux les uns que les autres.

— Vas-y, frérot, m'incite Cody en tenant sa tasse à deux mains et en soufflant dessus. Pourquoi cette réunion de famille ? Et pourquoi si tôt, putain ? glousse-t-il pour essayer de détendre l'atmosphère.

Il est le briseur de tension attitré, mais il échoue lamentablement ce matin. Personne n'est d'humeur à rire.

— Je me suis couché il y a quatre heures. Crache le morceau. Qu'est-ce qui se passe ?

La Sainte Trinité est la moins impliquée dans cette affaire, mais quoi que décident les trois plus âgés, les trois plus jeunes les suivront. C'est comme ça que ça marche entre nous.

Nous faisons généralement front commun face aux problèmes, mais chaque fois que nous nous disputons sur la façon de procéder, les triplés restent sur le côté, attendant que nous nous mettions d'accord sur un plan d'action.

Ils sont encore en train de se découvrir et d'apprendre à naviguer dans le monde, et quand il faut prendre des décisions importantes, ils nous font plus confiance qu'ils ne se font confiance à eux-mêmes.

J'ai répété le début de cette conversation une centaine de fois avant de m'endormir hier soir, bien après que Cass s'est assoupie, et je n'ai pas cessé de la répéter depuis que j'ai quitté son appartement.

— Je vous aime tous, dis-je en tenant ma tasse à deux mains comme Cody pour m'empêcher de me tortiller.

— Eh bien, merde. T'es gay, toi aussi ? souffle Conor en haussant un sourcil. Bon sang, pourquoi tu tires la tronche ? C'est cool, Logan. On t'aime. Détends-toi, frérot. T'es plus pâle que pâle.

— Chut, intervient Shawn en frappant Conor à l'arrière de la tête avant de me faire signe de continuer.

— Vous êtes ma famille, récité-je. Et quelle que soit la façon dont ça se termine, même si vous ne me parlez plus jamais, sachez que si l'un d'entre vous a besoin de moi, que ce soit dans cinq, dix ou trente ans, je serai toujours là pour vous.

Shawn passe d'un pied à l'autre. Son regard concentré se transforme lentement en deux plis verticaux qui bordent son front. C'est le même regard qui se lit sur tous leurs visages.

— Tu commences à me faire peur, dit Colt en croisant les bras sur sa poitrine et en redressant le dos. Balance simplement ce que t'as à dire. Qu'est-ce qui se passe ?

— T'as tué quelqu'un ? ajoute Conor. Tu vas aller en prison ou quelque chose comme ça ?

— Fermez-la, s'emporte Nico d'un ton autoritaire qui retentit haut et fort.

Il s'appuie contre le cadre de la porte la plus proche de la sortie, comme s'il sentait que ce qui va sortir de ma bouche va l'affecter au plus haut point.

— Arrête de tourner autour du pot. Cartes sur table, Logan.

Il n'est pas l'aîné. Il est en fait l'enfant du milieu, mais il impose toujours son autorité dans la pièce, et nous respectons tous sa parole au plus haut point, ce qui explique pourquoi je suis très désavantagé.

I. A. DICE

Je plonge la main dans la poche arrière de mon jean et pose quelque chose sur la table. Mais pas des cartes. Je sors l'une des photos de l'échographie et la lance à travers l'îlot en direction de Theo, qui est assis en face de moi.

Il s'en empare et regarde avec stupéfaction l'image tandis qu'un blizzard de confusion traverse son visage.

— C'est...

Ses yeux se lèvent vers moi et s'élargissent au moment où Colt lui arrache la photo des mains.

— T'as mis une fille enceinte ?

Je hoche la tête en serrant les dents.

— Elle doit accoucher en février.

— Putain ! s'exclame Conor. T'es sérieux là ? C'est une *bonne* nouvelle ! Pourquoi tu te comportes comme si quelqu'un était mort ? Qui est la...

Il s'interrompt et aspire un souffle rude lorsqu'il fait le rapprochement.

— Non...

— Qui est la mère ? termine Shawn à sa place. Tu ne nous as jamais dit que tu voyais quelqu'un. C'est quoi cette histoire ?

Je jette un coup d'œil entre Theo et Nico et expulse tout l'air de mes poumons.

— Je ne la voyais pas vraiment à proprement parler. On a eu un plan cul pendant trois mois, mais c'est devenu incontrôlable. Je suis amoureux d'elle.

— Ça reste une *bonne* nouvelle, Logan. Ce que tu dis n'a aucun sens, déclare Cody, qui a maintenant la photo entre les mains.

Il la retourne et penche la tête comme s'il s'agissait d'une illusion d'optique visible uniquement sous un certain angle.

— Quelle est la mauvaise nouvelle ?

— Il n'y a pas de mauvaise nouvelle.

Je passe d'un pied à l'autre.

— Juste une nouvelle que vous n'allez pas aimer.

— Putain, fulmine Nico, les narines dilatées, en me fusillant du regard. Dis-moi que ce n'est pas la personne à laquelle je pense, putain.

Voilà. La réaction que j'attendais depuis le début. La raison pour laquelle je n'ai pas voulu me laisser aller à *ressentir* quelque chose pour Cassidy plus tôt.

Aussi déçu que je sois de savoir que j'avais raison, je ne suis pas non plus décontenancé par son ton sec.

— Je suis désolé, dis-je en pilotage automatique. C'est arrivé comme ça, Nico. Je ne sais même pas quand. Je pensais pouvoir arrêter de la voir n'importe quand...

Les mots restent bloqués sur le bout de la langue quand il me fonce dessus avec les poings serrés.

Theo bondit de son siège à la dernière seconde et fait office de barricade pour empêcher Nico de me casser les dents de devant.

— Tu ferais mieux de me lâcher, ou tu t'en prendras une dans la mâchoire aussi, grogne-t-il en essayant de repousser Theo.

Mais il ne va pas le frapper sans raison valable, alors il me jette un regard par-dessus son épaule.

— Combien de fois est-ce que tu l'as traitée de salope psychopathe ? De putain de déséquilibrée. De manipulatrice. De bonne à rien ! Et maintenant, tu l'as mise *enceinte* ?!

Son emportement ne me surprend pas. En toute honnêteté, je m'attendais à ce qu'il s'en prenne à moi plus rapidement ; avant que Theo n'ait eu l'occasion de se mettre en travers du chemin. Et le fait qu'il vienne à mon secours est une surprise. De courte durée, cependant, car une fois que j'ai assimilé les mots de Nico, je sais que c'est loin d'être terminé.

I. A. DICE

Il a tout faux.

— Je ne parle pas de Kaya, dis-je. Je ne la toucherais pas même si tu me payais, putain.

La colère disparaît du visage de Nico en un éclair et la confusion prend le dessus. Il croise les bras sur sa poitrine et s'éloigne de Theo.

— Alors de qui tu parles ?

— De Cassidy, fournit Conor en arborant un sourire plein d'assurance. C'est ça ? C'est pour ça que tu t'es mis dans tous tes états quand elle a percuté la voiture de Colt.

— Oui, admets-je.

Le poids de la confession tombe au sol avec un bruit sourd, mais au lieu de me sentir plus léger, je me sens plus lourd. Vaincu. Je dois faire face à une vie sans leur soutien, et j'ai mal au ventre à cette idée.

— On a un plan cul depuis la soirée Rencards Express. Je pensais pouvoir arrêter de la voir n'importe quand, mais je ne peux pas, et je ne veux pas le faire, putain. Je suis amoureux d'elle... et elle est enceinte. Je vais être papa. Je vous aime tous, mais mes priorités ont changé du jour au lendemain.

Ils ne disent rien pendant une minute, soit parce qu'ils attendent que je reprenne la parole, soit parce qu'ils digèrent la nouvelle. Je n'ai rien à ajouter.

La balle est dans leur camp.

Le temps ralentit. Les secondes s'étirent jusqu'à ressembler à des minutes, et *personne* ne réagit.

Pas un coup de poing de Nico.

Pas un froncement de sourcils de Theo.

C'est comme si j'attendais que la guillotine tombe.

— Ce que tu dis n'a aucun sens, Logan, et tu me donnes la migraine, souffle Shawn en se pinçant l'arête du nez. Explique-toi. Pourquoi est-ce qu'on ne te parlerait plus jamais ?

Je mets ma tasse de côté, n'ayant plus besoin de distraction.

— Son histoire avec Theo, pour commencer, et...

— C'était il y a trois ans ! craque Theo en tapant du poing sur le comptoir en marbre. Remets-t'en. Je me suis déjà excusé une centaine de fois. Tu ne la connaissais pas quand on a couché ensemble. Qu'est-ce que tu veux que je fasse d'autre ? Ce n'est pas comme si je pouvais remonter le temps, frérot !

Mes sourcils se froncent.

— Tu... *quoi* ? Ça fait longtemps que je m'en suis remis, Theo. C'est vous tous qui la méprisez pour ça. Quand est-ce que l'un d'entre vous lui a adressé un seul mot ? Hein ? Et toi ?

Je lance un regard noir à Nico.

— Tu n'as même pas pu t'asseoir à sa table pendant cinq minutes ! Alors oui, je sais que c'est un problème, mais devinez quoi ? Aimez-moi ou détestez-moi. Elle est avec moi, et je ne la laisserai pas partir.

La mâchoire de Nico travaille furieusement. Il serre les poings avec une seule idée en tête : me tuer. Je m'attends à un autre accès de colère, à un autre élan vers l'avant pour m'asséner un coup de poing précis qui me laissera au mieux la mâchoire disloquée, mais au lieu de ça, Nico enfonce son poing dans mon frigo.

— T'es un putain d'idiot, fulmine-t-il en pointant son doigt vers moi. Ce n'est pas pour rien que j'ai voulu que *toi*, tu prennes ma place quand je devais parler à Cass aux Rencards Express.

Il ne rumine plus.

Enfin, si, mais c'est une bonne énergie qui bouillonne en lui. Je le sais parce qu'il *sourit* presque. Presque. Ce n'est pas un vrai sourire, mais la légère incurvation de sa bouche est plus marquée que je ne l'ai vue depuis longtemps.

Depuis le fiasco avec Kaya et Jared, les émotions de Nico

vont de l'agacement à la colère quatre-vingt-dix-neuf pour cent du temps, mais là, il est presque en train de sourire.

— J'ai vu comment tu la regardais à la fête de Thalia et à quel point t'étais paniqué quand elle ne respirait plus, poursuit-il. Je t'ai vu avec beaucoup de femmes, Logan, mais Cassidy est la seule qui te fasse vibrer. T'as été malheureux pendant des semaines quand t'as appris qu'elle avait couché avec Theo en premier.

— Parce que je l'aimais bien !

Mon cœur se met à battre un peu plus vite alors que les mots de Nico résonnent dans ma tête.

Il voulait que je coure après Cassidy ? Il essayait de m'aider ?

Suis-je tombé dans le terrier du lapin et ai-je émergé dans une réalité alternative ? J'en ai bien l'impression. J'ai imaginé cinquante scénarios différents pour cette conversation, mais aucun ne ressemblait à ce qui se passe en ce moment.

Ils ne sont pas furieux.

Ils ne m'insultent pas.

Ils sont en colère, bien sûr, mais pour une raison totalement différente de celle à laquelle je m'attendais.

— Sans déconner ! s'esclaffe Theo en secouant la tête. Je n'arrive pas à croire que t'as cru qu'on arrêterait de te parler si tu sortais avec Cassidy. Allez, frérot. On a traversé tellement de merdes ensemble ! T'es si stupide que ça ?

— On ne la méprise pas, ajoute Cody en s'appuyant sur le tabouret de bar. Je ne la connais quasiment pas.

— Je reste à l'écart d'elle à cause de Kaya et de Jared, dit Nico d'un air désolé. Ce n'est pas parce que je suis rancunier. Merde, elle croit qu'on la déteste tous ?

Tout le monde la détestait dans son passé...

Je hoche la tête, la mâchoire crispée. Ça me fait perdre la

tête de savoir à quel point Cassidy est vulnérable et à quel point j'ai exploité ses faiblesses sans m'en rendre compte.

— Pourquoi est-ce qu'elle ne le penserait pas ? Est-ce que l'un d'entre vous lui a dit un mot à la fête de Thalia ? Vous la traitez comme si elle était de l'air. Elle a *peur* de vous deux, ajouté-je en pointant Nico et Theo du doigt.

— Super, marmonne Theo en se tripotant les pouces. Thalia va me tuer. Écoute, je ne parle pas à Cass parce que Thalia sait qu'on a couché ensemble, et je me suis dit que ce serait plus sûr pour mon mariage si j'évitais de discuter avec elle.

Il se passe la main dans les cheveux.

— Honnêtement, je n'ai rien contre Cass, Logan. Thalia l'adore. Ça veut tout dire sur Cassidy.

— Ce n'est pas facile d'impressionner sa femme, convient Colt.

— Bon, vous êtes tous des enfoirés, mais ne me mets pas dans le même sac qu'eux parce que j'ai parlé à Cass à la fête, et c'est sûr qu'elle n'a pas peur de moi, dit Shawn, content de lui.

Son sourire s'efface rapidement lorsque Cody éclate de rire.

— Personne n'a peur de toi. Pas même ton fils.

L'atmosphère commence à se détendre, et mes muscles avec. Je ne savais pas à quel point j'avais peur de les perdre jusqu'à maintenant, alors que je sais que ça n'arrivera pas. Ce serait un défi d'essayer de naviguer dans la vie sans leur soutien.

— Je tiens à préciser quelque chose, dit Nico en jetant un coup d'œil aux triplés. Au cas où l'un d'entre vous aurait à l'avenir des idées aussi stupides que celles de ce génie, dit-il en me désignant du doigt, il n'y a pas une seule chose que vous pourriez faire pour que nous nous retournions contre vous.

Il me regarde à nouveau.

— Même si t'avais ce bébé avec Kaya, je serais toujours là

I. A. DICE

pour toi. Je te casserais certainement la mâchoire en premier, mais je serais l'oncle préféré malgré tout.

La tension quitte mes épaules et mon cou, et mon cœur jaillit presque de ma poitrine lorsqu'il me prend dans ses bras.

— Félicitations, frérot. Espérons que ton enfant sera plus intelligent que toi.

Tour à tour, ils s'amusent à me donner des coups de poing sur l'épaule, à me serrer dans leurs bras, à me tapoter le dos et à me traiter d'idiot. Ils ont raison. Je suis un idiot pour avoir douté d'eux.

Nous sommes une *famille*.

Nous sommes les Hayes, et nous sommes indestructibles.

TRENTE

Cassidy

Je vis à Newport Beach depuis trois ans, mais je n'ai jamais vu autant de gens frapper à ma porte en l'espace de vingt-quatre heures que maintenant.

J'ouvre la porte d'un coup sec et mon visage se vide instantanément de toute couleur. Je m'attendais à un Hayes, et c'est bien un Hayes qui est là, mais ce n'est pas Logan.

C'est Nico.

Il a toujours été celui qui faisait frissonner mes os, mais depuis Kaya, il me fait carrément peur. La façon dont il se déplace, comme s'il était un lion en chasse, la façon dont il regarde tout le monde et pèse chacun de ses mots me fait craindre une attaque.

Et il est *là*, debout dans l'entrée de mon appartement, avec les manches de son t-shirt noir qui s'étirent au-delà de la capacité des fils de coton, la mâchoire carrée, les yeux plissés et une veine qui palpite le long de la colonne de son cou tatoué.

Une partie de moi veut lui claquer la porte au nez et pousser le canapé contre pour l'empêcher d'entrer. Ça frise la folie, tout comme mes genoux flageolants, mais je ne peux pas duper mon cerveau et le désarroi qui remplit mes veines d'un liquide glacé.

— Tu vas me laisser entrer ou... ? demande-t-il en restant planté là et en prenant presque toute la largeur et la hauteur du chambranle de la porte.

Ma peau fourmille et mon esprit est comme une ruche.

— Quelque chose ne va pas ? réussis-je à dire alors que les muscles de mon cou et de mes épaules sont plus durs que de la pierre. Pourquoi t'es là ?

— Pour parler, répond-il d'une voix qui ressemble au grognement d'un chien vicieux prêt à m'arracher la trachée. Arrête de faire comme si t'avais envie d'avoir une batte de baseball dans la main.

Comme si une batte de baseball pourrait l'arrêter. Chaque muscle de son corps est musclé à la perfection. Son torse est large, ses épaules sont carrées. Je fais tout au plus la moitié de sa taille.

Le symptôme de grossesse qui m'a échappé depuis le début arrive maintenant en force : la nausée. Les raisons possibles de la visite inopinée de Nico m'inondent l'esprit. Il est probablement venu me dire de dégager, ou sinon Logan perdra sa famille, et ce sera de ma faute.

Je force mes jambes à se mettre en mouvement, ouvre davantage la porte et m'écarte du chemin pour laisser entrer le loup dans le poulailler. Il entre. L'odeur de son eau de Cologne imprègne l'air et intensifie le malaise qui s'installe dans ma tête.

Logan n'a pas appelé ni envoyé de texto depuis son départ et la présence de Nico dans mon appartement signifie qu'il est au courant pour nous.

— Pourquoi t'as peur de moi ? demande-t-il en appuyant nonchalamment son dos contre le frigo avec ses bras tatoués croisés sur sa poitrine. Est-ce que je t'ai déjà donné une raison ?

— T'es très...

Je ramasse une peluche sur la manche de mon pull, la bouche sèche.

— ... intimidant.

Il hausse un sourcil.

— Intimidant... D'accord. On me le dit souvent, mais ce n'est pas une raison pour être aussi nerveuse. Je ne t'ai jamais fait de mal, Cassidy. Je n'ai jamais dit un seul mot méchant à ton égard. Je n'ai jamais élevé la voix non plus. Alors aide-moi parce que je ne comprends vraiment pas pourquoi t'as l'air prête à éclater en sanglots.

— Je... je ne me sens pas très bien.

Je plaque ma main sur ma bouche et me précipite dans la salle de bains.

Mes genoux heurtent le carrelage juste à temps. Un café et un bagel que j'ai pris ce matin, ainsi que les tartines d'hier soir se déversent de ma bouche. Des sueurs froides se répandent sur ma nuque. De la bile acide embrase ma gorge à chaque vague de vomi qui atterrit dans les toilettes. J'appuie sur le bouton de la chasse d'eau sur le mur avec des mains tremblantes et me laisse tomber sur les fesses en rabattant mes cheveux derrière mes oreilles.

Je suis si heureuse d'avoir évité les nausées matinales jusqu'à présent.

— Tiens, dit Nico en s'accroupissant à côté de moi pour presser une serviette humide sur mon front. T'as fini, ou ça va continuer ?

— J'ai fini.

J'appuie une main sur le carrelage pour me hisser, mais Nico saisit mon avant-bras. Son contact est presque douloureux alors qu'il m'aide à me relever. À le voir, je ne pense pas qu'il sache qu'il serre trop fort.

— Merci, marmonné-je.

Je fronce les sourcils lorsqu'il dépose un peu de dentifrice sur ma brosse à dents et qu'il me la tend.

— N'aie pas l'air aussi surprise, Cass. Tu ne sais rien de moi.

Je me brosse les dents et me lave le visage avant que nous ne retournions dans la cuisine. Mon corps est faible et sans force.

— Pourquoi t'es là, Nico ? De quoi tu veux parler ?

Il attrape une bouteille d'eau dans le réfrigérateur et me la passe, se sentant apparemment comme chez lui.

— Je veux que tu comprennes que le fait que je t'évite n'a rien à voir avec toi. Je ne te déteste pas, Cass. Et les cinq autres non plus.

— Logan t'a dit pour nous, murmuré-je, plus à moi-même qu'à lui.

Un élan de soulagement démesuré me frappe en plein dans les tripes.

Ils ne lui tourneront pas le dos. Il aura toujours ses frères malgré le fait qu'il m'ait choisie.

— Oui, il l'a fait. Tout comme toi, je ne te connais pas assez pour te faire confiance. C'est pour ça que j'ai gardé mes distances. Ce n'est plus possible, alors tu vas devoir apprendre à ne pas avoir peur de moi pour que j'apprenne à te connaître.

Mes yeux s'emplissent de larmes lorsque les commissures de ses lèvres se retroussent en un fantôme de sourire.

— T'as choisi le mauvais jour pour me rendre visite,

I. A. DICE

murmuré-je en essuyant mes yeux du revers de la main. Je suis dans un sale état aujourd'hui, mais *merci*. Je ne pense pas que Logan survivrait longtemps sans ses frères.

— Ne me lance pas là-dessus, tranche-t-il d'un ton glacial qui me fait à nouveau frissonner. Je ne sais pas pourquoi il a cru qu'on se retournerait contre lui. Ça me dépasse, putain. Qu'est-ce que tu lui trouves ? C'est manifestement un idiot.

Un petit rire s'échappe de ma poitrine. La tension, l'inquiétude et la nervosité que j'ai hébergées pendant des semaines s'échappent de moi comme l'air d'un pneu crevé. Je dois avoir l'air comique, à rire alors que des larmes coulent sur mes joues.

— On sera toujours là pour lui, assure Nico en déchirant un morceau de sopalin pour moi. Il en va de même pour toi. Tu fais partie de la famille maintenant. Je suis sûr que je ne serai pas le premier que t'appelleras si jamais t'as besoin d'aide, mais tu ferais mieux de me mettre sur la liste.

Je me tamponne les yeux et mets le sopalin en boule.

— Merci. Ça représente plus que tu ne le sauras jamais.

La froideur impitoyable des traits de Nico s'efface devant mes yeux. Il n'a pas changé d'un poil, mais la perception que j'ai de lui s'est modifiée au cours des dix dernières minutes. Je ne suis toujours pas à l'aise avec lui et je suis toujours intimidée par l'énergie vicieuse qu'il dégage, mais ma peau ne picote pas en ce moment, et c'est déjà beaucoup.

La porte de l'appartement s'ouvre et Logan entre sans même frapper. Ses yeux se posent d'abord sur moi, et deux plis se creusent sur son front.

— Qu'est-ce qui ne va pas ?

— Rien, dis-je d'une voix cassée, même si je souris. Des larmes de joie.

De l'amusement se dessine aux coins de sa bouche, et son regard se porte sur Nico.

— T'as fait pleurer des *larmes de joie* à ma copine ? T'es qui, putain ?

Nico s'écarte des placards et serre l'épaule de Logan.

— Je vais vous laisser tous les deux.

Il traverse la pièce, mais se retourne pour me regarder, la main fermement posée sur la poignée.

— Prends soin de ma nièce, Cass.

Je ne sais pas ce qui me surprend le plus : que Logan leur ait dit que je suis enceinte ou que Nico soit si certain que ce sera une fille. Quoi qu'il en soit, je suis trop abasourdie pour faire autre chose que hocher la tête.

Logan me serre contre sa poitrine dès que Nico ferme la porte derrière lui.

— Qu'est-ce qu'il voulait ?

— Il m'a dit que je ne devais pas avoir peur de lui et qu'ils seront toujours là pour toi et...

Ma voix tremble à nouveau parce que les mots de Nico ont touché les parties les plus négligées de mon être.

— Et pour *moi* aussi.

Logan dépose un baiser sur ma tête.

— Il le pense vraiment, bébé. Ils se sentent tous comme de la merde, comme si le fait que je doute d'eux était de leur faute.

Il s'éloigne de quelques centimètres et regarde autour de lui dans la pièce.

— T'as fait tes valises ?

— Deux sacs, comme promis.

***

— Ouvre la porte, dit Logan sur un ton amusé.

Il tire sur la poignée de la porte de la salle de bains pour la énième fois.

— Ne m'oblige pas à défoncer la porte. Il est dans son vivarium, je le jure.

— Je ne peux pas vivre ici avec cette chose ! hurlé-je, assise sur le bord de la baignoire, enveloppée dans une serviette après que Fantôme est entré dans la salle de bains pendant que j'étais sous la douche.

J'ai crié si fort que la moitié du quartier a dû m'entendre. Une octave plus haut, et les fenêtres auraient sûrement volé en éclats. Mes côtes sont en train de prendre le dessus et me font mal comme jamais. J'ai des analgésiques dans mon sac, mais je ne veux pas les prendre, même s'ils sont sans danger pour la grossesse.

— Promets-moi de me ramener chez moi quand j'ouvrirai la porte, gémis-je alors que mon pouls est toujours aussi rapide.

— C'est chez toi *ici*. Ouvre la porte.

Je suis ici depuis six heures, mais il l'appelle déjà mon « chez moi », pas seulement le sien.

— Il est enfermé ?

— Oui ! Je crois que tu lui as donné une putain de crise cardiaque en criant, glousse-t-il à nouveau. Ouvre, bébé. Allez.

Je tourne la serrure, entrouvre la porte et balaie du regard la chambre à travers l'étroit interstice. Mes yeux tombent sur le visage de Logan et son large sourire.

— Il faut que tu me ramènes chez moi.

Il ouvre la porte et m'oblige à faire un pas en arrière.

— J'ai une meilleure idée.

Il me tire la main pour me forcer à sortir de la salle de bains et me fait asseoir sur le lit tout en portant son téléphone à son oreille.

— Tu veux toujours Fantôme ? demande-t-il à celui qui est à l'autre bout du fil. J'apprécierais que tu viennes le chercher ce soir. Cass va finir par dormir dans la baignoire si tu ne le fais pas.

Il s'accroupit devant moi, pose une main sur ma cuisse et la remonte plus haut.

— Oui, ça marche. Merci.

— Qu'est-ce qui marche ? demandé-je quand il raccroche et jette le téléphone de côté. Qui va prendre Fantôme ? Il part pour de bon ou c'est juste une soirée pyjama ?

— Il sera parti pour de bon. Je pouvais prendre le risque de l'avoir ici quand il n'y avait que moi, mais maintenant que t'es là...

Il passe ses doigts sur mon ventre.

— ... et que mon bébé est là, il est temps de le laisser partir.

— Tout ça te rend vraiment heureux... murmuré-je, fascinée par la joie pure qui brille dans ses yeux alors qu'il touche ma petite bosse.

— Je n'ai jamais été aussi heureux, princesse.

Il capture mes lèvres avec les siennes, déplace sa main plus bas et la glisse sous la serviette pour caresser ma chatte.

— Tes côtes te font toujours aussi mal ?

— J'ai assez mal, mais... *oh*, haleté-je lorsqu'il fait le tour de mon clito.

— Tu sais que les orgasmes atténuent la douleur ?

Je hausse un sourcil et lutte pour ne pas lever les yeux au ciel en constatant à quel point c'est agréable d'avoir à nouveau ses mains sur moi.

— Je ne suis pas sûre d'être très utile.

Il glisse un doigt en moi. Ses yeux sont rivés sur les miens, sombres et excités, et ses pupilles sont dilatées.

I. A. DICE

— Tu n'as pas besoin de bouger un muscle. Te sentir jouir, voir ton visage quand tu le fais...
Il ajoute un autre doigt.
— ... J'en ai besoin.
Il passe son doigt dans la serviette entre mes seins et la détache d'un seul geste, puis il effleure mon téton tendu avec ses dents.
— Allonge-toi, bébé.
Je me cambre et m'appuie sur mes deux coudes avant de déplacer mes mains vers sa tête et de le forcer à se hisser plus haut jusqu'à ce qu'il plane au-dessus de moi et penche la tête pour m'embrasser.
Et pour la première fois, je ne dissimule pas ce que je ressens pour lui. Je ne le cache pas. Je n'essaie pas de le réprimer. Je laisse l'amour me consumer entièrement, et je le transfère dans le baiser pour qu'il puisse sentir à quel point il compte pour moi.
— Je ne veux jamais être sans toi, murmuré-je en traçant les contours de son visage avec mes doigts. Je t'aimerai toujours plus que quiconque ne pourra jamais le faire.
Il ouvre la bouche, mais je ne le laisse pas dire un mot. Je l'embrasse à nouveau.
Je ne veux pas entendre « Je t'aime aussi ».
Je ne veux pas entendre « Je suis en train de tomber amoureux de toi ».
Je veux les trois mots dans leur forme la plus simple.
Je t'aime.
Et pour cela, je suis prête à attendre aussi longtemps qu'il le faudra.
Je passe mes doigts dans ses cheveux et me délecte de la paix que je ressens lorsqu'il est près de moi. À quel point je me

sens désirée en ce moment.

Les rêves deviennent parfois réalité. Et les « Et ils vécurent heureux » n'arrivent pas que dans les histoires commençant par « Il était une fois ».

TRENTE ET UN

Logan

La réunion de famille mensuelle ne commencera que dans quatre heures, mais me voilà en train de frapper à la porte de la maison de mes parents avant l'heure, en mission.

Cela fait une semaine que Cassidy a emménagé avec moi et que mon précédent compagnon, Fantôme, a été expulsé et relogé chez Nico. Je suis sur un petit nuage la plupart du temps. Je profite de la tranquillité d'avoir Cassidy avec moi, je la tiens dans mes bras et je l'embrasse chaque fois que j'en ai envie.

Mais tout n'est pas que paillettes et étincelles. Il y a un côté de Cass que je déteste voir. Elle essaie de cacher ses insécurités, mais chaque jour, j'entrevois à quel point elle doute à notre sujet... à *mon* sujet. De petites choses, comme lorsque j'ai chargé sa tasse vide dans le lave-vaisselle l'autre matin, alors qu'elle lisait une brochure dans la cuisine. Ce n'était rien pour moi, mais elle a pâli et a commencé à s'excuser.

La même chose s'est produite lorsqu'elle a préparé le dîner.

On m'a appris que lorsqu'une femme cuisine pour nous, on nettoie après coup, mais Cass s'est jetée sur la table à manger pour m'arracher une assiette des mains si vite qu'elle s'est encore fait mal aux côtes.

Elle agit comme si j'allais la mettre à la porte dès qu'elle fait un pas de travers, et ça me tue à chaque fois. Je remarque à quel point elle est vulnérable maintenant qu'elle est avec moi la plupart du temps. Maintenant que nous *parlons* et passons du temps ensemble en dehors du lit. Je vois à quel point il est facile de la faire douter de moi et d'elle-même.

Elle s'ouvre davantage. Elle me parle de son passé, de ses parents alcooliques et de ses familles d'accueil, de la violence, de la négligence et de la peur.

Et c'est pour cela que je suis chez mes parents.

Cassidy est avec moi maintenant. Mon bébé grandit en elle, et je serai damné si je laisse quelqu'un d'autre lui faire du mal.

Que ce soit intentionnel ou non, ça se termine maintenant.

J'ai affronté mes frères et j'en suis sorti indemne. Il est temps d'affronter mes parents.

— Logan ! gazouille ma mère en passant ses bras autour de mon cou. Je ne m'attendais pas à ce que tu viennes aussi tôt.

Je lui rends son étreinte, puis m'avance plus loin et inhale le doux parfum de tarte aux pommes qui flotte dans l'air.

Ma grand-mère doit être encore là.

Ma mère est une excellente cuisinière, mais tout comme Thalia, elle n'est pas douée pour la pâtisserie. Un élément de plus sur la longue liste des choses qu'elles ont en commun. Dommage qu'aucune de ces choses ne les rapproche.

— Tout va bien ? me demande ma mère.

Le sixième sens qu'elle a développé en élevant une équipe de garçons est toujours aussi performant.

I. A. DICE

— T'as l'air inquiet, mon chéri. Qu'est-ce qui ne va pas ?
Rien pour l'instant.
— Papa est là ?
— Oui, dit-elle, les yeux plissés et remplis d'émotions contradictoires. Il est dans son bureau.
— Tu peux aller le chercher ? J'ai quelque chose à vous dire.

Elle pâlit un peu et son beau visage se tord d'inquiétude, mais elle hoche la tête et se précipite dans le long couloir vers l'arrière de la maison, tandis que je me dirige vers l'un des salons.

Je ne m'assieds pas, trop agité pour rester immobile.

— Logan, lance mon père d'un ton ferme mais amical en entrant dans la pièce. Qu'est-ce qui t'amène si tôt ?

— Je pense que vous devriez vous asseoir.

Je m'appuie contre le piano à queue en serrant et desserrant les poings.

Ils se jettent un coup d'œil mais obtempèrent et prennent place sur le canapé chesterfield blanc, serrés l'un contre l'autre, un front uni face aux problèmes potentiels.

Mes frères et moi prenons exemple sur eux dans ce domaine.

Ma mère se tortille sur son siège, les yeux écarquillés, et mon père lui prend la main et la pose sur ses genoux avant de la caresser délicatement.

— Je veux que vous rencontriez ma petite amie, commencé-je en laissant d'abord cette information entrer dans leur tête. Mais soit ça se passera selon mes conditions, soit ça ne se passera pas du tout.

Ma mère redresse le dos dans un mouvement de défense tandis que mon père reste impassible. Son autorité indéniable ne laisse aucune place au doute sur qui commande ici. Des années de carrière politique font que Robert Hayes reste maître de toute situation, même s'il ne prononce pas un mot.

TROP
INACCEPTABLE

Il sait qu'il y a une raison à cette phrase d'ouverture, et je suis presque sûr qu'il sait aussi quelle est cette raison, mais jusqu'à ce que je dise ce qui doit être dit, il restera silencieux et étudiera mes faits et gestes avant d'endosser le rôle de négociateur.

— Qu'est-ce que tu veux dire ? demande ma mère, dont les joues brillent d'un rouge écarlate sous l'effet de l'agacement qui résonne dans sa voix.

— Maman...

Je m'approche et m'installe dans le fauteuil à oreilles situé en face du canapé.

— Theo ne te le dira jamais, mais je vais m'en charger parce qu'il faut bien que quelqu'un le fasse.

Je prends une grande inspiration, les yeux rivés sur les siens, et adopte un ton aussi doux que possible compte tenu de la situation.

— Je sais que tu nous aimes, et que tu es dépassée maintenant qu'on est adultes et qu'on fonde nos propres familles, mais tu dois accepter que les femmes de nos vies ne te remplaceront jamais. Theo t'aime autant qu'il t'aimait avant d'épouser Thalia. Aucun de nous n'arrêtera de t'aimer parce qu'on grandit, mais...

— Mais ? demande ma mère d'un ton sec.

Elle se pince les lèvres et arrache sa main à l'emprise de mon père pour croiser ses bras sur sa poitrine.

Elle penche son corps sur le côté et lève le menton, les yeux plissés et les lèvres serrées. Malgré son attitude défensive évidente, la peine dans ses yeux me touche encore plus qu'avant.

— Dis-moi ce qu'est ce « mais », Logan.

Je me frotte le menton en gardant mes émotions sous contrôle. Je n'ai pas envie de la blesser. J'essaie juste de l'aider à entendre raison et à réaliser que son comportement va lui coûter cher.

— *Mais* si tu n'acceptes pas nos choix, maman, tu nous verras de moins en moins. Theo va craquer à un moment donné si tu n'arrêtes pas de traiter sa femme comme une ennemie. Je suis surpris qu'il ait tenu aussi longtemps.

— Je ne la traite *pas* comme une ennemie !

Les joues de ma mère deviennent encore plus rouges et de petites torches clignotent dans ses yeux.

— Je ne suis pas obligée de l'aimer, si ? C'est la femme de Theo, pas la mienne.

— Tu n'es pas obligée de l'aimer, conviens-je sans laisser sa colère m'atteindre et allumer la mèche. Mais pour quelle raison, à part la jalousie, est-ce que tu ne l'aimes pas ? Elle se met en quatre pour que tu l'acceptes. Elle est incroyable, maman. Elle rend Theo heureux. Qu'est-ce qu'il te faut de plus ? Tu devrais être contente qu'il l'ait trouvée.

Il faut voir les bimbos dont il s'entourait.

Mon père passe son bras autour des épaules de ma mère et la rapproche comme pour la réconforter, mais son regard n'est plus impassible. C'est un livre ouvert.

Aujourd'hui, il est de mon côté. Mais il ne l'admettra pas à voix haute, car il soutient le front uni de monsieur et madame Robert Hayes.

— Je vous aime, continué-je en les regardant tous les deux dans les yeux. Je vous aime tous les deux. Et je veux que vous rencontriez ma petite amie, mais je *l'aime* aussi, et elle a assez souffert.

Je pose mes coudes sur mes genoux et croise les mains.

— C'est pour ça que je suis là. Pour vous dire que si vous la faites se sentir indésirable, ne serait-ce qu'une seconde, je ne l'amènerai plus ici. Je ne viendrai plus.

J'inspire profondément pour me préparer à annoncer la

nouvelle la plus importante que j'aurai jamais à leur dire.

— J'espère que tu feras de ton mieux pour ne pas te montrer aussi hostile, maman, parce qu'en février, tu seras à nouveau grand-mère.

Un petit gémissement franchit ses lèvres. Je ne peux pas dire quelle émotion se cache derrière ce son. Je ne sais pas si elle est heureuse, triste ou choquée, mais elle est *quelque chose*.

Mon père, quant à lui, est l'incarnation du calme. Seuls ses yeux trahissent qu'il est émotif.

— Oh, Logan ! Pourquoi est-ce que tu ne l'as pas amenée plus tôt ?!

Désemparée. Voilà ce qu'elle est.

— C'est une longue histoire. Mais tu la connais. Tu te souviens de la fille qui a failli se noyer chez Theo ?

— Cassidy ? halète ma mère, et un couteau s'ouvre dans ma poche. Cette photographe ? C'est *elle* la mère de mon petit-enfant ?

Ma mère n'est pas snob. Loin de là. C'est une activiste. Elle possède une association caritative et adore aider les moins fortunés, mais en ce qui concerne ses fils, aucune femme n'est assez bien, apparemment. Nous devrions peut-être tous être gays comme Shawn. Elle aime Jack comme s'il était le sien.

Je me lève tandis que de la déception se répand à l'intérieur de mon esprit comme une contusion sous la peau.

— C'est tout ce que j'avais à entendre, dis-je.

Mon ton reflète à quel point je me sens vaincu. Je traverse la pièce, la gorge si sèche qu'il m'est douloureux de déglutir.

— Ne nous attendez pas aujourd'hui.

J'entre dans le couloir et aperçois ma grand-mère qui se retire dans la cuisine. Elle a toujours été curieuse, même si personne ne lui a jamais rien caché. Nous sommes une famille

I. A. DICE

très ouverte, qui garde rarement des secrets.

Je me dirige vers la cuisine pour au moins lui dire bonjour avant de sortir en trombe de la maison, mais la voix aiguë de ma mère m'arrête dans mon élan.

— Logan, attends !

Elle se précipite vers moi et m'attrape le bras au milieu du couloir.

— Je suis désolée, je suis juste...

Sa voix se fissure comme une coquille d'œuf et ses yeux s'emplissent de larmes.

— Tous mes garçons sont partis. Il ne reste plus que ton père et moi ici.

Elle sanglote et renifle de façon pathétique.

— Vous avez déjà moins de temps, et avec des femmes et des enfants, vous serez trop occupés. Vous arrêterez de venir et...

Je la prends dans mes bras.

— On est là, et on sera toujours là. On n'arrêtera pas de venir juste parce qu'on fonde des familles. Au contraire, on sera là plus souvent. Je te promets que t'en auras marre de nous.

J'embrasse sa tête et la serre plus fort.

— Cette maison te semble peut-être vide maintenant, mais attends encore quelques années, et elle sera pleine de petits-enfants. Thalia et Cassidy ne te volent pas tes fils. Elles te donneront une autre lignée des Hayes, maman. Elles font de nous des hommes meilleurs et on veut que papa et toi les acceptiez.

Elle se blottit contre moi, s'accroche à mon polo et hoche la tête comme si elle était prête à dire et à faire tout ce qu'il faut juste pour s'accrocher à moi et à tous ses autres fils.

Mon père s'approche et nous enveloppe tous les deux dans ses bras, comme un héros silencieux qui sauve la situation par des gestes plus que par des mots.

— Évidemment qu'on veut la rencontrer, dit-il d'un ton contrôlé en surface, mais empreint d'émotions épaisses en dessous. Félicitations, mon grand. Je suis fier de toi.

Et je sais qu'il ne veut pas seulement dire que j'ai enfin trouvé quelqu'un qui mérite mon temps, mais que j'étais prêt à dire à ma mère la vérité crue qui nous sera bénéfique à tous.

— Viens avec Cassidy aujourd'hui, s'il te plaît, supplie ma mère en s'éloignant un peu plus. S'il te plaît, je veux vraiment apprendre à la connaître. Je le pense vraiment.

Je pose mes lèvres sur son front.

— On sera là à quatorze heures.

***

Cassidy enfonce ses ongles dans la paume de ma main et serre assez fort pour me couper la circulation sanguine.

— Il faut que tu te calmes, princesse, dis-je en serrant mes doigts autour des siens. Tu ne fais pas de bien à mon bébé.

Elle inspire par le nez et expulse par la bouche.

— Je suis nerveuse. Je n'ai pas été dans une pièce avec ta famille depuis l'anniversaire de Thalia, et ça ne s'est pas bien passé.

Je la tire contre moi et l'embrasse sur la tête parce que j'ai appris que mes lèvres sur elle agissent comme un baume apaisant.

— C'est différent maintenant.

À vrai dire, je ne sais pas du tout à quoi m'attendre. Nous ne sommes ici que parce que je n'ai pas supporté la supplication dans la voix de ma mère. Je n'ai pas eu la force de lui dire non quand les larmes remplissaient ses yeux, mais je ne me fierai pas à ses paroles tant que ses actions ne les confirmeront pas.

Je n'ai pas changé d'avis. Il ne faudra pas beaucoup de venin de la part de ma mère pour me forcer la main. J'attraperai

Cassidy et je la sortirai d'ici sans un regard en arrière.

Elle est ma priorité, et rien ne changera jamais cela.

La porte s'ouvre à toute volée. Une fois de plus, Theo me brandit un billet de cent sous le nez en souriant jusqu'aux oreilles.

— Nico a cru que Cass te ferait venir plus tôt.

Je lève les yeux au ciel.

— Il a trop d'argent, dis-je en passant à côté de lui avec Cass. On devrait lui trouver une croqueuse de diamants qu'il pourrait gâter avec des sacs à main Chanel et des chaussures à talons Louboutin. Cass met plus de temps que moi à se préparer.

— Vraiment ? lui demande-t-il sans une once de réserve dans la voix.

Ils ont mis les choses au clair quand Nico et lui sont passés la semaine dernière pour récupérer Fantôme.

— Ce n'est pas possible.

Cassidy fait un petit sourire.

— Je vais te confier un secret. Logan ne commence à se préparer que quand c'est l'heure de partir.

La maison est étrangement silencieuse ; il n'y a pas de musique de piano dans l'air, ce qui n'est pas courant. Ma mère joue toujours quand Nico est dans les parages. Soit nous sommes en retard pour le concerto, soit il n'a pas encore commencé.

— Quoi que t'aies fait...

Theo saisit mon épaule et m'entraîne dans une brève étreinte.

— Merci.

— Qu'est-ce que tu veux dire ?

Il me montre les fenêtres du salon et, curieux, je m'y dirige et jette un coup d'œil dans le jardin, où tous mes frères se tiennent éparpillés, en train de discuter et de boire de la bière. Le petit Josh est avec son grand-père, en train de taper dans une balle sur le court de tennis ; Shawn et Jack aident ma grand-mère à mettre la table ; Nico parle à mon père près du barbecue, et les triplés sont dans la piscine, allongés sur des matelas gonflables avec des lunettes de soleil sur les yeux.

Le déclic ne se fait pas tout de suite, mais lorsque Theo me tapote à nouveau le dos, je repère ce qu'il essaie de me montrer. Ma mère est avec Thalia sur la balançoire à trois places avec un verre à la main. Elles sont en pleine discussion. De plus, ma mère affiche un vrai sourire.

— Je t'avais dit qu'elle finirait par se reprendre en main. Pourquoi tu me remercies ?

— Ne fais pas l'idiot, lance Theo en me frappant l'arrière de la tête. Maman a éclaté en sanglots quand on a franchi la porte. J'ai cru que quelqu'un était mort avant qu'elle ne commence à s'excuser. Elle a mentionné que tu lui avais ouvert les yeux ce matin.

On dirait que c'est le cas parce que dix minutes plus tard, ma mère pleure à nouveau alors qu'elle serre Cassidy contre sa poitrine, qu'elle lui touche le ventre et qu'elle lui chuchote des félicitations.

ÉPILOGUE

Logan

Cassidy est sous la douche quand je me réveille. Je me félicite de l'intelligence avec laquelle j'ai conçu cette maison, car lorsque la porte de la salle de bains est ouverte, la douche est bien visible depuis notre lit.

Je me hisse sur mes coudes et regarde ma petite amie faire mousser du savon sur ses seins. L'eau tombe en cascade sur son corps sexy et ruisselle sur la petite bosse.

À quatorze semaines, la rondeur séduisante de son ventre se voit *enfin* sous des vêtements moulants, ce qui explique pourquoi je ne la laisse pas porter de pulls trop larges. J'attends ce moment depuis trop longtemps pour la laisser cacher sa bosse sous des t-shirts amples.

Je veux que tout le monde sache qu'elle est enceinte. C'est-à-dire qu'elle est prise. Revendiquée. *À moi.*

Il est un peu plus de six heures du matin, et c'est la première fois que Cass se lève avant moi depuis qu'elle a emménagé. Elle dort de plus en plus au fil des jours. Heureusement, la somnolence est le seul inconvénient lié à la grossesse.

Elle n'a pas été malade, elle ne gonfle pas et elle a arrêté de pleurer sans raison il y a deux semaines. La seule envie qu'elle a, ce sont des citrons. C'est mieux que des cornichons, j'imagine, mais j'ai mal à la mâchoire quand elle enlève la peau et les mange comme des pommes.

Je sors du lit pour la rejoindre sous la douche.

— Bonjour, dit-elle en parcourant des yeux mon corps avant de s'arrêter sur ma bite raide. Oh, bien, t'es prêt.

Je glousse en l'attirant contre ma poitrine.

— Et toi ?

C'est une question stupide étant donné qu'elle a mouillé pour moi vingt-quatre heures sur vingt-sept ces derniers temps, mais je fais glisser ma main le long de son ventre jusqu'à sa chatte et la frotte doucement.

— C'est encourageant.

Elle tourne sur elle-même, se presse contre moi, et un petit gémissement sort de sa bouche au moment du contact. Elle est déjà excitée. Ses seins sont gonflés, ses joues sont roses et ses pupilles sont dilatées.

Il n'y a rien de mieux qu'une femme prête et disposée dès le matin. Je fais courir mes doigts sur le côté de son corps et la regarde frémir lorsque le coussinet de mon pouce effleure son mamelon caillouteux.

— T'as encore fait un rêve cochon, hein ? lui demandé-je en prenant ses fesses dans mes mains et en les pressant doucement.

Cela fait deux semaines qu'elle se réveille en manque après avoir fait des rêves érotiques intenses, et putain, se réveiller avec ses lèvres autour de ma bite sous la couette est un fantasme devenu réalité.

— Raconte-moi.

Elle verse une quantité généreuse de mon gel douche dans la paume de sa main et frotte mon torse et mes épaules en prenant tout son temps avant de saisir la base de ma bite et de la pomper lentement.

— Je préfère te montrer, dit-elle d'une voix essoufflée avant de me pousser plus loin sous le jet d'eau et de se mettre à genoux pour me prendre dans sa bouche.

— Je préfère aussi que tu me montres, gémis-je.

Mes yeux se révulsent quand elle me suce en faisant glisser ses lèvres aussi loin qu'elle le peut.

— C'est ça, bébé, dis-je en saisissant une poignée de ses cheveux. C'est bien. Juste comme ça.

Ses lèvres sont incroyables, et il faut peu de temps pour que je sois au bord de l'orgasme. Comme si elle sentait l'imminence d'un désastre, Cassidy se retire avec un léger bruit mouillé et se relève.

Je l'attrape par la taille, la soulève dans mes bras et l'allonge sur le lit, mouillée et nécessiteuse. J'avais pour habitude de la jeter dessus, mais j'ai appris à la manipuler avec un peu plus de précautions maintenant qu'elle porte mon enfant.

Je plonge entre ses cuisses sans perdre de temps et referme mes lèvres sur son clito. Elle sent bon le gingembre et le citron. Il s'avère que cela ne provient ni d'un shampoing ni d'une lotion pour le corps, mais d'un gel douche.

— Ça a dû être un sacré rêve, dis-je en levant les yeux vers son joli visage émoustillé. On va le recréer. Dis-moi quoi faire.

Elle glousse doucement.

— Je croyais que tu n'avais pas besoin de conseils.

— Je n'en ai pas besoin, mais une brève description m'aidera.

Elle déplace ses jambes sur mon dos et passe ses doigts

dans mes cheveux pour me tirer vers le bas avec force.

— Tes lèvres, prononce-t-elle en fermant les yeux. Deux doigts.

— Deux mots, murmuré-je avant de faire ce qu'elle me dit et de la lécher tout en glissant deux doigts en elle. Comme ça ?

— Oui, souffle-t-elle. Oh mon Dieu, *oui*. Ne t'arrête pas.

Elle se palpe les seins, et un autre gémissement de besoin quitte ses lèvres. Je ne pense pas mériter cela, mais les dieux des hormones de grossesse sont définitivement dans mon camp.

Trente secondes suffisent pour qu'un orgasme traverse son corps comme un feu d'herbe sèche. Elle serre mes cheveux et me maintient en place pendant que ses hanches se cambrent et qu'elle jouit sur ma langue. Je suis dur comme de la pierre en la regardant prendre ce dont elle a besoin. Elle n'a pas fini de trembler qu'elle tire sur mes cheveux pour me forcer à monter plus haut jusqu'à ce qu'elle puisse atteindre mes lèvres pour m'embrasser.

— C'est la chose la plus sexy que t'aies faite jusqu'à présent, lui dis-je en repoussant ses cheveux mouillés de son visage. Je veux plus de ma princesse nécessiteuse, murmuré-je en lui mordant l'oreille.

— J'ai besoin de toi. Tout de suite, dit-elle d'un ton pressant, comme si elle ne pouvait plus attendre. Et je veux que tu ne sois *pas* aussi tendre.

Pas aussi tendre ? J'ai mis un bémol au sexe sauvage pour l'instant, trop inquiet de la blesser ou de blesser notre bébé d'une manière ou d'une autre, mais je ne peux pas nier que ça craint de me retenir.

Elle se met sur le ventre et pousse ses fesses vers le haut.

— Tu veux que ce soit brutal ?

Je me positionne à son entrée. L'espace est encore plus

étroit avec cet angle.

— Comme tu veux.

D'un seul coup, je suis en elle et je me penche au-dessus de son dos.

— Accroche-toi au bord du lit, bébé.

Elle le saisit à deux mains lorsque je me retire et que je reviens en elle. Le rythme de ma poussée est rapide et exigeant pour lui donner ce dont elle a désespérément besoin.

C'est le *paradis*.

— Oh mon Dieu, gémit-elle lorsque le lit commence à claquer contre le mur. Ne t'arrête *pas*.

Comme si je le pouvais. L'angle est parfait, et le fait de savoir qu'elle veut et a besoin que je la prenne comme ça fait remonter mes instincts primitifs à la surface. En quelques minutes, un voile de sueur se répand sur ma poitrine. Je lutte contre l'envie de me déverser dans sa chatte brûlante lorsque ses gémissements s'amplifient.

Elle s'appuie sur ses coudes, cambre le dos, puis saisit ma main droite et la place sur son sein gonflé.

— Ne te retiens pas, râlé-je en la martelant. Je vais te faire jouir une fois de plus. Autant de fois que t'en auras besoin. Laisse-toi aller.

À la seconde où je prends son mamelon dur entre mes doigts, elle halète et ses parois palpitent autour de ma bite. L'orgasme est si intense qu'elle tremble, s'agite sur les draps et se tortille sous moi en poussant ses hanches vers l'arrière pour me prendre encore plus profondément.

— Voilà, dis-je en poussant fortement en elle pour prolonger la sensation jusqu'à ce qu'elle redescende de son état d'euphorie.

Je ne demande pas d'autres conseils. Je me retire, passe ma main sous sa taille et la tire comme une poupée de chiffon pour la forcer à s'agenouiller sur le lit et à agripper l'appui-tête des deux mains.

— Ça va, princesse ? T'en veux encore ?
— Oui, dit-elle. Je t'aime tellement.
— Pas plus que je ne t'aime. Accroche-toi bien.

Je saisis sa gorge et la force à poser l'arrière de sa tête sur mon épaule lorsque je m'enfonce en elle, ce qui fait sortir de ses lèvres un autre gémissement de besoin. Je jure que ses seins ont encore grossi en une nuit. Ils ne tiennent plus dans ma main.

— Plus fort, souffle-t-elle entre deux petits gémissements. S'il te plaît, Logan... *plus fort.*

— Shh, c'est bon, t'as besoin de plus, pas de plus fort, murmuré-je à son oreille.

J'enfonce alors mon pouce dans la fossette du bas de son dos et pousse en elle comme si j'étais en mission.

Je fais glisser ma main de sa gorge jusqu'à son clito et utilise deux doigts pour frotter des cercles serrés.

Ce n'est toujours pas assez, alors je la fais se retourner et la force à se mettre à califourchon sur moi. Mes mains et ma bouche se libèrent pour lui en donner plus pendant qu'elle me chevauche en dictant la cadence.

C'est frénétique.

Elle a tellement besoin de se libérer qu'elle me griffe le dos tout en montant et en descendant à un rythme effréné et exigeant.

Je la frotte avec mon pouce et m'occupe de ses seins gonflés en effleurant ses mamelons durs avec mes dents. Elle gémit, halète, et je n'ai jamais autant aimé l'expression de son visage qu'en cet instant où elle est concentrée uniquement sur elle-même.

Lorsque le troisième orgasme survient, j'atteins l'extase avec elle et pousse quelques fois de plus avant de m'immobiliser.

Nous sommes tous les deux à bout de souffle. Mes muscles

I. A. DICE

sont en feu, ma respiration est saccadée et mon cœur s'emballe comme si je venais de courir un marathon.

— T'es tellement sexy quand tu jouis, dis-je contre l'arrière de sa tête en me retirant lentement. Ça va ? T'en veux encore ? Nous ne pouvons pas rester trop longtemps sans faire l'amour, mais j'ai été de corvée de bite deux, parfois trois fois par jour ces deux dernières semaines. Et aujourd'hui ? C'était la chevauchée la plus folle depuis que j'ai appris qu'elle était enceinte. Je le regrette un peu, sachant qu'elle aura probablement mal toute la journée, mais putain, c'était chaud.

— Ça va pour l'instant. Je suis désolée, je...

— Non. Ne t'excuse pas. Je te donnerai tout ce dont t'as besoin.

J'embrasse son front.

— Crois-moi, je suis plus qu'heureux de ta libido.

— C'est les hormones.

Elle enfouit son visage dans le creux de mon cou.

— Le docteur Jones m'a dit que je devrais arrêter d'être aussi excitée à la fin du deuxième trimestre. Peut-être plus tôt.

— J'espère bien que non.

Je descends ma main et étale mes doigts sur sa bosse.

— Quand est-ce qu'elle commencera à donner des coups de pied ? Je m'impatiente un peu.

— Tu me demandes ça tous les jours. *Il* ne commencera pas à donner des coups de pied avant au moins un autre mois, probablement plus longtemps.

Nous sommes tous les deux sûrs du sexe du bébé. Cass dit que c'est un garçon, mais elle se trompe.

Je caresse la bosse avec mon pouce et tapote mes doigts au milieu pour réveiller notre petite princesse. Même si tous les mouvements de balancement que nous venons de faire ont probablement suffi.

— Donne un coup de pied, murmuré-je. Allez, Ava, donne un coup de pied pour Papa.

— Ava ? Tu veux que ton fils s'appelle *Ava* ? Il va se faire charrier à l'école.

— C'est une *fille*.

— C'est un *garçon*, déclare-t-elle en soufflant. Qu'est-ce que tes frères en pensent ?

— Eh bien, l'un d'eux pense que je suis gay.

Je souris et m'esquive quand elle essaie de me donner une claque sur la tête.

— Je parlais du sexe du bébé.

— Ce n'est pas la question.

Un sourire triomphant ourle ses lèvres.

— Ils sont dans l'équipe *Owen*, n'est-ce pas ?

— Ils sont dans l'équipe *garçon*. Mais il n'y a aucune chance que ce soit *Owen*. Nico est le seul à être encore de mon côté. Il a misé sur une fille. Il a parié cent dollars avec tout le monde.

— Il ne perd pas à chaque fois ?

— Tais-toi. C'est une fille.

Je la tire vers moi et embrasse le sommet de sa tête.

— Je te dirai quand ton *fils* donnera un coup de pied, alors s'il te plaît, arrête de demander tous les jours. Et puis, il faut que tu me laisses partir.

Je glousse en éloignant ma main. Elle a la vessie d'une enfant en bas âge en ce moment, et je parie que ça ne fera qu'empirer. Peu importe. J'adore ça.

J'adore m'occuper d'elle. J'adore m'arrêter à l'épicerie tous les soirs pour acheter plus de citrons ou tout ce qu'elle demande. J'adore la serrer contre moi et lui caresser les cheveux pendant que nous regardons un film.

I. A. DICE

Et je l'aime.

Tellement que je n'arrive pas à respirer parfois.

Mon téléphone bipe sur la table de nuit une seconde après que Cass s'est enfermée dans la salle de bains. Il est un peu plus de sept heures du matin, mais comme c'est vendredi et qu'ils se préparent pour le travail ou l'université, je ne suis pas surpris de voir une notification du groupe de discussion des Hayes.

Avant que je ne déverrouille l'écran et n'ouvre l'application, cinq autres notifications retentissent les unes à la suite des autres. La première chose qui me saute aux yeux est une photo envoyée par Cody. Pas n'importe quelle photo.

C'est un livre.

Plus précisément, « *Douce vérité* » d'Aisha Harlow. Mon visage et mes abdominaux apparaissent clairement sur la couverture. Mon bras serpente dans le dos de Mia, dont le visage est caché derrière un voile de cheveux blonds ondulés.

Cass m'a montré un exemplaire du livre dès sa sortie il y a plusieurs semaines. Je l'avais oublié, mais j'aurais dû me douter que mes frères le trouveraient tôt ou tard.

Cody : Et le prix du mannequin de l'année pour la photo intitulée PANTALON PORTÉ LE PLUS BAS est décerné à...

J'éclate de rire. Parmi toutes les choses qu'ils auraient pu trouver à redire sur cette photo, Cody a choisi de se moquer du jean qui tombe bas sur mes hanches, conformément aux instructions de Cass pendant la séance photo, et qui met en valeur le V de mon abdomen.

Pas ma poitrine luisante couverte d'huile pour bébé.

Pas mes cheveux en bataille, comme si je venais de sortir du lit, parce qu'Aisha est une styliste de merde, pour dire les choses gentiment.

Pas la façon dont je fixe la caméra.

Non. Mon *jean.*

Un tas d'emojis et de GIF rieurs envahissent l'écran, et je fais défiler les images jusqu'au message suivant.

Theo : Logan. C'est une intervention. Il faut qu'on parle. On s'inquiète pour toi.

Shawn : Tout d'abord, tu dois comprendre qu'on t'aimera toujours, mais...

Nico : Ton narcissisme devient incontrôlable.

Colt : Ton obsession pour l'huile pour bébé est malsaine.

Moi : Vous êtes tous des enfoirés.

Cody : Pas besoin de nous insulter, Logan.

Conor : Respire profondément. On essaie de t'aider.

Je glousse à nouveau au moment où Cassidy sort de la salle de bains et me regarde avec des yeux curieux.

— Qu'est-ce qui te fait sourire ?

Elle s'installe à côté de moi, pose sa tête sur ma poitrine et place une main sur mon torse.

— Mes frères viennent de trouver le livre d'Aisha. Ils organisent une intervention par SMS pour lutter contre mon narcissisme et ma dépendance à l'huile pour bébé.

Je tourne mon téléphone pour la laisser lire les messages, mais à peine trois minutes plus tard, sa respiration se stabilise

I. A. DICE

et elle s'endort à nouveau.

Prenant soin de ne pas la réveiller, je me démêle de ses bras pour me préparer à aller travailler. Même si je déteste laisser Cassidy seule, j'adore revenir auprès d'elle. C'est ce que je ferai pour le reste de ma vie. Je reviendrai toujours à la maison auprès d'elle.

Printed in Great Britain
by Amazon

45868012R00238